Das Haus der bösen Ahnungen

Barbara Michaels

Das Haus der bösen Ahnungen

Roman

Aus dem Amerikanischen übersetzt von
Anne Büchel

Weltbild

Die amerikanische Originalausgabe erschien unter dem Titel
«Houses of Stone» bei Simon & Schuster, New York

Genehmigte Lizenzausgabe
für Verlagsgruppe Weltbild GmbH, Augsburg

Übersetzung: Anne Büchel
Umschlaggestaltung: Studio Höpfner-Thoma, München
Umschlagmotiv: The Image Bank, München
Gesamtherstellung: Ebner Ulm
Printed in Germany
ISBN 3-8289-7009-5

2004 2003 2002 2001
Die letzte Jahreszahl gibt die aktuelle Lizenzausgabe an.

I

Die Schriftstellerei kann und darf nicht der Lebensinhalt einer Frau sein.
Robert Southey an Charlotte Brontë, 1837

Hoffentlich war das nicht wieder einer von Simons Streichen!

Ihre gemeinsame Leidenschaft waren seltene Bücher – nur hatte sich beim letzten Mal, als er sie einer «phantastischen Entdeckung» wegen nach Baltimore gelockt hatte, der Schatz als die gesammelten Werke von Barbara Cartland entpuppt, einer Vielschreiberin romantischer Liebesgeschichten. Karen war stocksauer geworden, doch er hatte nur unschuldig bemerkt: «Das ist doch dein Fachgebiet, oder etwa nicht? Weibliche Romanciers?»

Aber derartige Episoden konnten ihre langjährige Freundschaft nicht trüben, und die häufigen Dispute – auf seiner Seite mit beißendem Sarkasmus, auf der ihren mit hitzigen Argumenten geführt – verliehen ihrer Beziehung sogar einen besonderen Reiz. Simon war in jeder Hinsicht das pure Gegenteil von Karen. Er war Ende Sechzig oder Anfang Siebzig, sie fast vierzig Jahre jünger. Er war groß und hager, sie einssechzig und, milde gesagt, auf der vollschlanken Seite. Simon war, wie er offen zugab, ein unverbesserlicher Macho, sie Spezialistin für Frauenliteratur,

Dr. phil. und Dozentin an einem Frauencollege; Simon verfügte, soviel sie wußte, weder über Mittel- noch Hochschulbildung. Dennoch war er einer der gebildetsten Menschen, die sie kannte.

Merkwürdig, daß sie einander so gut verstanden, obwohl sie sich nur selten sahen und meist verschiedener Meinung waren, überlegte Karen, während sie auf der Staatsstraße 70 Richtung Baltimore fuhr. Es herrschte wenig Verkehr, und sie kannte die Strecke so gut, daß sie den Weg auch im Dunkeln gefunden hätte.

Dunkel war es allerdings, sogar noch mitten am Vormittag. Dicke zinngraue Wolken hingen tief herab, und Karen mußte die Scheinwerfer einschalten. Schneien würde es ja wohl nicht mehr, hoffte sie. Von ihrem Wohnort bis nach Baltimore waren es fast 160 Kilometer, ein gutes Stück davon führte über kurvenreiche Nebenstraßen, und der Stundenplan des nächsten Tages war mit Vorlesungen und Sitzungen vollgepackt. Aber sie konnte Simons mysteriösen Andeutungen ebensowenig widerstehen wie einer guten Mahlzeit nach einer mehrwöchigen Fastenkur. Dabei hatte er sich wieder mal so irritierend zurückhaltend gegeben. «Nein, mehr kann ich dazu am Telefon wirklich nicht sagen, du mußt es dir schon selbst ansehen. Aber wenn mich meine Ahnung nicht trügt – und sie trügt mich selten –, ist das die Entdeckung *deines* Lebens.»

Karen schaltete das Radio ein und drückte auf den Tasten herum, bis die Klänge der «Kleinen Nachtmusik» ertönten. Das war sicherlich eine Antwort auf die Frage nach dem, was sie und Simon miteinander verband: die Musik. Vor ihrer Bekanntschaft mit Simon hatte ihr klassische Musik nicht viel bedeutet, erst er hatte sie auf den Geschmack gebracht. Mozart war für ihn der größte aller Komponisten – und gleich nach ihm kam John Lennon.

Und sonst? Simons Sinn für Humor. Er war einfach amüsant, sogar wenn er einen manchmal auf die Palme jagen konnte. Und natürlich waren sie beide Büchernarren. Karen liebte Bücher, ihren Geruch, ihre Form, den Anblick eines vollen Bücherregals. Mit ihrer Sammelwut hatte sie ihre Familie schon als Kind schier zur Verzweiflung gebracht. Und zwar nicht, wie ihr Vater geduldig erklärte, weil man alle paar Wochen ein neues Regal kaufen mußte. Auch nicht, wie ihre Mutter zähneknirschend äußerte, weil man jedesmal einen Stoß Bücher wegräumen mußte, bevor man sich auf einen Stuhl setzen oder ans Telefon gehen oder den Tisch decken konnte. Was sie nicht ausstehen konnten, waren die Bücher unter der Treppe, unter Karens Bett und auf dem Klavier. Der Dachboden war mit Büchern vollgestopft, der Keller, das Gästezimmer...

Während sie an ihrer Dissertation arbeitete, blieb ihr kaum Zeit zum Schmökern, aber die Promotion feierte sie dann mit einer wahren Einkaufsorgie – nicht in so teuren Antiquariaten, wie Simon eines führte, sondern in den muffigen kleinen Ramschläden, wo man ein Buch für einen Vierteldollar bekam. In so einem Laden hatte sie auch das unscheinbare Bändchen mit den Gedichten gefunden, deren Verfasserin sich Ismene nannte. Niemand außer Karen hätte das Büchlein, dessen Einband fehlte und dessen stockfleckige Seiten zusammengepappt schienen, eines zweiten Blicks gewürdigt. Sie fuhr mit dem Fingernagel am Schnitt entlang. Nur die Ränder waren verklebt, der Band ließ sich öffnen.

Sie hatte sich später oft gefragt, was geschehen wäre, wenn sie nicht gerade dieses Gedicht als erstes gelesen hätte. Von den Versen ging eine seltsame Faszination aus. *«In einem Haus von Stein bin ich gefangen... Im Sterben liegt kein Sieg – nur stumme Düsternis...»* Auf dem Boden kniend und behutsam Seite um Seite lösend, begriff sie allmählich, was dieser Zufallsfund bedeutete.

Die Titelseite war so fleckig und zerknittert, daß sie nur zwei Wörter entziffern konnte – «Gedichte» und den Namen oder das Pseudonym der Verfasserin: Ismene. Kein Erscheinungsjahr.

Aber sie hatte schon andere Bücher dieser Art gesehen; wahrscheinlich war es in der ersten Hälfte des 19. Jahrhunderts gedruckt worden. Ihr Spezialgebiet – die Frauenliteratur des 19. Jahrhunderts. Doch von einer Autorin, die sich Ismene nannte, hatte sie noch nie etwas gehört.

Sechs Wochen lang durchforstete sie die Fachliteratur, nur um festzustellen, daß eine Autorin dieses Namens unbekannt war. Sechs Monate dauerte es, bis sie eine Edition der Gedichte, komplett mit Anmerkungen, Fußnoten und dem erforderlichen wissenschaftlichen Apparat, publizieren konnte.

Ismene mußte ein Pseudonym sein, nach der Schwester Antigones in der klassischen griechischen Tragödie. Die Schriftstellerinnen früherer Epochen wagten es kaum je, unter ihrem bürgerlichen Namen zu publizieren. Wenn sie sich nicht hinter dem anonymen «Verfaßt von einer Dame» versteckten, wählten sie männliche oder neutrale Namen – wie etwa Currer, Ellis und Acton anstelle von Charlotte, Emily und Anne. Vermutlich hatte die Verfasserin das Bändchen auf eigene Kosten drucken lassen, denn Karen konnte auch den Verlag nicht eruieren.

Ob Simons Fund wohl von ähnlicher Bedeutung war? «Genau auf deiner Linie», hatte er gesagt. «Du wirst deinen Augen nicht trauen. Ich glaube es selbst noch nicht ganz ...» So gemein konnte er doch nicht sein, daß er sie nur zum Spaß nach Baltimore kommen ließ!

Das Antiquariat befand sich in der Charles Street. Karen mußte ein paar Straßen weiter parken. Jetzt schneite es doch, und während sie die Straße entlang eilte, setzten sich dicke Flocken auf ihre Wimpern. Sie stieß die Ladentür auf und erblickte Simon, der ganz hinten in dem spärlich beleuchteten Raum an seinem Pult saß. Der Schein der Tischlampe zauberte unheimliche Schatten auf sein schmales, knochiges Gesicht.

Er sah blinzelnd hoch, trat auf sie zu und nahm ihre Hände in die seinen. «Du bist ja ganz naß», sagte er besorgt, während er ihr aus dem Mantel half. «Schneit es so stark? Vielleicht solltest du besser hier übernachten.»

Das hatte sie bereits ein-, zweimal getan, aber er machte jedesmal soviel Umstände, war nicht davon abzubringen, ihr sein Bett abzutreten, und begnügte sich mit der zu kurzen Wohnzimmercouch. «Unmöglich, ich hab morgen viel zu tun», erwiderte sie. «Wenn wir es kurz machen, schaff ich den Rückweg heute noch.»

Simon verstand den Wink mit dem Zaunpfahl. Seine dünnen Lippen verzogen sich zu einem Lächeln, aber er sagte nichts, während er Karen ins Hinterzimmer folgte. Die behäbigen, mit verblaßtem Chintz bezogenen Sessel, die Stehlampen, die weichen Farben des alten Perserteppichs, die bis zur Decke reichenden Bücherregale verliehen dem kleinen Raum Behaglichkeit. Dieses Heiligtum durften nur Simons Stammkunden betreten.

Mit einem wohligen Seufzer ließ sich Karen in einen Sessel fallen. Simon bot ihr Kaffee und verführerisch duftendes, knuspriges Gebäck an. «Ganz frisch», sagte er, «von der polnischen Bäckerei an der Ecke.»

Karen wehrte ab. «Ich bin doch am Abnehmen! Versuch nicht, mich hinzuhalten, du weißt genau, daß ich vor Neugier beinahe platze! Wo ist es? Was ist es? Mach's nicht so spannend, Simon!»

«Wenn ich es dir gleich in die Hand gebe, schnappst du es und verziehst dich. Wo ich doch extra für dich mein berühmtes Gulasch gekocht habe! Außerdem brauchst du nicht abzunehmen. Hier, versuch doch eine Kolatsche.»

Resigniert griff Karen zu.

«Wie geht es Norman?»

Karen hatte den Mund voll und konnte sich daher mit der Antwort Zeit lassen. Warum interessierte sich Simon plötzlich für ihren Exmann? Er hatte ihn nur wenige Male getroffen und ihn nie besonders gemocht.

Sie schluckte und sagte: «Gut, nehme ich an.»

«Ist eure Scheidung schon rechtskräftig?»

«Sie ist definitiv. Letzte Woche sind die Papiere gekommen.»

«Was dich offenbar nicht gerade erschüttert.»

«Warum sollte es, Simon? Wir waren keine drei Jahre verheiratet, und die große Liebe ist es nie gewesen.»

Simon runzelte fragend die Stirn und zuckte dann die Achseln. «Es geht mich ja nichts an, aber eine junge Frau wie du sollte nicht allein leben.»

«Simon, du bist hoffnungslos altmodisch.» Karen lächelte nachsichtig. «Was meinst du mit ‹allein› – ohne Ehemann oder ohne Liebhaber?»

«Sei nicht vulgär», sagte Simon streng.

«Bin ich nicht. Was die Liebhaber angeht – wie kommst du darauf, daß ich keine habe?»

«Das ist doch nicht deine Art. Außerdem würde ich es merken. Es gibt da – gewisse Anzeichen.»

Karen gab auf. Über dieses Thema konnte man nicht mit ihm reden. «Du willst bloß ablenken, Simon. Laß uns lieber zur Sache kommen. Wenn du mir jetzt nicht gleich sagst –»

Die Ladenglocke klingelte, und Simon stand auf, um einen Kunden zu bedienen.

Simon wickelte den Großteil seiner Geschäfte per Post ab; er hatte wenig Laufkundschaft, und bei dem naßkalten Wetter war sowieso nicht viel los. Als der Kunde gegangen war, wurden sie nicht mehr gestört. Trotzdem schloß Simon die Ladentür erst Punkt zwölf Uhr ab. Sie stiegen die steile Treppe zum ersten Stock hinauf.

Die über dem Laden liegende Wohnung war klein und etwas schäbig, aber tadellos aufgeräumt – bis auf die Bücher. Bücher bedeckten sämtliche Wände und Stellflächen, Stöße von Büchern stapelten sich neben den Sesseln und dem Sofa. Simon knipste das Licht an und ging voraus in die von würzigen Düften erfüllte

Küche. Er rückte einen Stuhl für Karen zurecht, stellte Weingläser, den Brotkorb und die dampfende Gulaschterrine auf den Tisch.

Nach dem Essen zog Simon eine seiner dünnen schwarzen Zigarren hervor. «Du gestattest doch?» fragte er.

Karen sprang auf, trug die beiden Teller zur Spüle und räumte den Tisch ab. Dann setzte sie sich hin und sah ihn erwartungsvoll an. «Zeig mir erst deinen ominösen Fund.»

Seufzend erhob sich Simon, ganz der geplagte Mann, dem nichts anderes übrigbleibt, als weiblichen Kapricen nachzugeben. Er ging ins Nebenzimmer und kam mit einem Bündel und einem sauberen weißen Tuch zurück, das er sorgfältig über den Tisch breitete. «Darf ich *jetzt* rauchen?» fragte er und reichte ihr das Bündel.

Es war ein kleines, aber ziemlich dickes Paket. Behutsam entfernte Karen die wattierte Hülle und eine Schicht Folie, wie man sie in Museen zum Verpacken empfindlicher Materialien verwendet. Es war wie eine Erlösung, als der Inhalt endlich zum Vorschein kam.

Kein Buch, sondern ein Stoß loser Blätter – ein Manuskript lag vor ihr. Falls es je einen Deckel gehabt hatte, so war er verlorengegangen. Die seitlichen Ränder waren so zerfleddert, als hätten Mäuse daran genagt, die Ecken stumpf. Der untere Rand war verkohlt und krümelte. Auf dem obersten, stark vergilbten Blatt war die Schrift noch knapp zu erkennen, aber Karen konnte nur wenige Wörter entziffern.

Sie bemühte sich, ihre Erregung zu verbergen. «Ich weiß nicht... ich kann nicht...»

«Faß es ruhig an, so empfindlich, wie es aussieht, ist es nun auch wieder nicht», sagte Simon. «Na, worauf wartest du noch? Den ganzen Vormittag quengelst du herum, und jetzt sitzt du da mit gefalteten Händen und starrst eine leere Seite an.»

«Nein... ganz leer ist sie nicht. Ein paar Wörter kann ich

lesen.» Sie sah ihn mißtrauisch an. «Simon, du willst mich doch nicht veräppeln, oder? Du würdest doch nicht...»

«Aber nein.» Es klang schroff; der Vorwurf hatte ihn getroffen. Sie streckte versöhnlich die Hände aus. Er ergriff sie, und seine Miene hellte sich auf. «Ich verstehe schon – zuerst wollte ich ja selbst nicht dran glauben. Aber der Name steht da. *Ismene.*»

«Vielleicht ist es nicht dieselbe Frau, vielleicht hat sonst jemand den Namen verwendet. Vielleicht ist das nicht... Was ist es überhaupt? Wieder Lyrik? Oder ein Tagebuch?»

«Warum siehst du nicht selbst nach?»

«Ich trau mich nicht... Vielleicht bilde ich mir alles nur ein, und wenn ich das Ding anfasse, zerfällt es zu Staub.»

«Es ist kein Tagebuch», sagte Simon geduldig. «Ich glaube, es ist ein Roman oder ein Teil eines Romans. Die ersten und letzten Seiten fehlen. Es scheint sich um einen Schauerroman zu handeln, einen der echten aus dem 18. oder frühen 19. Jahrhundert, die im Gegensatz zu dem, was man heute als Schauerroman bezeichnet –»

«Willst du mir eine Vorlesung über mein Spezialfach halten?»

Simon brach in lautes Gelächter aus. «Gott sei Dank, du bist noch ganz die alte Kratzbürste!»

«Ist doch wahr! Schließlich hab ich zwei wissenschaftliche Arbeiten zum Thema Schauerroman geschrieben.»

«Und jetzt ringst du ganz stilgerecht die Hände», meinte Simon spöttisch.

«Ich versuche mich nur zu beherrschen», sagte Karen mit einem versöhnlichen Lächeln. Wie gut er sie doch kannte – er hatte genau den Trick angewandt, der bei ihr am besten wirkte. «Am liebsten würde ich gleich zu lesen beginnen.»

«Nur zu, du hast den ganzen Nachmittag vor dir. Und den ganzen Abend, falls du doch hier übernachten solltest.»

«Nicht das Original, das ist zu kostbar. Ich werde eine Kopie machen lassen...» Sie verstummte, als sie den Ausdruck auf seinem Gesicht sah, und ihr wurde beinahe übel vor Schreck. «Simon, ich darf es doch haben? Du willst es mir doch nicht bloß zeigen und dann wieder wegnehmen? Oder hast du es etwa schon sonst jemandem verkauft? Nein, das würdest du mir nicht antun!»

«Reg dich nicht auf», beschwichtigte Simon. «Du bist nach mir der erste Mensch, der dieses Manuskript zu sehen bekommt. Aber ausgehändigt bekommst du es nicht – noch nicht.»

«Noch nicht? Wann denn?»

«Wenn das übliche Prozedere durchlaufen ist. Hast du überhaupt eine Ahnung davon, was dieses Bündel Papier wert ist? Ich spreche ganz prosaisch und unverfroren von Geld, Karen, denn ich verdiene nun mal mein Leben damit, daß ich Bücher kaufe und verkaufe.»

«Na klar, und ich erwarte ja auch nicht, daß du es mir schenkst. Natürlich bezahle ich dafür, hast du vielleicht gedacht...» Sie merkte, daß ihre Stimme schrill wurde, und versuchte sich zu beherrschen. Hier ging es ums Geschäft, nicht um Freundschaft, und sie hatte noch nie aus einer Freundschaft Profit geschlagen. «Wieviel verlangst du dafür?»

Simon fiel auf ihre gespielte Gelassenheit nicht herein. «Du kennst doch den Wahlspruch der Antiquare? ‹Eine Ware ist genausoviel wert, wie jemand dafür zu zahlen bereit ist.› Natürlich kann man den Wert eines bestimmten Buches anhand der Erlöse vergleichbarer Bücher schätzen. Aber genau da liegt der Hase im Pfeffer. Womit sollte ich dieses Manuskript vergleichen? Ich kann herausfinden, was ein Brontë- oder Dickinson-Manuskript einbringt; gelegentlich tauchen auf dem Markt Originalmanuskripte bekannter Werke auf. Aber ein unbekanntes, unveröffentlichtes Manuskript einer so gut wie unbekannten Autorin... Das kann ich nur auf einem Weg herausfinden. Indem ich das Manuskript zum Verkauf anbiete.»

«Wo? An einer Auktion?»

«Das wäre eine Möglichkeit, aber nicht die richtige. Wenn nämlich ein privater Sammler das Manuskript bekommt, geht die Wissenschaft leer aus, und das wäre schade. Nein, ich denke eher daran, es größeren Universitäten und Bibliotheken anzubieten.»

«Ich biete mehr als der Meistbietende. Das gibt's doch in diesem Busineß – ein Vorkaufsrecht oder so was Ähnliches?»

«Ach, Karen ...» Sein Blick wanderte von ihrem Gesicht zu ihren Händen, die, ohne daß sie sich dessen bewußt war, das Manuskript umklammert hielten.

«Ich begreife ja deinen Standpunkt, Simon», sagte sie gepreßt. «Aber begreif du auch meinen. Der erste, der dieses Manuskript bekommt, auf welchem Weg auch immer, wird auch der erste sein, der es herausbringt. Wenn es an eine Universität oder Bibliothek geht, geben die es jemandem von ihren eigenen Leuten. Ich hätte keine Chance.»

«Und wenn dein College –»

«Simon, du hörst mir nicht zu! Sogar wenn mein College das Geld aufbrächte, was kaum der Fall sein dürfte, gibt's mindestens einen Mitbewerber, und der würde es bestimmt auch kriegen, weil er, im Gegensatz zu mir, dem Verwaltungsrat und dem Senat in den Hintern kriecht. Bill Meyer von Yale und Dorothea Angelo von Berkeley, um nur zwei andere zu nennen, würden über Leichen gehen, um dieses Manuskript zu kriegen. Und Yale und Berkeley verfügen über sehr viel mehr Geld als mein kleines College.»

«Verstehe. Aber du –»

«Laß mich doch ausreden!» Nun hatte sie ihm schon zweimal das Wort abgeschnitten; dabei wußte sie genau, daß er das nicht ausstehen konnte. Verzweifelt suchte sie nach einem Argument, das ihn überzeugen würde. «Weißt du auch, was jemand täte, der weniger ehrlich ist als ich? Deine Einladung zum Übernachten dankend annehmen, dir ein Schlafmittel in den Wein schütten und das Manuskript klammheimlich in eines jener Fotokopiergeschäfte tragen, die auch nachts geöffnet haben.»

Simon zog die Brauen hoch. «Das wäre wirklich unschön.»

«Sicher, und ich würde so etwas auch nie tun, aber ich kenne eine Menge Leute, die keine solchen Skrupel hegen. Gerade du weißt doch sehr genau, wie schrecklich kompliziert die Rechtslage bei alten Manuskripten ist. Einen Stapel Papier kann man kaufen und verkaufen, vererben oder verschenken, und wenn ich ihn klaute, würde ich mich strafbar machen. Aber der Text selbst? Da ist kein Copyright mehr drauf, dazu ist er zu alt. Hätte ich eine Kopie des Textes, du würdest mich kaum daran hindern können, ihn zu veröffentlichen. Und ich würde keinen Augenblick zögern, dieses Risiko einzugehen, ebensowenig wie Bill Meyer oder Joe Cropsey, mein verehrter Chef. Genau deshalb muß ich es rechtmäßig erwerben – damit es kein anderer in die Finger kriegt. Mehr als zwei Stunden braucht man nicht, um eine Fotokopie davon zu machen.»

Karen mußte tief Luft holen, als das alles heraus war. Simon musterte sie nachdenklich. «Daß die Nachfrage so groß sein könnte, hatte ich mir nicht überlegt. Selber schuld, Karen, warum hast du Ismene in den illustren Kreisen der Wissenschaft bekanntgemacht? Wie viele Exemplare deiner Ausgabe der Gedichte wurden denn verkauft? Wie viele Publikationen zum Thema sind inzwischen erschienen?»

Karen biß sich auf die Lippen. Die Tatsache, daß sie heute keine Konkurrenz zu fürchten bräuchte, wenn sie seinerzeit Ismenes Gedichte nicht herausgebracht hätte, ärgerte sie ganz besonders. Andererseits – wenn sie nicht eine anerkannte Autorität auf diesem Gebiet wäre, hätte Simon ihr wohl kaum von seinem Fund erzählt. Wenn sie nicht mit Ismene an die Öffentlichkeit gelangt wäre, hätte man das Manuskript weiter verschimmeln lassen oder es vielleicht sogar vernichtet – ein Gedanke, bei dem ihr der kalte Schweiß ausbrach.

«Wo hast du es eigentlich her?»

«Ob du's glaubst oder nicht: aus einem alten Überseekoffer auf einem staubigen Dachboden. Die meisten Sachen dieser Art findet man an solchen Orten. Erinnerst du dich an den ersten Teil von *Huckleberry Finn*, den man vor einigen Jahren entdeckte? Mark Twain schickte das Manuskript einem Freund, der es irgendwo hinsteckte und vergaß, und dann blieb es über hundert Jahre verschollen.»

Karen schenkte ihm ihr charmantestes Lächeln. «Glaub bloß nicht, daß du mich mit solchen Geschichten ablenken kannst, mein Lieber.»

Simon seufzte. «Das Haus, aus dem dieses Manuskript stammt, gehörte einem alten Herrn, der genau wie seine Vorfahren nie etwas auf den Müll warf. Seine Erben haben das Haus, weil es verkauft werden soll, räumen lassen und die Sachen auf eine Auktion gegeben. Den Auktionator kenne ich von früher her; ich werde oft konsultiert, wenn es um Bücher und Manuskripte geht. Er und die Erben haben mir das Manuskript überlassen, weil es ihnen ziemlich – nun ja, esoterisch vorkam.»

«Wer –»

«Du weißt genau, daß ich dir das nicht sagen kann.»

«Hast du es in Kommission genommen?»

«Nein, ich habe es fest gekauft.» Nach kurzem Zögern nannte er ihr die Summe. Es war weniger, als sie befürchtete, aber mehr, als sie gehofft hatte. Simon war so verdammt korrekt; er hätte den Leuten doch sagen können, das Manuskript sei höchstens zehn Dollar wert!

«Ich biete mehr als der Meistbietende», wiederholte sie. «Egal, wieviel das ist.» Sie zog ihr Scheckbuch aus der Handtasche. «Siebentausendsechshundert Dollar hab ich auf dem Sparkonto. Siebentausend als Anzahlung. Und was dein Angebot betrifft, hier zu übernachten – also, das nehme ich dankend an.»

2

Man sollte den Frauen die Schriftstellerei verbieten
und jenen, die es nicht lassen können,
zur Strafe mit einer Austernschale
das Gesicht zerkratzen.
Nathaniel Hawthorne in einem Brief
an seinen Verleger, 1852

Dichte Finsternis wog zentnerschwer auf ihr, erdrückend wie feuchte schwarze Erde, die ihr Mund und Nase verschloß, die Augen bedeckte, die Hände fesselte. Sie rang nach Atem und versuchte vergeblich, sich zu befreien...

Mit einem erstickten Schrei fuhr sie hoch. Die Straßenlampe draußen vor dem Fenster warf ein fahles Licht ins Schlafzimmer. Es dauerte lange, bis sich ihr keuchender Atem beruhigt hatte und sie es wieder wagte, die Augen zu schließen.

Karen hatte den Parkplatz erreicht, bevor ihr bewußt wurde, daß die hartnäckigen Rufe ihr galten. Die Stimme kam ihr irgendwie bekannt vor, und jetzt erkannte sie auch die Frau, der die Stimme gehörte: Dr. Margaret Finneyfrock, Dozentin für amerikanische Geschichte. Peggy für ihre Bekannten. Peggys grauer Haarschopf sah aus, als hätte man ihn mit der Gartenschere zurechtgestutzt; ihr wettergegerbtes Gesicht zeigte keine Spur von Make-up; ihre untersetzte Figur steckte in einem ihrer legendären Tweedkostüme. Die Studentinnen behaupteten, sie lasse jedes neue Kostüm, die Taschen mit Steinen beschwert, erst mal so lange im Schrank hängen, bis es ein formloser Sack war. Den Rest besorgten dann die scharfen Krallen von Peggys Katzen.

Peggy trug keinen Mantel, und erst jetzt merkte Karen, wie sonnig und mild es heute war. Ein richtiger Frühlingstag.

«Bist du taub geworden, oder willst du mir aus dem Weg gehen?» fragte Peggy. «Ich brülle schon seit fünf Minuten hinter dir her! Wohin zum Teufel gehst du?»

«Nach Hause, wohin zum Teufel sonst?»

«Die Antwort darauf könnte dir die äußerst erzürnte junge Dame geben, die vor deiner Bürotür steht und behauptet, sie habe um elf einen Termin bei dir.»

«Au weia.» Karen biß sich auf die Lippen. «Das ist Debbie, die nun schon zum zweiten Mal... Ich muß wohl zurück.»

«Laß nur, sie ist inzwischen davongerauscht. Aber vorher hat sie noch ihren Frust an mir abreagiert... He, warte mal!» Peggy packte Karen am Arm. «Glaubst du, ich renne hinter dir her, um dich an deine Termine zu erinnern? Daß ich in dein Büro ging, war auch kein Zufall. Ich hab dich seit einer Woche nicht mehr gesehen. Wollen wir zusammen essen?»

«Entschuldige, ich hab wirklich keine Zeit.»

Peggy packte Karens anderen Arm und musterte sie kritisch. «Du siehst schrecklich aus», sagte sie unverblümt. «Was machst du die ganze Zeit? Richtig essen und richtig schlafen jedenfalls nicht. Was ist nur mit dir?»

Richtig schlafen wäre schön, dachte Karen. Aber diese Alpträume, diese schreckliche, erdrückende Schwärze... Sie erschauerte. Peggys Griff verstärkte sich. «Was hast du denn?»

«Ach, nichts – nur viel zu tun. Ich arbeite an einem neuen Projekt. Wirklich, Peggy, ich hab keine Zeit –»

«Dann nimm sie dir, verdammt noch mal! Du wirst noch krank, wenn du so weitermachst, und was wird dann aus deinem Projekt? Das ist keine Einladung, sondern ein Befehl!»

«Steckt etwa Joan dahinter oder Sharon?» fragte Karen.

«Die machen sich auch schon Sorgen. Vorige Woche hast du die beiden versetzt und dich nicht mal entschuldigt. Ans Telefon gehst du nicht, und in deinem Büro findet man dich auch nie.»

«Na und? Ich hatte zu tun. Die sollen sich meinetwegen doch nicht aufregen und wie Kindergartentanten –»

«Sie meinen es doch nur gut», unterbrach Peggy. «Es war Sharon, die mich angerufen hat. Du weißt ja, wie Psychologinnen sind, in jeder Verhaltensänderung sehen sie gleich etwas Schlimmes. Joans Theorie ist, daß du einen neuen Freund hast.»

Wider Willen mußte Karen lächeln. Ihr war auch ohne Peggys kritischen Blick klar, daß sie nicht wie eine Verliebte aussah. Ihre Strumpfhose hatte eine Laufmasche, und der Lippenstift war vermutlich – oje, hatte sie heute früh überhaupt Make-up aufgelegt? Keine Ahnung. «Na schön», lenkte sie ein. «Wo wollen wir essen?»

«Mir ist jedes Lokal recht, sofern es Alkohol ausschenkt und keine Tofugerichte auf der Speisekarte hat. Komm, wir nehmen meinen Wagen.»

Sobald Peggy ihr Opfer sicher im Auto verstaut hatte, verfiel sie in taktvolles Schweigen, und Karen entspannte sich. Wilmington war ein hübsches Städtchen, hingeschmiegt zwischen jenen Hügeln, die man in Maryland großartig Berge nennt. Die Sonne spielte auf den Fassaden der alten Häuser, und auf dem frischen Grün der Wiesen leuchtete der Löwenzahn. Die Welt machte ein ganz anderes Gesicht als an dem düsteren Tag vorige Woche, als sie im Schneetreiben von Baltimore nach Hause gefahren war. Seither war sie kaum draußen gewesen, und nun war plötzlich der Frühling da.

Sie durchquerten die Altstadt und gelangten zu einem der Einkaufszentren, die in den letzten Jahren aus dem Boden gestampft worden waren. «Wir könnten es mit dem neuen mexikanischen Lokal an der Ladenstraße versuchen», meinte Peggy. «Anscheinend ißt man dort recht gut.»

«Du willst mich nur so weit wie möglich vom Campus weg haben», sagte Karen. «Aber ich renne dir schon nicht weg. Du hast recht, ich muß wirklich mal Pause machen. Danke, daß du mich mitgeschleppt hast.»

«Ich hab's, wie immer, aus rein egoistischen Gründen getan.»

Das stimmte natürlich nicht, dachte Karen lächelnd. Peggys rauhe Stimme, vom jahrelangen Kettenrauchen zum Baßbariton verwandelt, und ihr saloppes Äußeres verbargen einen sehr weichen Kern. Kein Wunder, daß Joan und Sharon, Karens beste Freundinnen, bei Peggy Hilfe gesucht hatten; alle taten es, auch die Studentinnen, denn Peggy war trotz ihrer schroffen Art eine richtige Glucke. Sie brüllte und schimpfte – und war immer zur Stelle, wenn man sie brauchte.

Für mich auch, dachte Karen, während sie brav den Geflügelsalat aufaß, den ihr Peggy empfohlen hatte. Wie hungrig sie gewesen war, bemerkte sie erst, als gut die Hälfte der Riesenportion von ihrem Teller verschwunden war.

«Willst du jetzt auch einen Margarita?» fragte Peggy, die bereits zwei intus hatte.

«Danke, nein.»

«Dann also Kaffee.» Peggy winkte der Kellnerin, bevor Karen ja oder nein sagen konnte. Das wäre die Ouvertüre gewesen, dachte sie amüsiert. Jetzt wird Peggy zur Sache kommen.

«Hat sich jemand über mich beklagt?» fragte Karen einleitend, überzeugt, die Antwort bereits zu kennen.

«Du hast zwei Vorlesungen verpaßt und der Himmel weiß wie viele Sitzungen», sagte Peggy. «Aber beschwert hat sich, wie du bestimmt errätst, natürlich Joe Cropsey, dein besonderer Liebling. Alles unter dem Deckmäntelchen väterlicher Besorgnis. Ob du krank seist? Oder private Probleme hättest? Am Ende gar – kicher, kicher, zwinker, zwinker – besonders private?»

«Dieser Schleimer», knurrte Karen und stocherte in den Salatresten herum.

«Er möchte ja so gerne an deinem Privatleben teilhaben», sagte Peggy. «Vorwitziger Gartenzwerg. Leg deinen Kummer lieber auf meine breiten Schultern, sonst hängt er dir dauernd am Rockzipfel und versucht dich zu trösten.»

«Gott behüte! Ich möchte wirklich etwas loswerden, Peggy, ich bin nämlich an einem Punkt angelangt, wo ich einen objektiven Rat brauche. Ich...» Sie strich eine Haarsträhne aus dem Gesicht. Höchste Zeit, wieder mal zum Friseur zu gehen. «Ich hab gar nicht gemerkt, wie mir das alles auf dem Magen liegt. Hast du überhaupt Zeit?»

«Den ganzen Nachmittag», versicherte Peggy.

Sie hatte ihren Kaffee ausgetrunken, als Karen mit ihrer Geschichte zu Ende war, bestellte einen zweiten und auch frischen Tee für Karen, die vor lauter Reden nicht zum Trinken gekommen war.

«Also hast du dem alten Herrn ein Schlafmittel verpaßt?»

«Natürlich nicht», sagte Karen. «Wo er mich doch mit Sperberaugen bewachte. Schließlich war er bereit, meinen Scheck anzunehmen – aber erst, nachdem ich die ersten Seiten des Manuskripts gelesen hatte, korrekt, wie er ist. Darum bin ich doch über Nacht dortgeblieben und hab am Tag darauf meine Termine versäumt. Heimlich kopieren, dazu bin ich zu anständig, aber so anständig, daß ich nicht soviel gelesen hätte wie nur möglich, bin ich nun auch wieder nicht.»

«Na, und worum handelt es sich bei diesem Manuskript?»

«Um einen Roman. Einen Schauerroman.»

«Düstere Gewölbe und feige Bösewichter, die es auf die Tugend hilfloser Jungfrauen abgesehen haben, was?» Peggy schnitt eine Grimasse. «Ich hab solches Zeug auch mal verschlungen, aber in meiner fernen Jugendzeit, das entschuldigt vieles.»

«Was du meinst, sind die billigen Imitationen, die vor dreißig

Jahren an jeder Ecke zu haben waren und die mit dem echten Schauerroman überhaupt nichts zu tun haben.» Unwillkürlich nahm Karen ihre Dozentinnenhaltung an. «Der eigentliche Schauerroman beginnt 1764 mit Walpoles *Burg von Otranto* und erreicht seine Blüte dreißig Jahre später mit den Romanen von Mrs. Radcliffe. Natürlich wimmelt es darin von feigen Bösewichtern, angstbebenden Jungfrauen, düsteren Gewölben und schrecklichen Geheimnissen, aber gleichzeitig stellt der Schauerroman eine wichtige Phase in der Entwicklung des modernen Romans dar. Gefangenschaft und Gefahr sind Metaphern für die soziale, intellektuelle und ökonomische Benachteiligung der Frau in einer verknöcherten patriarchalischen Gesellschaftsstruktur –»

«Erspar mir den Rest! Literaturkritik in allen Ehren, aber was soll ich mit diesen freudianisch oder feministisch angehauchten Analysen? Mich interessiert doch nur, ob ein Buch gutes Lesefutter ist oder nicht.»

«Na schön, ist *Jane Eyre* gutes Lesefutter? Oder *Sturmhöhe*?»

«Das sind doch keine Schauerromane!»

«Aber sie stehen in der Tradition des Schauerromans.»

Peggy musterte ihre Freundin skeptisch. «Willst du behaupten, dein Manuskript sei vom selben Kaliber?»

«Das weiß ich eben noch nicht», sagte Karen bedrückt. «Simon hat mir eine Kopie der ersten dreißig Seiten überlassen. Die gibt er, hol ihn der Teufel, allen anderen Interessenten auch. Die ganze letzte Woche war ich damit beschäftigt, den Text zu entziffern und abzutippen. Die Tinte ist verblaßt, die Schrift so winzig, daß man sie kaum lesen kann. Papier war damals teuer, und man schrieb soviel wie möglich auf eine Seite. Zudem sind jede Menge Einschübe und Abkürzungen und Korrekturen drin. Ich schaffe nicht viel auf einmal, nach ein paar Seiten verschwimmt mir alles vor den Augen.»

«Ich verstehe.» Peggy zündete sich eine neue Zigarette an. «Dieses Manuskript bedeutet dir offenbar ungeheuer viel.»

«Es könnte meine berufliche Zukunft bedeuten! Forschungsstipendien, Stellenangebote von großen Universitäten, akademische Lorbeeren, internationale Anerkennung ...»

«Was, soviel hängt da dran? Reg dich ab, um Himmels willen, du verbiegst ja den Teelöffel! Dein Freund, der Buchhändler, hat es dir doch versprochen?»

«Ich hab so was wie eine Option. Die anderen dürfen nur ein Angebot machen, und wenn ich sie überbiete, bekomme ich den Zuschlag. Verdammt anständig von ihm. Er sagt, nur so könne er den wirklichen Wert feststellen.»

Peggy kniff die Augen zusammen. «In welcher Größenordnung soll das liegen? Und wo willst du das Geld hernehmen?»

«Keine Ahnung... wirklich nicht.» Karen wedelte den Zigarettenqualm fort. «Das hab ich mir noch nicht überlegt, ich war viel zu beschäftigt mit –»

«Total besessen bist du», schnaubte Peggy und stieß eine neuerliche Rauchwolke aus. «Aber ich weiß, wie mir zumute wäre, wenn ich auf einen solchen Fund stieße. Es hat keinen Sinn, dir schon jetzt wegen dem Geld den Kopf zu zerbrechen. Vielleicht meldet sich kein Käufer oder jedenfalls keiner, der das nötige Kleingeld hat.»

«Er hat doch schon mehrere Leute angefragt. Zwei waren interessiert und wollten die Ware sehen. Die Namen will er nicht herausrücken, aber ich bin sicher, daß einer davon Bill Meyer ist, und wenn dieses Aas das Manuskript sieht –»

«Deswegen brauchst du nicht zu schreien», sagte Peggy. «Wer ist Bill Meyer?»

«Ordentlicher Professor in Yale. Auf frühe amerikanische Literatur und bösartige Verrisse spezialisiert. Seine Kritik an meiner Ausgabe von Ismenes Gedichten war ein Meisterwerk an Überheblichkeit. Außerdem ist er ein ekliger Chauvinist und ein glühender Verteidiger des Kanons.» Sie bemerkte Peggys ungeduldigen Blick und erklärte: «Der traditionelle Kanon großer literarischer Werke wurde von Männern festgelegt und enthält fast nur männliche Autoren. Ein Standardwerk über die Literatur des neunzehnten Jahrhunderts nimmt nicht mal Jane Austen oder die Brontë-Schwestern oder George Eliot in dieses Heiligtum auf. Meyer und Konsorten behaupten, das Fehlen von Frauen sei darauf zurückzuführen, daß Frauen keine große Literatur geschrieben hätten.»

«Hm», brummte Peggy. «Warum sollte er dann –»

«Sogar Bill Meyer, dieser Frauenfeind, würde liebend gern als Entdecker einer unbekannten amerikanischen Autorin gefeiert werden – egal, wie man später einmal ihre literarische Bedeutung beurteilen wird.»

«Und du glaubst, er kriegt es fertig, den Yale-Leuten das Geld aus der Tasche zu ziehen? Wo doch überall die Etats zusammengestrichen wurden?»

«Wem sagst du das! Außer Meyer ist bestimmt noch Dorothea Angelo im Rennen. Hat einen Lehrstuhl in Berkeley und jede Menge Einfluß. Sie war grün vor Neid, als ich die Gedichte herausgab, und hat es mich spüren lassen. Die würde rauben und morden, um dieses Manuskript zu bekommen.»

«Aber wenn Simon dir versprochen hat –»

«Ich weiß nicht, wo ich das Geld auftreiben soll.» Zum ersten Mal wurde Karen dieses Problem richtig bewußt. Mit zitternder Stimme fuhr sie fort: «Und auch wenn ich es zusammenkriege – die anderen hätten das Manuskript trotzdem gesehen. Simon wird zwar darauf bestehen, daß man es in seinem Büro begutachtet, wenigstens hoffe ich das. Aber die sind imstande und klauen es.»

«Na, so weltfremd und hilflos wird er doch nicht sein!»

«Na ja... vielleicht nicht. Aber da ist noch was anderes, nämlich die Frage, wer hinter Ismene steckt. Die Gedichte geben keinerlei Hinweise auf ihren wirklichen Namen oder ihre Herkunft. Wenn es mir gelänge, die Verfasserin zu identifizieren, wäre das eine Sensation. Ohne biographischen Hintergrund ist es praktisch unmöglich, eine seriöse Studie über ihren Roman zu schreiben – darzustellen, welche Bedeutung ihr zukommt, welche Autoren sie beeinflußt haben und so fort. Ich kann keinen daran hindern, das zu recherchieren, auch wenn das Manuskript mir gehört. Und ich könnte es nicht ertragen, wenn –»

Sie verstummte und biß sich auf die Lippen. Fehlte bloß noch, daß sie wie eine hysterische Jungfrau aus einem Schauerroman zu schluchzen begann! Aber Peggy fragte ungerührt: «Du meinst, das Manuskript enthält Hinweise auf ihre Identität?»

«Es könnte sein», sagte Karen zögernd. «Aber noch wichtiger wäre es, festzustellen, wo es herkommt. Simon hat es von Leuten, die ein altes Landhaus samt der Einrichtung geerbt haben. Und er erwähnte einen Händler, den er kennt, also nehme ich an, das Haus befindet sich irgendwo hier in der Region. Er sagte, das Manuskript habe in einem Überseekoffer auf dem Dachboden gelegen. Weißt du, was das bedeutet?»

«Ich doch nicht. Ich bin nur eine arme, unwissende Historikerin», sagte Peggy sarkastisch, aber in ihren Augen blitzte plötzlich der Jagdinstinkt auf. «‹Hier in der Region› ist reichlich vage; das könnte die ganze Ostküste sein. Vermutlich könnte man das Gebiet einengen auf, sagen wir mal, Pennsylvania bis und mit den Carolinas. Da gibt es viele alte Landhäuser und alteingesessene Familien ...» Sie überlegte kurz und setzte hinzu: «Wenn der frühere Hausherr so ein Hamstertyp war, hatte er vielleicht eine Vorliebe für ländliche Auktionen, an denen kistenweise alter Ramsch versteigert wird.»

«Dann müßte man auch irgendwo Unterlagen über den Verkäufer finden», meinte Karen. «Stimmt, das Manuskript kann durch viele Hände gegangen sein. Dem nachzuspüren könnte so spannend werden wie eine Schatzsuche.»

«Oder wie Nachforschungen bei den Grundbuchämtern.» Peggy zündete sich an ihrer Kippe eine weitere Zigarette an, und Karen war sicher, daß ihre Freundin angebissen hatte. Dieser Teil des Puzzles erforderte nicht so sehr literaturwissenschaftliche als vielmehr historische Recherchen, und Peggy liebte es, solche Probleme zu knacken.

«Es gibt natürlich noch eine Möglichkeit», spann Peggy den Faden weiter. «Von Mrs. Radcliffe bis zu den Brontë-Schwestern, das wäre ungefähr der Zeitraum, nicht wahr? Also um 1800 herum. Zu dieser Zeit war die amerikanische Ostküste bereits ziemlich dicht besiedelt. Die Autorin dürfte einer wohlhabenden Landbesitzerfamilie entstammen; sie war gebildet, und Bildung war damals der Oberschicht vorbehalten. Das waren Aristokraten, Sklaven- und Plantagenbesitzer, die sich Kultur was kosten ließen, Bücher und Möbel aus England importierten und sich Landsitze erbauten...» Wie im Selbstgespräch begann sie ihre Theorie zu skizzieren. Dann blickte sie Karen an und sagte: «Darauf willst du doch hinaus, nicht wahr? Daß der Verkäufer des Manuskripts einer von Ismenes Nachkommen ist? Daß das Haus, in dem es gefunden wurde, ihr Zuhause war?»

«Warum ist nur immer so scheußliches Wetter, wenn ich nach Baltimore fahre?» murrte Karen. «Wenn ich abergläubisch wäre, würde ich es als schlechtes Omen deuten und umkehren.»

Diesmal schneite es nicht, sondern goß in Strömen, und dichte Nebelschwaden lagen über der Straße.

Peggy vergewisserte sich zum x-tenmal, ob ihr Sicherheitsgurt auch richtig saß. Sie wäre viel lieber selbst gefahren, doch das hatte Karen abgelehnt, obwohl sie wußte, daß ihre Freundin auf dem Beifahrersitz schnell nervös wurde. Sie zündete sich eine Zigarette an, öffnete das Fenster einen Spaltbreit und lehnte sich zurück. «Ich bin neugierig auf deinen Freund Simon. Es wird ihm doch nichts ausmachen, daß ich mitkomme?»

«Wenn, dann würde er es sich bestimmt nicht anmerken lassen. Deine Gegenwart macht die Sache ein bißchen offizieller; er wird glauben, daß du das College vertrittst.»

«Moment mal», widersprach Peggy. «Ich vertrete das College keineswegs, und ich will nicht wegen Amtsanmaßung oder so was in Teufels Küche kommen.»

«Mach dir keine Sorgen.»

«Mhm», sagte Peggy. «Bist du nach wie vor entschlossen, diesen verrückten Plan durchzuführen?»

«Ich muß einfach wissen, wer die Konkurrenz ist! Simon verrät mir ja nichts.»

«Hast du das erwartet?»

«Na ja – nein. Ich möchte ja auch nicht, daß er anderen Leuten meinen Namen angibt. Nenn es einfach Neugier, wenn –»

«Ach, ich weiß schon, weshalb du so neugierig bist.»

«Unterbrich mich doch nicht dauernd!»

Peggy brach in schallendes Gelächter aus und steckte damit auch Karen an. «Du brauchst mir wirklich nicht zu erklären, warum du so neugierig auf die Konkurrenz bist. Ich bin's ja auch. Und das Detektivspiel will ich mir keinesfalls entgehen lassen – in dunklen Hauseingängen lauern, Hut ins Gesicht gezogen, Schnappschüsse mit versteckter Kamera, Verfolgungsjagden durch halb Baltimore ...»

Karen stöhnte. «Ich wußte, ich würde es noch bereuen, dich mitgenommen zu haben!»

Das stimmte nicht; sie hatte allen Grund, dankbar zu sein, daß Peggy bei dem Projekt mitmachte. Nicht nur wegen ihres Fachwissens, sondern auch, weil sie mit ihrem gesunden Menschenverstand Karens wildwuchernde Phantasie etwas zügelte. Dank Peggy hatte sie sich nach der Aufregung der vergangenen Tage wieder im Griff. Sie hatte es sogar fertiggebracht, Simon nicht dauernd in den Ohren zu liegen. Mit dem Erfolg, daß sie das Manuskript jetzt noch einmal ansehen durfte – am selben Tag wie die anderen Interessenten, wie Simon am Telefon versichert hatte.

«Bist du sicher, daß Bill Meyer heute aufkreuzt?» fragte Peggy. «Ich spiele ja gern Detektiv, sogar bei Regenwetter, solange es nicht für die Katz ist.»

«Ich weiß nicht genau, wer kommt, Simon ist so verflixt diskret, daß er keine Namen nennt. Aber kommen wird bestimmt jemand, wenn nicht heute, dann morgen. Darum bat ich dich ja auch, die Zahnbürste mitzunehmen.»

Es nieselte nur noch, als sie vor Simons Antiquariat standen. Peggy hatte sich ein schreiend rot-violett gemustertes Kopftuch umgebunden; den Hut wollte sie, wie sie meinte, für das «Detektivspiel» reservieren.

Simons buschige Augenbrauen gingen fragend in die Höhe, als er Peggy erblickte, aber er deutete eine höfliche Verbeugung an und ergriff ihre ausgestreckte Hand. Karen fand, daß die beiden ein äußerst merkwürdiges Paar abgaben, der lange, hagere Simon und die kleine, pummelige Peggy in ihrem schäbigen Regenmantel mit den ausgebeulten Taschen und dem gräßlichen Kopftuch. Sie schob es zurück und strahlte ihn an. «Ich hab schon viel von Ihnen gehört, Mr. Haller.»

«Und Sie sind mir natürlich durch Ihre Publikationen ein Begriff, Dr. Finneyfrock. Aber kommen Sie doch herein, Ihr Mantel ist ja ganz naß... Was darf ich Ihnen anbieten? Tee, Kaffee?»

Er geleitete Peggy ins Hinterzimmer; Karen folgte ihnen.

Das Manuskript, wohlverwahrt in seiner Hülle, lag auf dem Tisch. Ohne Simons Erlaubnis abzuwarten, riß Karen es an sich wie eine Mutter ihr wiedergefundenes Kind.

Es dauerte keine fünf Minuten, bis die anderen beiden in eine heftige Diskussion vertieft waren. Simon hatte Peggys Buch über die Rolle der Frau in der Pionierzeit Amerikas offenbar sehr genau gelesen und verhehlte nicht, daß er anderer Ansicht war. Peggy äußerte ihre Meinung ebenso unverblümt.

Karen hörte dem Disput amüsiert zu. Daß sich die beiden so schnell und so gut verstanden, hatte sie nicht erwartet. Schließlich warf Simon einen diskreten Blick auf die Uhr. «Ich fürchte, Sie müssen mich jetzt entschuldigen, Dr. Finneyfrock, so interessant dieses Gespräch auch ist. Hoffentlich können wir es bei anderer Gelegenheit fortsetzen. Gehe ich recht in der Annahme, daß Sie sich ebenfalls für das Manuskript interessieren? Darf ich fragen, ob dieses Interesse... hm, finanzieller Natur ist?»

Peggy schenkte ihm ein bezauberndes Lächeln. «In dem Ausmaß, wie es sich als notwendig erweisen wird.»

Karen verschluckte sich an ihrem Kaffee und prustete in die Serviette. Sie hatte Peggy doch nicht um Geld gebeten! Wie käme sie auch dazu, eine Freundin anzupumpen...

«Verstehe.» Simon strich sich übers Kinn und musterte Peggy nachdenklich.

«Ich bin fähig und willens, mit jedem Angebot, das Sie bekommen, mitzuhalten. Aber wenn Sie Referenzen brauchen...»

Auch Simon lächelte nun charmant. «Ich habe von Karen keine Referenzen und brauche bestimmt auch keine von Karens – Kompagnon?»

«Die Vereinbarung zwischen Karen und mir», sagte Peggy liebenswürdig, «dürfte Sie kaum interessieren, Mr. Haller.»

Simon runzelte die Stirn. «Wie Sie meinen. Ich werde mich zu gegebener Zeit mit Ihnen in Verbindung setzen.» Er half ihnen in die Mäntel und begleitete sie hinaus.

Kaum war die Tür hinter ihnen ins Schloß gefallen, platzte Karen heraus: «Ich hab dich doch nicht um das Geld gebeten! Wann hast du –»

«Moment mal.» Peggy faßte sie am Arm und zog sie mit sich.

«Alles der Reihe nach. Erst mal weg von hier. Sobald wir außer Sichtweite sind, verkleiden wir uns, und dann legen wir uns auf die Lauer.»

«Verkleiden? Ich hab keine –»

«Ich hab eine Kopfbedeckung für dich.» Peggy wühlte in ihrer Handtasche, fischte ein formloses Etwas hervor, das mehr nach einer baufälligen Pyramide als nach einem Hut aussah, und zupfte es zurecht. Sie vertauschte es mit dem Kopftuch und erklärte befriedigt: «Na also! Wo hab ich bloß ... ach, da ist sie.»

Seufzend beugte sich Karen zu ihr hinunter und ließ sich eine mit knallroten Luftballons bedruckte Regenhaube umbinden.

«Da ist ein Lokal gegenüber Simons Laden», sagte Peggy. «Beeil dich! Er war schon ganz zappelig, sein Kunde muß sicher bald kommen.» Ergeben trottete Karen hinter ihr her.

Kurz darauf saßen sie an einem Fenstertisch und spähten zwischen staubigen Vorhängen hindurch auf die andere Straßenseite. Peggy bestellte Bier und Hamburger, während Karen nach den richtigen Worten suchte. «Es ist wirklich lieb von dir, daß du mir das Geld leihen willst, Peggy», begann sie. «Aber ich kann es unmöglich annehmen.»

«Darüber reden wir, wenn Simon seinen Preis nennt.» Peggy tat einen kräftigen Zug aus ihrem Bierglas. «Er ist reizend, Karen, ich bin ganz hin! Gottlob ist er für dich viel zu alt.»

«Peggy, du ...» Karen schüttelte den Kopf. «So kenne ich dich gar nicht.»

«Ich mich auch nicht. Wie langweilig mein Leben war, merke ich erst jetzt. Ich hab mich in den letzten zwei Stunden mehr amüsiert als in den letzten zehn Jahren zusammen. He, schau mal – da kommt einer!»

Karen schob den Vorhang zurück. «Niemand, den ich kenne. Wahrscheinlich irgendein gewöhnlicher Kunde.»

Sichtlich enttäuscht lehnte sich Peggy zurück. «Wie willst du überhaupt wissen, welches die richtigen sind?»

«Ich kenne alle persönlich, die ernsthaft in Frage kommen. Es gibt nur zwei oder drei, die mir wirklich Sorgen machen.»

Die fetttriefenden, mit je einem welken Gurkenstück garnierten Hamburger standen vor ihnen, ehe wieder eine verdächtige Person auftauchte. Karen fuhr hoch. «Die Angelo!» zischte sie und klemmte das pampige Brötchen so stark zusammen, daß der Senf hervorquoll.

«Bist du sicher?» Ihre Köpfe prallten zusammen, als sie beide gleichzeitig durchs Fenster linsten. Ungläubig sagte Peggy: «Das soll eine Frau sein?»

Die Gestalt, die sich dem Antiquariat näherte, war gut einsachtzig groß und entsprechend breit. Der Kopf war unter einem mächtigen schwarzen Schirm verborgen, der graue Trenchcoat ließ nur ein Paar dunkle Hosenbeine und flache Schuhe sehen.

«Klar ist sie das», beharrte Karen. «Was tun wir jetzt?»

«Abwarten», sagte Peggy. Sie verschlang den letzten Bissen ihres Hamburgers und wischte sich dann zierlich mit der Papierserviette die Lippen sauber.

Es dauerte fast eine Stunde, bis Dr. Angelos imposante Gestalt wieder zum Vorschein kam. Sie blieb auf der Schwelle stehen und fummelte an ihrem Regenschirm herum. Peggy drückte die Nase an der Scheibe platt und meinte trocken: «Und ich dachte immer, ich sähe wie ein Kinderschreck aus! Schau dir diese griesgrämige Miene an.»

«So ein Gesicht macht sie immer. Ich hab sie nur ein einziges Mal lächeln sehen, und das war, als sie einen verdatterten Studenten fertigmachte. Dabei hält sie sich für unwiderstehlich.»

Peggy sah auf die Uhr. «Es ist erst halb zwei. Wollen wir warten? Vielleicht kommt sonst noch jemand.»

Kaum eine halbe Stunde später hielt ein Taxi gegenüber, und ein Mann stieg aus. Karen fuhr wieder hoch. «Da ist er!»

«Der verehrte Kollege Meyer? Er kommt mir bekannt vor, wo hab ich ihn nur schon gesehen?»

«Oh, der zeigt sich gern in der Öffentlichkeit», sagte Karen giftig. «Er tut sich bei literarischen Talk-Shows hervor und hat ein, zwei Bücher über Popkultur veröffentlicht, natürlich mit seinem Foto im Großformat auf dem Umschlag.»

«Hm. Attraktiver Knabe.»

Karen war entrüstet. «Wie kommst du nur darauf, du hast ihn ja kaum gesehen!»

«Groß, breitschultrig, gesundes, volles Haar...»

«Geheimratsecken hat er!»

«Ach was, eine hohe, edle, intellektuelle Stirn hat er. Ist er verheiratet?»

«Ehrlich, Peggy, was ist nur über dich gekommen?»

«Ich spiele nur alle Möglichkeiten durch. Vielleicht könntest du ihn verführen.»

«Der ist nicht verführbar», sagte Karen, die sich ein Lächeln nicht verkneifen konnte. «Er ist viel zu eingebildet. Der unerreichbare Traum frustrierter Studentinnen. Peggy, er hat eine Mappe dabei!»

«Na und, das ist doch nicht verboten?»

Nur Peggys unerschütterliche Ruhe hielt Karen bei der Stange. Sie wurde mit jeder Minute zappeliger und hatte das Gefühl, irgend etwas unternehmen zu müssen – aber was? Als Meyer nach einer knappen Dreiviertelstunde aus dem Antiquariat kam, hielt sie es nicht mehr aus und sprang auf.

«Er hat was in der Mappe! Sie ist viel dicker als vorhin!»

«Dann geh ihm nach.» Peggys Augen blitzten.

«Das kann ich doch nicht!»

«Was willst du denn sonst tun? Ihm die Mappe aus der Hand reißen und abhauen? Er hält nach einem Taxi Ausschau», sagte Peggy, als der «attraktive Knabe mit dem gesunden, vollen Haar» die Straße hinauf und hinunter spähte. «So schnell wird er keins kriegen an einem Freitagnachmittag. Steh nicht da wie angewurzelt, geh zum Wagen! Da, nimm meinen Hut. Wir treffen uns im Sheraton. Wer zuerst dort ist, reserviert ein Zimmer.» Sie stülpte Karen den Hut über und gab ihr einen Schubs.

Mit abgewandtem Gesicht eilte Karen die Straße entlang. Meyer, der immer noch nach einem Taxi winkte, bemerkte sie nicht. Er stand noch da, inzwischen offenbar recht nervös, als sie mit dem Auto in die Charles Street einbog. Sie hielt ein paar Meter entfernt, trotz der Verbotstafel, und fixierte Meyer im Rückspiegel, bis er endlich ein Taxi ergattert hatte. Dann nahm sie die Verfolgung auf.

Ein anderes Auto nicht aus den Augen zu verlieren war eine Kunst, die sie anscheinend gar nicht beherrschte. Ihre Bemühungen trugen ihr außer einem Strafzettel und dem Geschimpfe anderer Verkehrsteilnehmer wenig ein. Meyer besuchte zwei Buchhandlungen und ein Antiquitätengeschäft; dann ließ er sich vor dem Holiday Inn absetzen.

Karen hatte genug. Sie fuhr zum Sheraton und erkundigte sich nach Dr. Finneyfrock. Aber Peggy war noch nicht eingetroffen.

Eine halbe Stunde lang wanderte Karen im Hotelzimmer auf und ab, in wachsender Besorgnis um ihre Freundin, die doch lange vor ihr hätte dasein müssen. Fürchterliche Bilder tauchten vor ihr auf: Peggy war auf der Suche nach einem Taxi überfallen worden, Peggy war wegen verdächtiger Umtriebe auf dem Polizeiposten gelandet... Als es endlich klopfte, stürzte sie zur Tür.

«Wo zum Teufel hast du gesteckt?»

Peggy streifte die Regenhaube ab, schleuderte Mantel und Handtasche in eine Ecke und ließ sich in einen Sessel fallen. Dann erklärte sie vergnügt: «Ich hab bei Simon Tee getrunken. Ist das da eine Minibar? Na, Gott sei Dank, ich brauch was zum Aufmöbeln. Egal was, bloß alkoholisch muß es sein.»

«Du hast bei Simon –»

«Nachdem du fort warst, fiel mir ein, daß ich ja diese Leute nicht kenne, also beschloß ich, jeden zu knipsen, der Simons Geschäft betreten würde.» Peggy angelte mit den Zehen nach einem Stuhl, um die Beine hochzulagern. «Dazu mußte ich natürlich draußen im Eingang des Lokals stehen. Es dauerte keine zehn Minuten, da kam Simon quer über die Straße geradewegs auf mich zu, mit einem Regenschirm, den er mir höflich anbot. Erst wollte ich ja nicht, aber als er dann meinte, es sei für mich bequemer und ‹schicklicher›, im Laden zu warten, hab ich die Einladung angenommen.»

«Wußte er, daß wir in dem Lokal waren?»

«Offenbar.» Peggy nippte genüßlich an ihrem Scotch. «Er wollte uns aber nicht rüberholen, solange die Konkurrenz da war. Nach Meyer ist niemand mehr gekommen.»

«Du bist zwei Stunden bei Simon geblieben und hast mich einfach hängenlassen? Und ich hab mir schon Sorgen gemacht!»

«Ich konnte mich einfach nicht losreißen. Der Mann hat einen rasiermesserscharfen Verstand und außerdem Humor. Natürlich hat er gräßlich altmodische Ansichten, aber ich hab mir erlaubt, ihm die ein bißchen zurechtzubiegen und –»

«Ich kenne Simons Ansichten besser als du», unterbrach Karen. «Wirklich, Peggy, ich finde es allerhand, daß du mich stundenlang im Regen rumfahren und Strafzettel sammeln läßt, während du gemütlich bei Simon Tee trinkst!»

«Während ich mit Simon flirte», präzisierte Peggy. «Nicht, daß ich damit sehr weit gekommen wäre. Aber anregend war es allemal. Der erste Mann seit Jahren, bei dem sich die Mühe lohnt!» Karens verdutzte Miene brachte sie zum Lachen. «Kopf hoch, Mädchen! Der kleine Flirt hat sich als äußerst produktiv erwiesen. Simon hat Verständnis für mein Interesse an den historischen Aspekten des Manuskripts und will uns einen großen Gefallen tun. Den Namen des ursprünglichen Besitzers verrät er uns, korrekt, wie er ist, natürlich nicht. Aber einen Brief will er weiterleiten.»

«Daß ich darauf nicht selbst gekommen bin!» rief Karen.

«Nein, bist du nicht.» Peggy sah sie durchdringend an. «Hättest du aber müssen. Mir scheint, du hast nicht nur deinen Sinn für Humor, sondern auch fürs Praktische verloren. Deine Beschattung Bill Meyers hat wohl nichts Konkretes ergeben?»

«Ich weiß immerhin, wo er abgestiegen ist», brummte Karen.

«Das Manuskript hat er übrigens nicht», verkündete Peggy. «Simon versicherte mir, daß er es nicht aus der Hand gibt. Wenn Meyer ins Hotel gegangen ist, wird er vielleicht morgen nochmals aufkreuzen.»

«Soll er doch», sagte Karen. «Ich war wohl total bescheuert, hinter ihm herzuspionieren.» Peggys nachdenkliche Miene weckte einen schrecklichen Verdacht in ihr, und sie jammerte: «Wir können nicht noch einmal diese dumme Show abziehen, wo Simon doch weiß, daß wir in dem Lokal –»

«Gleich nebenan ist ein Pornoschuppen –» begann Peggy, unterbrach sich aber, als sie Karens entgeistertes Gesicht bemerkte. «Sollte doch nur ein Witz sein, Karen! Wir leisten uns ein gemütliches Diner à deux, und dann schreibe ich meinen längst überfälligen Artikel fertig und du diesen Brief.»

Dichte Finsternis, schwer und schwarz wie Erde, drohte sie zu ersticken... Sie krallte sich an den Armen fest, die sie umfingen, klammerte sich daran wie an einen rettenden Ast, um nicht in den bodenlosen Abgrund zu fallen.

«Ist ja gut, Karen, ist ja gut.» Die Stimme erinnerte sie an eine andere Stimme, die sie getröstet hatte, wenn sie nachts weinend aufgewacht war. «Es war doch nur ein Traum. Sei ruhig, es geschieht dir doch nichts.»

«Ach, entschuldige», keuchte Karen. «Hab ich dich geweckt?»

«Ich war noch nicht im Bett.» Peggy löste sich behutsam aus der Umklammerung und setzte sich auf den Bettrand. «Das muß ja ein gräßlicher Traum gewesen sein. Es klang, als wollte dich jemand erwürgen.»

«Ersticken.»

«Auch nicht schöner. Sag mal, ist meine Raucherei daran schuld? Ich hab zwar das Fenster aufgemacht, aber...»

«Nein, ich hatte den Traum schon öfter.» Karen setzte sich auf und bedeckte das Gesicht mit zitternden Händen. «Als ob ich lebendig begraben würde. Ein klassisches Traummotiv, laut feministischer Interpretation. Ausgelöst durch – Frustration.» Peggy zog die Brauen hoch, und Karen fauchte: «Nicht das, was du meinst. Die Träume fingen an, nachdem ich das Manuskript gesehen hatte. Wenn es endlich mir gehört, werden sie bestimmt verschwinden.»

«Hoffentlich», meinte Peggy trocken. «Du hast mir vielleicht einen Schrecken eingejagt. Ich hab noch nie jemanden, in wachem oder schlafendem Zustand, derartige Töne von sich geben hören.»

3

Wie manchem Schwätzer bin ich doch ein Dorn im Auge,
Der meint, daß eine Frau zum Nadelwerk nur tauge...
Gelingt auch, was ich tu, stets heißt es unverhohlen,
Es sei des Zufalls Werk – oder ich hätt's gestohlen.
Anne Bradstreet, 1650

Die arbeitsintensive Zeit vor Semesterschluß ließ Karen keine Muße, darüber nachzugrübeln, warum weder von Simon Bescheid kam noch von dem unbekannten Empfänger ihres Briefes. Sie wurde immer noch von Alpträumen geplagt, aber wenn sie nachts das Fenster geöffnet und die Lampe angezündet ließ, war es weniger schlimm.

Karen trat aus der Bibliothek und ging über die mit rosa und weißen Blüten übersäte Rasenfläche zum Parkplatz. Sie hatte ihn fast erreicht, als eine ihr nur allzu bekannte Gestalt auftauchte. Ein Ausweichen war unmöglich; Joe Cropsey hatte sie bereits gesehen und eilte laut rufend auf sie zu.

Obwohl er weder weit noch schnell gelaufen war, prustete er gewaltig, als er vor ihr stand. Joe brüstete sich mit seiner Unsportlichkeit, als machten Wurstfinger und ein Doppelkinn einen Mann besonders attraktiv.

«Wie geht's denn unserer lieben Karen?» säuselte er und reckte sich, um auf sie herabblicken zu können, obwohl er kaum größer war als sie.

«Danke, gut. Und wie geht's denn unserer lieben Marilyn?» Jedesmal, wenn sie ihn traf, betonte sie die Frage nach dem Befinden seiner Frau. Allerdings nützte das bei Joe Cropsey nichts.

«Ach, wie's einer geplagten Hausfrau eben so geht», antwortete er leichthin. «Die Kinder halten sie immer in Trab. Aber nach Semesterschluß wollen wir eine kleine Party geben. Die Einladung bekommst du dann noch.»

Es klang eher wie eine Vorladung. Karen wich den Wurstfingern aus, die wie zufällig ihren Arm berührten. «Gut, ich lasse Marilyn inzwischen schön grüßen.»

«Moment noch, ich wollte etwas mit dir besprechen wegen – äh... wegen einer Studentin. Kommst du mit in die Cafeteria?»

Das fehlte gerade noch – ein Tête-à-tête mit Cropsey unter den Sperberaugen der Kollegen, die genau wußten, daß er dauernd hinter ihr her war. «Bedaure, ich bin zum Lunch verabredet und schon reichlich spät dran.»

«Es ist doch erst halb zwölf!»

«Eben», sagte Karen und ließ den verblüfften Cropsey stehen.

Obwohl sie sich für zwölf Uhr verabredet hatten, wartete Peggy bereits.

«Noch keine Nachricht von Simon?» erkundigte sie sich, als sie Karens mürrische Miene sah.

«Nein.» Karen ließ sich auf einen Stuhl fallen. «Jetzt ruf ich ihn aber an. Drei Wochen! Das tut er absichtlich – läßt mich einfach zappeln, spannt mich auf die Folter...»

«Manche Männer tun so was. Manche Frauen übrigens auch», fügte Peggy gerechterweise hinzu. «Aber Simon doch nicht! Universitäten zum Geldausgeben zu bewegen ist eben eine zeitraubende Sache.»

Damit hatte sie allerdings recht. Ohne Peggys großzügiges

Angebot hätte sich auch Karen um irgendwelche Geldgeber bemühen müssen.

«Geflügelsalat und Kaffee», sagte sie zur Kellnerin, ohne einen Blick auf die Speisekarte zu werfen.

«Immer Geflügelsalat», meinte Peggy kopfschüttelnd. «Warum versuchst du nicht mal was anderes?»

«Geflügelsalat schmeckt mir», murmelte Karen zerstreut.

«Brütest du immer noch über dem Manuskript?»

«Was ich bis jetzt habe, kenne ich praktisch auswendig. Ich habe jeden Satz und jedes Wort analysiert, um irgendwelche Parallelen oder Hinweise zu finden. Um ganz ehrlich zu sein – ich kann es kaum erwarten, endlich die Fortsetzung zu bekommen!»

«Na, wenn die Geschichte so spannend ist, dann erzähl mal.»

«Also – Ismene ist die Erzählerin. Sie schreibt zwar in der dritten Person, aber aus ihrer Perspektive, jedenfalls bis jetzt. Sie und ihre Schwester –»

«Die womöglich Antigone heißt?»

«Nein, Clara. Aber es gibt einige Parallelen zu Sophokles' Tragödie. Die Mädchen sind Waisen. Ihr Vater ist vor kurzem gestorben, und man schickt sie zu ihrem einzigen Verwandten, einem Onkel, den sie noch nie zuvor gesehen haben. Zwischen Vater und Onkel herrschte eine jahrelange Fehde, deren Ursache vorläufig ein Geheimnis bleibt. Unterwegs zum Landsitz des Onkels kippt die Reisekutsche in den Straßengraben, und der Kutscher kommt dabei um oder wird verletzt – das ist unklar, weil einige Seiten fehlen. Die Mädchen schleppen sich also bei Kälte und Regen – es ist Winter – den Weg entlang, der nach Ferncliffe – das ist der Landsitz des Onkels – führt. Der Wind heult, die Bäume ächzen, die Wolken verdüstern den Himmel, der Nebel wabert gespenstisch…»

Peggy lauschte mit offenem Mund und kugelrunden Augen, während Karen weitererzählte: «Ismene stützt, so gut sie kann, ihre jüngere, schwächere Schwester, die dem Zusammenbruch nahe ist. Sie weiß, daß Clara verloren ist, wenn sie hinfällt. Ihre Kleider sind durchnäßt, die Schuhe zerrissen...

Endlich tauchen die Umrisse eines Hauses im Nebel auf. Kein einziges Fenster ist erleuchtet. Mit letzter Kraft schleppt Ismene ihre halb ohnmächtige Schwester die Stufen hinauf, die zum Eingang führen, und läßt Clara zu Boden gleiten. Sie tastet mit klammen Fingern nach dem Türklopfer, findet aber keinen und hämmert mit beiden Fäusten gegen die Tür. Doch das Heulen des Sturms übertönt das Pochen, und sie hat das unheimliche Gefühl, daß ihre Hände im harten Holz versinken. Im Haus rührt sich nichts. Von Angst und Verzweiflung überwältigt, sinkt Ismene über der halb erfrorenen Clara zusammen.

Sie glaubt, ihr letztes Stündlein habe geschlagen. Bevor ihr die Sinne schwinden, taucht eine Vision aus einer anderen Welt vor ihr auf: Die Tür, die mit einem dumpfen Knarren aufgeht, scheint die Himmelstür zu sein und die Gestalt, die auf der Schwelle erscheint, ein Engel mit einem silbernen Heiligenschein... Aber dort, wo das Gesicht des Engels sein müßte, ist nur ein dunkler Fleck.»

Karen hielt inne, nicht um den dramatischen Effekt zu erhöhen, sondern weil die Kellnerin das Essen brachte.

«Nicht übel», meinte Peggy. «Ich hab schon Schlimmeres gelesen. Und nach dem Engel ist Schluß?»

«Nein, ich hab noch ein Stück des folgenden Kapitels. Ismene erwacht in wohliger Wärme und strahlendem Licht. Sie philosophiert ein, zwei Seiten lang über das vermeintliche Jenseits, bevor ihr allmählich dämmert, daß sie sich noch im Diesseits befindet. Eine freundliche alte Frau beugt sich über sie – kein Engel, sondern eine Dienerin. Ismene liegt warm zugedeckt in einem Himmelbett. Ihr erster Gedanke gilt Clara. Erschrocken fährt sie hoch und blickt sich um. Sie befindet sich in einem üppig eingerichteten Zimmer – die Details erspare ich dir. Von Clara keine Spur. Die Alte beruhigt sie: Clara sei nebenan und werde ebenso umsorgt wie sie. Aber :‹*Zwischen den beiden Gemächern gab es keine Verbindungstür...*›»

«Das läßt Schlimmes ahnen», kommentierte Peggy mit vollem Mund.

«Soll es auch. Die Atmosphäre hat sie gut hingekriegt», meinte Karen. «Sturmwolken und Windesbrausen sind typische Schauerromanzutaten, aber die gesichtslose Gestalt mit dem Heiligenschein ist wirklich originell. Ebenso der Übergang von der Schreckensvision – Halluzination oder Realität? – zur Behaglichkeit eines hellen, warmen Zimmers und zum lächelnden Gesicht einer mütterlichen Alten.»

«Die erinnert an – wie heißt sie doch gleich – die Haushälterin in *Jane Eyre*?»

«Mrs. Fairfax.»

«Richtig. Meinst du, Ismene hat Charlotte Brontë gelesen?»

«Nein.» Karens Stimme klang scharf. Die leiseste Andeutung, Ismenes Roman könnte nur ein Abklatsch eines anderen Werks sein, erregte ihren Ärger. «Darauf habe ich ganz besonders geachtet – Hinweise im Text auf den Zeitpunkt der Entstehung. Vorläufig kann ich nur sagen, daß der Roman zwischen 1775 und 1840 geschrieben wurde. Es ist einfach frustrierend, daß Simon nichts von sich hören läßt! Und der frühere Besitzer des Manuskripts rührt sich auch nicht. Er könnte doch wenigstens so anständig sein und den Empfang meines Briefes bestätigen. Meinst du, daß Simon –»

«Er hat den Brief ganz bestimmt weitergeleitet. Der Mann ist vielleicht krank oder verreist oder einfach unzuverlässig. Aber momentan hast du ohnehin genug anderes zu tun; auf das Manuskript kannst du dich dann in den Semesterferien konzentrieren.»

Karen zog eine Grimasse. «Vernünftige Leute finde ich unausstehlich! Außerdem könnte ich mich viel besser auf meine Arbeit am College konzentrieren, wenn ich sicher wüßte, daß ich mich danach auf das Manuskript konzentrieren kann. Aber ich hab es ja noch gar nicht und auch keinen Namen und keine Adresse und – und überhaupt nichts!»

«Übertreib nicht so maßlos. Du hast doch Simons Wort und meines auch. Und falls dieser Mensch nichts von sich hören läßt, können wir ihn ja ausfindig machen. Ich hab da so meine Methoden.» Sie sah auf die Uhr. «Um halb zwei hab ich eine Sitzung. Iß jetzt endlich deinen Geflügelsalat.»

Karen gehorchte. Es war leichter, Peggys Befehlen nachzukommen, als mit ihr zu streiten.

Pünktlich um halb drei stand Karen vor ihrer Klasse. Die Mädchen zeigten sich heute besonders begriffsstutzig, und zwei von ihnen jammerten ihr die Ohren voll, sie könnten die Semesterarbeit erst später abliefern. Karen war schlechter Laune, als sie am späten Nachmittag die Treppe zu ihrem Büro hinaufging. Sie bog um die Ecke – und blieb wie angewurzelt stehen. Vor ihrer Tür wartete jemand. Eine große, dürre Gestalt. Die Abendsonne, die durch das Fenster am Ende des langen Korridors fiel, umrahmte ihren Kopf wie mit einem Heiligenschein. Aber das Gesicht war nur ein dunkler Fleck.

Karen stieß einen erstickten Schrei aus und ließ ihre Bücher fallen. Der Mann eilte auf sie zu; er war sehr groß, aber nicht riesig, und sehr schlank, aber nicht so spindeldürr, wie er ihr auf den ersten Blick vorgekommen war, und als er den Mund auftat, kam eine banale Floskel heraus:

«Verzeihen Sie, habe ich Sie erschreckt?»

Karen kniete nieder, um die Bücher aufzuheben, und kam sich idiotisch vor. Ihre lebhafte Phantasie hatte ihr einen Streich gespielt. Er bückte sich, um ihr beim Einsammeln zu helfen, und jetzt sah sie deutlich seine graublauen Augen mit den dichten Wimpern, die ebenso hell waren wie sein silberblondes Haar. Er mußte etwa Mitte Dreißig sein, hatte aber bereits ziemlich ausgeprägte Falten auf der Stirn und um den Mund. Er trug einen dunklen Anzug und ein weißes Hemd.

Der Mann entschuldigte sich nochmals. «Man sagte mir, ich solle hier auf Sie warten. Das heißt... Sie sind doch Dr. Karen Holloway?»

Es klang sehr skeptisch. In seinem Blick sah sie sich selbst wie in einem Spiegel: rundes Gesicht, Grübchen am Kinn, Stupsnase und rosige Pausbacken. «Bis auf den Wuschelkopf sehe ich genau wie diese doofe Shirley Temple aus», hatte sie sich einmal empört beklagt. Als wäre es für eine Frau nicht schon schwierig genug, von Männern ernst genommen zu werden, mußte sie auch noch ein Puppengesicht haben...

«Die bin ich», sagte sie hoheitsvoll. «Sie brauchen sich nicht zu entschuldigen, ich war bloß zerstreut. Wir hatten doch keinen Termin vereinbart, oder doch?»

«Nein, ich war zufällig in der Gegend und dachte, ich würde es einfach versuchen. Cameron Hayes ist mein Name, aber das sagt Ihnen wohl nichts.»

O doch, das sagte ihr etwas – unvermittelt, unverhofft und gegen jede Logik! Sie strahlte ihn an, als wäre er der verloren geglaubte Liebste, und Hayes lächelte leicht verunsichert zurück. «Ich bin der, dem Sie vor einigen Wochen einen Brief geschrieben haben, Miss... Dr. Holloway.»

«Den Doktor können Sie ruhig weglassen», sagte Karen. «Ich freue mich, Ihre Bekanntschaft zu machen, Mr. Hayes.»

«Freuen» ist eine eklatante Untertreibung, dachte sie und brachte es irgendwie fertig, die Bürotür aufzuschließen, ohne ihre Bücher nochmals fallen zu lassen. Erst als er Platz genommen hatte, wagte sie zu glauben, daß er tatsächlich existierte. «Ich hatte schon alle Hoffnung aufgegeben, daß Sie sich melden würden», sagte sie.

Hayes lehnte sich zurück und legte die Hände ineinander. Sie paßten überhaupt nicht zu seiner gepflegten Erscheinung: rauh und schwielig – richtige Arbeiterhände.

«Ihren Brief habe ich leider erst vor wenigen Tagen bekommen», erklärte er. «Ich dachte, wir sollten die Angelegenheit besser persönlich besprechen. Aber wenn Sie Wichtigeres zu tun haben –»

«O nein», beeilte sich Karen zu versichern.

Hayes nickte. «Ich hätte nie gedacht, daß dieses Bündel Papier soviel Interesse erregen würde. Nachdem ich Ihren Brief bekommen hatte, nahm ich mit einigen Fachleuten Kontakt auf. Sie meinten –»

«O nein!» entfuhr es Karen.

«Verzeihung – hätte ich das nicht tun sollen?»

«Es war selbstverständlich Ihr gutes Recht», erwiderte Karen und überlegte fieberhaft, welche Fachleute das sein konnten. So ein Mist! Warum hatte sie Hayes nicht darauf hingewiesen, daß die Sache vertraulich war? «Nur hätte ich gerne vermieden, daß etwas publik wird, bevor ich das Manuskript erwerbe», erklärte sie. «Für Sie spielt es ja keine Rolle, Sie haben es bereits verkauft.»

«Leider ... aber ich will mich nicht beklagen, Mr. Haller hat mir einen fairen Preis bezahlt, wenn man bedenkt, daß weder ich noch sonst jemand eine Ahnung davon hatten, worum es sich überhaupt handelt.» Er machte eine wegwerfende Geste. «Vielleicht können wir trotzdem ins Geschäft kommen. Wenn ich Ihren Brief richtig verstehe, sind Sie an weiteren Informationen interessiert. Worum geht es genau?»

«Um Einzelheiten über die Herkunft des Manuskripts.»

«Hm ... nun, ich kann Ihnen sagen, wo ich es gefunden habe. Woher es mein Großvater hatte, weiß ich nicht. Wissen Sie, er ... Haben Sie wirklich Zeit für die ganze lange Geschichte?»

«Zeit hab ich», sagte Karen. «Aber Sie sprachen von einem Geschäft ...»

«Ich bin Geschäftsmann, Mrs. Holloway, aber mit Auskünften handle ich nicht, vor allem nicht mit solchen, die Sie auch ohne mich leicht bekommen könnten. Also, soll ich erzählen?»

Karen nickte. Ihre Achtung vor Cameron Hayes wuchs. Es war ihm klar, daß sie, sobald sie einmal seinen Namen kannte, auch seinen Wohnort und Näheres zu seiner Familiengeschichte erfahren konnte.

«Ich muß ein bißchen ausholen, um Sie ins Bild zu setzen», begann Hayes. «Meine Familie hat sich vor über zweihundert Jahren in der Tidewater-Region niedergelassen. Amberley heißt der Besitz. Mein Großvater hatte zwei Söhne. Einer fiel im Zweiten Weltkrieg, der andere verstarb ohne Nachkommen. Großvater wurde ein regelrechter Menschenfeind; er saß nur noch herum und grübelte, während das Haus allmählich verlotterte. Als er mit neunundachtzig Jahren starb, ging das Erbe an seine beiden Töchter.»

«Hayes ist also nicht der Name dieser Familie?»

«Nein, und deshalb war der Alte ja auch so verbittert – weil er wußte, daß nach ihm niemand mehr den ehrwürdigen Namen Cartright tragen würde.»

«Seit wann ...» Karen hüstelte, um ihre Nervosität zu überspielen. Er sollte nicht merken, wie wichtig diese Frage für sie war. «Seit wann lebten die Cartrights in – Amberley, sagten Sie?»

«Der Name dürfte Ihnen kaum bekannt sein. Das Haus ist weder architektonisch noch historisch von Interesse und war deshalb auch nie öffentlich zugänglich, im Gegensatz zu anderen Herrenhäusern in dieser Gegend. Nach dem, was ich von meiner Mutter weiß, ließen sich die Cartrights zu Beginn des achtzehnten Jahrhunderts dort nieder. Aber zu den alteingesessenen Familien Virginias haben sie nie gehört.»

«Sie sprechen nicht wie ein Südstaatler.» Die Bemerkung war Karen herausgerutscht. Sie biß sich auf die Lippen – was ging sie seine Sprechweise an? Hayes' Miene war deutlich anzusehen, daß er solche Bemerkungen keineswegs schätzte.

«Vielleicht sollten wir das Gespräch doch besser auf einen späteren Zeitpunkt verschieben», sagte sie verlegen. «Ich habe einen Termin, und zudem ist noch jemand an der Sache beteiligt.»

«Oh ... ehrlich gesagt, ich fragte mich schon ... Wenn ich Mr. Haller richtig verstanden habe, geht es um eine ziemlich hohe Summe. Nehmen Sie es mir nicht übel, aber ich weiß, daß Colleges keine besonders hohen Gehälter bezahlen. Haben Sie Sponsoren?»

«Eine Partnerin», sagte Karen. «Eine meiner Kolleginnen, genauer gesagt.»

Er nahm es lächelnd zur Kenntnis. «Nun gut, dann wollen wir das Gespräch zu dritt fortsetzen. Wann und wo?»

Nachdem er sich verabschiedet hatte, eilte Karen ans Fenster, von wo aus man den Parkplatz überblicken konnte, aber Cameron Hayes war nirgends zu sehen. Warum hatte sie das Gefühl, daß er ihr etwas verschwieg? Er hatte doch aufrichtig gewirkt und bereitwillig Auskunft gegeben. Trotzdem ... Offenbar wollte er irgend etwas von ihr, sonst wäre er bestimmt nicht gekommen. Geld? Das war eine naheliegende Erklärung. Die unverblümte Frage nach ihrer finanziellen Situation paßte aber nicht zu einem virginischen Gentleman. Es war klüger, die Angelegenheit erst mal mit Peggy zu besprechen. Karen griff nach dem Telefonhörer.

«Nun, was meinst du?» fragte Karen aufgeregt, als sie das eleganteste und teuerste Restaurant Wilmingtons verließen.

«Schschsch ...» Mit einer Kopfbewegung deutete Peggy auf Cameron Hayes, der eben die Straße hinunterging. Dann schloß sie die Wagentür auf und schubste Karen hinein. «Er ist gar nicht übel, nur die Augen liegen etwas nahe beisammen, finde ich.»

«Herrgott noch mal, Peggy!»

«Wir fahren zu mir. Die Sache muß eingehend besprochen werden. Ich sag dir, der Kerl hat irgend etwas im Sinn. Und daß er einfach so hereinschneit – ich frage mich, ob das Absicht war.» Peggy überlegte eine Weile. «Über meine Anwesenheit schien er nicht besonders erbaut.»

«Im Gegenteil! Dich wollte er sehen, dich und dein Scheckbuch.»

Peggy seufzte. «Immer haben es die Männer auf mein Geld abgesehen, sogar Simon. Wann lerne ich endlich einen kennen, dem es einzig und allein um mich geht?»

«Ach, Peggy», lachte Karen, «und dabei siehst du wirklich nicht wie eine Millionärin aus. Dieses Tweedkostüm –»

«Was ist mit meinem Tweedkostüm? Das tut's noch ein paar Jährchen!»

Peggys Haus – ein eleganter viktorianischer Bau, mit Liebe und Sachkenntnis restauriert – bildete einen merkwürdigen Gegensatz zu seiner Besitzerin. Auch der Garten war tadellos gepflegt: sauber gestutzte Buchsbaumhecken, ein makelloser Rasen, Blumenbeete, in denen man nicht das kleinste Unkraut gefunden hätte.

«Willst du etwas zu trinken?» fragte Peggy und schleuderte ihren Mantel achtlos auf einen Sessel im Entree.

Karen, die noch auf der Schwelle stand, schüttelte den Kopf. «Ich kann wirklich nicht bleiben, Peggy, du weißt doch, daß ich auf Katzen allergisch bin. Meine Nase juckt schon.»

Peggy schubste mit dem Fuß sanft ein neugieriges Tigerkätzchen zur Seite und schlug vor: «Na schön, dann setzen wir uns auf die Veranda, es ist ja noch angenehm warm.»

Sie machten es sich in den Rohrsesseln bequem, und Karen fragte ungeduldig: «Also, was meinst du zu der Geschichte?»

«Die einfachste und plausibelste Erklärung für sein Kommen ist, daß er dir etwas verkaufen will.»

«Aber was? Das Manuskript hat er doch schon verkauft.»

«Aber offenbar zu billig, wie er mit leisem Bedauern zugab, weil er keine Ahnung hatte, wie wertvoll so ein Bündel vergilbtes Papier sein kann. Er wittert ein Geschäft, aber was will er denn noch verkaufen? Familiendokumente? Oder das Haus?»

«Oder noch mehr Gedichte», sagte Karen mit leuchtenden Augen. «Ein Tagebuch ... Briefe ... die restlichen Manuskripte vielleicht!»

«Simon sagte doch, daß das Haus vollständig geräumt wurde», gab Peggy zu bedenken.

«Ja, aber die Auktion wird erst im Mai stattfinden.»

Peggy schüttelte nachdenklich den Kopf. «Da ist irgend etwas nicht ganz koscher.»

«Ach was, sei doch nicht so pessimistisch», knurrte Karen.

«Jemand muß deinen Optimismus zügeln! Wer zuviel erwartet, wird nur enttäuscht. Du hast doch nicht den geringsten Beweis dafür, daß Ismene tatsächlich in diesem Haus gelebt hat.»

«Es gibt nur einen Weg, das herauszufinden.»

«Nein, es gibt alle möglichen Wege. Aber das Haus sollten wir uns trotzdem anschauen. Vielleicht am übernächsten Wochenende oder in der Woche danach.»

Karen nickte. Sie mußte sich gewaltig zusammenreißen, um sich ihre Ungeduld und Wut nicht anmerken zu lassen. Sie hatte es einfach satt, ständig herumkommandiert und wie ein Kind behandelt zu werden! Alle behandelten sie wie ein Kind, ihre Eltern, ihr Exmann, Simon und jetzt auch Peggy. Aber sie würde es ihnen schon zeigen ...

Cameron Hayes hatte recht gehabt: Amberley war kein Meisterwerk der Architektur. Im Gegensatz zu den charakteristischen alten Tidewater-Landsitzen mit ihren harmonischen Linien glich das Haus einem unförmigen Klotz, der mit seinen schmalen Fenstern eher wie ein Fort aussah. Die hohen Schornsteine wirkten merkwürdig unproportioniert, die düstere Fassade war verwittert, der Park vernachlässigt.

Dennoch konnte man erkennen, daß jemand sich bemühte, Ordnung zu schaffen. Der Rasen, in dem mehr Klee und Unkraut als Gras wuchs, war gemäht worden. Einige Fensterläden sahen frisch gestrichen aus, andere hingen schief und traurig an rostigen Scharnieren. Bei zwei Fenstern im Erdgeschoß hatte man die fehlenden Scheiben durch Pappkarton ersetzt, andere waren neu, aber noch farbverschmiert.

Das also war der Grund für Cameron Hayes' schwielige Hände! Offenbar machte er den Großteil der Arbeit selber. Er würde noch viel zu tun haben, denn wenn das Haus innen so schlimm aussah wie aussen, würde es schwerhalten, einen Käufer zu finden. Karen hatte den Anschlag am Einfahrtstor gesehen, das ebenso wie das kleine Tor daneben verriegelt gewesen war. Das Schild mit der Aufschrift «Zutritt verboten» hatte sie ignoriert und war über den Gitterzaun geklettert.

Sie mußte sich beeilen. Handwerker würden am Sonnabend wohl kaum auftauchen, aber vielleicht Cameron Hayes, und sie war auf eine Begegnung mit ihm gar nicht erpicht, denn sie hatte ihm ihr Kommen nicht angekündigt. Bei dieser ersten Begegnung mit Ismenes Haus wollte sie allein sein.

Es war ihr ziemlich unbehaglich zumute, als sie, auf dem vom Regen aufgeweichten Weg immer wieder ausrutschend, auf das Haus zuging. Alles wirkte verlassen, und bis auf das leise Rauschen von Wind und Regen war es totenstill. Die nächste Behausung mußte kilometerweit entfernt sein. Karen war auf der holperigen Nebenstraße, die von Fredericksburg nach Amberley führte, keinem anderen Fahrzeug begegnet.

Die Eingangstreppe war aus schmalen, hohen Steinblöcken grob zusammengefügt; die massive Tür schien eigens dafür gemacht, unerwünschte Besucher fernzuhalten. Karen drückte beide Handflächen dagegen und hatte einen Augenblick lang das unheimliche Gefühl, ihre klammen Finger würden in dem nassen Holz versinken.

Sie trat einen Schritt zurück und steckte fröstelnd die Hände in die Taschen. Auch wenn die Tür nicht verriegelt gewesen wäre – sie hatte kein Recht, das Haus zu betreten. Hastig stieg sie die Stufen hinunter und ging über einen gepflasterten, von Buchsbaumhecken gesäumten Pfad zur Westseite des Gebäudes.

Hier lagen die Fenster weiter unten, und sie konnte, auf Zehenspitzen balancierend, hineinsehen. Was sie erblickte, war ein leerer, mit dunklem Holz getäfelter Raum, der einmal als Bibliothek gedient haben mochte, denn an der gegenüberliegenden Wand befanden sich deckenhohe Regale, ebenfalls leer. Sie schluckte ihre Enttäuschung hinunter. Was hatte sie sich denn erhofft?

Das Haus war viel größer, als die Frontseite vermuten ließ. Offenbar hatten die früheren Besitzer jedesmal, wenn der Platz knapp geworden war, planlos irgendwelche Anbauten errichten lassen. Das Resultat war ein häßliches Puzzle, von dem kein Teil zum anderen passen wollte.

Karen fand sich schließlich in einem verwilderten Garten. An den Stämmen der Obstbäume rankten sich Efeu und Geißblatt empor; dorniges Gestrüpp und abgebrochene Äste bildeten ein Dickicht, das nur an einer Stelle eine schmale Öffnung aufwies.

Eine Art Trampelpfad. Hatten Tiere sich hier einen Weg gebahnt? Aber es gab in der Nähe weder Ställe noch Scheunen. Karen schlüpfte unter einem tiefhängenden Ast durch und tastete sich den glitschigen Pfad entlang, der sich einen immer steiler werdenden bewaldeten Abhang hinabschlängelte.

Plötzlich befand sie sich wieder im Freien, in einer Mulde von annähernd ovaler Form, auf deren einer Seite ein zerklüfteter Fels emporragte. Tannen und Hickorybäume säumten die Ränder der Lichtung. Eine dicke Schicht von Laub und Nadeln bedeckte die Erde und schluckte das Geräusch von Karens Schritten.

Von den Bäumen tropfte der Regen, sonst war es vollkommen

still. Karen empfand eine unerklärliche Beklemmung. Warum hatte sich jemand einen Pfad zu dieser Lichtung gebahnt, auf der es nichts gab als Gestrüpp und Felsbrocken?

Als das Geräusch an ihr Ohr drang, hielt sie es zuerst für Wasserrauschen – ein Bach vielleicht, der über die Steine plätscherte, oder der Fluß, der nicht weit entfernt sein konnte. Doch dann kam es plötzlich aus einer anderen Richtung, aus dem Wald, kam näher und näher, schwoll zu einem tiefen Brausen an, brach aus der Erde hervor, erfüllte die Luft, steigerte sich zu einem gellenden, ohrenbetäubenden, entsetzlichen Schrei.

Karen stürzte blindlings davon, durch Gestrüpp und Gebüsch, das ihr Arme und Gesicht peitschte und sie festzuhalten schien. Als sie aus dem Dickicht heraus war, konnte sie nur noch den Regen und ihre eigenen keuchenden Atemzüge hören. Erschöpft blieb sie stehen. Ein süßer Duft wehte ihr entgegen; er kam von den Fliederbüschen, die neben der Veranda des Hauses wuchsen und deren Zweige sich unter den regenschweren Dolden bogen. Karen beruhigte sich allmählich. Wie hatte sie nur wegen irgendeines ungewöhnlichen akustischen Phänomens so in Panik geraten können...

Die Stimme traf sie wie ein Peitschenhieb – eine Männerstimme, laut und zornig. «Ich hab Sie gesehen, kommen Sie aus dem Gebüsch!» Unwillkürlich machte Karen einen Sprung zur Seite, wie um an der Hauswand Schutz zu suchen, und verlor plötzlich den Boden unter den Füßen.

Sie stürzte nicht tief, schlug aber so heftig auf, daß ihr ein scharfer Schmerz durchs Bein fuhr. Sie hatte instinktiv die Arme ausgestreckt und sich an der rauhen Wand die Hände blutig geschürft.

Halb benommen hörte sie den triumphierenden Ausruf ihres unsichtbaren Verfolgers. Jetzt erst wurde ihr klar, daß sie durch die vermoderte Abdeckung eines Kellerfensterschachts gebrochen war, in dem das Wasser knöcheltief stand. Sie wäre wohl von allein wieder herausgekommen, aber es war sinnlos, sich verstecken zu wollen. Sie holte tief Luft und rief:

«Ich bin da unten!»

Das Gesicht des Mannes, der jetzt auf dem Schachtrand kniete und sich zu ihr hinunterbeugte, war ihr nur allzugut bekannt, aber daß ausgerechnet er sie hier ertappen mußte, verschlug ihr die Sprache. Auch er hatte sie erkannt, und sein Mund verzog sich zu einem spöttischen Grinsen. «Oh, wenn das nicht meine verehrte Kollegin Dr. Holloway ist! Welch angenehme Überraschung!»

«Oh... hallo, Bill», stotterte Karen. «Ich... Würden Sie mir vielleicht hier raushelfen?»

«Aber gewiß, mit Vergnügen. Strecken Sie die Arme hoch.» Er faßte sie unter den Schultern, zog sie in die Höhe und hielt sie fest, als sie auf dem nassen Laub ausrutschte.

Karen hätte am liebsten um sich geschlagen, aber es war wohl nicht der richtige Augenblick, Bill Meyer die moralische Überlegenheit der Tugend spüren zu lassen – die letzte Zuflucht unschuldiger Romanheldinnen, die in die Gewalt des Bösewichts gefallen sind. Sie sah Meyer finster an und sagte schroff: «Danke, Sie können mich jetzt wieder loslassen.»

In einem Roman hätte er nun beschämt den Blick senken und erröten müssen. Aber Meyer kannte die einschlägige Literatur so gut wie sie und zitierte mit einem hämischen Lächeln: «‹Für einen flüchtigen Augenblick wurde der Ausbund des Lasters zum Sklaven der Tugend.› Zage nicht, holde Maid, die Rettung naht.»

«Hast du ihn erwischt?» rief eine besorgte Frauenstimme. «Gib acht, William, vielleicht ist er bewaffnet!»

«Es ist eine Sie, und sie ist unbewaffnet.» Meyer lachte und zog Karen mit sich durch die Fliederbüsche. Ein Zweig verfing sich in ihrem klatschnassen Kopftuch und streifte es ihr über die Augen.

Wortlos vor Wut und Scham riß sich Karen das Tuch herunter und bemerkte, daß die Frau – natürlich! – jung, hübsch und tadellos gekleidet war. Der Gürtel ihres eleganten, pinkfarbenen Regenmantels umschloß eine schmale Taille, und unter dem schicken Hut quollen blonde Locken hervor, Locken, denen kein Regenwetter etwas anhaben konnte. Die zierlichen Füße steckten in topmodischen Stiefeln.

«Du meine Güte», sagte die Frau gedehnt. Und um das Maß der Demütigung vollzumachen, fügte sie hinzu: «Sie armes Ding! Wo's im Ort doch eine Notschlafstelle gibt. Die ist gar nicht so übel, ich arbeite einen Tag pro Woche dort. Laß sie doch los, William, sie ist ja ganz verdattert.»

Jetzt konnte Meyer nicht mehr an sich halten und prustete los: «Ich halte sie nur fest, weil sie sich den Fuß verstaucht hat und hinfällt, wenn ich sie loslasse. Dein Irrtum ist groß, Lisa, aber verzeihlich. Darf ich dir Frau Professor Holloway vom Calhoun College vorstellen? Karen, das ist Lisa Fairweather – die Besitzerin von Amberley.»

Offenbar übernachtete gelegentlich jemand im Haus, denn in einer Kammer neben der Küche standen ein Stuhl und ein Klappbett. Nachdem Karen darauf gebettet worden war, sagte Lisa eifrig: «Ich bring Ihnen gleich Kaffee, meine Liebe. Nein, es macht wirklich keine Umstände! Cameron bleibt manchmal über Nacht hier, und er würde morgens lieber ohne Hosen dastehen als ohne Kaffee. Es dauert nur zwei Minuten.»

Meyer zog den Stuhl ans Bett und setzte sich. «Sie sollten besser die nassen Schuhe ausziehen», meinte er. «Was führt Sie eigentlich hierher?»

«Vermutlich dasselbe wie Sie.»

Er schlug die Beine übereinander und lehnte sich zurück. «Ich war mir ziemlich sicher, daß Sie diejenige sein mußten, die von Haller eine Option bekommen hatte. Schließlich haben Sie bereits Ismenes Gedichte herausgebracht. Verzeihen Sie, wenn ich so direkt frage, aber – auf welche Weise haben Sie den alten Herrn herumgekriegt?»

«Sie haben eine schmutzige Phantasie, Bill», sagte Karen empört. «Die Gründe, weshalb Simon zuerst an mich gelangte, würden Sie nie verstehen; es hat mit Vertrauen, Freundschaft und Anstand zu tun – lauter Begriffe, die Ihnen fremd sind. Übrigens interessiert mich nicht, warum Sie hier sind, sondern nur, wie Sie herausgefunden haben, woher das Manuskript stammt.»

«Es war keine Kunst, den Verkäufer des Manuskripts ausfindig zu machen. Für mich jedenfalls nicht.»

«Beziehungsweise für Ihre Assistenten», konterte Karen giftig. «Vermutlich haben Sie ihnen aufgetragen, die Lokalpresse nach Nekrologen zu durchkämmen.»

Meyer stutzte, gab dann aber zu: «Nun ja – unter anderem. Ich ging von der Annahme aus, daß der ursprüngliche Besitzer ein exzentrischer Sammler war, der vor einigen Monaten starb.»

«Ich weiß zur Genüge, wie scharfsinnig Sie sind, Bill. Aber falls Sie es auf das Manuskript abgesehen haben, vergeuden Sie sowohl Ihren Scharfsinn als auch Ihre Zeit. *Sie* kriegen es bestimmt nicht!»

«Haller sagte mir bereits, daß meine Chancen schlecht stehen», sagte Meyer kühl. «Woher *Sie* das Geld nehmen, geht mich wohl nichts an, was?»

«Sie sagen es. Sie wollen ja doch nur aus Futterneid den Preis hochschrauben.»

Meyer strich sich eine nasse Strähne aus der Stirn. Er sah, im Gegensatz zu ihr, nicht vergammelt aus – allerdings auch nicht wie der korrekte Herr Professor, als den sie ihn kannte. Er trug zwar ein teures Tweedjackett, aber sein Hemdkragen stand offen, und seine sonst so gepflegten Hände waren schmuddelig. In seinem zerzausten schwarzen Haar waren ein paar Fliederblütchen hängen geblieben, was ihm das Aussehen eines leicht ramponierten Waldgottes verlieh.

«Sie täuschen sich», sagte er.

«Ach, wirklich?»

«Ob Sie's glauben oder nicht – ich respektiere nicht nur Ihr Können, sondern auch die Tatsache, daß Sie ein moralisches Recht auf –»

Karen lachte höhnisch.

«Lachen Sie nur», sagte Meyer. «Wie gesagt, ich bin der Meinung, daß Sie ein Recht auf Ismenes Manuskript haben. Und ich wäre einer Zusammenarbeit mit Ihnen durchaus nicht abgeneigt.»

Das war denn doch die Höhe! Halb erstickt vor Wut stieß Karen hervor: «Sie sind ... Sie sind doch der größte ... Ehrlich, Bill, ich finde keine Worte! Was in aller Welt könnten denn *Sie* zu einem gemeinsamen Projekt beitragen?»

Die Frage schien ihn nicht im geringsten zu beleidigen. «Nun, zum Beispiel einen neuen Gesichtspunkt. Zwei Köpfe sind klüger als einer. Zudem verfüge ich über Beziehungen zu Verlagen und Medien, die sich als äußerst nützlich erweisen könnten. Wenn man es richtig anpackt, könnte das Buch ein Bestseller werden.»

«Als ob es darum ginge!»

«Und noch etwas», fuhr Meyer in ernstem Ton fort, «Sie haben dringend jemand nötig, der auf Sie aufpaßt, meine Liebe. Es war sehr leichtsinnig von Ihnen, allein herzukommen. Sie hätten irgendwelchen Landstreichern in die Hände fallen oder sich bei dem Abenteuer ein Bein brechen statt nur den Fuß verstauchen können und –»

«Ihre Fürsorglichkeit bewegt mich zutiefst», fauchte Karen. «Ich hab gar keinen verstauchten Fuß!»

«Sind Sie so sicher?» fragte Lisa, die mit einem Tablett eingetreten war. Beflissen sprang Meyer auf, um es ihr abzunehmen.

Sie schenkte ihm ein bezauberndes Lächeln und beugte sich über Karen. «Darf ich mal sehen? Ich habe einen Nothelferkurs besucht.»

Klar hast du, dachte Karen erbost, und bestimmt auch Yoga-, Ikebana- und Colour-me-beautiful-Kurse. Mühsam beherrscht sagte sie: «Lassen Sie nur, ich mache Ihnen schon genug Umstände. Übrigens habe ich letzte Woche mit Cameron Hayes gesprochen. Ich war der Meinung, das Haus gehöre ihm.»

«Ach, mich hat er gar nicht erwähnt?» fragte Lisa erstaunt. «Na ja, Cameron ist nun mal so – ein richtiger Macho, man sieht's nur nicht auf den ersten Blick. Das Erbe gehört uns zu gleichen Teilen. Ich war natürlich damit einverstanden, daß Cameron sich um das Geschäftliche kümmert.»

«Lisa ist Mr. Hayes' Kusine», erklärte Meyer. «Er kann nichts ohne ihre Einwilligung unternehmen, nicht wahr, Lisa?»

«Ich hege nicht den geringsten Zweifel, daß Cameron korrekt vorgeht», sagte Lisa zuckersüß. «Aber auf sein gutes Recht will man doch nicht verzichten, nicht wahr? Nun, über Geschäfte können wir ein andermal reden. Ich möchte nicht unhöflich sein, Dr. Holloway, aber ich glaube, es wäre doch besser, Sie kehrten ins Hotel zurück. Soll ich Sie hinfahren oder lieber William?»

«Ich kann selber fahren», knurrte Karen.

Sie verließ das Haus durch den Hintereingang.

«Passen Sie gut auf sich auf, meine Liebe», sagte Meyer besorgt, während er Karen beim Einsteigen half. «Ich melde mich bald wieder bei Ihnen.»

Zähneknirschend schmetterte Karen die Wagentür zu.

4

Keine Schriftstellerin oder Journalistin
wäre so unbedacht, zu veröffentlichen,
was sie wirklich denkt...
Ihre Schriften werden ja nicht
von Frauen verlegt.
Elizabeth Robins, erste Präsidentin der
Women Writers' Suffrage League, 1908

An diesem schönen Frühlingsmorgen sah das Haus nicht düster und bedrohlich aus, sondern einfach häßlich und verlottert.

Karen blickte nachdenklich aus dem Wagenfenster. Ihr gestriger Besuch hier war ein Flop gewesen, von der Blamage ganz zu schweigen. Er hatte für sie nur *ein* positives Resultat erbracht: die Überzeugung, daß Amberley tatsächlich das Haus war, das Ismene in ihrem Roman beschrieb.

Nach ihrer Rückkehr ins Hotel hatte sie Cameron Hayes angerufen und ihm gebeichtet, was geschehen war. Besser, daß er es von ihr statt von Lisa erfuhr.

Er hörte sich ihren Bericht schweigend an und sagte schließlich: «Es tut mir wirklich leid, ich hatte keine Ahnung von Lisas Plan, nach Amberley zu fahren. Ich hätte Ihnen von ihr erzählen sollen.»

Ein Südstaaten-Kavalier bis ins Mark, dachte Karen, er entschuldigt sich doch tatsächlich für *meinen* Fehler.

Auf ihre Entschuldigungen ging er nicht ein, sondern schlug vor, am nächsten Tag mir ihr hinzufahren. Auch zum Frühstück lud er sie ein – und entschuldigte sich prompt dafür, daß es ziemlich früh sein mußte, weil er in Amberley noch viel zu tun habe.

Als er in ausgebeulten Jeans und einer schäbigen Windjacke, die Hände in den Taschen, das Lokal betrat, wirkte er ganz anders, als sie ihn in Erinnerung hatte, kleiner und irgendwie gewöhnlicher.

Er stakste zwischen den Tischreihen durch und begrüßte einige Bekannte mit einem lässigen Nicken. Der «Hungrige Wolf» war offenbar ein beliebter Sonntagmorgen-Treffpunkt. Die meisten Gäste waren ältere, gutgekleidete Leute. Eine üppige ältere Dame fragte Hayes, ob er auch zum Gottesdienst komme, worauf ihre Begleiter in schallendes Gelächter ausbrachen. Sie selbst lachte so dröhnend, daß ihre drei Kinne bebten und das Veilchenbukett auf ihrem Hut gefährlich ins Wackeln geriet.

Hayes grinste, ohne zu antworten, setzte sich Karen gegenüber und entschuldigte sich, weil er sie hatte warten lassen.

«Ich bin eben erst gekommen», sagte sie und fügte dann neugierig hinzu: «Halte ich Sie etwa vom Kirchgang ab?»

«Nein, ich gehe höchst selten zum Gottesdienst», erklärte er. «Das sollte ein Witz sein. Er hat einen ellenlangen Bart, aber er gibt Ihnen ein gutes Beispiel für den hiesigen Humor. Mrs. Fowler und ihre Bekannten sind der Meinung, Leute aus besseren Kreisen sollten sich an die altehrwürdigen Sitten und Bräuche halten. Ich tu's meistens nicht, und das mißfällt ihnen, weil sie mich meiner Abstammung wegen zu den ‹besseren Leuten› zählen. Wie geht's Ihrem Fuß? Lisa sagte mir gestern abend, Sie hätten sich verletzt.»

«Ich spür ihn kaum noch. Und Sie brauchen nicht zu befürchten, daß ich mich auf Ihre Haftpflicht berufe, schließlich hatte ich auf dem Grundstück nichts zu suchen.»

«Haben Sie gefunden, was Sie suchten?»

«Nun ... ja», erwiderte Karen überrascht. «Nicht, daß ich etwas Konkretes erwartet hätte – es war nur so ein Gefühl ... Wenn ich darf, möchte ich das Haus eingehend besichtigen.»

Die Bedienung stellte eine Riesenportion Speck mit Spiegeleiern vor Hayes hin. Er griff zu wie jemand, der einen harten Arbeitstag vor sich hat. «Ich nehme an, Lisa hat Ihnen die Rechtslage erklärt. Ich kann nur mit ihrem Einverständnis handeln, aber bisher war sie mit meinen Entscheidungen immer einverstanden.»

«Kennen Sie Professor Meyer?»

«Nein, und es erstaunt mich, daß er sich an Lisa und nicht an mich gewendet hat. Haben Sie eine Ahnung, was er will?»

«Was er will, weiß ich, aber nicht, was er plant. Vielleicht glaubt er, bei einer Frau leichter ans Ziel zu kommen als bei einem Mann. Ihre Kusine kann ohne Ihre Einwilligung doch auch nichts verkaufen, oder?»

«Nein.» Hayes beendete sein Frühstück, bevor er wieder den Mund auftat. «Sie haben offenbar keine sehr hohe Meinung von Ihrem Kollegen.»

«Dem würde ich nicht mal meinen Müll anvertrauen!» Diese Bemerkung entlockte Hayes ein Grinsen, und Karen erklärte: «Was ich will, wissen Sie; Dr. Finneyfrock und ich haben es Ihnen bei unserem letzten Gespräch eingehend geschildert. Das Wichtigste für mich ist das Manuskript, und meine Chancen, es zu bekommen, stehen gut. Was mir fehlt, ist Material, anhand dessen ich nachweisen könnte, wer Ismene in Wirklichkeit war. Tagebücher, Briefe, Familiendokumente. Ich glaube, auch Meyer ist hinter solchem Material her, und wie ich ihn kenne, hofft er wohl, er könnte es Lisa abschmeicheln.»

«Na, dann kann er sich aber auf eine Überraschung gefaßt machen», meinte Hayes trocken. «Lisa mag aussehen wie eine naive Südstaaten-Schöne, aber wenn's ums Geschäft geht, ist sie pickelhart.»

Er schlug vor, Karen solle mit ihrem eigenen Auto nach Amberley fahren. «Ich habe den ganzen Tag draußen zu tun», erklärte er, «und Sie wollen bestimmt vorher wieder zurück.»

Hayes' uralter Lieferwagen sah aus, als würde er nur noch von ein paar Drähten und einem unerschütterlichen Optimismus zusammengehalten, und Karen erwartete jeden Moment, daß er ein Rad oder eine Stoßstange verlieren würde, als sie hinter ihm über die holprige Zufahrt zum Haus ratterte.

Sie war ausgestiegen, bevor Hayes ihr die Wagentür aufhalten konnte. Er trat achselzuckend einen Schritt zurück – vermutlich hielt er sie jetzt für «eine dieser Emanzen» –, fischte einen Schlüsselbund aus der Jackentasche und ging die Treppe zum Haupteingang hinauf.

Obwohl repariert und frisch gestrichen, sah die Tür aus, als müßte sie gespenstisch knarren. Sie tat es nicht, aber als sie aufging, drang Grabeskälte aus dem Haus. Karen fuhr erschrokken zusammen, und auch Hayes schien zu frösteln. Sie blieben einen Moment schweigend auf der Schwelle stehen. Dann sagte er: «Die Wände sind einen halben Meter dick. Schön kühl im Sommer, aber Sie können sich vorstellen, was es kostet, das Haus im Winter zu heizen. Bitte nach Ihnen.»

In die große, leere Eingangshalle, deren Wände frisch gekalkt waren, drang kaum ein Sonnenstrahl. Schön war nur der Fußboden mit seinen breiten Dielen aus einem goldbraunen Holz.

«Kastanienholz», sagte Hayes. «Wenigstens ein Pluspunkt. Sonst ist das Haus grauenhaft, finden Sie nicht?»

«Ach, das würde ich nicht sagen», sagte Karen.

«Sie brauchen keine Rücksicht zu nehmen. Ich habe diesen Ort immer gehaßt. Als ich klein war, schleppte mich meine Mutter zu Pflichtbesuchen her, obwohl ich immer neue Ausreden erfand. Sogar als Erwachsener kostete es mich Überwindung hierherzukommen.»

«Warum taten Sie es dann?»

«Irgend jemand mußte sich um Großvater kümmern. Er wurde alt und gebrechlich und so boshaft, daß es keine Haushälterin bei ihm ausgehalten hätte. Ich dachte damals, er sei daran schuld, daß mir das Haus so unsympathisch war. Aber ich bekomme noch jetzt jedesmal, wenn ich es betrete, eine Gänsehaut.»

Auch Karen hatte eine Gänsehaut. Die Kälte drang ihr bis in die Knochen, als wäre sie etwas Stoffliches, Greifbares. «Vielleicht spukt's hier», sagte sie spöttisch. «Aber es soll ja Leute geben, die Spukhäuser mögen.»

Hayes warf ihr einen feindseligen Blick zu. «Unsinn, die meisten Leute wollen mit Spuk nichts zu tun haben. Es wird schwierig genug sein, das Haus loszuwerden.»

Er öffnete eine Tür, und sie betraten einen großen, hohen Raum, der auf eine ebenso undefinierbare Weise wie die Halle abweisend wirkte. Die Wände waren mit dunklem Holz getäfelt, und durch die schmalen Fenster drang nur wenig Licht.

«Sie brauchen mich nicht durchs ganze Haus zu führen», sagte Karen, als Hayes auf eine zweite Tür zusteuerte. «Sie wollen sich bestimmt lieber an die Arbeit machen.»

«Ich mache immer einen Kontrollgang, wenn ich ein paar Tage nicht hier war. Unbewohnte Häuser ziehen Einbrecher an. Außerdem muß ich Ihnen doch zeigen, wie man sich in diesem Labyrinth zurechtfindet.»

Das war auch notwendig. Zwar bot der Hauptbau mit seinem quadratischen Grundriß und je vier gleich großen Räumen pro Stockwerk keine Probleme, aber der Rest des Gebäudes war chaotisch. Offenbar war es den diversen Baumeistern egal gewesen, ob ihre Anbauten etwas höher oder etwas tiefer zu liegen kamen, denn überall gab es Stufen und verwinkelte Korridore, und Karen zählte nicht weniger als vier verschiedene Treppenhäuser.

Eine Treppe führte zur Küche im Untergeschoß. Auch hier

war, wie in den übrigen Räumen, alles tadellos sauber. Es sei eine Heidenarbeit gewesen, bemerkte Hayes: jeder Raum vollgestopft mit Stößen alter Zeitungen, schimmligen Pappkartons, schmutzigen Lumpen...

«Nun, das wär's», sagte er. «Wollen Sie mir ein Angebot für das Haus machen?»

Trotz seines scherzhaften Tons hatte Karen das Gefühl, daß er hoffte, ihr Interesse geweckt zu haben. Darin täuschte er sich nicht. Eigentlich, fand sie, war das Haus gar nicht so häßlich. Und es war Ismenes Haus... Wenn es ihr gelang, das nachzuweisen, wenn das Buch ein Erfolg wurde...

«Da wären noch die Kellerräume», fuhr Hayes fort. «Aber die möchte ich Ihnen lieber nicht zeigen, nach längeren Regenfällen sind sie immer überschwemmt. Außerdem gibt's dort nichts Interessantes zu sehen.»

«Und der Dachboden?»

«Wollen Sie wirklich dort hinauf?»

«Warum nicht? Das ist doch der Ort, wo man das Manuskript gefunden hat, nicht wahr?»

«Ja, in einem Überseekoffer unter einem Stoß alter Kleider. Aber jetzt gibt es da nur noch Staub und Spinnweben. Alles andere wurde eingelagert.»

«Alles?»

«Ja. Bis auf ein paar Kartons mit Papieren und Fotoalben und verschiedenem Kram, die nicht an die Auktion kommen. Ich brauche zwar Geld, aber soviel Pietät habe ich noch, daß ich keine Familienandenken verscherbeln lasse.»

Er sah sie prüfend an. «Falls Sie sich die Sachen anschauen möchten – das ließe sich einrichten.»

«Gut, aber nicht heute. Versprechen Sie mir nur, daß Bill Meyer sie nicht bekommt.»

«Abgemacht.»

«Den Dachboden möchte ich trotzdem sehen, aber Sie brauchen nicht mitzukommen. Zeigen Sie mir nur, welche Treppe es ist.»

Er zögerte. «Na ja, wenn Sie meinen … Aber gemütlich ist es dort oben nicht, und Mäuse hat es auch.»

«Mäuse sind doch süß», versetzte Karen mit ihrem charmantesten Lächeln. Hayes zog die Brauen hoch, führte sie zu einer steilen, dunklen Treppe und ließ sie allein.

Der Dachboden wurde von dem Licht, das durch die schmutzigen Luken fiel, nur spärlich erhellt. Die Dielen knarrten, als Karen sich langsam vorwärts tastete und sich zu orientieren versuchte. Die Treppe befand sich im Westflügel, also mußte die Mauer aus unverputzten Ziegelsteinen, die sie vor sich sah, die Trennwand zum Dachstock des Hauptgebäudes sein. Im Halbdunkel konnte sie eine Tür ausmachen. Vorsichtig trat sie näher. Es war eine schwere Holztür mit einem Riegel, der Rostspuren auf ihren Fingern hinterließ. Sie gab ein protestierendes Kreischen von sich, als Karen sie aufstieß.

Vor ihr lag ein enger Korridor mit geschlossenen Türen auf beiden Seiten. Mehr konnte sie nicht erkennen, eisige Kälte sprang sie an wie ein wildes Tier, dessen Käfig endlich geöffnet wird. Es war eine andere Kälte als die, die ihr aus der Eingangshalle entgegengeschlagen war, eine lebendige, bösartige Kälte, dunkel und von Verzweiflung erfüllt, eine Kälte, die wie mit Fangarmen nach ihr griff.

Entsetzt stürzte Karen davon, stolperte die Treppe hinunter, rannte um eine Ecke – und landete in Hayes' Armen. Zitternd und keuchend klammerte sie sich an ihn.

«Was ist denn?» murmelte er. Flüchtig fuhr ihr durch den Kopf, daß auch Bill Meyer sie in den Armen gehalten hatte, und sie erinnerte sich an den Duft des exquisiten Herrenparfüms. Cameron Hayes roch nach Schweiß und Ölfarbe und Terpentin, und sie wurde sich plötzlich seines sehnigen Körpers bewußt.

Sie ließ ihn los und sagte steif: «Entschuldigen Sie, ich hatte Sie nicht gesehen.»

«Meine Schuld. Ich hätte Sie nicht allein hinauflassen dürfen. Was hat Sie denn so erschreckt – eine Maus?»

«Ich fürchte mich doch nicht vor Mäusen! Es war etwas anderes... eine Fledermaus, die mir ins Haar geflogen ist.»

«Fledermäuse fliegen einem nicht ins Haar, das ist ein Ammenmärchen.»

«Würden Sie mich jetzt bitte loslassen?»

«Oh... Verzeihung.» Er hatte eine Hand um ihren Nacken gelegt; als er sie zurückzog, verfingen sich ihre Haare in seinen aufgerauhten Fingern. Karen trat einen Schritt zurück und fuhr sich mit beiden Händen durch die zerwühlten Locken.

Er starrte sie unbewegt an. «Geht's wieder besser?»

«Ja.»

Er nickte und ging. Karen verzog sich in die andere Richtung – hauptsächlich deshalb, weil es die andere Richtung war. Nachdem sie sich ein paarmal in den verwinkelten Korridoren des Westflügels verlaufen hatte, fand sie endlich die Treppe, die zur Küche führte. Der altmodische Gasherd und die lackierten Schränke sahen nach Alltag aus und wirkten tröstlich. Karen durchstöberte Camerons Vorräte, fand Pulverkaffee und setzte Wasser auf. Obwohl es in der Küche gemütlich warm war, spürte sie tief innen immer noch diese schreckliche Kälte.

Vielleicht liegt doch ein Fluch über diesem Haus, dachte sie, und das ist der Grund, weshalb ich mich so idiotisch benehme – wie eine ängstliche Jungfrau aus dem letzten Jahrhundert. Warum zum Teufel mußte Cameron auch gerade in diesem Moment daherkommen? Er wußte genau, daß sie die Fledermaus erfunden hatte, und hielt sie jetzt sicher für ein hysterisches Weibsbild, besonders nachdem sie so keck über sein «Spukhaus» gewitzelt hatte.

Karen glaubte nicht an Gespenster – aber irgend etwas war los mit diesem Haus. Gab es Häuser, in denen eine längst vergangene Tragödie spürbar gegenwärtig blieb? War es möglich, daß an bestimmten Orten die Ängste längst Verstorbener weiterlebten?

Es war spät geworden, und sie hatte noch eine lange Fahrt vor sich. Sie wollte nur noch durch die Hintertür in den Garten und rund um das Haus gehen. Dann hatte sie gesehen, was es zu sehen gab.

Die Veranda war mit allerlei Werkzeug und Farbkesseln vollgestopft. Vorsichtig stieg Karen die ausgetretenen Stufen hinab. Sie brach einen Fliederzweig ab und atmete tief den süßen Duft ein, während sie auf dem gepflasterten Pfad zur Vorderseite des Hauses ging.

Plötzlich hörte sie eine unbekannte Männerstimme, die laut und aggressiv etwas sagte. Dann kam Camerons ärgerliche Antwort: «Nein, hab ich gesagt! Wenn du meinst, du könntest –»

Er brach ab, als er Karen bemerkte. Der andere wandte sich um.

Er war etwas kleiner als Cameron und viel jünger – ein Teenager mit Pickeln im Gesicht und einer flachsblonden Mähne.

«Morgen, Ma'am», sagte er. «Ich wußte nicht, daß noch jemand hier ist. Hoffentlich störe ich nicht.»

Sie nickte ihm kühl zu und wandte sich an Cameron: «Warum haben Sie nicht gesagt, daß Sie Besuch erwarten, Mr. Hayes? Dann hätte ich Sie nicht so lange aufgehalten.»

«Ich hatte keine Verabredung mit ihm», knurrte Cameron. «Übrigens wollte er gerade gehen.»

Der junge Mann musterte sie mit einem anerkennenden Grinsen, das ihr zutiefst zuwider war. «Oh, die Dame interessiert sich wohl für das Haus? Da will ich nicht weiter stören, Cam. Entschuldigen Sie, Ma'am, ich hoffe, wir sehen uns bei einer anderen Gelegenheit wieder.»

Karen gab keine Antwort. Immer noch grinsend stapfte der

junge Mann zu seinem Lieferwagen zurück, einem neueren und kostspieligeren Modell als das von Cameron, und fuhr davon.

«Vielen Dank», brummte Cameron.

«Wofür?»

«Dafür, daß Sie auftauchten, bevor Bobby mir die Fresse... bevor er handgreiflich wurde.»

«Hatte er das im Sinn?»

Cameron schnaubte ärgerlich. «Verzeihung, ich hätte nicht davon anfangen sollen. Haben Sie Ihren Rundgang beendet?»

«Ja, aber ich möchte zu einem späteren Zeitpunkt nochmals herkommen.»

Seine Zornesröte war verflogen, und seine Antwort klang kühl und unverbindlich: «Wann immer Sie wollen, Mrs. Holloway. Geben Sie mir aber vorher Bescheid.»

«Einundfünfzig fünf», verkündete Peggy freudestrahlend. «Junge, Junge!»

Sie meinte einundfünfzigtausendfünfhundert Dollar. Karen entnahm ihrer Reaktion, daß Peggy bereit war, den von Simon als definitiv genannten Preis für das Manuskript zu zahlen.

«Das ist aber eine Menge Geld», sagte sie bedrückt.

«Spottbillig ist das! Das hast du dem guten alten literarischen Establishment zu verdanken», meinte Peggy zynisch. «Die Kommissionen, die bestimmen, wieviel Geld ein Forschungsinstitut wofür ausgeben darf, sind fest in Männerhand. Die Dingsda, wie heißt sie?, die Angelo tat mir beinahe leid, wie sie eine Bande glatzköpfiger Chauvis zu überzeugen versuchte, daß der Roman einer praktisch unbekannten Autorin soviel wert ist. Ein Wunder, daß sie immerhin bis fünfzigtausend mithielten.»

«Ein Wunder, daß sie nicht selbst zugegriffen hat.»

«Wahrscheinlich hat sie das Geld nicht.»

«Und du hast –» Karen schluckte den Rest ihrer Frage.

«Ich habe ein Vermögen verdient mit Sexratgebern, die ich

unter einem Pseudonym veröffentliche», sagte Peggy augenzwinkernd.

Karen hatte Simons Nachricht vorgefunden, als sie am Sonntag abend nach Hause gekommen war. Auf dem Tonband waren noch andere Anrufe gewesen, die meisten von Peggy, deren Stimme von Mal zu Mal ärgerlicher klang. Karen hatte sie gebeten, Montag früh zu einer Lagebesprechung in die Cafeteria zu kommen.

Jetzt schielte Peggy über den Rand ihrer Kaffeetasse hinweg Karen mißtrauisch an. «Du willst doch nicht etwa Hals über Kopf nach Baltimore fahren?»

«Natürlich nicht.»

«Nach Virginia bist du auch Hals über Kopf gefahren, klammheimlich! Glaub ja nicht, daß du dieses Wochenende wieder ohne mich irgend etwas Wahnwitziges unternehmen kannst.»

«Wie sollte ich? *Du* hast doch das Geld, nicht ich!»

«So war's nicht gemeint», sagte Peggy.

«O doch, aber ich bin dir deswegen nicht böse.» Karen wußte, daß das nicht ganz stimmte. «Damit die Sache ein für allemal klar ist, Peggy: Ich nehme dein großzügiges Angebot an, aber nur als Darlehen. Wir gehen zu einem Notar und machen es schriftlich.»

Peggy schwieg einen Moment, bevor sie ziemlich kühl meinte: «Na schön, wenn du unbedingt willst.»

«Etwas anderes kommt gar nicht in Frage.» Auch das stimmte nicht ganz. Karen hätte einen Bankraub begangen, wenn das Geld nicht anders aufzutreiben gewesen wäre. Oder zumindest versucht, ein Bankdarlehen zu bekommen. Bei einer Bank hätte man ihr keine Vorwürfe gemacht und sie nicht wie eine Zweijährige behandelt. Aber es hätte Wochen gedauert, den Kredit zu bekommen – falls sie mit einem stockfleckigen Manuskript als einziger Sicherheit überhaupt einen bekommen hätte.

«In Ordnung», sagte Peggy. «Und jetzt erzähl mal von deinen Abenteuern – oder darf ich davon nichts wissen?»

«Im Gegenteil. Du wirst entzückt sein zu erfahren, daß ich mich ohne deine lenkende Hand wie ein kopfloses Huhn benommen habe.»

«Ach, wirklich?»

Karen warf einen Blick auf die Uhr; in zehn Minuten hatte sie eine Vorlesung. Um es kurz zu machen, berichtete sie Peggy nur von ihrer Begegnung mit Lisa Fairweather und Bill Meyer; daß sie sich auch noch Cameron Hayes gegenüber blamiert hatte, verschwieg sie. «Es war nicht sehr schlau von mir, allein hinzugehen», schloß sie ihren Bericht, «aber eine solche Blamage hatte ich denn doch nicht verdient.»

Peggy brach in schallendes Gelächter aus. «Entschuldige», prustete sie, «aber es klingt wirklich wie die abgedroschenste aller Schauergeschichten! Von einem attraktiven Bösewicht gerettet zu werden, dazu noch in Gegenwart einer nicht minder attraktiven Rivalin...»

«Genau daran hat doch Meyer, dieses Ekel, auch gedacht! Und daß die Rivalin mich auch noch für eine Gammlerin hielt... Ich muß jetzt gehen. Hast du morgen oder am Mittwoch Zeit für einen Termin beim Notar? Dann könnten wir Sonnabend nach Baltimore fahren.»

«Wir beide?»

«Na klar!»

«Morgen nachmittag ab drei Uhr würde es mir passen. He, Moment mal», rief Peggy, als Karen aufstand. «Wie ging es weiter, nachdem sie dich erwischt hatten?»

«Ich telefonierte abends mit Mr. Hayes. Am nächsten Morgen fuhr er mit mir nach Amberley. Ein zartfühlender Mann mit tadellosen Manieren», fügte Karen nachdrücklich hinzu. «*Er* hatte an meinem Benehmen nichts auszusetzen.»

Der Rest der Woche verlief ziemlich hektisch. Bei der Besprechung im Notariat verhielt sich Peggy ungewohnt wortkarg und verschwand gleich danach. Karen hatte eine Menge Arbeit und behandelte ihre Studentinnen ziemlich unwirsch. Prompt beklagten sich einige von ihnen bei Joe Cropsey.

«Und der sagt mir doch tatsächlich, ich sei offenbar nervlich überlastet und brauche ‹Ablenkung›», entrüstete sich Karen. «Kannst du dir so was vorstellen?»

Sie waren unterwegs nach Baltimore. Peggy saß am Steuer und rauchte pausenlos.

«Er kann mir nichts vorwerfen! Ich tu meine Arbeit und hab alles erledigt bis auf die Abschlußnoten, und die kriegt er am Montag. Wenn ich erst mal das Manuskript publiziert habe –»

«Dann wirst du reich und berühmt und pfeifst auf Joe Cropsey, klar. Wenn du den richtigen Verlag findest, kannst du mit dem Buch womöglich tatsächlich Geld verdienen. Genug, um mein Darlehen zurückzuzahlen.»

«Aber ich brauche dich doch! Ohne diese historischen Kenntnisse schaffe ich es nicht. Wenn du als Historikerin etwas darüber publizieren willst, steht es dir frei.»

«Ohne deine Einwilligung würde ich nichts publizieren.»

«Das weiß ich doch.»

Peggy schmiß ihre Zigarette aus dem Fenster und umklammerte das Lenkrad so heftig, daß ihre Fingerknöchel weiß hervortraten. «Warum hast du dann wegen dem Geld so ein Theater gemacht? Was hätte es ausgemacht, wem von uns beiden das Manuskript gehört, juristisch gesehen? Dachtest du vielleicht, ich würde hinter deinem Rücken mit den Verlagsrechten hausieren gehen?»

«Du bist total bescheuert!» schrie Karen. «Warum wirfst du mir etwas vor, woran ich nicht im Traum gedacht habe? Ich wollte dieses Manuskript einfach für mich haben! Ich will ... ich will bestimmen, wo's langgeht. Zum ersten Mal in meinem Leben will ich selbst entscheiden können.»

«Zum ersten Mal in deinem Leben? Hör mal, du bist schon eine ganze Weile volljährig.»

«Aber noch immer sagt man mir ständig, was ich zu tun habe! Alle behandeln mich, als wäre ich unmündig! Vermutlich ist mein Babygesicht daran schuld – aber das verstehst du ja nicht.»

«Da also liegt der Hase im Pfeffer», seufzte Peggy. «Und du meinst, ich versteh das nicht? Lieber Gott, ich bin einszweiundfünfzig groß beziehungsweise klein! Wenn dir dein Babygesicht nicht paßt, dann versuch dir mal vorzustellen, wie man sich als Däumling vorkommt!»

«Mir bist du nie klein vorgekommen», sagte Karen verdutzt.

«Ich mir auch nicht. Das ist nämlich der Trick, daß man sich nicht so vorkommt – aber ich hab weiß Gott lange gebraucht, um das rauszufinden. Wir haben mehr gemeinsam, als du denkst, Karen. Ich hab das alles auch erlebt, das Lächeln von oben herab, die süffisanten Bemerkungen und all den Mist, und ich war genauso mimosenhaft wie du. Aber damit machst du dir nur das Leben unnötig schwer. Hör zu, ich bemühe mich, dich nicht herumzukommandieren, und du bemühst dich zu kapieren, daß ich alle Leute herumkommandiere. Das ist das Vorrecht des Alters und überhaupt nicht persönlich gemeint.»

«Gut, ich werde mich bemühen», versprach Karen kleinlaut. Daß Peggy, die so überlegen wirkte und von jedermann respektiert wurde, jemals Minderwertigkeitskomplexe gehabt hatte, wollte ihr nicht in den Kopf.

«Uff! Wie geht's jetzt weiter?»

«Ich fahre am Montag, sobald ich die Prüfungsnoten abgeliefert und ein paar Dinge erledigt habe, nach Virginia. Cameron sagte mir am Telefon, er würde ein Zimmer oder eine Wohnung für mich besorgen. Ich kann es mir nicht leisten, ein paar Wochen im Hotel zu wohnen.»

«Ein paar Wochen? Warum so lange?»

«Ich kann genausogut dort statt zu Hause am Manuskript arbeiten, und vielleicht wirkt die Umgebung inspirierend.»

«Und wenn es sich herausstellt, daß Amberley doch nicht das richtige Haus ist? Du hast doch kaum Anhaltspunkte dafür.»

«Nein ... aber ich hab so ein Gefühl ...»

«Hoffen wir, daß dein Gefühl dich nicht trügt. Ich kann aber nicht mitkommen, Karen. Ich habe einem kranken Freund versprochen, ein paar Tage bei ihm zu verbringen. Eine Woche oder so. Wann soll die Auktion stattfinden?»

«Am letzten Wochenende im Mai.»

«Bis dann bin ich zurück. Hoffentlich stört's dich nicht, wenn ich dir für die Auktion meine guten Dienste anbiete. Ich glaube, in dieser Hinsicht habe ich mehr Erfahrung als du.»

«Natürlich nicht.» Karen druckste ein bißchen herum und gestand schließlich, sie habe noch ein Problem. «Joan und ich wollten gleich nach Semesterschluß eine Woche zusammen Urlaub machen.»

«Und jetzt willst du absagen?»

«Was sonst? Ich hab doch so lange auf das Manuskript gewartet! Wenn ich mich nicht gleich an die Arbeit mache, werde ich noch verrückt. Aber mir fällt keine gute Ausrede ein.»

«Versuch's doch mit der Wahrheit.»

«Ich will aber nicht, daß sie ... na ja, klüger wäre es vielleicht.»

«Aufrichtigkeit ist erstens eine Tugend und zweitens auf die Dauer weniger anstrengend», dozierte Peggy. «Du kannst das Manuskript sowieso nicht ewig geheimhalten. Inzwischen wissen bereits zu viele Bescheid.»

Daß Peggy auch damit recht hatte, stellte sich heraus, als sie Simons Geschäft betraten und seinen Besucher erblickten.

«Ich wollte eben gehen», erklärte Bill Meyer. «Mr. Haller sagte mir bereits, daß Sie geschäftlich mit ihm verabredet sind.» Er wandte sich mit seinem charmantesten Lächeln an Peggy. «Dr. Finneyfrock, wenn ich mich nicht irre? Ich hatte noch nicht das Vergnügen, Sie persönlich kennenzulernen. Ich bin Bill Meyer.»

Peggy schüttelte ihm die Hand mit einem ebenso charmanten Lächeln. «Ich hab schon viel von Ihnen gehört, Dr. Meyer.»

«Ach ja ... Darf ich Ihnen, meine Damen, zu Ihrer Erwerbung gratulieren? Vielleicht darf ich Sie überdies zum Lunch einladen, nachdem das Geschäftliche erledigt ist? Mr. Haller natürlich ebenfalls.»

«Mit dem größten Vergnügen», flötete Peggy, bevor Karen den Mund auftun konnte.

«Gut, dann warte ich so lange in der netten kleinen Bar gegenüber.» Die Ladentür fiel mit einem silberhellen Klingeln hinter Meyer ins Schloß.

«Es tut mir leid ...» begann Simon.

«Du kannst doch nichts dafür.» Karen starrte wütend zur Tür. «Weiß er vielleicht, daß wir ihn damals von der Bar gegenüber beobachtet haben? Wenn dieser Mistkerl wüßte, daß ich durch halb Baltimore hinter ihm hergezuckelt bin, im dichtesten Verkehr und bei strömendem Regen ...»

«Reg dich ab», sagte Peggy. «Soll er's doch wissen. Du hast gewonnen, er hat verloren.»

«Vielleicht ist er ein guter Verlierer», meinte Simon.

«Ausgerechnet der», murrte Karen.

Das Geschäftliche hatten sie bald erledigt. Als Karen endlich das kostbare Bündel in den Händen hielt, merkte sie, daß Simon sie nachdenklich ansah, und zwar nicht mit der Miene eines Geschäftsmanns, der soeben einen dicken Scheck kassiert hat.

«Danke, Simon. Danke, daß du mich hast gewinnen lassen.»

«Hoffentlich werde ich es nie bereuen.»

«Der Scheck ist gedeckt», sagte Peggy fröhlich.

Simons ernste Miene heiterte sich auf. «Deswegen hab ich mir ja auch solche Sorgen gemacht ...»

Peggy bestand darauf, daß sie alle Meyers Einladung annehmen sollten. «Der Kerl führt Böses im Schilde», verkündete sie. «So eine gute Gelegenheit, ihn auszuhorchen, dürfen wir uns nicht entgehen lassen. Zu dritt sollten wir Dr. Meyer doch gewachsen sein.»

Meyer hatte in einem der elegantesten Restaurants von Baltimore einen Tisch reservieren lassen. Er plauderte über dieses und jenes, bis der Kellner ihre Bestellung notiert hatte. Dann eröffnete er das Feuer.

«Der Fuß macht Ihnen doch keine Beschwerden mehr, Karen?»

«Nicht die Spur.»

«Ein Glück, daß wir Sie rechtzeitig entdeckten», fuhr Meyer fort. «Mich schaudert jetzt noch, wenn ich daran denke, was Ihnen hätte zustoßen können, ganz allein in dem finsteren Loch, bei dem scheußlichen Wetter und einbrechender Dunkelheit! Es war wirklich unvorsichtig von Ihnen. Mich wundert, daß Sie sie allein gehen ließen, Dr. Finneyfrock.»

«Ich bin nicht Karens Kindermädchen», parierte Peggy. «Sie ist zwar eine Frau, aber immerhin erwachsen. Was taten *Sie* eigentlich dort, Dr. Meyer? Mit der Liquidierung der Erbschaft ist doch Mr. Hayes betraut, und von ihm hatten Sie keine Erlaubnis, das Grundstück zu betreten.»

«Ich betrat es in Begleitung von Miss Fairweather, der Miterbin. Im übrigen», fügte Meyer sanft hinzu, «hatte auch Karen keine Erlaubnis von Mr. Hayes.»

«Aber sie stand mit ihm in Kontakt», bemerkte Simon. «Ihnen dagegen, Dr. Meyer, hatte ich seinen Namen nicht genannt.»

Mit einem süffisanten Lächeln lehnte sich Meyer zurück. «Den habe ich selbst herausgefunden.»

«Dazu hatten Sie kein Recht», sagte Peggy.

«Und warum nicht? Wir wollen uns doch nichts vormachen, ja? Karten auf den Tisch, schlage ich vor.»

«Nichts wäre mir lieber als das», fiel Karen ein. «Nein, Peggy, laß mich reden. Dr. Meyer hat absolut recht, es steht ihm frei, selbst Nachforschungen anzustellen. Allerdings ist meine Arbeit nicht mehr soviel wert, wenn mein verehrter Herr Kollege die Identität der Autorin vor mir herausfindet und damit seiner glänzenden Karriere noch ein paar zusätzliche Glanzlichter aufsetzt. Ein anderer würde korrekterweise das Feld räumen und die Recherche mir überlassen. Aber Korrektheit ist nicht unbedingt Ihre Stärke, stimmt's, Bill?»

«Na, na, wir wollen doch nicht gleich so zynisch werden», erwiderte Meyer. «Ich wollte Ihnen ja einen Kompromiß anbieten. Wir vergeuden nur unnütz Zeit und Kraft, wenn wir gegeneinander arbeiten; zudem hat auch Dorothea Angelo den Braten gerochen. Sie nimmt es mit der Korrektheit noch weniger genau als ich und ist überdies stocksauer, daß man sie überboten hat.»

«Das klingt fast wie eine Drohung, Dr. Meyer», sagte Simon.

«Eine Warnung, keine Drohung», berichtigte Meyer. «Ich weiß wirklich nicht, warum Karen eine so schlechte Meinung von mir hat. Sie halten mich doch nicht im Ernst für so töricht oder so skrupellos, etwas Ungesetzliches zu tun? Bei Dorothea ist das anders. Sie hegt einen Groll gegen Karen, denn Karen hat all das, was Dorothea nicht hat. Vor allem eine vielversprechende berufliche Zukunft. Dorothea hat seit über zehn Jahren nichts Bedeutendes mehr publiziert. Sie würde vor nichts zurückschrecken, um an das Manuskript zu kommen – oder eine Kopie des Manuskripts. Überlegen Sie sich meinen Vorschlag, Karen. Ich könnte Ihnen in mancher Hinsicht von Nutzen sein. Wenn Sie meine Hilfe nicht wünschen, ja dann ...» Er sah auf die Uhr. «Entschuldigen Sie, ich habe noch eine Verabredung. Sie wollen mein Angebot sicherlich im Freundeskreis besprechen.»

«Falls der Kerl meint, er könne uns mit der Rechnung sitzenlassen ...» fauchte Peggy, während Meyer in Richtung der Telefonzellen verschwand.

«So schlechte Manieren hat er bestimmt nicht», beschwichtigte Simon. «Du meine Güte, Karen, in was für eine Sache hast du dich da hineinmanövriert? Das verspricht ja der reinste Bandenkrieg zu werden!»

Peggy tätschelte ihm die Hand. «Armer Simon! Sie haben sich wohl nicht träumen lassen, daß es in den hehren Gefilden der Geisteswissenschaften so knallhart zugeht?»

Als Ismene aus ihrer Ohnmacht erwachte, war alles um sie her Licht und Wärme. In welch seltsam vertrauten Bildern, dachte sie in ihrer Verwirrung, zeigt sich mir das Paradies! Nicht der überwältigende Anblick von Gottes strahlendem Antlitz, nicht die gleißende Pracht himmlischer Paläste, sondern der trauliche Schein eines Kaminfeuers. Was sie umhüllte, schien eine weiche Decke zu sein und nicht eine Wolke oder das Gefieder von Engelsschwingen. Engelsschwingen... jener gesichtslose Engel... Die Erinnerung an jenen Engel ließ sie schaudern.

Das Antlitz, das sie jetzt vor sich sah, war nicht das eines Engels. Es war ein dunkles, verrunzeltes, gutmütiges Antlitz, mit einem Turban von reinstem Weiß gekrönt, und die milde Stimme, die zu ihr sprach, war die Stimme eines menschlichen Wesens.

Ismene richtete sich in den Kissen auf und blickte verwundert um sich. Im Schein des flackernden Holzfeuers erkannte sie, daß sie sich in einem hohen, geräumigen Gemach befand, in einem breiten Bette liegend, dessen Baldachin aus kostbarem Damast bestand; die Vorhänge aus demselben glänzenden Stoff waren zurückgeschlagen. Die Frau mit dem weißen Turban beugte sich über sie und bettete sie in die Kissen, beruhigende Worte murmelnd.

«Meine Schwester!» rief Ismene aus. «Wo ist meine Clara? O Himmel, lebt sie denn noch?» Sie hielt ihren ängstlichen Blick auf die alte Dienerin geheftet und achtete deshalb nicht darauf, daß die Tür aufgegangen war und eine männliche Gestalt sich genähert hatte.

«Ruhig, nur ruhig», sprach eine sanfte Stimme. «Sie waren ohnmächtig, als wir Sie fanden, aber nun befinden Sie sich in Sicherheit, und auch Ihre Gefährtin, obwohl noch sehr schwach, ist wohlauf und wird liebevoll umsorgt. Ich heiße Sie willkommen, liebe Ismene – denn könnten Sie eine andere sein als die, welche wir schon so lange erwartet haben?»

Erstaunt betrachtete Ismene sein Antlitz, von silberhellen Locken umrahmt, dessen scharf gemeißelte Züge sein Alter nicht erkennen ließen.

«Ist es ein Traum», flüsterte sie, «oder ein Fieberwahn? Sie also sind – doch wie wäre dies möglich? – mein Oheim, Joshua Merrivale?»

«Ach», seufzte er und umschloß ihre schlaffen Finger mit seinen warmen, tröstenden Händen, «wie sehr betrübt es mich, Ihnen so traurige Nachricht geben zu müssen! Doch sicherlich sind Sie stark genug, die Wahrheit zu erfahren. Armes Mädchen, Sie haben Ihren Oheim und Beschützer verloren – und ich meinen geliebten Vater. Ich bin Edmund, Ihr Vetter, und ich verspreche Ihnen auf meine Ehre, daß ich mich Ihrer und Claras annehmen werde, so wie mein Vater es mit Freuden getan hätte.»

Ismene sank in die Kissen zurück. Ihre Hand noch inniger umschließend, rief ihr Vetter – ihr Vetter also! – mit großem Bedauern aus: «Wie sehr muß Sie diese Nachricht erschüttern! Wie unbedacht von mir, auf Ihren erschöpften Zustand nicht mehr Rücksicht zu nehmen!»

Ismene, ihrer Sinne immer noch nicht ganz mächtig, stammelte: «Ich bin wahrlich erschüttert über diesen Verlust, über Ihren großen Verlust, lieber Vetter ... Edmund ... Verzeihen Sie meine Worte, die nur ein Echo meiner wirren Gedanken sind ... Niemand hat mir je gesagt, daß ich einen Vetter habe.»

Leise entgegnete er: «Zeit seines Lebens bedauerte mein Vater den Zwist, der unsere Familien entzweite. Sie kennen dessen Gründe nicht? Auch ich kenne sie nicht, Ismene, denn wenn mein

Vater je diesen Zwist erwähnte, dann nur mit Worten so tiefer Bekümmernis, daß ich ihm nicht durch meine Fragen noch größeren Schmerz bereiten wollte. Jetzt aber wollen wir die traurige Vergangenheit vergessen. Bedenken Sie, daß Sie ein neues Heim gefunden haben – und einen Ihnen zärtlich ergebenen Bruder. Fassen Sie Mut, und blicken Sie getrost in die Zukunft!»

5

Dies ist ein wichtiges Buch, nimmt
der Kritiker an, weil es vom Krieg handelt.
Dies ist ein unbedeutendes Buch, weil es
von Frauen in einem Wohnzimmer handelt.
Virginia Woolf, Ein Zimmer für sich allein, 1929

Am Sonntag morgen hörte das Telefon nicht auf zu klingeln. Karen hatte den Anrufbeantworter eingeschaltet und nahm den Hörer erst ab, als sich Peggy meldete. «Es steht in der *Times*!»

«Ich weiß, Joe Cropsey hat auch schon angerufen.»

«Woher weiß er, daß du gemeint bist? Der Bericht nennt keine Namen.»

«Keine Ahnung. Vielleicht von Bill Meyer, dem traue ich zu, daß er die Sache brühwarm weitererzählt. Was steht genau in der *Times*? Ich hatte noch keine Zeit, mir eine zu besorgen.»

«Der Bericht ist ziemlich vage. Daß ein bedeutendes Manuskript entdeckt und an jemanden von einem College an der Ostküste verkauft wurde. Aber falls Cropsey erfahren hat, daß du dieser Jemand bist –»

«Dann habe ich einen guten Grund, mich schleunigst zu verziehen. Sobald ich in Virginia eine Bleibe gefunden habe, melde ich mich wieder, ja? Jetzt muß ich Schluß machen, ich hab noch eine Menge zu tun.»

Karen verbrachte den halben Tag damit, Seite um Seite des

Manuskripts auf ihrem kleinen Gerät zu fotokopieren. Nach Meyers Warnung – oder Drohung – getraute sie sich damit nicht aus dem Haus. Bevor sie zu Bett ging, verriegelte sie sämtliche Türen und Fenster.

Am Montag morgen ging sie zur Bank und deponierte das Original in einem Safe. Für die Transkription reichte eine Kopie, aber auch für diese mußte sie einen sicheren Aufbewahrungsort finden, wenn die Konkurrenz tatsächlich so skrupellos war, wie es den Anschein machte.

Karen bat eine Studentin, den Umschlag mit den Prüfungsnoten bei Joe Cropseys Sekretärin abzugeben. So konnte sie wenigstens die Konfrontation mit ihm vermeiden; die andere unangenehme Sache – Joan abzusagen – war leider nicht zu umgehen. Die gemeinsame Urlaubswoche war Joans Idee gewesen. Wahrscheinlich würde sie in die Luft gehen, wenn Karen jetzt kurzfristig absagte, und Sharon würde ihr natürlich sekundieren.

Karen fand die beiden in der Cafeteria, und da sie es möglichst schnell hinter sich bringen wollte, platzte sie gleich mit der Neuigkeit heraus: «Aus unserem Plan wird leider nichts, Joan!»

Ihre Kolleginnen starrten sie wortlos an. Joan, zehn Jahre älter und ein gutes Stück größer und breiter als Karen, trug ihr fuchsrotes Haar zu einem Wuschelkopf frisiert, der wie eine Perücke aussah. Sharon war fast ebenso groß, wog aber etwa fünfzig Pfund weniger als Joan und bestand vorwiegend aus wohltrainierten Muskeln. Die beiden Frauen wechselten einen vielsagenden Blick, und Karen machte sich auf eine Predigt gefaßt.

«Bist du Joan gegenüber nicht ein bißchen unfair, Karen? Deine Absage kommt reichlich spät.»

«Wenn ihr wüßtet, warum ich absagen muß! Ich konnte niemandem etwas sagen, bevor alles in Butter war, nicht mal euch beiden.»

Karen mobilisierte ihr nicht unbeträchtliches rhetorisches Talent, um Joan und Sharon von der Wichtigkeit und Dringlichkeit ihres Projekts und von den vielfältigen Gefahren, die dem Manuskript drohten, zu überzeugen.

«Mir ist nicht klar, warum du die Sache mit Meyer dermaßen dramatisierst», bemerkte Sharon spitz. «Schließlich ist er ein anerkannter Wissenschaftler. Du glaubst doch nicht im Ernst, daß jemand wie er –»

«Sie hat ganz recht», unterbrach Joan. «Ich versteh nicht viel von Literatur, aber wenn Karen den Wert des Manuskripts richtig einschätzt, handelt es sich um eine Entdeckung, die manch einen – oder manch eine – in Versuchung führen könnte, ihr die akademischen Lorbeeren abzujagen. Hast du wirklich keine Ahnung, wer diese Ismene war, Karen?»

«Bis jetzt nicht. Aber ich habe das Haus gefunden, in dem sie lebte, und ich bin mir ziemlich sicher, daß sie der Familie entstammt, in deren Besitz sich das Haus seit über zweihundert Jahren befindet.»

«Nicht schlecht für den Anfang», meinte Joan.

«Du verstehst mich also? Und bist mir nicht böse?»

«Wenn ich an deiner Stelle wäre, würde ich bestimmt nicht anders handeln», versicherte Joan. «Und jetzt erzähl mal ein bißchen mehr von diesem Roman.»

Sowohl Joan als Soziologin wie Sharon als Psychologin interessierten sich für Literatur und waren sehr belesen. Karen genoß es, ihren Kolleginnen Ismenes Geschichte, die sich so spannend anließ, zu schildern.

«Faszinierend», sagte Joan begeistert. «Und wann fährst du nach Virginia?»

Karen erschrak. Hatte Joan, nachdem ihre Urlaubspläne ins Wasser gefallen waren, etwa Lust zum Mitmachen? Offenbar hielt sie das Ganze für eine Art vergnügliches Rate- und Suchespiel.

«Heute noch, sobald ich gepackt habe», erwiderte sie. «Ich rufe dich an, sobald ich weiß, wo ich wohnen werde.»

Sharon verabschiedete sich, aber Joan wollte Karen zum Parkplatz begleiten. Auf dem Weg dorthin überhäufte sie sie mit Fragen: «Wie lange bleibst du weg? Wann bekomme ich das Manuskript zu lesen? Kann ich dir irgendwie behilflich sein?»

«Das ist furchtbar lieb von dir, Joan, aber vorläufig mußt du dich etwas gedulden. Morgen ruf ich dich an, ganz bestimmt.»

«Alles klar.» Joan küßte sie auf beide Wangen. «Paß gut auf dich auf, Kleine.»

Irgendein rücksichtsloser Zeitgenosse hatte so dicht neben Karens Wagen geparkt, daß sie sich beinahe verrenken mußte, um die Tür aufzuschließen. Als hinter ihr plötzlich eine rauhe Stimme ertönte, ließ sie vor Schreck den Schlüssel fallen. Dorothea Angelos massige Gestalt versperrte die schmale Lücke zwischen den beiden Autos.

Manche Leute behaupteten, Dorothea sei fett, aber das stimmte nicht. Sie war sehr groß, grobknochig, breitschultrig, hatte Beine wie Baumstämme und Füße wie Ozeandampfer und machte meistens ein finsteres Gesicht, auf dem das dick aufgetragene Make-up wie eine Kriegsbemalung wirkte.

«Entschuldigen Sie, ich bin in Eile», stammelte Karen.

«Ich hab mit Ihnen zu reden.» Dorotheas Blick glitt prüfend über den Innenraum von Karens Wagen und heftete sich dann auf ihre Aktenmappe.

«Ich sage doch, daß ich keine Zeit habe!» Karen spürte, wie sich ihr Nackenhaar sträubte.

«Sie werden sich schon etwas Zeit nehmen müssen», knurrte Dorothea. «Ich könnte sonst nämlich ungemütlich werden.»

Es wäre nur vernünftig gewesen, auf Dorotheas Wunsch einzugehen und zu versuchen, sie so rasch wie möglich abzuwimmeln. Aber Karen war zu wütend, um vernünftig zu sein. Für wen hielt sich dieses Weib? «Verdammt noch mal, Dorothea, wollen Sie mir drohen? Wir haben einander nichts zu sagen, also lassen Sie mich in Ruhe!»

«Ist das eine private Unterhaltung, oder darf man daran teilnehmen?»

Beim Anblick von Joans rotem Wuschelkopf atmete Karen erleichtert auf. Dorothea drehte sich betont langsam um.

«Wer zum Teufel sind Sie denn?» bellte sie.

«Eine Freundin von Karen», bellte Joan zurück. «Und wer zum Teufel sind Sie? Was fällt Ihnen ein, harmlose Leute zu belästigen? Dort drüben steht ein Streifenwagen, soll ich vielleicht die Bullen rufen?»

Sie mußte schleunigst zur Seite springen, um nicht von Dorothea über den Haufen gerannt zu werden, die jetzt mit erstaunlicher Behendigkeit in ihren Wagen stieg und mit quietschenden Reifen rückwärts aus der Parklücke setzte.

«Die ist geradezu gemeingefährlich», sagte Karen. «Man sollte es tatsächlich der Polizei ... Wo ist dieser Streifenwagen?»

«Nirgends», grinste Joan. «War nur ein Einfall von mir.»

«Danke, Joan.» Karen fuhr sich mit zitternden Fingern durchs Haar. «Herrgott noch mal ... Ich bin dir wirklich dankbar –»

«Schon gut, beruhige dich.»

«Es ist ja nicht das erste Mal, daß ich sie so erlebe, sie ist für ihre Grobheit berüchtigt. Aber ich hab einfach Angst, daß mir jemand das Manuskript klaut.»

«Ach, darum ging es? Eine abgeblitzte Mitbewerberin?»

«Dorothea Angelo, Dozentin für Literaturgeschichte in Berkeley.»

«Und ich dachte immer, nur Soziologen hätten einen Knacks ... Na, es war mir ein Vergnügen, dich aus den Klauen des Drachens zu retten. Mach's gut und laß bald von dir hören.»

Karen entspannte sich erst, als sie Wilmington hinter sich gelassen hatte und weder Dorotheas Chevrolet noch sonst ein verdächtiges Vehikel im Rückspiegel aufgetaucht war. Sie war froh, für einige Zeit wegzukommen, und freute sich auf ein paar geruhsame Wochen in einer friedlichen Kleinstadt im Süden, wo niemand sie kannte und niemand es auf Ismenes Manuskript abgesehen hatte.

Karens Hauswirtin war, wie sich herausstellte, keine andere als Mrs. Fowler, die Dame mit dem Veilchenhut aus dem «Hungrigen Wolf». Ganz im Zeichen des Veilchens stand auch ihr Salon: Veilchen blühten auf der Tapete, auf den gestickten Kissenbezügen, auf dem Teegeschirr.

Cameron Hayes hatte Karen vorgewarnt, als sie ihm ihre Ankunft telefonisch ankündigte. «Sie will Sie am Dienstag zum Tee einladen, wie es sich bei uns gehört. Ich meine, die Wohnung wäre genau das richtige für Sie, falls es Ihnen nichts ausmacht, so zu tun, als erwiese Mrs. Fowler Ihnen einen großen Gefallen. Sie hat das Geld nötig, aber zugeben würde sie das natürlich nie.»

Um einen guten Eindruck zu machen, hatte Karen ein Kleid angezogen, das sie im Vorjahr aus unerfindlichen Gründen im Ausverkauf erstanden, aber noch nie getragen hatte: ein Ding aus rosa Organdy mit einem bauschigen Rock und ellbogenlangen Puffärmeln. Mrs. Fowler musterte es mit sichtlichem Wohlgefallen, während Hayes' Reaktion eher skeptisch war.

Er wirkte müde und gelangweilt, während er mit Mrs. Fowler höflich Konversation machte, und Karen glaubte eine gewisse Feindseligkeit zwischen den beiden zu spüren, die sich in gelegentlichen spitzen Bemerkungen und kühlen Blicken äußerte.

Nachdem Karen eine zweite Tasse Tee getrunken und eine von Mrs. Fowlers etwas muffig riechenden Makronen geknabbert hatte, kam endlich die Wohnung zur Sprache. «Natürlich vermiete ich sie nur, weil Sie eine Bekannte von Cameron sind und überdies eine hochgebildete Dame», erklärte Mrs. Fowler. «Vielleicht wären Sie bereit, gelegentlich vor unserer kleinen literarischen Gesellschaft einen Vortrag zu halten? Wir beschäftigen uns natürlich nur mit Klassikern. Die moderne Literatur ist ja so vulgär, meinen Sie nicht auch?»

Karen enthielt sich jeden Kommentars und lächelte nur. Um keinen Preis, nicht einmal für eine kostenlose Luxussuite im Ritz, hätte sie im Rahmen einer «kleinen literarischen Gesellschaft» einen Vortrag gehalten.

An Camerons Arm trippelte Mrs. Fowler auf zierlichen Stökkelschuhen den Kiesweg entlang, der zur Wohnung führte. Diese schien tatsächlich ideal: Durch eine hohe Hecke vor neugierigen Blicken geschützt, zwei Zimmer über einer separaten Garage, Schlaf- und Wohnraum, dazu eine winzige Küche und ein Badezimmer. Die Einrichtung wirkte schäbig, und die unvermeidlichen Veilchen machten das Ganze nicht schöner, aber alles war sauber, und der Preis, den Cameron dezent mit der Hausherrin aushandelte, nicht überrissen.

Mrs. Fowler verkündete, Karen könne anderntags einziehen. «Belle muß erst noch saubermachen», bemerkte sie mit einem kritischen Blick auf die Möbel, auf denen Karen kein Stäubchen entdecken konnte. «So gegen Mittag, wenn Ihnen das paßt, meine Liebe?»

Karen überreichte ihr einen Scheck für die erste Wochenmiete und bekam dafür die Schlüssel ausgehändigt.

«Sie werden hier absolut ungestört sein, meine Liebe!» rief die alte Dame Karen nach, während sie zum Haus zurücktrippelte. «Cameron sagte mir, daß Sie an einem äußerst wichtigen Projekt arbeiten.»

Als sie verschwunden war, bemerkte Cameron: «Hoffentlich macht es Ihnen nichts aus, daß ich das ‹äußerst wichtige Projekt› erwähnte. Einzelheiten habe ich ihr nicht erzählt.»

«Schon gut, das wird mir hoffentlich Einladungen zum Tee, zu Vorträgen oder zu ähnlichen Anlässen ersparen.»

Ein Lächeln huschte über sein müdes Gesicht. «Ich fürchte, Sie haben einen allzu guten Eindruck auf sie gemacht. Wenn Sie sich zu entgegenkommend zeigen, werden Sie sich unversehens im Mittelpunkt des lokalen Gesellschaftslebens finden.»

Er brachte sie zum Hotel zurück, wo sie ihren Wagen gelassen hatte. «Wir treffen uns also morgen beim Umzug», sagte er. «Heute abend werden Sie doch allein zurechtkommen?»

«Aber natürlich! Sie brauchen mir auch nicht beim Umziehen zu helfen, das bißchen Gepäck kann ich selbst tragen.»

«Das bezweifle ich nicht, aber wir haben noch ein paar geschäftliche Dinge zu besprechen. Vielleicht morgen beim Lunch?»

«Geht in Ordnung.» Sie wunderte sich, warum er nicht ein gemeinsames Abendessen vorschlug – nun ja, er hatte wohl Besseres zu tun. «Vielen Dank auch, daß Sie sich die Zeit nahmen, mich zu Mrs. Fowler zu begleiten. Sie sind sicher ein vielbeschäftigter Mann.»

«Nein, überhaupt nicht.»

Trotzdem schien er es eilig zu haben, wegzukommen. Karen nahm nur eine Reisetasche und die Aktenmappe aus dem Kofferraum; dann ging sie in ihr Zimmer hinauf.

Wieder schritt Ismene den steilen Pfad zu der Klippe empor, die sie zum ersten Male in Edmunds Begleitung erklommen und von wo aus sie schaudernd die furchterregende Einsamkeit der Wildnis betrachtet hatte. Dieses Bild – die wild schäumenden Wellen des reißenden Flusses, die dunklen Wälder, die sich ins Unendliche zu erstrecken schienen – stand noch so lebhaft vor ihrem Auge, als wäre es von Götterhand in ihr Gedächtnis eingeprägt worden. Nun, da der Frühling ins Land gezogen war, lag ein smaragdener Schimmer auf den Wipfeln, und der Fluß glitzerte silbern im Morgenlicht.

Aus zärtlicher Sorge um ihre Schwester (und nicht aus körperlicher Schwäche, denn schon am Tage nach ihrer Ankunft hatte sie ihre Kräfte wiedergefunden) wäre Ismene an deren Seite geblieben, hätte nicht Clara selbst sie gebeten, nicht um ihretwillen auf die gewohnten Spaziergänge zu verzichten. «Ich weiß, daß meine Ismene mit ihrem unruhigen Gemüt die Untätigkeit nicht erträgt», hatte Clara gesagt. «Auch ist es nicht vonnöten, daß du den ganzen Tag an meinem Bette zubringst. Keine Königin wird so aufmerksam umsorgt wie ich in diesem gastlichen Hause.»

In der Tat hatten sich Ismenes Befürchtungen hinsichtlich Claras Gesundheit schon am Abend jenes ersten Tages als unbegründet erwiesen, als sie das vornehm eingerichtete Zimmer betreten hatte, in welchem sie das junge Mädchen aufrecht im Bette sitzend und einen Teller Suppe löffelnd vorfand. Edmund hatte nach einem Arzt schicken lassen, doch dieser, ein noch junger Mann, der sich Dr. Fitzgerald nannte, hatte erklärt, daß sie keiner ärztlichen Hilfe bedürfe. Auch besserte sich Claras Zustand im Laufe der folgenden Tage, so daß sie das Bett verlassen konnte, zu Ismenes Erleichterung, denn diese wußte wohl, wie sehr ihre Schwester zur Trägheit neigte und mit welch kindischer Freude sie es genoß, von Dienstboten verwöhnt zu werden.

Auf dem ersten ihrer Spaziergänge war Ismene ihrem Vetter begegnet, der, als er ihrer ansichtig wurde, darauf bestand, sie zu begleiten, da er selbst, wie er sagte, nach einem ermüdenden, über seinen Geschäftsbüchern zugebrachten Vormittag einer Zerstreuung bedürfe. «Zudem», hatte er bemerkt, «geht ein scharfer Wind, und der Regen wird nicht auf sich warten lassen. Das Anwesen ist weitläufig und nicht so gut unterhalten, wie ich es mir wünschte; Sie könnten sich verirren.»

Er legte ihr seinen Mantel um die Schultern und führte sie umsichtig die schlammbedeckten Pfade entlang, die sich durch regennasses Gebüsch wanden. Sie erklommen eine steile, allen Winden preisgegebene Klippe, welche den Blick in eine grauenvolle Tiefe und auf eine unberührte Wildnis freigab. Erschauernd, doch wie von einem seltsamen Zwange getrieben, näherte sich Ismene dem Rand des Abgrundes und stand dort, vom Wind umbraust, bis Edmund sie zurückzog und beschützend den Arm um ihre Schultern legte.

«Wußte ich's doch, daß Sie sich so weit hinauswagen würden», murmelte er. «Hüten Sie sich, Ismene, auf daß Ihre Kühnheit Ihnen nicht zum Verhängnis werde.»

Hatte er sie denn prüfen wollen? Und wenn dem so war, mit welcher Absicht? Um diese Fragen drehten sich Ismenes Gedanken, während sie voller Entzücken die Verwandlung betrachtete, die im Laufe weniger Wochen stattgefunden hatte. Jetzt breitete sich ein üppiger Blumenteppich unter ihren Füßen aus; die sanft geschwungenen Abhänge des fernen Gebirges waren mit grünen Matten bedeckt, und frisches Grün zeigte sich auch auf den schroffen Felsen, auf die sie hinabblickte: ein Lustgarten aus zart gefiedertem Farn, nicht von Menschenhand, sondern von der Natur selbst geschaffen, fest verwurzelt in felsigem Grund und von unbezwingbaren Felsen behütet.

Karens Fuß war eingeschlafen, und Hunger verspürte sie auch. Draußen war es bereits dunkel. Sie hatte mehrere Stunden gearbeitet.

Sie stand auf und bewegte die schmerzenden Schultern. Ziemlich viele Wiederholungen in diesem Kapitel, dachte sie. Die Rückblende war recht gut geraten, aber unnötig; Ismene hatte bereits auf mehreren Seiten Edmunds «engelhafte Züge» und die windumbrauste Klippe beschrieben, die – man merkte die Absicht – kommendes Unheil ankündigte.

Aber das war nun einmal der schwülstige Stil des 19. Jahrhunderts. Für Leser, die zwei- und dreibändige Romane verlangten, mußte man einen Text eben auspolstern. Und das hier war nur ein erster Entwurf mit zahlreichen Korrekturen und Streichungen, die das Entziffern der eng beschriebenen Seiten zu einer höchst anstrengenden Arbeit machten.

Für heute war es genug; Karens Augen schmerzten. Immerhin hatte sie etwas Wichtiges entdeckt: der Farn, die Klippe ... War der Name «Ferncliffe» etwa ein Anhaltspunkt? Es bewies nichts, in dieser Gegend gab es überall Farn und Felsen, und doch... Reiner Zufall? Daran mochte sie nicht so recht glauben.

Sie beschloß, auf ihrem Zimmer zu bleiben, und bestellte Kaffee und ein belegtes Brot. Nach diesem frugalen Mahl schlüpfte sie ins Bett und vertiefte sich in die schauerlichen Abenteuer der *Burg von Otranto*.

Cameron Hayes half Karen nicht nur beim Umziehen, sondern auch beim Auspacken.

«Ich glaube, ich muß mir ein zweites Bücherregal besorgen», meinte Karen mit einem Blick auf das wackelige Regal, das nun anstelle des *Reader's Digest* und einer Sammlung von scheußlichen Keramikfiguren ihre Arbeitsbibliothek enthielt. «Mrs. Fowler wird doch nichts dagegen haben?»

«Warum sollte sie? Brauchen Sie nicht auch einen Schreibtisch?»

«Nein, der Wohnzimmertisch reicht. Ich mache die Transkription von Hand und tippe die Reinschrift erst später.»

Karen hatte den Eindruck, daß Mrs. Fowler hinter ihren Spitzenvorhängen hervor sie und Cameron beobachtete, als sie die Wohnung verließen...

Er schlug ein kleines, einfaches Gasthaus außerhalb des Städtchens vor. «Das Essen ist zwar nicht besonders», sagte er, «aber wenigstens werden wir dort keine Bekannten antreffen. Ist das Manuskript etwa in der Aktenmappe, die Sie in den Armen halten wie eine Mutter ihr Kind?»

Karen sah ihn überrascht an. «Nur eine Kopie, das Original liegt in einem Banksafe.»

Er zog die Brauen hoch. «So kostbar ist es?»

«Für mich schon.»

Cameron wies auf einen Tisch in einer Nische und nahm ihr gegenüber Platz. «Es geht mich ja nichts an, aber ich möchte doch gerne wissen, was drinsteht.»

Ismenes Geschichte schien ihn nicht besonders zu beeindrukken. «Und das soll ein Schauerroman sein?» sagte er. «Die Frau scheint nicht viel mehr getan zu haben, als händeringend in der Gegend rumzugeistern und in jeder Kleinigkeit Unheil zu wittern. Dabei hatte sie ein Zuhause und Dienstboten und Freunde und einen liebevollen Beschützer –»

«Ich hab ja erst den Anfang», unterbrach ihn Karen. «Aber das drohende Unheil bildet sie sich nicht nur ein, darauf können Sie Gift nehmen.»

«Na, Sie sind ja schließlich die Expertin. Was darf es denn sein?» Er meinte das Essen; die Kellnerin stand wartend an ihrem Tisch. Karen bestellte automatisch Geflügelsalat.

«Ich möchte nicht unhöflich sein», fuhr Cameron fort, «aber mich interessiert, was Sie in dieser Geschichte sehen. Sie vermuten wohl, daß Amberley das Vorbild für das Landhaus in dem Buch war und daß die Autorin tatsächlich dort lebte? Daß sie womöglich eine meiner Vorfahrinnen war?»

«Es ist zumindest möglich, aber ich brauche handfeste Beweise. Daher mein Interesse für alle eventuell noch vorhandenen Familienpapiere.»

«Ach ja, die Papiere...» Er zögerte. «Die Pappkartons, von denen ich Ihnen erzählt habe – sie sind verschwunden.»

«Was?»

«Sie waren nicht mit dem Auktionsgut eingelagert, ich hatte sie... anderswo verstaut. Schließlich ahnte ich ja nicht, daß das Zeug irgendeinen Wert haben könnte. Falls jemand sie genommen hat, muß es Lisa gewesen sein – vielleicht gestern, während ich im Haus beschäftigt war. Ich hab die Kartons heute morgen gesucht, weil ich sie Ihnen bringen wollte.»

«Können Sie sie zurückbekommen?»

«Versuchen kann ich es. Sie darf sie nicht ohne meine Einwilligung verkaufen, aber wenn sie sie behalten möchte, steht ihr das frei. Die Papiere sind im Erbinventar nicht aufgeführt.»

«Verflixt... Wissen Sie, was Lisa damit vorhat?»

«Ich ahne es. Dieser Meyer, Ihr Freund, hat sich bei mir gemeldet.»

«Er ist nicht mein Freund», protestierte Karen. «So ein Mist! Wann denn?»

«Letzten Sonntag. Er hat Sie übrigens in den höchsten Tönen gelobt. Und er war ausgesprochen korrekt, erschien pünktlich zum vereinbarten Termin, zeigte mir seinen Ausweis und erklärte des langen und breiten, was er wollte und warum. Er ließ durchblicken, daß er für die Dokumente bezahlen würde – natürlich nur, falls es sich um das handle, was er suche.»

«Und was haben Sie gesagt?»

«Was jeder Geschäftsmann sagen würde. Daß ich es mir überlegen wolle. Zu diesem Zeitpunkt wußte ich noch nicht, daß Lisa die Kartons genommen hatte. Vermutlich hat er inzwischen mit ihr verhandelt.»

«Wenn Meyer erst mal die Dokumente in der Hand hat, kriegen weder Sie noch Lisa auch nur einen Cent zu sehen. Er wird sich einfach fotokopieren, was ihn interessiert.»

«Ich kann mir nicht vorstellen, daß Lisa ihm die Papiere so ohne weiteres aushändigt.»

«Hoffentlich! Aber ich würde lieber mit Ihnen ins Geschäft kommen. Ich... ich kaufe Ihnen die Papiere ab, unbesehen, zu dem Preis, den Sie mir nennen. Sie sehen, ich traue Ihnen voll und ganz.»

Er musterte sie nachdenklich. «Sie sind doch kein heuriger Hase, Dr. Holloway. Warum –»

«Bitte nennen Sie mich Karen.»

«Nun gut... gern.» Er war auch kein heuriger Hase und merkte natürlich, was sie mit dieser Geste bezweckte, aber es wäre unhöflich gewesen, nicht darauf einzugehen. «Manche meiner sogenannten Freunde nennen mich Ron oder Cam, aber für kumpelhafte Abkürzungen hab ich nicht viel übrig.»

«Ich auch nicht. Cameron, ich kann Ihnen jetzt nicht im Detail erklären, warum das alles so wichtig für mich ist. Nur soviel: Bill Meyer ist darauf aus, meine Arbeit zu sabotieren. Aus rein persönlichen Gründen.»

«Aus persönlichen Gründen? Heißt das, er ist ...»

Karen brachte es nicht über sich, ihn im Glauben zu lassen, Bill Meyer sei ein von ihr verschmähter Liebhaber. «Das ist er nicht», sagte sie. «Bill kann keinerlei Konkurrenz vertragen und schon gar keine Konkurrentinnen. Aber das tut für Sie nichts zur Sache. Ich wäre Ihnen nur dankbar, wenn Sie auch mir eine Chance geben würden.»

«Natürlich.» Er deutete auf ihren vollen Teller. «Ist der Geflügelsalat ungenießbar, oder hat Ihnen unser Gespräch den Appetit verdorben? Machen Sie sich keine Sorgen, auch mir wäre es lieber, wenn wir beide miteinander ins Geschäft kommen. Gerade sympathisch ist mir dieser Professor Meyer nämlich nicht.»

Er brachte sie nach Hause zurück und versprach, sich wieder zu melden, sobald er mit Lisa gesprochen habe. Karen machte sich auf die Suche nach einem sicheren Versteck für die Manuskriptkopie, mußte aber bald einsehen, daß weder die Matratze noch das Backrohr sich dafür eigneten. Also würde sie den Packen jedesmal, wenn sie die Wohnung verließ, mit sich schleppen müssen.

Sie überlegte, was sie als nächstes in Angriff nehmen sollte. Das wichtigste war, mehr über die Bewohner von Amberley im Zeitraum von 1775 bis 1850 herauszufinden. Das Manuskript war so gut wie sicher nicht vor 1790 und nicht nach 1830 entstanden. Bisher hatte sie im Text keinerlei Anhaltspunkte gefunden, die eine genauere Datierung erlaubt hätten, und es stand keineswegs fest, daß Ismene eine Vorfahrin von Cameron gewesen war. Er hatte zwar gesagt, das Haus sei von Anfang an im Besitz der Cartrights gewesen – aber da gab es sicherlich Haupt- und

Nebenlinien, und manche dieser Familien waren längst ausgestorben. Sie mußte die jeweiligen Eigentümer von Amberley eruieren und sich eine Genealogie beschaffen, bevor sie auch nur eine Hypothese über die wahre Identität Ismenes aufstellen konnte. Karen griff nach der Aktenmappe und verließ die Wohnung.

Der historische Verein war ein möglicher Ansatzpunkt. Cameron hatte ihr gezeigt, wo sich das Büro befand – in einem schönen alten Gebäude in der Main Street, in dem auch die Bibliothek untergebracht war.

Eine recht bescheidene Bibliothek, stellte Karen fest. Offenbar fehlte es der Stadtverwaltung am nötigen Geld, um die schäbige Einrichtung zu erneuern. An einem zerkratzten Pult saß eine junge Afroamerikanerin, die mit Sperberaugen eine Gruppe von Schulkindern beobachtete.

Sie schüttelte bedauernd den Kopf, als Karen ihren Wunsch vorbrachte. «Hier haben wir nichts dergleichen. Alles, was die Ortsgeschichte betrifft, gehört dem historischen Verein, und der hat nur an drei Nachmittagen pro Woche geöffnet. Heute leider nicht.»

Karen fand, sie könne gleich die ganze Munition verschießen. Sie stellte sich vor und erwähnte auch Cameron Hayes und Mrs. Fowler, was die Bibliothekarin aufhorchen ließ.

«Sie haben sich bei Mrs. Fowler eingemietet? Dann kann sie Ihnen besser weiterhelfen, sie führt nämlich das Oberkommando über den historischen Verein.»

Karen bedankte sich und verließ die Bibliothek. Obwohl sie nicht die geringste Lust auf Blümchentee und Veilchen verspürte, fuhr sie nach Hause, vertauschte ihre Jeans mit einem Rock und suchte ihre Wirtin auf.

«Wie reizend, meine Liebe, daß Sie mich besuchen!» zwitscherte Mrs. Fowler. «Nein, nein, Sie stören überhaupt nicht. Ich trinke soeben Tee, Sie nehmen doch auch ein Täßchen?»

Umständlich kramte die alte Dame eine zweite Veilchentasse und die Makronen aus dem Büfett hervor. Sie plauderten ein Weilchen über das herrliche Frühlingswetter, bevor Karen sich getraute, zur Sache zu kommen.

«Aber meine Liebe, es ist mir eine Ehre und ein Vergnügen, Ihnen unsere bescheidenen Schätze zu zeigen!» versicherte Mrs. Fowler. «Obwohl sie für Sie als Wissenschaftlerin gewiß nicht von großem Interesse sind. Wenn es Ihnen paßt, können wir morgen vormittag gemeinsam hingehen. Allerdings müßte es frühzeitig sein, denn um zwölf Uhr habe ich einen Lunch im Gartenklub. Ich halte dort einen Vortrag zum Thema Columbaria.»

Karen hatte keine Ahnung, was das war, und sie brannte auch nicht darauf, es zu erfahren. Zum Glück ließ Mrs. Fowler dieses Thema fallen und fragte gespielt harmlos: «Ich nehme an, Sie interessieren sich für die Familie Cartright?»

Daß Mrs. Fowler über das zweite Gesicht verfügte, war ziemlich unwahrscheinlich. Hatte ihr Cameron etwas gesagt? Wußte sie, daß Karen in Amberley gewesen war, und zog nun daraus ihre Schlüsse?

«Stimmt», gab Karen zu.

«Ich hoffe bloß, Sie beabsichtigen nicht etwa, diesen heruntergekommenen Besitz zu kaufen. Mehr als einmal sagte ich Cameron: ‹Cameron›, sagte ich, ‹das bißchen Farbe nützt doch nichts, wo sämtliche Leitungen mindestens fünfzig Jahre alt sind.› Ich jedenfalls möchte das Haus um keinen Preis, mir graut schon, wenn ich es von außen sehe!»

Es klang so gehässig, daß Karen nur verdutzt murmeln konnte: «Ich habe nicht die Absicht, das Haus zu kaufen.»

«Na, da bin ich aber beruhigt. Natürlich hoffe ich für Cameron, daß er einen Käufer findet. Das ist alles, was ihn interessiert – Geld und nochmals Geld.» Sie stieß einen resignierten Seufzer aus. «Aber so sind die jungen Leute heutzutage – kein Respekt, kein Anstand. Cameron hat ja eine Menge Auslagen, das gebe ich zu. Die Privatschule für seine kleine Tochter kostet bestimmt ein Vermögen, aber man konnte das Kind doch nicht auf eine öffentliche Schule schicken, jedenfalls nicht in New York, mit all diesen Negern und Ausländern, nicht wahr?»

Ihre stechenden Augen musterten Karen neugierig. «Er hat Ihnen wohl nicht gesagt, daß er geschieden ist?»

«Nein, warum sollte er?»

«Nun ja, heutzutage spielt so was ja keine Rolle mehr ... Ich behaupte ja auch nicht, daß es Camerons Schuld war, obwohl Maribelle meine Nichte ist. Vermutlich waren sie einfach noch zu jung. Damit entschuldigt man heutzutage ja alles. Ich war erst siebzehn, als ich meinen geliebten Harry heiratete, aber trotzdem verbrachten wir siebenundvierzig lange Jahre in ungetrübtem Glück miteinander.»

Sie tupfte sich mit einem Spitzentaschentuch die Augen ab. «Ach Gott, es wird ja nicht mehr lange dauern, bis wir wieder miteinander vereint sind, auf immer und ewig. Was wollten Sie denn über die Cartrights wissen, meine Liebe?»

Karen bereute es, das Thema überhaupt aufs Tapet gebracht zu haben, und antwortete nur ausweichend. Das hielt Mrs. Fowler jedoch nicht davon ab, noch mehr Klatsch vom Stapel zu lassen. Es sei gemunkelt worden, daß der erste bekannte Cartright, Obadiah mit Vornamen, vor dem Arm des Gesetzes aus England nach Amerika geflohen sei. «Er soll ein Räuber oder sonst was Romantisches gewesen sein. Aber vermutlich war er nur ein gemeiner Dieb. Jedenfalls benahm er sich wie ein Dieb, sonst hätte er sich ja nicht in dieser einsamen Gegend versteckt, wo es weit und breit keine Nachbarn gab. Aber dem war gute Nachbarschaft auch nicht wichtig. Die Cartrights waren immer schon hochmütig und hielten sich für was Besseres ...»

Karen verabschiedete sich hastig, um dem Redeschwall ein

Ende zu setzen. Als sie wieder draußen auf dem sonnenbeschienenen Rasen stand, hatte sie das Gefühl, einem Kerker entsprungen zu sein – dem engen, dunklen Kerker von Mrs. Fowlers Engstirnigkeit.

Der historische Verein stellte sich als Fehlanzeige heraus. Das Büro bestand nur aus einem kleinen Vorzimmer mit einem antiken Teppich und einem Mahagonischreibtisch und einem stickigen Archivraum, dessen altersschwache Regale sich unter Stapeln verstaubter Dokumente bogen. Der Verein schien ein Ort für müßige alte Damen zu sein, die es vorzogen, würdevoll hinter dem eleganten Schreibtisch zu thronen und zu klatschen, als Ordnung in das Archiv zu bringen.

In Mrs. Fowlers Gegenwart zu arbeiten war ein Ding der Unmöglichkeit. Sie trippelte hin und her, wühlte in den Papieren und plapperte pausenlos vor sich hin: «Wo ist denn nur diese Schachtel hingekommen? Sie stand doch immer in dieser Ecke! Bestimmt hat Flora Campbell sie anderswo hingetan, immerzu schiebt sie alles herum ...»

Die Schachtel tauchte endlich auf, aber sie enthielt lediglich die Korrespondenz einer Miss Cartright aus spätviktorianischer Zeit. Als unermüdliche Weltreisende und Briefeschreiberin hatte sie ihre Verwandt- und Bekanntschaft mit Nachrichten aus aller Herren Ländern beglückt und immer wieder darauf hingewiesen, man solle ihre Briefe auch bestimmt aufbewahren.

«Sie soll jeweils nach der Rückkehr reihum alle besucht und ihre Briefe wieder eingesammelt haben», kicherte Mrs. Fowler. «War eine Exzentrikerin, diese Eliza. Hielt sich für eine Intellektuelle.»

Karen hätte vor Ungeduld die Wände hochgehen können. Die übrigen «Schätze», die schließlich auf dem Tisch ausgebreitet lagen, erwiesen sich als vergilbte Zeitungsausschnitte, zumeist Nekrologe über alle möglichen Cartrights der Jahrhundertwende, zerknitterte Hauben, fleckige Handschuhe, brüchige Fächer. Und dann gab es noch die Tagebücher der Eliza Cartright – insgesamt sieben Bände.

«Die könnte ich Ihnen leihen», meinte Mrs. Fowler großzügig. «Sie werden gewiß Sorge dazu tragen.» Auch sie war inzwischen immer ungeduldiger geworden.

Karen wagte nicht, das freundliche Angebot abzulehnen, obwohl Elizas Reisebeschreibungen sie nicht im mindesten interessierten. «Ich hatte gehofft, etwas aus einer früheren Epoche zu finden», sagte sie, «oder vielleicht eine Genealogie. Irgendein weibliches Familienmitglied hat doch bestimmt den ‹Daughters of the American Revolution› angehört oder den ‹Colonial Dames›.»

«Bei den ‹Daughters of the Confederacy› waren sie jedenfalls alle», versicherte Mrs. Fowler.

«Die gab es aber erst viel später. Um bei den D. A. R. aufgenommen zu werden, muß man doch den Nachweis erbringen, daß man in direkter Linie von jemandem abstammt, der die Revolution mitgemacht hat, nicht wahr?»

«Kluge Frage», sagte Mrs. Fowler nervös. «Mir scheint, ich hab schon irgendwo mal einen Stammbaum gesehen, vielleicht haben wir sogar einen hier. Ich werde ein andermal danach suchen.»

Mißmutig, mit Elizas Tagebüchern als einziger Beute, ließ sich Karen hinauskomplimentieren. Nachdem sie Mrs. Fowler vor dem Gartenklub hatte aussteigen lassen, ging sie einkaufen.

Als sie zurückkehrte, sah sie einen Brief auf der Schwelle der Wohnungstür liegen. Er war zugeklebt, aber nicht adressiert, und enthielt einen Zettel mit der knappen Nachricht: «Habe mit Lisa gesprochen. Sie können die Papiere anschauen. Rufen Sie sie an. Cameron Hayes.»

Er hatte Lisas Telefonnummer angegeben, aber dort meldete sich niemand. War Meyer doch nicht interessiert, oder suchte

Lisa den Preis hinaufzuschrauben? Karen rechnete sich aus, daß sie ohnehin im Nachteil war. Falls Meyer irgend etwas Interessantes gefunden hatte, kam sie viel zu spät.

Sie versuchte mehrmals, Lisa zu erreichen, und fand schließlich, ein anständiges Mittagessen sei jetzt wichtiger als irgendwelche alten Papiere. Kaum hatte sie den letzten Bissen geschluckt, klopfte es.

Draußen stand Lisa Fairweather in einem Kleid, das Karens rosarotem Organdyfummel verblüffend ähnlich sah. Dazu trug sie weiße Handschuhe und einen passenden Hut, den sie sich sogleich vom Kopf riß und auf die Couch schleuderte. Dann zerrte sie die Handschuhe von den Fingern.

«Uff, jetzt fühle ich mich endlich wieder wie ein Mensch!»

«Waren Sie im Gartenklub?»

«Mhm. Diese Uniform ist Vorschrift. Dabei kann ich Rüschen nicht ausstehen und Gartenarbeit noch weniger.»

«Warum gehen Sie dann hin?»

«Weil es sich nun mal so gehört, meine Liebe. Bei uns hält man die Traditionen hoch. Hätten Sie vielleicht eine Tasse Kaffee für mich? Möglichst starken – die reizenden alten Damen im Gartenklub servieren ein Gebräu, das aussieht wie Tee und schmeckt wie lauwarmes Wasser.»

«Ich hab aber nur Pulverkaffee.»

«Pulverkaffee ist in Ordnung.»

Lisa folgte Karen in die Küche und plauderte, während sie auf ihren Kaffee wartete. «Ich platze sonst nicht unangemeldet bei jemandem herein, aber Cam sagte, Sie warteten auf Bescheid. Ich dachte, Sie hätten vielleicht angerufen, während ich weg war. Mir scheint, ich bin Ihnen eine Erklärung schuldig – oder sogar eine Entschuldigung. Ich hatte keinen Schimmer, daß diese Papiere für Sie von Interesse sein könnten.»

Vielleicht lügt sie – aber im Zweifelsfall für die Angeklagte, dachte Karen. Laut sagte sie: «Das konnten Sie nicht wissen, ich war ja sehr zurückhaltend mit meinen Auskünften. Eine Berufskrankheit.»

«Sie brauchen mir nichts zu sagen, was Sie nicht sagen wollen», versicherte Lisa mit einem treuherzigen Blick. «Nur – wenn ich helfen soll, müßte ich wissen, was Sie suchen. Ich kenne die Familiengeschichte besser als Cam, der interessiert sich nicht dafür.»

Karen erklärte kurz, worum es ging, doch Ismenes Geschichte schien Lisa ziemlich gleichgültig zu sein. Was sie interessierte, war die Möglichkeit, Geld zu verdienen. «Sie wollen also herausfinden, wer diese Frau in Wirklichkeit war? War sie denn überhaupt eine Cartright?»

«Ich nehme es an – aber nachweisen werde ich es vielleicht nie können.» Es war ein schrecklicher Gedanke, und Karen verdrängte ihn rasch. «Aber es ist wahrscheinlich ... Das heißt, ich hoffe, zumindest auf eine mögliche Identität der Autorin zu stoßen.»

«Das heißt, Sie suchen eine Frau, die in der betreffenden Zeit gelebt hat und auf die auch alle übrigen Hinweise passen? Dazu wäre doch eine Art Stammbaum nützlich, nicht wahr?»

«Allerdings», bestätigte Karen. «Wollen Sie etwa sagen, Sie hätten –»

«Genau. Bill ist beinahe aus den Schuhen gekippt, als er den Wisch sah, und da wußte ich gleich, daß er wichtig ist. Er dachte, ich hätte nichts gemerkt. Männer meinen doch immer, Frauen würden nie was merken, nicht wahr?» Lisa lächelte Karen verschwörerisch an.

«Da haben Sie recht», sagte Karen. «Sie ... Sie haben ihm dieses Dokument doch hoffentlich nicht ausgehändigt?»

«Ich bin doch nicht blöd! Wollen Sie es sehen?»

«Natürlich, so rasch wie möglich!»

«Ich hab's unten im Wagen.» Lisa trank ihren Kaffee aus und stand auf. «Sie können es gleich anschauen.»

6

Amerika steht jetzt ganz im Bann einer verfl...
Bande von weiblichen Schreiberlingen; ich hätte keine Erfolgsaussichten, solange das Publikum Geschmack an diesem Geschmier findet – und müßte mich schämen, wenn ich unter diesen Umständen Erfolg hätte.
Nathaniel Hawthorne, Briefe, 1854

Karen hatte sich nie besonders für ihre Vorfahren oder die anderer Leute interessiert. Die Genealogie hatte sie sich als eine simple Auflistung von Namen und Daten vorgestellt. So war sie denn angenehm überrascht, als Lisa ihr einen ganzen Stapel von Dokumenten aushändigte; vielleicht gab es darin mehr zu entdecken als erwartet.

Es waren vorgedruckte, von Hand ausgefüllte Formulare, je ein Blatt pro Person. Vermerkt waren der Name, die Namen der Eltern, des Ehegatten und dessen Eltern sowie der Nachkommen, ferner Geburts- und Sterbedatum und das Datum der Eheschließung. Die Sterbedaten der Nachkommen fehlten in manchen Fällen.

Ein Blatt mit dem Vermerk «3. Generation» betraf einen Andrew Cartright, geboren am 26. Februar 1771. Eins, zwei, drei... elf Kinder. Karen empfand Mitleid mit Elizabeth, Andrews Frau. Sieben der zwischen 1791 und 1810 geborenen Kinder waren Mädchen: Catharine, Elizabeth, Mary, Sarah, Ann, Alexandra, Fanny. Die Sterbedaten fehlten, aber in der

Spalte «Verheiratet mit» waren die Namen der Ehemänner von Ann und Elizabeth angegeben; bei den anderen Schwestern stand «ledig».

Karen nahm das Blatt für Andrews Vater, Josiah, hervor. Andrew hatte fünf Schwestern, die einen verheiratet, die anderen nicht. Die jüngste wäre im Jahre 1800 zwanzig gewesen – falls sie nicht vorher gestorben war.

Karen versuchte sich die Gesichter vorzustellen, die zu all diesen Namen gehört hatten. Elizabeth, Sarah, Mary ... Sowohl Andrews Schwestern als auch seine Töchter kamen als Ismene in Frage. Wie ging man vor, um ihre Sterbedaten herauszufinden? Obwohl es eigentlich keinen logischen Grund dafür gab, war Karen überzeugt, daß Ismene ihren Roman in jungen Jahren geschrieben hatte. All diese Daten auszuwerten würde viel Zeit kosten.

«Ist es das, was Sie suchen?» fragte Lisa.

«Zumindest etwas davon.»

«Ich kann aber ohne Cams Einverständnis nichts verkaufen.»

«Ich sagte ihm bereits, ich würde das Material unbesehen kaufen. Jetzt, nachdem ich es gesehen habe, würde ich mich auch mit Fotokopien begnügen, wenn Sie die Originale behalten möchten.»

«Ach ja? William wollte die Originale.»

Also hatte Bill die Dokumente bereits gesehen. Zum Teufel mit ihm und dieser geldgierigen kleinen Intrigantin!

«Wieviel hat er Ihnen dafür geboten?»

«Für Kopien zahlt er nichts. Entweder die Originale oder gar nichts, sagte er.»

«Das heißt, er versucht zu verhindern, daß ich sie bekomme. Vermutlich hat er Ihnen nicht gesagt, daß er über ein fabelhaftes Gedächtnis verfügt? Nicht gerade ein fotografisches, aber beinahe. Mit dem, was er bereits weiß, kommt er ein gutes Stück voran; er wird Ihnen keinen Cent dafür geben.»

«Wieso nicht?»

«Schauen Sie, diese Genealogie gibt lediglich die Namen von Frauen an, die möglicherweise in Frage kommen. Ich kann anhand der stilistischen Merkmale des Textes annähernd bestimmen, wann er entstanden ist. Das kann Bill auch, er hatte Gelegenheit, sich das Manuskript anzusehen. Aber ich habe noch keinen Anhaltspunkt, der es mir erlaubt, den Zeitraum des Entstehens einzuengen. Nehmen wir an, Ismene erwähnt das Sternenbanner mit – na, sagen wir fünfzehn Sternen. Ich kann leicht feststellen, wann der fünfzehnte Staat der Union beigetreten ist, und wüßte dann mit Sicherheit, daß das Buch erst nach diesem Datum geschrieben wurde.»

«Warum sollte sie die Anzahl der Sterne erwähnen?»

«Es war doch nur ein Beispiel», sagte Karen ungeduldig. Sie hatte den Verdacht, daß Lisa sich dümmer stellte, als sie war. «Nehmen wir an, sie erwähnt irgendein Buch, das sie gerade liest – dann wüßte ich, daß sie *ihr* Buch erst nach dem Erscheinen des erwähnten Buches geschrieben hat.»

«Ach, so ist das.»

«Wie gesagt, bis jetzt habe ich keine derartigen Hinweise gefunden. Ich muß also einen Zeitraum von fünfzig Jahren oder mehr in Betracht ziehen – zumindest zwei Generationen. Die Genealogie gibt mir die Namen der Frauen dieser beiden Generationen, aber kaum weitere Einzelheiten. Und die Namen sind jetzt auch Bill Meyer bekannt.»

«Was wollen Sie also tun?»

Am liebsten hätte Karen diese Nachforschungen Peggy überlassen, die sich als Historikerin in solchen Dingen besser auskannte. «Manche dieser Einzelheiten könnte man auch ohne die Genealogie herausfinden, aus Zivilstandsakten, Nachrufen und so fort. Die Genealogie bedeutet nur einen Zeitgewinn, aber die Namen allein bringen noch nichts.»

«Von alldem hat er mir nichts gesagt, dieser Schuft!» fauchte

Lisa. «Und jetzt, wo Sie alles gesehen haben, sind Sie vermutlich auch nicht mehr interessiert.»

«Doch, ich möchte die Papiere trotzdem kaufen. Erstens aus Fairneß Ihnen gegenüber und zweitens... na, man kann nie wissen, wozu sie noch gut sein können. Außerdem habe ich kein fotografisches Gedächtnis.»

Lisa überlegte eine Weile und meinte schließlich: «Zu Ihnen hab ich mehr Vertrauen als zu William. Ich muß das noch mit Cam besprechen, aber von mir aus können Sie die Papiere haben. Und falls Sie sich die Namen gleich notieren möchten...»

Das ließ sich Karen nicht zweimal sagen.

Sonst enthielt der Karton nichts Interessantes. Karen erklärte, sie würde trotzdem das gesamte Material kaufen. Doch so weit ging Lisas Vertrauen nicht, daß sie ihr die Papiere daließ, bevor sie das Geld kassiert hatte.

Gegen Abend rief Karen die Nummer an, die ihr Peggy angegeben hatte. Es war die Nummer eines Hotels, was Karen einigermaßen überraschte, weil sie gedacht hatte, Peggy sei bei einem Bekannten zu Besuch.

Peggys Stimme klang ganz fremd. «Was ist los?» wollte Karen wissen. «Bist du erkältet?»

«Nein, nur müde.» Peggy räusperte sich. «War ein langer Tag heute. Wie läuft's bei dir?»

Als Karen mit ihrem Bericht fertig war, klang Peggys Stimme wieder normal – nämlich äußerst skeptisch. «Damit weißt du immer noch nicht, ob Ismene wirklich eine Cartright war. Und über die Herkunft des Manuskripts, hast du da was Näheres herausgefunden?»

«Ich bin je länger desto mehr davon überzeugt, daß es zumindest autobiographische Passagen enthält. Ich meine nicht den Plot, aber viele Details in der Beschreibung des Hauses und der Landschaft treffen in verblüffender Weise auf Amberley zu.

Morgen fahre ich wieder hin und versuche, einen ... einen bestimmten Ort ausfindig zu machen, den Ismene erwähnt.»

«Da sei mal vorsichtig. Wenn das eine so gottverlassene Gegend ist, wie du sagst –»

«Ich bin ja nicht allein, Cameron arbeitet den ganzen Tag dort.»

«Könntest du ein Hotelzimmer für mich besorgen? Gibt's in dem Kaff überhaupt ein Hotel?»

«Ein einziges», sagte Karen. «Du kannst aber auch bei mir wohnen; ich hab ein Doppelbett.»

«Und ich eine Menge schlechter Angewohnheiten und nicht die geringste Lust, auch nur eine davon aufzugeben. Du würdest mich auf Dauer als Bettgenossin garantiert nicht ertragen.»

Das war wieder ganz die alte Peggy. Karen freute sich riesig auf ihren Besuch. Sie hatte nicht nur Peggys Hilfe nötig – und zwar nötiger, als sie je gedacht hätte –, sondern auch Peggys Humor und gesunden Menschenverstand.

Und sie brannte darauf, der Freundin von ihrer sensationellen Entdeckung zu erzählen ... Sie griff nach dem Manuskript und las das betreffende Kapitel nochmals durch.

Zu den Bewohnern von Ferncliffe hatte sich nun auch Edmunds Schwester gesellt, die auf einer Plantage im Süden zu Besuch gewesen war. Isabella sei seine Halbschwester, erklärte Edmund, das einzige Kind der zweiten Frau seines Vaters. Das Schicksal von Edmunds Mutter und die Ursache des Familienzwistes lagen weiterhin im dunkeln. Irgendein ängstlich gehütetes Geheimnis, das erst auf den letzten Seiten enthüllt wurde, gehörte nun einmal zu jedem Schauerroman.

Wie die liebreiche Cerestochter, des Hades' grausiger Finsternis entronnen (schrieb Ismene), brachte Isabella den Frühling nach Ferncliffe. Das düstere Haus erwachte zu neuem Leben. Bald waren Clara und Isabella Busenfreundinnen, und Ismene verbrachte immer mehr Zeit über ihren Büchern oder in Gesellschaft ihres ziemlich melancholischen Vetters. Sie wurde von Eifersucht geplagt, weil Isabella ihr die kleine Schwester regelrecht ausgespannt hatte.

Man erhielt Besuch aus der Nachbarschaft, es gab allerlei Lustbarkeiten. Das alles wirkte so idyllisch, daß die Story in Richtung Gesellschaftsroman abzudriften drohte. Dann aber folgte eine gruselige Szene, die einen effektvollen Kontrast zur vorausgegangenen heiteren Stimmung bildete. *Die dunkle Gestalt, in Schatten und Schweigen gehüllt, den Arm in stummer Warnung erhoben*, welcher Ismene eines Abends auf dem Weg vom Salon zu ihrem Zimmer begegnete, erschreckte die Leserin kaum weniger als die bedauernswerte Heldin. Diese erhaschte nur einen Blick auf ein zerfurchtes Gesicht, einen zahnlosen Mund und ein blindes, von einem weißen Fleck verunstaltetes Auge, bevor die Erscheinung wieder in der Dunkelheit verschwand. Überzeugt, die Horrorvision sei als Folge *übermäßiger, dem zarten weiblichen Gemüt so abträglicher Lektüre* nur ihrer lebhaften Phantasie entsprungen, sagte Ismene niemandem etwas davon.

Dumm von ihr, dachte Karen, aber typisch für Romanheldinnen. Sie durften ihre schrecklichen Erlebnisse keinem anvertrauen, sonst konnte es keine Verwicklungen geben. Aber nicht dieses Erlebnis war es, was Karen so faszinierend fand.

Anderntags tauchte eine Reisegesellschaft auf, eine mit Isabella befreundete Familie. Sie befand sich auf dem Weg in die Stadt und wollte in Ferncliffe Station machen. Edmund schien die Besucher ebenso unsympathisch zu finden wie Ismene, der mit ihrer Beschreibung eine herrliche Satire gelungen war: der Vater ein Wichtigtuer, fett und asthmatisch, die Mutter eine eingeschüchterte, magere und verwelkte Dame, die Söhne Prahlhänse, die Töchter kichernde Backfische. Ismene, ohnehin überreizt nach der spukhaften Erscheinung am Abend zuvor, konnte sich während des Abendessens gerade noch beherrschen. Dann aber, als man gemeinsam im Salon Tee trank, nahm das Gespräch eine Wendung, die sie jede Contenance verlieren ließ. Man sprach von den *jüngsten unangenehmen Zwischenfällen* und den *erfreulichen Erfolgen unserer Streitkräfte.*

Ismene, welcher die flehenden Blicke ihrer Schwester nicht entgangen waren, schluckte die heftigen Worte hinunter, die ihr auf der Zunge lagen. Einer der jungen Herren, dessen Heldentaten, wie es schien, sich darauf beschränkt hatten, in seiner prächtigen Uniform zu Pferde die Umgebung des väterlichen Anwesens zu rekognoszieren, sprach in feurigen Worten davon, daß die Fesseln der Tyrannei nun endlich gesprengt worden waren, und brachte, sein Glas erhebend, einen begeisterten Trinkspruch auf die Freiheit aus.

Jetzt konnte Ismene nicht länger an sich halten. Mit einer zornigen Gebärde stieß sie den Sessel zurück und rief entrüstet: «Und wir Frauen sollen in diesen Trinkspruch einstimmen? Mag sein, daß die Männer sich befreit haben – doch von welcher Bürde? Standen ihnen doch längst schon jene Rechte zu, die unserem Geschlecht noch immer versagt werden! Was hätten denn wir Frauen in dieser jungen Nation zu feiern? Noch immer schmachten wir in den Fesseln ungerechter Gesetze und längst überholter Sitten. Und was haben jene gewonnen?» Ismene wies mit ausgestreckter Hand auf die schwarze Dienerin, welche wartend neben der Tür stand. «Gewiß, sie ist nur eine Frau», fuhr sie fort, Bitterkeit in der Stimme, «doch teilt sie nicht das Los der Knechtschaft mit Vater, Brüdern, Söhnen? Sind diese denn keine Menschen? Stehen nicht auch ihnen jene Rechte zu, von denen gesagt wird, es seien die von Gott einem jeden Menschenwesen verliehenen Menschenrechte?»

Die Erregung ließ sie verstummen, und verstummt war auch die bisher so heitere Gesellschaft. Claras tränengefüllte Augen,

Edmunds verwunderter Blick beschämten Ismene mehr als die erschrockenen Mienen der Damen, die spöttischen Mienen der Herren. Nur Rebecca, die Dienerin, blieb unbewegt und versah, ausdruckslos wie ein Automat, ihre Pflichten.

Ismene, das Taschentuch auf den Mund gepreßt, stürzte aus dem Salon. Im Refugium ihres Schlafgemaches angelangt, warf sie sich auf das Bett und brach in Tränen aus. Erst als eine kleine Hand sich auf die ihre legte, wurde sie gewahr, daß Clara ihr gefolgt war.

«Ach, liebe Schwester...» seufzte Clara, und kein bitterer Vorwurf hätte Ismene so schmerzlich berührt wie diese geliebte Stimme und diese zärtliche Gebärde.

«Vergib mir!» Ismene richtete sich auf, warf sich der Schwester an die Brust und barg ihr Gesicht an deren Schulter. «Wie oft hast du mir geraten, mein wildes Temperament zu zügeln, und wie recht hattest du doch! Aber ach, Clara – wem nützte solche Mäßigung? Liegt im Schweigen doch nichts anderes als Lüge und Feigheit! Läge unser Heil im Schweigen, ich wäre versucht, nie wieder ein Wort über meine Lippen kommen zu lassen. Allein, ich vermag nicht zu glauben, daß die Sanftmütigen das Erdreich besitzen werden ... es sei denn jenes Fleckchen Erde, in welchem man sie zur letzten Ruhe bettet. Wir gehen alle demselben Schicksal entgegen, und unser aller Vorbestimmung ist das Grab. Warum sollten wir auf jenes Quentchen Glück verzichten, das jedem Menschen während seines kurzen Erdendaseins zukommt?»

«So unglücklich fühlst du dich hier?» murmelte Clara betroffen. Von neuem schlang Ismene beide Arme um die Schwester, beruhigende Worte flüsternd. Allein, sie hatte erkannt – und wie betrüblich war diese Erkenntnis! –, daß Clara ihre Gedanken nie begreifen würde, daß sie, die ihrem Herzen am nächsten stand, eine Fremde geworden war.

Das war eine Sensation! Eine frühe amerikanische Autorin, praktisch unbekannt, die sich als Vorkämpferin für die Rechte der Frau und die Abschaffung der Sklaverei entpuppte! Eine solche Entdeckung würde Karen Tür und Tor zu einer brillanten Karriere öffnen. Und den gesuchten Anhaltspunkt hatte sie nun auch: Der Roman mußte nach 1780 entstanden sein – nach der Unabhängigkeitserklärung, der Entscheidungsschlacht von Yorktown und dem Friedensabkommen zwischen England und den aufständischen amerikanischen Kolonien.

Mit einem befriedigten Seufzer ordnete Karen ihre Notizen und die Manuskriptblätter, verstaute sie in der Aktenmappe und schob diese unters Bett. Wie eine überängstliche alte Dame, die vor dem Zubettgehen ihr Silber einschließt, dachte sie. Dann fiel ihr ein, daß sie Joan versprochen hatte, sich zu melden.

Joan schien ihren Anruf erwartet zu haben. «Endlich! Ich wollte dich vorwarnen. Cropsey rief gestern an, er sucht dich.»

«Hoffentlich hast du ihm nicht gesagt, wo ich bin.»

«Na, hör mal! Es geht um das Manuskript. Er ist stocksauer, weil er dauernd von irgendwelchen Leuten angerufen wird und keine Auskunft geben kann. Er komme sich regelrecht blamiert vor, sagte er.»

«Geschieht ihm recht», meinte Karen ungerührt. Dann berichtete sie Joan von Mrs. Fowler, Lisa und Bill Meyers Machenschaften.

«Der reinste Krimi!» Joan klang geradezu neidisch. «Ich möchte am liebsten auch kommen. Vielleicht könnte ich diesen Meyer bezirzen und ihn ablenken, während du –»

«Vielen Dank, aber ich brauche eher jemanden, der mir bei ganz prosaischen Recherchen hilft. Am Sonnabend kommt Peggy her. Ich bin sicher, daß Meyer für deine weiblichen Reize nicht unempfänglich wäre, aber was die historische Seite angeht, ist Peggy vermutlich kompetenter als du.»

«So, meinst du? Ist dieses Amberley eine Art Spukhaus?»

Die Frage kam so unerwartet, daß Karen nicht wußte, was sie darauf antworten sollte. Ohne eine Spur von Ironie fuhr Joan fort: «Lokalsagen können äußerst aufschlußreich sein. Die alte Dame mit dem Veilchentick hat bestimmt einiges auf Lager. Und was das Spukhaus betrifft: Für Parapsychologen ist es ja immer ein Triumph, wenn sie nachweisen können, daß in einem Haus, dessen Bewohner blutbefleckte Gestalten gesehen und gräßliche Schreie gehört haben, tatsächlich jemand umgebracht wurde. Dabei funktioniert es genau umgekehrt. Irgendeine Tragödie liefert den Stoff zu irgendwelchen Geschichten und läßt sensible, phantasievolle Menschen Gespenster sehen.»

Sensible, phantasievolle Menschen ... Karen hatte keine Gespenster gesehen. Aber dieser unheimliche, eiskalte Luftstrom, der entsetzliche Schrei ... «Von Gespenstern kann keine Rede sein», erklärte sie kategorisch, «und von einer Tragödie auch nicht.» Sie gab Joan ihre Telefonnummer und versprach, sich bald wieder zu melden.

Bevor sie sich schlafen legte, ging sie von einem Fenster zum anderen und spähte hinaus. Bei Mrs. Fowler war schon alles dunkel. Plötzlich bewegte sich unten im Garten etwas – Zweige raschelten, etwas Schwarzes glitt lautlos über den Weg. Nur eine Katze, stellte Karen aufatmend fest. Die Augen des Tieres reflektierten eine unsichtbare Lichtquelle und schimmerten rötlich. Dann war es im Gebüsch verschwunden.

Karen beschloß, eine Schlaftablette zu nehmen, bevor sie zu Bett ging.

Der Morgenhimmel war so grau wie Karens Stimmung. Immer noch benommen von dem Schlafmittel, schlürfte sie die zweite Tasse Kaffee, als ein leises Rascheln sie aufhorchen ließ. Unter dem Türspalt wurde ein Briefumschlag durchgeschoben.

Karen riß die Tür auf. Draußen stand Cameron Hayes. «Ich

wollte eine Nachricht hinterlassen», erklärte er überflüssigerweise.

«Das sehe ich.» Sie hatte keine Lust zu fragen, warum er es vorzog, schriftlich mit ihr zu verkehren. Vielleicht waren solche Billetts ein alter Südstaaten-Brauch. «Möchten Sie auch einen Kaffee?»

«Nein, danke. Ich wollte Ihnen nur mitteilen, daß Sie die Dokumente haben können. Für fünfzig Dollar, wenn Ihnen das nicht zuviel ist.»

Karens Laune verbesserte sich schlagartig. «Ich hätte auch mehr gezahlt.»

«Lisa hat so etwas durchblicken lassen. Wenn es Ihnen recht ist, bringe ich den Karton heute abend.»

«In Ordnung, vielen Dank. Kommen Sie rein, ich schreib Ihnen einen Scheck aus.»

Cameron wich fast erschrocken zurück. «Das hat doch keine Eile. Ich bin unterwegs nach Amberley, ich möchte möglichst viel erledigen, bevor es wieder zu regnen anfängt.»

«Darf ich nachher auch kommen?»

«Sicher.» Cameron zögerte einen Augenblick. «Haben Sie etwas Bestimmtes vor?»

«Den Keller hätte ich mir gerne angesehen.»

Er schien von der Idee nicht gerade angetan, meinte dann aber: «Na schön, vermutlich ist das Wasser inzwischen versickert, und wenn wir wieder Regenwetter bekommen... Aber schmutzig wird es sein. Nehmen Sie Gummistiefel mit, wenn Sie welche haben.»

Karen folgte Cameron durch das Labyrinth der Korridore und Treppenhäuser ins Untergeschoß. Dort deutete er auf eine schmale Tür, und stieg über eine Art morsche Hühnerleiter voraus nach unten.

Eine glitschige Schicht aus Schlamm und herabgerieseltem

Mörtel bedeckte den Kellerboden. Eine Bretterwand unterteilte den Raum, der bis auf einen riesigen rostigen Heizkessel und einen Öltank leer war. Von der Decke, über die kreuz und quer Rohrleitungen führten, baumelte eine einsame Glühbirne.

«Sieht nicht schlimmer aus als der Keller im Haus meiner Eltern, als man die Grundwasserpumpe installierte», meinte Karen.

«So eine hätte es hier auch gebraucht, aber der alte Josiah war ja so geizig, daß er bloß den Heizungsraum einrichten und den Rest vermodern ließ. Ich nehme an, Sie interessieren sich mehr für den romantischen Teil.»

Cameron hatte einige Mühe, die schwere Tür an der gegenüberliegenden Wand aufzubekommen. Als sie endlich knarrend aufging, schlug ihnen ein Gestank entgegen, der Karen fast den Atem nahm. Cameron warf ihr einen ironischen Blick zu. «Wollen Sie immer noch da hinunter? Dann mal vorsichtig, die Stufen sind ganz ausgetreten.»

Er knipste eine Taschenlampe an, deren Lichtstrahl sich in dem finsteren Gewölbe verlor. Der Schlamm gab bei jedem Schritt ein ekelhaft schmatzendes Geräusch von sich.

Camerons Stimme hallte von den Wänden wider, während sie sich langsam vorwärts tasteten. «In diesem Teil des Kellers wurde nie elektrisches Licht installiert. Beim Einbau der Zentralheizung – so um die Jahrhundertwende – hat man das Fundament im vorderen Teil erhöht. Alles zu renovieren würde ein Vermögen kosten. Die Grundmauern sind über zweihundert Jahre alt.»

Karen hatte sich inzwischen an den Modergeruch gewöhnt. Es war auch nicht besonders kalt, nicht kälter als in einem anderen Keller. Es war überhaupt nicht so unheimlich, wie sie erwartet hatte.

«Bleiben Sie mal stehen, und sehen Sie sich um», sagte Cameron.

Karen ließ den Lichtstrahl der Taschenlampe langsam über die Mauern gleiten. Eine schaurige Höhle tief unter der Erde, ein steinerner Kerker, eine Gruft – die klassische Metapher für Urängste, die jeder Mensch empfindet. Sie merkte, daß sie nun doch ein wenig fröstelte.

In der Wand rechts von ihr, ganz oben, befand sich eine kleine, vergitterte Öffnung. Ein Fensterschacht, dachte sie, aber nicht der, in den ich seinerzeit hineingestolpert bin. Links erblickte sie einen Türbogen, hinter dem pechschwarze Dunkelheit lauerte.

«Der Durchgang führt zu weiteren drei Kellerräumen», erklärte Cameron. «Ich habe den Grundriß aufgezeichnet. Falls Sie mit einer Skizze zufrieden sind, könnten wir diesen Ausflug beenden.» Seine Stimme klang gepreßt.

«Leiden Sie unter Platzangst?» fragte Karen unwillkürlich.

«Sie nicht?»

Natürlich wollte er es nicht zugeben. «Nun ja, sehr behaglich finde ich es hier auch nicht», erwiderte sie. «Aber daran ist mehr die schlechte Luft schuld als das Gefühl des Eingesperrtseins. Von mir aus können wir gehen. Tut mir leid, daß ich Ihnen das zugemutet habe.»

«Schon gut.» Er drehte sich abrupt um, rutschte aus und fing sich nur mit Mühe auf. Der Schlamm schmatzte und spritzte; ein paar schleimige Tropfen blieben an Karens Hand kleben.

«Entschuldigung», keuchte Cameron.

«Ach, nicht der Rede wert!» Sie tastete sich zu den Stufen zurück. Cameron folgte ihr; sein Atem ging rasch und stoßweise. Typisch Mann, dachte Karen verächtlich, warum kann er nicht zugeben, daß er Angst hat?

Plötzlich hörte sie, wie er den Atem anhielt. Der Strahl seiner Taschenlampe schwenkte zur Seite. Etwas Langes, Grünlichschwarzes ringelte sich dort, feuchte Schuppen glitzerten im fahlen Licht – dann war es mit einem zischenden Geräusch verschwunden.

Karen taumelte zurück und wäre gestürzt, wenn Cameron sie nicht am Arm gepackt und aufgefangen hätte.

«Es war nur eine Wasserschlange», murmelte er, «absolut harmlos. Im Wald gibt es aber auch Giftschlangen. Wenn Sie draußen Nachforschungen anstellen, müssen Sie achtgeben, wo Sie hintreten.»

Das hat er absichtlich getan, dachte Karen wütend. Er wußte genau, daß es hier solches Kriechzeug gibt, und mußte mich extra darauf aufmerksam machen. Diese kindische Bosheit, bloß weil ich bei ihm einen wunden Punkt entdeckt habe ...

Wortlos ließ sich Karen die Stufen hinaufführen. Wenigstens hatte sie gefunden, was sie suchte. Das Kellergewölbe entsprach genau Ismenes Beschreibung – einschließlich jenes Details, das Karens Vermutung zur Gewißheit werden ließ. In den Schlußstein des Bogens, der zu dem dunklen Gang führte, hatte ein Steinmetz – oder die Zeit – eine scheußliche Fratze gemeißelt.

7

Ach! Und versucht eine Frau zu dichten,
So gilt sie gleich als unverschämt;
Den Fehltritt kann keine Tugend schlichten.
Anne Finch, Countess of Winchilsea, 1713

Jene, deren Erinnerung bis in die ferne Vergangenheit zurückreicht, berichten, man habe den Stein beim Roden des Waldes gefunden. Es war nur einer von vielen Felsbrocken, doch der einzige, der wie von Menschenhand geformt schien. Von Entsetzen gepackt, stürzten die Knechte davon, als die der Erde entrissene Teufelsfratze sie anstarrte, und es bedurfte der schlimmsten Drohungen, um sie dazu zu bringen, den Stein an den Ort zu schleppen, wo das Haus erbaut wurde. Ihr Herr, ein harter, finsterer Mensch, doch keineswegs ungebildet, kam auf den Gedanken, das Steinbildnis in das Fundament seines Hauses einmauern zu lassen, und nannte es den «genius loci», den Schutzgeist des Hauses.

«Allein, kein vernünftiger Mensch», fuhr Edmund nachdenklich fort, «würde jenen Erzählungen Glauben schenken, gemäß denen das Bildnis aus einem verlassenen und vergessenen Tempel stammt, einer Stätte wilder und grausamer Götzendienste. Der alte Obadiah mochte in dem verwitterten Stein ein Teufelsantlitz gesehen und dessen Züge mit Absicht herausgearbeitet haben,

doch gewiß waren diese ursprünglich nur ein Werk des Zufalls, der, wie man weiß, oftmals solche Absonderlichkeiten hervorbringt.»

Ismene betrachtete den Stein mit großer Aufmerksamkeit. Die schwarzen Augenhöhlen, das gähnende Maul mit den Reißzähnen und die Höcker auf der Stirn boten einen über alle Maßen häßlichen Anblick, doch der kalte Schauder, der Ismene überlief, war nicht eine Folge von Furchtsamkeit und Aberglaube; vielmehr bewegte sie die Frage, welch ein merkwürdiger Mensch jener gewesen sein mußte, der an diesem Zerrbild Gefallen fand, es gar sorgsam aufbewahrte.

«Bei den Eingeborenen dieses Landes», bemerkte sie, «war es, soviel ich weiß, nicht Sitte, Häuser von Stein zu erbauen noch den Göttern steinerne Bildnisse zu weihen. Eher gleicht die Figur den Dämonenfratzen, die man in mittelalterlichen Kathedralen findet, oder den wilden Naturgottheiten des alten Griechenlands.»

«Solche Vernunft, liebe Ismene», versetzte Edmund erfreut, «hatte ich erhofft und erwartet. So scheuen Sie nicht die Aufgabe, die ich Ihnen anvertrauen möchte? Zwar gehören die Schlüssel zu den Vorrats- und Weinkellern in die Hand der Hausherrin, allein Isabella wagt diese Räume nicht zu betreten; zu stark wird sie hier an die verwunschenen Ritterburgen und Hexenhöhlen in jenen Erzählungen erinnert, die sie so gerne liest. Meine Schwester versicherte mir, sie habe, als sie sich zum ersten und letzten Male hierherwagte, Gestalten in wallenden Gewändern und rasselnden Ketten erblickt. Sie hat ein empfindsames Naturell und liest zu viele Romane.»

Ismene verstand, warum ein empfindsames Naturell vor dem Betreten dieser Gewölbe zurückschreckte. Der Modergeruch, die dicken Mauern aus roh behauenen Quadern, die unheimliche Düsternis mochten in der Tat solche Phantasmen heraufbeschwören. Der fahle Schein der Kerzen zauberte flackernde

Schatten auf die Wände, und der Diener, dessen Aufgabe es war, ihnen zu leuchten, stand reglos wie eine Skulptur aus Ebenholz.

Karen rieb sich die schmerzenden Augen. Was Ismene erblickt hatte, mußte diese Steinfratze im Keller von Amberley gewesen sein; es konnte nicht zwei so merkwürdige Reliefs geben.

Sie war nach der Erkundung des Kellers geradewegs nach Hause gefahren. War es nur Einbildung, hervorgerufen durch Ismenes Schilderung, oder hing der Modergeruch tatsächlich noch immer in der Luft, obwohl sie längst geduscht und sich umgezogen hatte? Was Peggy wohl zu der Entdeckung sagen würde? Dieser Stein war doch ein handfester Beweis für Karens These, daß es sich bei Amberley und dem Ferncliffe Ismenes um ein und dasselbe Haus handelte!

Draußen war es fast dunkel, wie vor einem Gewitter. Sie wollte sich einen großen Topf Kaffee machen und für den Rest des Nachmittags am Manuskript weiterarbeiten.

Sie war noch nicht weit damit gekommen, als jemand an die Tür klopfte. Es war Mrs. Fowler samt Veilchenhut und Stöckelschuhen.

«Ach herrje», gluckste sie, «störe ich Sie etwa bei der Arbeit? Das ist mir aber nicht recht. Ich wollte mich nur eben mal erkundigen wegen Ihres Vortrags bei unserer literarischen Gesellschaft. Unsere nächste Zusammenkunft findet am kommenden Mittwoch statt. Der Termin ist vielleicht ein bißchen knapp, aber für Sie ist das doch sicherlich kein Problem, und ihr netter Bekannter meinte, Sie würden bestimmt mit Vergnügen zusagen.»

Es dauerte einen Moment, bis bei Karen der Groschen fiel. «Mein netter Bekannter?» fragte sie verdutzt.

«Ja, dieser reizende Professor Meyer, der Sie so verehrt.» Mrs. Fowler zwinkerte vielsagend.

«Wann ... Ich wußte nicht, daß Sie ihn kennen.»

«Ich kannte ihn ja auch nicht, das heißt, bis er mich gestern abend anrief. Er war so liebenswürdig, mich für heute zum Lunch einzuladen. Wirklich ein charmanter Herr und so gebildet.» Sie sah Karen erwartungsvoll an, und als diese beharrlich schwieg, fügte sie kichernd hinzu: «Sie haben es ihm zu verdanken, daß ich mich erkühne, Sie zu fragen. Von selbst hätte ich mich nicht getraut.»

Ein plötzlicher Windstoß ließ die Veilchen auf ihrem Hut tanzen.

«Bitte treten Sie ein», sagte Karen. «Ich weiß nicht recht... Ich muß erst in meiner Agenda nachsehen.»

«Aber gewiß, meine Liebe, ich weiß doch, wie beschäftigt Sie sind...»

Karen überlegte. Es blieb ihr wohl nichts anderes übrig, als zuzusagen, wenn sie nicht ein paar Tage von hier verschwinden wollte. «Ich denke, es läßt sich einrichten», meinte sie.

«Oh, wie reizend von Ihnen! Ich will gleich alle Mitglieder benachrichtigen. Über was für ein Thema wollen Sie sprechen? Vielleicht über schriftstellernde Damen des neunzehnten Jahrhunderts?»

Karen fragte sich, ob Mrs. Fowler auf dieses Thema gekommen war, weil sie den Mitgliedern der literarischen Gesellschaft keine «undamenhaften» Gegenwartsautorinnen zumuten wollte. Nein, es mußte Bill Meyers Idee gewesen sein, der das wohl für einen gelungenen Scherz hielt. Na schön, sie würde ihnen etwas über Jane Austen erzählen, welche die Beziehungen zwischen den Geschlechtern zwar sehr ironisch, aber «damenhaft» fein kommentiert hatte.

Nachdem Mrs. Fowler triumphierend abgezogen war, vertiefte sich Karen wieder in ihre Arbeit. Inzwischen hatte es zu regnen begonnen, und das monotone Rauschen lieferte eine angenehme Hintergrundmusik zu Ismenes Geschichte.

Wie Karen erwartet hatte, wurde das düstere Kellergewölbe

noch mehrmals aufgesucht. Diese Episoden bildeten einen markanten Gegensatz zur Schilderung sonniger Frühlingstage und fröhlicher Gesellschaften und illustrierten Ismenes Betrübnis darüber, daß Clara sich mehr und mehr Isabella zuwandte. Ismene mißbilligte diese Freundschaft; sie hielt Isabella für ein herzloses, oberflächliches Geschöpf, das einen schlechten Einfluß auf ihre Schwester ausübte, aber Clara reagierte auf ihre Vorhaltungen mit wachsender Feindseligkeit. Ismene fühlte sich immer einsamer und unternahm ausgedehnte Wanderungen in Feld und Wald, um *Trost und Erbauung in der unvergänglichen Schönheit der Natur* zu finden. Auf einer dieser Wanderungen entdeckte sie das merkwürdige kleine Steinhaus.

An dieser spannenden Stelle wurde Karens Lektüre erneut durch ein diskretes Klopfen unterbrochen. Erschrocken fuhr sie hoch, bemerkte, daß es inzwischen stockdunkel geworden war, und öffnete die Tür einen Spaltbreit.

Draußen stand, triefend naß, Cameron Hayes.

«Meine Güte, kommen Sie schnell herein!» rief Karen. «Ist die Sintflut ausgebrochen?»

«Das ist nur ein kleiner Landregen», meinte Cameron und ließ einen tropfenden Karton auf den Wohnzimmertisch plumpsen.

«Warten Sie, ich hole ein Handtuch.»

Er strich sich die nassen Strähnen aus der Stirn. «Lassen Sie doch, ein Handtuch nützt da auch nicht viel. Ich bin draußen beim Haus schon ziemlich naß geworden und dachte, ich würde erst die Papiere herbringen und mich nachher umziehen.»

«Ich schreib Ihnen gleich den Scheck aus.»

«Nein, ich verschwinde lieber, bevor Mrs. Fowlers prächtiger Teppich klatschnaß wird. Sie können mir den Scheck später geben – Sie sehen, ich vertraue Ihnen voll und ganz.»

Er machte kehrt und lief die Treppe hinunter, bevor Karen

etwas erwidern konnte. Offenbar legte er wirklich keinen Wert auf ihre Gesellschaft. Und dann die spöttische Bemerkung zum Abschied...

Sie machte sich auf die Suche nach einem Lappen und entdeckte dabei eine Pfütze auf dem Küchenboden. Anscheinend tropfte es durch die Decke. Sie stellte einen Kochtopf unter die undichte Stelle und sah nach, ob es noch irgendwo hereinregnete. Tatsächlich tröpfelte es auch im Schlafzimmer – gottlob nicht über dem Bett – und in einer Wohnzimmerecke.

Regen war ja etwas Schönes, solange er draußen stattfand. Das irritierend regelmäßige Plopp-Plopp-Plitsch in den drei Kochtöpfen ging Karen auf die Nerven. Ihre Arbeitslust war dahin, und so beschloß sie, sich zuerst einmal ein gutes Abendessen zu gönnen. Nachdem sie eine Portion geschmorten Fisch mit Vollreis und Salat verzehrt hatte, wollte sie sich wieder das Manuskript vornehmen – aber jetzt klingelte das Telefon.

«Mir ist sterbenslangweilig!» jammerte Joan. «Ich wollte mich nur erkundigen, was für aufregende Entdeckungen du heute gemacht hast, damit wenigstens etwas Würze in mein fades Leben kommt.»

«Ach, Joan, es tut mir ja so leid wegen dem verpatzten Urlaub...»

«Hör schon auf damit, ich fahre demnächst für eine Woche in die Berge, mit Sharon.» Joan seufzte. «In eine Art Kurort – Reiten, Wandern, Tennis, Golf, Trimm-dich-Pfade... Erzähl mir lieber was von deinem ungesunden, gefahrvollen Leben. Was hast du heute gemacht?»

«Einen pechschwarzen, schmutzigen, stinkenden Keller besichtigt in Begleitung eines mürrischen Kerls, der sein Bestes gab, um mir Spinnen, Ratten und Schlangen vorzuführen...» Von der Steinfratze sagte Karen nichts; diese sensationelle Entdeckung wollte sie ihrem staunenden Publikum erst im gegebenen Moment präsentieren.

Sie verabschiedete sich von Joan und machte sich erneut an die Arbeit. Sie tippte ihre Notizen ins reine und begann dann, die Fortsetzung des Textes zu entziffern – aber die war ziemlich enttäuschend. Nach einer kurzen Beschreibung des Steinhauses, *welches, fensterlos und niedrig, wie eine häßliche Warze aus der Erde zu wachsen schien, von wildem Wein und dornigen Ranken überwuchert,* gab Ismene in einem endlosen Exkurs ihre Ansichten über die Menschenrechte und Rousseaus Theorie des edlen Wilden kund.

Karen mußte sich sehr beherrschen, um nicht ein paar Seiten zu überspringen und einfach weiterzulesen, anstatt gewissenhaft Zeile um Zeile zu entziffern. Schließlich hatte sie genug. Sie steckte die Blätter in die Aktenmappe und die Aktenmappe unters Bett.

Der Regen hatte nachgelassen. Sanft und stetig rieselte er auf den Rasen nieder, glitzerte auf den dichtbelaubten Büschen, verhüllte den Lichtkreis der Straßenlampe mit einem zarten Schleier. Nichts bewegte sich draußen, nicht einmal eine Katze. Katzen waren ja auch viel zu klug, um bei solchem Wetter spazierenzugehen.

Als Karen nach einer traumlosen Nacht erwachte, drang helles Sonnenlicht durch die fadenscheinigen Vorhänge. Die Erde dampfte; es würde ein heißer Tag werden. Armer Cameron, fuhr es ihr durch den Kopf, er würde heute ganz schön ins Schwitzen kommen. Er mußte in argen Geldnöten sein, daß er sich so mit dem Haus abplagte.

Beim Frühstück fiel ihr ein, daß sie einen Waschsalon ausfindig machen mußte. Sie verstaute ihre schmutzige Wäsche und die kostbare Aktenmappe im Kofferraum und fuhr zum Einkaufszentrum.

Im Waschsalon schienen sämtliche Maschinen besetzt zu sein, und als Karen sich ungeduldig umsah, fiel ihr eine Frau auf, die lesend in einer Ecke saß. Die Bibliothekarin – wie hieß sie doch? – Tanya Irgendwas. Karen rückte näher und verdrehte den Hals, um den Titel des Buches lesen zu können. Zu ärgerlich, daß sie nicht daran gedacht hatte, etwas zum Lesen mitzunehmen.

Das Buch war offenbar spannend, denn Tanya blickte erst auf, als ihre Maschine ausschaltete. Sie erkannte Karen sogleich.

«Oh, guten Morgen! Hoffentlich warten Sie nicht auf diese Maschine, ich bin nämlich noch nicht fertig.»

«Ach, es wird schon eine andere frei werden. Um ehrlich zu sein – ich wollte bloß sehen, was Sie da lesen. Ich gehöre zu denen, die es nicht lassen können, anderen über die Schulter zu gucken.»

«Das neueste Buch von Toni Morrison. Kennen Sie es?»

«Nein, noch nicht. Meistens warte ich auf die Taschenbuchausgabe», gestand Karen. «Hardcover ist mir zu teuer.»

«Mir auch, aber das hier stammt aus der Bibliothek. Eine der wenigen Freuden in diesem Beruf ist, daß man an der Quelle sitzt.»

Jetzt war eine Maschine frei. Karen stopfte ihre schmutzige Wäsche hinein und setzte sich neben Tanya auf die Bank.

«Ich hab erfahren, daß Sie nächste Woche einen Vortrag halten», bemerkte Tanya mit einem Anflug von Ironie. «Mrs. Fowler kam heute früh mit ein paar eigenhändig gemalten Plakaten angerauscht. Eines davon hängt jetzt am Schwarzen Brett und ein zweites am Eingang der Bibliothek.»

«O weh, das hat mir gerade noch gefehlt.»

Tanya mußte lachen. «Freuen Sie sich denn nicht über eine solche Reklame?»

«Würden Sie sich freuen, wenn Sie einen Vortrag über ‹schriftstellernde Damen des neunzehnten Jahrhunderts› halten müßten? Vermutlich will Mrs. Fowler sichergehen, daß ich niemanden von ihrer vornehmen literarischen Gesellschaft mit Zitaten aus Werken von Toni Morrison oder Sylvia Plath oder sonst einer ‹undamenhaften› Autorin vor den Kopf stoße.»

«Was bei diesen Köpfen kein Wunder wäre.»

«Was, sind Sie etwa auch Mitglied?»

«Gott behüte!» lachte Tanya. «Aber ein solches Ereignis werde ich mir nicht entgehen lassen.»

«Versprechen Sie mir nur, daß Sie nicht lachen oder Grimassen schneiden.»

«Abgemacht.» Tanya stand auf. «Die Geschäftsführerin hier ist sehr nett. Wenn Sie inzwischen Besorgungen machen wollen, legt sie Ihre Wäsche in den Trockner, damit alles fertig ist, wenn Sie zurückkommen.»

«Vielen Dank für den Tip.»

Karen erledigte ihre Einkäufe, holte dann die Wäsche ab und machte sich auf den Heimweg. Vor der Bibliothek hielt sie kurz an, um Mrs. Fowlers Kunstwerk zu begutachten: eine Dame in Reifrock und Haube, mit einem rüschenverzierten Sonnenschirmchen bewehrt, auf bonbonfarbenem Halbkarton.

Karens Laune besserte sich keineswegs beim Anblick des Besuchers, der in lässiger Haltung auf ihrer Wohnungstreppe saß und sich von der Sonne bescheinen ließ. Sie blieb im Auto sitzen, holte tief Atem und zählte bis siebenundvierzig, bevor sie sich in der Lage fühlte, ihm entgegenzutreten.

Bill Meyer erhob sich und trat strahlend auf sie zu. «Darf ich Ihnen beim Hinauftragen behilflich sein?»

Meyers Kollegen hatten sich schon oft gefragt, wie einer es fertig brachte, mit einem amerikanischen Professorengehalt stets wie ein Modell aus einem italienischen Herrenmodenmagazin auszusehen. Heute hatte er auf sportlich gemacht. Der Kragen seines maßgeschneiderten Hemdes stand offen und ließ das etwas schüttere schwarze Brusthaar sehen; die hochgekrempelten Ärmel brachten seine braungebrannten Unterarme sehr vorteilhaft zur Geltung. Dazu hatte er ein Zahnpastalächeln aufgesetzt.

«Nein, danke», sagte Karen schroff. «Das schaff ich allein.»

«Natürlich schaffen Sie's allein.» Er hatte ihr die Tüten bereits abgenommen. «Aber warum sollten Sie? Meine Absichten sind lauter wie Quellwasser. Ich wollte mich nur mal in Ruhe mit Ihnen unterhalten.»

Mit zusammengepreßten Lippen stieg Karen die Treppe hinauf. Sie ließ das Wäschepaket auf den Treppenabsatz plumpsen und wühlte in der Handtasche nach dem Schlüssel.

«Seien Sie doch nicht so kratzbürstig, Karen», sagte Meyer. «Es ist meine Schuld, wenn wir zwei uns nicht eben gut vertragen. Ich hab den Eindruck, daß ich nur den Mund aufzumachen brauche, um Sie zu ärgern, dabei liegt mir nichts ferner als das. Wir könnten doch gute Freunde sein, wenn Sie mir nur eine Chance geben. Was haben Sie dabei schon zu verlieren?»

Karen warf einen Blick über die Schulter. Die Aktenmappe befand sich noch im Kofferraum. In der Wohnung lag nichts herum, was mit ihrer Arbeit zu tun hatte, außer dem Pappkarton mit den Dokumenten, und die kannte er ja bereits.

«Kommen Sie rein», sagte sie und trat zur Seite.

Ohne den Tisch oder den Karton auch nur mit einem Blick zu streifen, ging er in die Küche und stellte die Tüten ab. «Wir können uns hier unterhalten, während Sie die Sachen wegräumen», schlug er vor. «Darf ich mich setzen?»

«Wenn's sein muß», sagte Karen ungnädig.

Er sah ihr eine Weile schweigend zu und fragte dann liebenswürdig: «Vermutlich haben Sie keine Lust, sich von mir zum Lunch einladen zu lassen?»

«Nein, danke.» Karen zog einen Stuhl heran und setzte sich. «Das ist ja alles lieb und nett, Bill – aber wie sind Sie bloß auf die blöde Idee mit dem blöden Vortrag in der blöden literarischen Gesellschaft gekommen?»

«Mein Gott, Karen, verstehen Sie denn kein bißchen Spaß? Übrigens bin nicht ich darauf gekommen, sondern die alte

Dame. Ehrenwort. Mit der kann man nicht argumentieren, sie verkündet ihre Meinung und interpretiert jede Antwort als Zustimmung.»

Karen mußte zugeben, daß darin ein Körnchen Wahrheit lag, und Meyer fuhr fort: «Ich wollte mich bloß gut mit ihr stellen, wie Sie auch, nehme ich an. Wenn Sie den Leuten die Ehre antun, können sich alle möglichen Türen für Sie öffnen. Bedenken Sie, was Mrs. Fowler und Co. Ihnen alles erzählen könnten!»

Darauf hatte auch Joan hingewiesen. Lokale Sagen, Familienklatsch...

«Natürlich wäre das eine Quelle», gab sie zu, «aber eine höchst unzuverlässige. Ich hab eine bessere, Bill.»

«Stimmt, Sie haben das Manuskript. Was jedoch die Genealogie angeht, so wissen Sie so gut wie ich, daß Namen nicht viel bedeuten. Ich hab darin mehr als ein Dutzend Frauen gefunden, die als Verfasserin in Frage kommen könnten. Haben Sie sich schon überlegt – pardon, natürlich haben Sie sich überlegt –, inwiefern nur schon der Name Ismene einen Hinweis liefert? Die Autorin mußte *Antigone* gelesen haben. Das allein ist schon erstaunlich; in jener Zeit waren nur wenige Frauen mit den Werken der Weltliteratur vertraut. Das ‹Haus von Stein› – in den Gedichten und im Roman – könnte eine Anspielung auf Antigones Grab sein, die ‹Kammer der Hadesbraut im felsgedeckten Bau›... Aber warum hat die Autorin sich selbst und die Heldin Ismene genannt nach der ziemlich farblosen Schwester Antigones? Antigone war doch die Heldin, sie widersetzte sich dem Tyrannen und mußte dafür sterben. Sie ist eine weit eindrucksvollere Figur als alle übrigen in dem Stück, den Bräutigam eingeschlossen.»

Karen hatte sich die Frage von Ismenes Pseudonym schon oft überlegt, aber bisher nie Gelegenheit gehabt, sie mit einem Kollegen von Meyers Kaliber zu diskutieren. «Auch der Bräutigam ist gestorben. Von eigener Hand, aus Liebe zu ihr.»

«Aber in verblüffender Umkehrung der konventionellen Rollen von Mann und Frau. Im allgemeinen ist es der Held, der sein Leben einem edlen Grundsatz opfert. Die Heldin bringt sich erst um, nachdem sie ihn, ihren einzigen Lebensinhalt, verloren hat. Was Ismene angeht, so gelobt sie zwar, ihrer Schwester in den Tod zu folgen. Aber erst nachdem sie Antigone vergeblich zu überzeugen versucht hat, sich damit abzufinden, daß der Tyrann dem toten Bruder eine ehrenhafte Bestattung versagt. Und Ismene führt ihren Vorsatz dann doch nicht aus. Sie lebt weiter, während Antigone in den Tod geht.»

«Weil Antigone ihr dieses Opfer ausredet. Sie will ihre Heldentat nicht mit der Schwester teilen.»

«So kann man's auch sehen.» Meyer runzelte die Stirn. «Aber daß ausgerechnet Sie die Beweggründe Antigones so zynisch beurteilen –»

«Was heißt hier zynisch? Glauben Sie vielleicht, Antigone wollte die Schwester aus reiner Liebe vor dem Tod bewahren?»

«Warum nicht? Ismene hatte den höchsten Beweis ihrer Liebe erbracht: Sie war bereit, für eine in ihren Augen absolut sinnlose Sache zu sterben. Den Bruder konnten sie damit nicht mehr lebendig machen. Wozu sollte eine ehrenhafte Bestattung noch gut sein?»

«Das ist eine heutige Ansicht, in der Antike dachte man anders.»

«Stimmt», lenkte Meyer ein. «Trotzdem bezweifle ich, daß Sophokles' Tragödie und Ismenes Roman mehr gemeinsam haben als den Namen Ismene. Und deshalb würde ich mich nicht darauf versteifen, im Stammbaum der Cartrights nach zwei Schwestern und einem toten Bruder zu suchen. Jedoch – Ismenes ‹Haus von Stein› habe ich inzwischen entdeckt.»

Karen, ganz dem Vergnügen der Fachsimpelei hingegeben, hatte ihre Antipathie gegen Meyer vergessen. Es gab nur wenige, die auf ihrem Spezialgebiet so bewandert waren wie Meyer.

Und nur wenige, die so gemein sein konnten. Seine letzte Bemerkung traf sie wie ein Schlag ins Gesicht.

«Sie hinterlistiger Schuft!» schrie sie. «Wieviel von dem Manuskript haben Sie eigentlich gelesen?!»

«Und dann sagte er mit seinem widerlichen Grinsen: ‹Ich lese eben ziemlich schnell. Ich brauche nicht Wochen, um aus einem Text das Wesentliche herauszupicken.›» Karen geriet von neuem in Wut, als sie Peggy von ihrem Gespräch mit Meyer berichtete.

«Schrei nicht, trink lieber auch etwas», sagte Peggy. Sie hatte Karen vom Hotel aus angerufen und saß jetzt bei ihr im Wohnzimmer, ein Glas in der Hand. Sie sah blaß und müde aus.

«Gute Idee.» Karen mühte sich mit dem Korken einer Weinflasche ab.

«Was regst du dich denn so auf? Er hätte dir auch gar nichts von seiner Entdeckung sagen können. Hat er die Stelle genau beschrieben?»

«Nun ... ja. Aber ich hätte sie bestimmt auch sonst gefunden, die Lichtung habe ich ja schon entdeckt.»

«Aber das Haus nicht.»

Karen fingerte nervös an ihrem Glas herum. Von der panischen Angst, die sie damals auf der Lichtung erfaßt hatte, wollte sie keinem Menschen etwas sagen, nicht einmal Peggy. «Ich hab diese Stelle im Manuskript erst gestern abend entziffert», sagte sie ausweichend. «Bis dahin mußte ich annehmen, Ismenes Steinhaus habe lediglich Symbolcharakter.»

«Das war doch keine Kritik! Du hast in den wenigen Tagen eine ganze Menge geleistet. Aber ich versteh wirklich nicht, warum du eine solche Wut auf Meyer hast. Was hat er noch gesagt?»

«Nicht viel. Er hatte keine Gelegenheit mehr, noch viel zu sagen, weil ... Na ja, ich hab ihn rausgeschmissen.» Karen nahm einen Schluck Wein. «Und daß ich ihn einen hinterlistigen Schuft nannte, verbesserte die Atmosphäre auch nicht gerade.»

«Ja, aber er muß doch irgendwas gesagt haben?» beharrte Peggy.

«Dämlich gegrinst hat er – und dann hat er gesagt, er hätte mir diese Auskunft als Zeichen seines guten Willens gegeben. Und er würde mich auch weiterhin auf dem laufenden halten, falls er etwas herausfinde. Ohne daß er eine Gegenleistung erwarte – aber das nehme ich ihm nicht ab.»

«Es wäre immerhin denkbar, daß er sich in dich verknallt hat. Daß er, in leidenschaftlicher Liebe zu dir entbrannt, sich nichts zu sagen getraut, weil du nicht nur eine bildschöne, begehrenswerte Frau bist, sondern auch seine berufliche Rivalin.»

«Ha, ha, ha», spottete Karen. Aber die Idee war verlockend. Was für ein Triumph, Professor William Meyer, den Don Juan von Yale, erobert zu haben! Karen malte sich die Szene in den lebhaftesten Farben aus: Meyer, Liebesworte stammelnd, vor ihr auf den Knien, und sie setzte ihm genußvoll den Fuß auf den gebeugten Nacken...

Die Idee war natürlich absurd. «Vielleicht hab ich ein bißchen übertrieben», gab sie widerstrebend zu. «Aber der läßt sich durch grobe Worte nicht entmutigen, der kommt schon wieder. Willst du noch was trinken, bevor ich dir den Rest erzähle?»

«Ja, bitte.» Peggy folgte Karen in die Küche. «Und ich würde auch nicht nein sagen zu einem Stückchen Brot und einem Bröckchen Käse, falls du so etwas im Haus hast. Ich hab seit heute früh nichts gegessen, war nur schnell zu Hause, um mich umzuziehen und den Wagen zu holen. Dann bin ich gleich bis hierher durchgefahren.»

«Kein Wunder, daß du so müde aussiehst.» Karen öffnete den Kühlschrank. «Entschuldige, daß ich nicht früher daran dachte. Wie geht's übrigens deinem Bekannten?»

«Er ist tot. Gestern war die Beerdigung.»

8

> Wir hielten an vor einem Haus, das
> eine Bodenschwelle schien;
> Das Dach war kaum zu sehen,
> Der Sims – im Boden.
> *Emily Dickinson, 1863*

Das Brot fiel Karen aus der Hand. Sie bückte sich, um es aufzuheben. «Mein Gott, Peggy, es tut mir ja so leid», stotterte sie. «Woran ist er... Seid ihr einander sehr nahegestanden? Ich meine, ist er... Möchtest du darüber sprechen?»

«Eigentlich nicht.» Peggy machte sich einen Scotch zurecht. «Er hatte Aids, schon lange. Er hat keinen leichten Tod gehabt. Ob wir uns nahestanden – nun ja, ich war mal mit ihm verheiratet.»

Diesmal ließ Karen den Käse fallen. «Ich hatte keine Ahnung, daß du verheiratet warst», sagte sie verblüfft.

«Wir sind vor fünfzehn Jahren auseinandergegangen, nachdem er endlich den Mut aufgebracht hatte, sich selbst und mir gegenüber einzugestehen, daß er homosexuell war. Was ich übrigens schon längst vermutet hatte.»

«Aber du warst bei ihm, als er –»

«Als er mich nötig hatte – ja, natürlich. Meinen Kummer und meine Enttäuschung hatte ich längst überwunden. Er wollte mich ja nicht verletzen. Er war ein netter Kerl, und wir hätten gute Freunde bleiben können, wäre er in der Lage gewesen, der Wahrheit ins Gesicht zu sehen. Aber vor zwanzig Jahren war das noch nicht so einfach wie heute.»

«Einfach ist es wohl immer noch nicht.» Karen stellte einen Teller mit Broten auf den Tisch. «Bist du... dir fehlt doch nichts?»

«Ich bin nicht HIV-positiv, falls du das meinst. Er hat sich erst angesteckt, nachdem wir uns getrennt hatten.» Peggy biß in ein Käsebrot und setzte kauend hinzu: «Die Beschäftigung, die du mir zu bieten hast, wird mir eine willkommene Ablenkung sein. Und jetzt erzähl mal. Dann wollen wir das weitere Vorgehen planen, und morgen schauen wir uns in Amberley um.»

«Wer ist denn das?» fragte Peggy überrascht beim Anblick von Cameron Hayes, der eben eine lange Leiter herabkletterte. «Doch nicht der elegante Herr, der uns so schick ausgeführt hat? Mensch, der hat aber einen knackigen –»

«Sei doch still, er könnte dich hören!»

Cameron schien sich über ihren Besuch nicht sehr zu freuen.

«Wir wollen Sie nicht von der Arbeit abhalten», sagte Karen hastig. «Sie erinnern sich doch an Dr. Finneyfrock?»

«Nennen Sie mich Peggy», sagte Peggy mit einem strahlenden Lächeln und reichte ihm die Hand.

«Hm... gerne.» Verblüfft musterte Cameron die kleine Gestalt in viel zu weiten Hosen und schweren Stiefeln, die wie ein Miniatursoldat im Kampfanzug aussah. Offensichtlich hatte er Peggy nicht wiedererkannt.

Er wies entschuldigend seine farbverschmierten Hände vor. «Sehr erfreut, Dr. Fi... Peggy, wollte ich sagen. Was kann ich für Sie tun?» Sein abweisender Ton verriet, daß er nicht im Sinn hatte, viel für sie zu tun.

«Peggy wollte das Haus besichtigen», erklärte Karen. «Aber Sie brauchen nicht mitzukommen.»

«Der Keller steht wieder unter Wasser», sagte Cameron.

«Gottlob», meinte Peggy, «dann kann ich mir den ersparen. Aber falls Sie nichts dagegen haben, werden wir uns in der Umgebung noch ein wenig umsehen.»

«Da gibt's aber Disteln und Dornen und Spinnen und Schlangen und –»

«Ich bin ein Naturkind und weiß über Schlangen Bescheid. Und wie Sie sehen, habe ich auch die richtigen Kleider an.»

Cameron konnte sich ein Lächeln nicht verkneifen. «Ja, das sehe ich. Aber passen Sie trotzdem auf.»

Karen war gespannt, wie ihre Freundin auf den kalten Lufthauch in der Eingangshalle reagieren würde, aber diese schien nichts Ungewöhnliches zu bemerken. Sie machte sich eifrig Notizen, während sie von einem Zimmer zum anderen gingen.

«Was schreibst du da alles auf?» wollte Karen wissen.

«Ich versuche mir ein Bild davon zu machen, aus welcher Zeit der Hauptbau und die diversen Anbauten stammen, und ob noch Spuren irgendwelcher Veränderungen vorhanden sind. Das dort zum Beispiel könnte eine nachträglich zugemauerte Tür sein. Es wäre die richtige Stelle für einen Durchgang zu einem Seitenflügel.»

«Ismene erwähnt zwei Seitenflügel.»

«Erzähl mir nicht, was Ismene erwähnt, du läßt dich von ihren Schilderungen zu stark beeinflussen. Ich will andersrum vorgehen. Nicht, daß ich deine Hypothese grundsätzlich in Frage stelle», fügte Peggy hastig hinzu. «Nur als Gegenprobe gewissermaßen.»

«Wolltest du deshalb gestern nichts lesen?»

«Ja. Wie lautet übrigens der Titel von Ismenes Roman?»

«Weiß ich nicht. Der Anfang fehlt, das sagte ich dir doch schon.»

«Du wirst dem Buch aber einen Titel geben müssen, wenn du es herausgibst.»

«Ich hab bereits einen.» Karen zog fröstelnd die Schultern hoch und warf Peggy, die ihren Anorak aufgeknöpft hatte, einen verwunderten Blick zu. Spürte sie diese Kälte denn nicht? «Ich möchte es *Häuser von Stein* nennen.»

Peggy überlegte kurz und nickte dann zustimmend. «Finde ich gut. Aber warum ‹Häuser›? Ismene erwähnt doch nur *ein* Steinhaus.»

«Es ist bildlich gemeint, wie in einem ihrer Gedichte. Die bedrückende Enge, der Kerker, in dem der weibliche Geist verkümmert.»

«Hm. Na schön ...» Peggy zückte ihren Bleistift. «Machen wir weiter. Bildlich oder nicht, ich möchte dieses Steinhaus heute noch finden.»

Sie gingen eine Treppe hoch. «Komisches Gebäude», meinte Peggy nachdenklich. «Kein bißchen architektonische Ausgewogenheit, lauter verquere Proportionen. Und dann die dicken Mauern, die winzigen Fenster. Eher eine Festung als ein Wohnhaus.»

Schließlich verkündete sie, sie habe genug gesehen. «Laß uns nachschauen, ob Cameron nicht inzwischen von der Leiter gefallen ist. Wir könnten ihn zum Picknick einladen.»

Aber Cameron wollte seine Arbeit jetzt nicht unterbrechen.

«Wie wär's denn in etwa einer Stunde?» beharrte Peggy.

«In einer Stunde bin ich mit den Fensterläden fertig.» Es klang sowohl amüsiert als auch resigniert. «Vielen Dank für die Einladung», fügte er hastig hinzu.

Die beiden Frauen schlugen den Weg zur Lichtung ein.

Peggy hatte Segeltuchhandschuhe angezogen und kappte mit der mitgebrachten Gartenschere schnell und geschickt die Zweige und Ranken, die ihnen den Weg versperrten. Karen staunte, wie schnell in den wenigen Tagen alles gewachsen war. Unter den Bäumen war die Erde noch naß und schlüpfrig vom Regen.

Sie konzentrierte sich darauf, keinen Mißtritt zu machen, um nicht an das unheimliche Erlebnis zu denken, das sie auf der Lichtung gehabt hatte. Die akustische Halluzination, verbesserte sie sich. Kein Wort würde sie Peggy von dieser Sache sagen.

Das Murmeln des Wassers – es war Wasser, was sonst? – kam ihr vor wie das unartikulierte Geplauder eines Kindes, das seine ersten Sprechversuche macht.

«Hörst du es auch?» fragte Karen.

«Was? Ach so, das Wasserrauschen. Der Fluß kann es nicht sein», erwiderte Peggy unbekümmert. «Eher ein murmelndes Bächlein, wie die Dichter so schön sagen. Müssen wir da durchwaten?»

«Nein.»

Peggy drehte sich zu ihr um und neckte: «Du siehst ja aus wie ein Gespenst! Aber unter diesem Blätterdach hat alles so einen grünlichen Schimmer.» Sie stapfte weiter. Karen holte tief Luft. Ein murmelndes Bächlein, natürlich.

Als sie die Lichtung erreichten, fühlte sie sich wieder ganz ruhig. Peggys Gegenwart ließ alle Schrecken als pure Einbildung erscheinen. Sie war vernünftig und praktisch veranlagt – und zudem beneidenswert fit, stellte Karen fest. Peggy hüpfte über Pfützen und abgebrochene Äste, ohne auch nur ein bißchen außer Atem zu geraten. Sie stieß einen Freudenschrei aus, als die sonnenüberflutete Lichtung vor ihnen lag.

«Hier muß es sein! Warum an dieser Stelle wohl keine Bäume wachsen? Wasser gibt's genug. Vielleicht ist es die Bodenbeschaffenheit.» Die Frage schien sie nicht weiter zu bekümmern. «Aber weit und breit kein Haus. Siehst du vielleicht etwas? Moment mal... Was ist denn das dort?»

Auch Karen hatte die Bodenerhebung entdeckt, die von einem undurchdringlichen Gewirr aus dornigen Ranken und wildem Wein überwuchert war. Vorsichtig trat sie näher. Ein paar Steinblöcke waren zu erkennen, deren Kanten zu ebenmäßig wirkten, als daß es herabgestürzte Felsbrocken hätten sein können. An einigen Stellen schien das Gestrüpp erst vor kurzem entfernt worden zu sein.

Peggy machte sich mit der Gartenschere an die Arbeit. Nach und nach wurden Teile einer baufälligen Mauer sichtbar. Befriedigt trat Peggy einen Schritt zurück. «Das muß es sein! Jedenfalls ist es eine Art ummauerter Raum; da sieht man noch eine Ecke. Schau dir das an!»

Der Steinhaufen hätte mir auch schon vorher auffallen können, dachte Karen irritiert. Man braucht wahrlich kein Archäologe zu sein, um zu merken, daß Kletterpflanzen nicht so hoch hinaufwachsen können, ohne irgendwo Halt zu finden. Aber daß diese Mauern zu einem Haus gehört hatten, schien ihr unwahrscheinlich. Kleine Häuser wurden doch nicht aus so massiven Steinblöcken errichtet. Außerdem hatte der Wald den damaligen Siedlern genügend Bauholz geliefert...

Und dann, ganz plötzlich, geschah es, ohne daß sich zuvor der Himmel verdunkelt, der Wind erhoben, das Wasserrauschen verstärkt hätte. Es kam von hinten, vom Wald her, laut und lauter wie der Schrei eines Tieres, das aus dem Dickicht heraus auf sie zustürzte... Ebenso plötzlich erstarb es. Die Stille schien in der Luft zu beben.

Sie hatten sich unwillkürlich an den Händen gefaßt; Peggy umklammerte Karens Finger mit schmerzhaftem Griff. «Jesus, Maria und Josef», krächzte sie. Ihre gebräunten Wangen waren aschfahl. «Was in aller Welt war das?»

«Du...» Karens Kehle war ganz ausgetrocknet, sie mußte sich mehrmals räuspern, bevor sie die Worte herausbrachte. «Du hast es auch gehört?»

«Ich bin doch nicht taub! Aber da war nichts zu sehen.»

«Hast du denn nicht die Kälte gespürt?»

«Was für eine Kälte?» Peggy sah sie besorgt an. «Komm, nur schnell weg von hier. Kannst du laufen?»

«Klar.» Karen tat einen tiefen Atemzug und zwang sich, noch einmal hinzusehen. Da war nichts... nur ein Haufen Steinblöcke. Die Sonne schien hell auf die friedliche Lichtung, man hörte Vogelgezwitscher und das freundliche Gemurmel eines Bächleins.

«Komm schon», drängte Peggy.

«Willst du denn nicht –»

«Nein! Los, geh du voraus.»

Keine von beiden sagte ein Wort, bis sie das Haus erreicht hatten. Als sie sich in der Küche die Hände wuschen, meinte Peggy: «Jetzt könnte ich einen Whisky vertragen... In meinem ganzen Leben habe ich noch nie so einen gräßlichen Laut gehört. Was kann das nur gewesen sein?»

«Tiere geben manchmal merkwürdige Laute von sich», sagte Karen unsicher.

«Richtig. Läufige Siamkatzen, kopulierende Stachelschweine, balgende Luchse... Hab ich alles schon gehört. Das war aber kein Tier. Und doch muß da etwas gewesen sein, nur ein paar Schritte von uns entfernt.»

«Hast du denn eine vernünftige Erklärung dafür?»

Peggy kratzte sich nachdenklich die Nase. «Ein paranormales Phänomen? Ich hab zwar so etwas noch nie erlebt, aber gelesen habe ich eine ganze Menge darüber. Nur – Gespenster pflegen nicht am hellichten Tag zu erscheinen und so ganz ohne Begleitung, ohne einen kalten Lufthauch oder was weiß ich... Moment mal, sagtest du etwas von Kälte?»

Erst jetzt gestand Karen, daß sie auch im Haus selbst einen eiskalten Lufthauch verspürt hatte, unten in der Halle und oben auf dem Dachboden. «Auch Cameron hat etwas gespürt. Er tat zwar so, als sei nichts, aber ich hab es ihm angemerkt.»

«Merkwürdige Sache.» Peggy überlegte einen Moment, dann schüttelte sie den Kopf. «Nein, ich kann da beim besten Willen keinen Zusammenhang sehen. Natürlich war es kühl in der

Halle, aber nicht kühler, als es in unbewohnten Häusern nun mal ist. Und im Keller hast *du* nichts Außergewöhnliches wahrgenommen, aber *ihm* war es mulmig zumute.»

«Klaustrophobie. Daran leide ich eben nicht.»

«Man kann für alles eine pseudowissenschaftliche Erklärung finden», brummte Peggy. «Manche haben Angst vor geschlossenen Räumen, manche empfinden schlechte Proportionen als unangenehm, manche haben Geräuschhalluzinationen ... Na, in gewisser Weise wäre es mir lieber, wenn ich an Gespenster glauben könnte. Es wäre bestimmt weniger anstrengend, Ismenes Geist aus dem Jenseits heraufzubeschwören und sie um des Rätsels Lösung zu bitten, als all diese mühsamen Nachforschungen anzustellen.»

«Oh, Verzeihung», sagte Cameron Hayes, der in diesem Augenblick die Küche betrat, «ich dachte nicht, daß Sie hier sind.»

«Ich wüßte nicht, wofür Sie sich entschuldigen müßten», meinte Peggy. «Schließlich ist das Ihr Haus. Möchten Sie jetzt etwas essen?»

«Sobald ich saubere Hände habe.» Er trat ans Spülbecken. «Haben Sie eine interessante Entdeckung gemacht?»

«Allerdings. Ist Ihnen etwas bekannt über die Ruine draußen auf der Lichtung?»

Er blieb einen Augenblick regungslos stehen. Dann langte er nach einem Fläschchen Lösungsmittel. «Was für eine Ruine meinen Sie?»

Peggy nahm ihm das Fläschchen aus der Hand. «Halten Sie die Hände übers Becken. Ich gieße, Sie schrubben. Wenn man den Pfad – Sie wissen schon, welchen, es gibt nur den einen – zum Fluß hinuntergeht, kommt man nach etwa einem halben Kilometer auf eine Lichtung. Und dort gibt es Mauerreste. Die Blöcke sind fast gänzlich unter einem Haufen Gestrüpp verborgen, aber man kann trotzdem sehen, daß da einmal ein Gebäude stand.»

«Eine Stützmauer vermutlich –»

«Nein, keine Stützmauer. Die Blöcke bilden eine Art Viereck. Nimmt mich wunder, was früher mal dort war», fuhr Peggy wie im Selbstgespräch fort. «Riesige Steinblöcke. Einen Stall oder eine Scheune hätte man nicht aus so großen Blöcken gebaut. Unterkünfte für Sklaven oder irgendwelche Nebengebäude, die zur Plantage gehörten, auch nicht, dazu liegt die Lichtung zu weit vom Herrenhaus entfernt. Haben Sie eine Idee?»

Cameron trocknete sich langsam die Hände ab. «Nein, tut mir leid. Fragen Sie Lisa, die kennt mehr alte Geschichten als ich. Merkwürdiger Ort für ein Gebäude aus Stein. Meinen Sie etwa –» Er brach ab und zog erstaunt die Brauen hoch. «Dachten Sie an – *ihr* Haus von Stein?»

«Wie kommen Sie darauf?» fragte Karen argwöhnisch.

«Ich hab Ismenes Gedichte gelesen, nachdem Sie mir von ihr erzählt hatten. Nur so, aus Neugier, ich verstehe nicht viel von Literatur. Ich dachte, dieses Haus von Stein sei symbolisch gemeint.»

«Ich auch», bestätigte Peggy, bevor Karen antworten konnte. «Jeder würde das annehmen. Aber falls da tatsächlich ein Steinhaus stand, könnte man allerlei höchst interessante Spekulationen anstellen. Setzen Sie sich, Cameron. Möchten Sie ein Schinken- oder ein Käsebrot? Cola oder Mineralwasser? Zum Nachtisch können wir Ihnen eine reichhaltige Auswahl von Keksen aus dem Supermarkt anbieten.»

Cameron bestand darauf, Peggy beim Tischdecken zu helfen, und die beiden witzelten über die gediegenen Pappteller und das leckere Essen aus dem Supermarkt. Karen hatte den Verdacht, daß Cameron sehr wohl wußte, warum Peggy ihren ganzen Charme versprühte. Sie flirtete mit ihm, daß es nur so knisterte, und er schien auch noch Spaß daran zu haben. Gehorsam verdrückte er zwei der vier belegten Brote und ein halbes Pfund Kekse, aber als sie auch noch vorschlug, sie wolle ihm beim

Streichen der Fensterläden helfen, wehrte er lachend ab: «Tragen Sie's nicht gar zu dick auf, Peggy.»

«Sie wissen gar nicht, wie geschickt ich mich bei solchen Dingen anstelle.»

«Sie stellen sich ganz bestimmt sehr geschickt an bei allem, was Sie tun», meinte Cameron, «aber es ist wirklich nicht nötig. Sagen Sie mir lieber, was Sie eigentlich von mir wollen.»

«Ich brauche jemanden, der mir beim Ausgraben der Ruine hilft. Nicht Sie», fügte Peggy hastig hinzu. «Sie haben mit dem Haus schon genug zu tun. Aber vielleicht kennen Sie zwei, drei kräftige junge Burschen, die sich ein Taschengeld verdienen möchten?»

«Haben Sie tatsächlich so etwas vor?»

«O ja, aber es eilt nicht. Vielleicht nächste Woche? Wenn Sie einverstanden sind, könnten wir einen kurzfristigen Pachtvertrag abschließen und –»

«Das ist doch nicht nötig», wehrte Cameron ab. «Falls bei dieser Ausgrabung etwas herauskommt, könnte es ein Pluspunkt für Amberley sein. Ich könnte den Kaufinteressenten sagen, das Anwesen sei von großem historischem Interesse.»

«Ist es auch, und wie», bekräftigte Peggy.

Auf dem Nachhauseweg verhielt sich Peggy ungewohnt schweigsam. «Ich bin so gegen sechs wieder hier, wenn's dir recht ist», sagte sie, als sie in ihren Wagen stieg, den sie in Mrs. Fowlers Einfahrt gelassen hatte. «Ich möchte duschen und etwas anderes anziehen. Und ein bißchen nachdenken.»

Auch Karen wollte ein wenig nachdenken.

Unter der Tür steckte ein veilchenblauer Briefumschlag. Mrs. Fowler ließ – in violetter Tinte – schön grüßen und lud Karen für den morgigen Nachmittag zum Tee ein, mit ihrer Frau Kollegin, von deren Ankunft sie erfahren habe. Von wem sie es erfahren hatte, schrieb Mrs. Fowler nicht.

Karen war versucht, anzurufen und abzusagen. Sie konnte sich nicht vorstellen, daß Peggy für Teegesellschaften viel übrig hatte. Andererseits konnte man bei Peggy nie wissen – die war imstande und quetschte aus der alten Dame in zwei Stunden mehr heraus, als Karen es in zwei Wochen fertiggebracht hätte.

Erst nach einiger Zeit fiel ihr auf, daß im Wohnzimmer irgend etwas anders war. Aber was? Die Bücher lagen nicht genau da, wo sie sie hingelegt hatte. Oder täuschte sie sich? Sie konnte es nicht mit Bestimmtheit sagen.

Sie ging in die Küche und öffnete den Hängeschrank über dem Spülbecken. Die Konservendosen räumte sie immer nach Inhalt getrennt ein, Suppen hier, Gemüse dort. Jetzt stand eine Dose Pilzsuppe neben einer Dose Erbsen. Merkwürdig.

Im Schlafzimmer war der dünne Bettüberwurf nicht ordentlich unter die Kissen gesteckt, sondern achtlos darübergeworfen. Irgend jemand mußte in ihrer Abwesenheit die Wohnung durchsucht haben. Mrs. Fowler? Sie besaß den zweiten Wohnungsschlüssel, und neugierig war sie auch. Vielleicht hatte sie nach «unanständigen» Büchern gesucht oder nach irgendwelchen Spuren eines Herrenbesuchs. Zimmerwirtinnen pflegten auch unter der Matratze nachzusehen. Aber eine Zimmerwirtin hätte bestimmt das Bett wieder sorgfältig zugedeckt.

Bill Meyer? Er hätte das beste Motiv gehabt. Karen überprüfte das Schloß der Wohnungstür; es schien in Ordnung zu sein. Nein, Bill Meyer würde doch keinen Einbruch riskieren! Eher noch war ihm zuzutrauen, daß er sich unter einem Vorwand von Mrs. Fowler den Wohnungsschlüssel ausgeborgt hatte.

Lisa Fairweather sah nicht aus wie jemand, der Wert auf ordentlich gemachte Betten legt. Zudem verkehrte sie in Mrs. Fowlers Haus und wäre leicht an den Schlüssel gekommen. Und auch sie hatte ein Motiv: Sie wußte, nicht zuletzt dank Karens Hinweisen, daß manche Leute eine Menge Geld für eine Kopie des Manuskripts bezahlt hätten.

Das war allerdings auch Cameron bekannt. Beim Verkauf des Manuskripts hatte er es noch nicht gewußt, aber womöglich hatte er den Eindruck, übervorteilt worden zu sein, und wollte sich beschaffen, was ihm von Rechts wegen zustand.

Während Karen duschte, überlegte sie, auf welche Weise sie dem Eindringling eine Falle stellen konnte. Keines der Rezepte, die man in Kriminalromanen findet, schien ihr auch nur halbwegs geeignet. Und die Polizei einschalten und verlangen, daß man nach Fingerabdrücken suche, konnte sie auch nicht, es war ja nichts gestohlen worden. Solange sie das Manuskript jedesmal mitnahm, wenn sie die Wohnung verließ, konnte eigentlich nichts passieren. Bestimmt hatte nur Mrs. Fowler nachsehen wollen, ob ihre kostbare Einrichtung nicht beschädigt war.

Die ganze Sache hatte sie wenigstens vorübergehend von etwas anderem abgelenkt. Die geheimnisvolle Ruine, der Schrei, die Kälte... Steckte hinter diesem merkwürdigen Kältegefühl vielleicht eine ganz reale Ursache – zu niedriger Blutdruck oder Vitaminmangel? Sie fühlte sich zwar kerngesund, aber man konnte nie wissen. Nur – Peggy hatte den Schrei ebenfalls gehört und war fürchterlich erschrocken, und Peggy war ganz bestimmt kein ängstlicher Mensch.

Es mußte eine andere Erklärung geben. Irgendein akustisches Phänomen, hervorgerufen durch eine besondere Felsformation? Dadurch würde zum Beispiel das Sirenengeheul eines weit entfernten Polizeiautos wie aus einem Verstärker und vielleicht aus einer ganz anderen Richtung klingen. Solche Orte gab es, die Flüstergalerie in der Londoner St. Paul's Cathedral etwa.

Und dann die Alpträume, die sie so lange gequält, jedoch aufgehört hatten, seit das Manuskript sich in ihrem Besitz befand. Dunkelheit, Atemnot, das Gefühl, lebendig begraben zu sein – lauter klassische Traumsymbole für Frustration. Drei seltsame Phänomene, drei rationale Erklärungen dafür. Nun ja, warum nicht, wie sollte das alles sonst zusammenhängen?

Peggy kam mit einer Einkaufstüte anmarschiert. «Hoffentlich magst du chinesisches Essen», sagte sie. «In diesem Städtchen ist die Auswahl nicht eben groß. Hamburger oder Frankfurter wollte ich nicht bringen.»

«Also gehen wir offenbar nicht auswärts essen.»

«Ich dachte, du würdest zu müde sein.»

«Bin ich nicht, aber egal. Wir haben eine Menge zu besprechen.»

«Stimmt, ich hab mir eine Liste gemacht.» Peggy zog ihren Block aus der Tüte.

«Moment mal, ich hab eine Neuigkeit für dich. Während ich weg war, hat jemand die Wohnung durchsucht.»

Karen zeigte ihrer Freundin die verdächtigen Indizien. Die Sache mit dem Bettüberwurf erregte Peggys Heiterkeit. «Ich hab seit zwanzig Jahren mein Bett nicht ordentlich gemacht, da könntest du auch mich verdächtigen!»

«Wir waren schließlich den ganzen Nachmittag zusammen», sagte Karen pikiert. «Glaubst du, ich bilde mir das alles nur ein?»

«Nun ja ... für die Polizei wäre es wohl kaum ein Beweis.»

«Du bist aber nicht die Polizei, du bist meine Freundin!»

Peggy schnaubte ärgerlich. «Was verlangst du eigentlich von mir? Daß ich dir in allem zustimme oder daß ich meine ehrliche Meinung sage? Wir können doch unterschiedliche Ansichten haben und trotzdem Freundinnen sein! Na schön, ich bin eine despotische, bösartige alte Hexe, ich hätte mich erkundigen sollen, ob du zum Essen ausgehen willst und worauf du Appetit hast. Aber wenn dir etwas nicht paßt, dann rede doch, um Himmels willen. Und wenn ich mich irre, dann sag's mir. Manchmal irre sogar ich mich.»

«In diesem Fall irrst du dich», fauchte Karen. «Es *war* jemand hier!»

«Gut, ich hab mich also geirrt», lenkte Peggy ein. «Es tut mir leid.»

«Mir tut es auch leid, ich... ich hab wahrscheinlich ein bißchen Angst gekriegt. Es ist irgendwie unheimlich, wenn man sich in seinen vier Wänden nicht sicher fühlt – wie die Heldin eines Schauerromans.»

«Ein Gefühl, unter dem auch heutzutage viele leiden, Frauen wie Männer. Ich bin doch auch erschrocken, sonst hätte ich dich nicht angeschrien. Also, wo ist meine Liste? Zusätzlicher Punkt: Einbrecher. Wurde irgend etwas gestohlen?»

«Hier gibt es nichts Wertvolles, nicht mal einen Fernseher. Ich hab keinen Schmuck, und mein Bargeld laß ich nicht rumliegen.»

«Niemand würde am hellichten Tag und praktisch unter der Nase deiner Hauswirtin einen Einbruch riskieren. Ich meine, Mrs. Fowler kommt noch am ehesten in Frage. Ich muß sie unbedingt kennenlernen.»

«Ach ja – das hatte ich ganz vergessen.» Karen zeigte ihrer Freundin Mrs. Fowlers Einladung.

«Wir gehen natürlich hin», sagte Peggy. «Lisa Fairweather will ich ebenfalls kennenlernen. Du könntest sie vielleicht zum Lunch einladen. Beim Essen und Trinken – besonders bei letzterem – gehen die Leute aus sich heraus und erzählen alles mögliche.»

«Was meinst du damit?»

«Cameron erwähnte ‹diverse Kartons› mit Familiendokumenten, nicht wahr? Aber Lisa zeigte dir nur einen.»

«Stimmt, verflixt noch mal! Glaubst du, sie will mich übers Ohr hauen?»

«Vielleicht hat er sich ja nur versprochen, aber erkundigen solltest du dich trotzdem.»

«Mach ich.» Karen sah zu, wie Peggy einen Punkt abhakte, und bemerkte: «Aber das sind doch lauter Dinge, die ich bereits überprüft habe. Es gibt noch soviel anderes zu tun...»

«Weshalb die Eile?»

«Bill Meyer ist uns schon einmal zuvorgekommen. Er hat das

Manuskript durchgesehen – und mir unter die Nase gerieben, wie schnell er das Wesentliche aus einem Text herauspicken kann –, er hat auch die Genealogie gesehen.»

«Nach deiner Auffassung ist das also eine Art Wettrennen, was?»

«Allerdings.»

«Ich glaube nicht, daß Meyer so viel weiß, wie er andeutet. Und bei allem schuldigen Respekt: Im Recherchieren historischer Fakten hab ich wohl mehr Erfahrung als er. Vieles deutet darauf hin, daß Ismene in diesem Haus lebte, aber wir haben keinen Beweis, daß sie eine Cartright war. Amberley kann mehr als einmal den Besitzer gewechselt haben. Da helfen uns keine Genealogien weiter, sondern nur Grundbuchakten. Gleich morgen früh werde ich mich im Bezirksarchiv erkundigen. Laß dich bloß nicht von Meyer ins Bockshorn jagen! Du solltest dich auf das Manuskript konzentrieren, das hat uns bisher die besten Hinweise geliefert. Und von wegen ‹das Wesentliche aus einem Text herauspicken› – der Schlüssel zu dieser Geschichte könnte sehr wohl in etwas scheinbar ganz Nebensächlichem stecken.»

Karen nahm sich Peggys Rat zu Herzen und verbrachte den nächsten Tag mit dem Entziffern des Manuskripts. Kurz vor vier trommelte jemand an die Tür – ein untrügliches Zeichen dafür, daß Peggy draußen stand –, aber als Karen öffnete, mußte sie doch zweimal hinsehen, um ihre Freundin zu erkennen.

«Los, zieh dich um!» kommandierte Peggy.

«Ich hab keine Lust, mich zu verkleiden. Allmächtiger Gott, Peggy, übertreibst du nicht ein bißchen? Mrs. Fowler wird denken, daß du dich über sie lustig machst.»

Peggy raffte ihre wehenden Röcke und vollführte einen Knicks, wobei ihr der breitrandige Strohhut über die Augen rutschte. «Das verflixte Ding hält nicht ohne Hutnadel», murrte sie. «Wir wollen doch einen guten Eindruck machen.»

Sie sah so selbstzufrieden und so grotesk aus, daß Karen in schallendes Gelächter ausbrach. «Na, komm rein, ich bin in zwei Minuten fertig.»

Peggy stolperte auf Bleistiftabsätzen ins Wohnzimmer, eine Hand auf dem widerspenstigen Hut, und schaute zu, wie Karen das Manuskript in der Aktenmappe verstaute. «Fündig geworden?»

«Nicht so, wie ich gehofft hatte. Jetzt ist auch noch die Liebe ins Spiel gekommen; jedenfalls meine ich, daß der schwarzhaarige, mürrische, einsilbige Mensch, der soeben die Bühne betreten hat, ein potentieller Verehrer Ismenes sein könnte. Ein Arzt. Nicht gerade eine brillante Partie.»

«Hm... du könntest wenigstens eine andere Bluse anziehen, die hier sieht ziemlich schmuddelig aus.»

«Von mir aus. Soll ich die da nehmen?»

Peggy steckte den Kopf in den Kleiderschrank. «Nein, lieber die mit den Blümchen und dem weißen Krägelchen.»

Karen gehorchte seufzend. «Und was hast du herausgefunden?»

«Amberley scheint tatsächlich immer irgendwelchen Cartrights gehört zu haben. Ich bin aber nur bis 1830 gekommen, Handschriftliches liest sich nicht so schnell wie Gedrucktes. Beeil dich, sonst kommen wir zu spät.»

Peggy enthielt sich jeder Bemerkung, als Karen die Aktenmappe im Kofferraum ihres Autos verstaute und diesen sorgfältig abschloß.

Karen hatte Mrs. Fowlers gute Umgangsformen unterschätzt: Nur ein Hauch von Mißbilligung huschte über ihr Gesicht, als sie ihnen die Tür öffnete, und diese Mißbilligung galt nicht etwa der aufgedonnerten Peggy, sondern Karen, die sich nicht die Mühe gemacht hatte, ihre Jeans mit einem Rock zu vertauschen. Aus dem Salon drang Stimmengemurmel; sie waren offenbar nicht die einzigen Gäste.

Zwei der anderen vier Besucher waren Karen vom Sonntagsfrühstück im «Hungrigen Wolf» bekannt: ein beleibter älterer Herr mit einem süffisanten Ausdruck auf dem Mondgesicht und ein mageres, gleichfalls schon bejahrtes Männchen. Der dritte war der pickelige Jüngling, der fast eine Schlägerei mit Cameron angefangen hätte. Der vierte...

Karen unterdrückte einen Fluch, und Peggy rief entzückt: «Oh, Dr. Meyer, was für eine freudige Überraschung, Sie hier anzutreffen!»

«Das Vergnügen ist ganz meinerseits. Aber nennen Sie mich doch bitte Bill... Tag, Karen.»

«Welche Ehre, drei so illustre Gäste in meinem bescheidenen Hause begrüßen zu dürfen», zwitscherte Mrs. Fowler. «Dr. Finneyfrock, Dr. Holloway, ich darf Sie mit Colonel Bishop und Mr. Blair bekannt machen, zwei der Honoratioren unseres Städtchens und beide sehr engagiert im Kulturleben. Und dieser junge Mann gehört zu jenen, die dereinst aus unseren erschlafften Händen die Fackel der Künste und Wissenschaften entgegennehmen werden – Robert Mansfield, mein Neffe.»

«Nennen Sie mich doch bitte Bobby», sagte Robert Mansfield, seine tadellosen Zähne bleckend und energisch Karens Hand schüttelnd. «Bei unserer ersten Begegnung wußte es der gute alte Cam ja zu verhindern, daß ich mich vorstellen konnte. Aber sagte ich Ihnen nicht, wir würden uns bestimmt wiedersehen?»

Karen schüttelte auch die übrigen Hände und verkroch sich dann in einen Ohrensessel, verärgert, daß sie Peggys Rat nicht befolgt hatte. Sogar Bobby war in Anzug und Krawatte erschienen und hatte seinen Schopf mit Gel gebändigt. Meyer war elegant wie immer, und auch die beiden anderen Herren wirkten äußerst gediegen, obwohl Colonel Bishops Embonpoint beinahe dessen gestreifte Weste sprengte.

In aller Bescheidenheit bemerkte der würdige Colonel, er sei eine Autorität in bezug auf den Bürgerkrieg, den er natürlich «den Unabhängigkeitskampf der Südstaaten» nannte. Er nahm an Peggys Seite Platz, die er vermutlich als eine Art Kollegin zu betrachten beliebte, begann zu reden und redete pausenlos weiter.

Seine sonore Stimme lieferte den Basso continuo zur artigen Konversation, bei der sich auch Mrs. Fowler hervortat. Bobby hatte ein strahlendes Lächeln aufgesetzt und hielt seine wasserblauen, hellbewimperten Augen unverwandt auf Karen gerichtet wie ein hypnotisiertes Kaninchen. Mr. Blair sagte wenig und nickte viel. An Karen richtete er nur eine einzige Frage: «Wie denken Sie über das Werk von James Fenimore Cooper?» Karens überraschende Antwort – «Ich versuche, möglichst selten daran zu denken» – schien ihn dermaßen zu erschüttern, daß er keinen zweiten Anlauf wagte. Bill Meyer hätte beinahe losgelacht, konnte sich aber noch rechtzeitig beherrschen.

Außer den unvermeidlichen Makronen wurden Häppchen herumgereicht, papierdünn und mit diversen undefinierbaren Substanzen bestrichen. Die meisten davon verzehrten Bobby und der Colonel. Peggy, die jede Hoffnung hatte fahren lassen, dem Colonel zu entkommen, gab von Zeit zu Zeit ein bewunderndes «Hochinteressant!» oder «Faszinierend!» von sich.

Karen bemühte sich, nicht dauernd auf die Uhr zu sehen. Wie lange, barmherziger Himmel, mußte sie diese Qual noch erdulden? Bobbys Gafferei raubte ihr den letzten Nerv; offenbar dachte er, sie fühle sich durch seine Blicke geschmeichelt. Aus Mrs. Fowler war nichts Interessantes herauszuholen, solange Bill Meyer mit gespitzten Ohren dasaß. Fahr zur Hölle, dachte sie und lächelte ihn liebenswürdig an, als er ihr die Schale mit den Makronen reichte, du weißt haargenau, daß ich gleich aus der Haut fahre, und amüsierst dich auch noch darüber ...

Nach einer Stunde und zwanzig Minuten stand Peggy mit raschelnden Röcken und einem backfischhaften Kichern auf. «Du liebe Güte, ich habe gar nicht bemerkt, wie spät es schon ist, es war ja so spannend und unterhaltsam! Ganz herzlichen Dank, Mrs. Fowler. Meine Herren, es war mir ein Vergnügen, Ihre Bekanntschaft zu machen – und Sie, lieber Bill, wiederzusehen...»

Der liebe Bill verabschiedete sich gleichzeitig mit ihnen. Die anderen blieben noch; bestimmt würden sie jetzt im trauten Freundeskreis die auswärtigen Besucher durchhecheln. Colonel Bishop drückte Karen die Hand und meinte wohlwollend: «Dann also bis nächsten Mittwoch, junge Frau. Wir freuen uns alle schon auf Ihren kleinen Vortrag.»

«Was für einen kleinen Vortrag hat er denn gemeint?» erkundigte sich Peggy, als sie über den Kiesweg gingen.

«Den, welchen ich dank Bills liebenswürdiger Vermittlung bei der literarischen Gesellschaft halten soll», fauchte Karen.

Peggy stolperte, und Meyer griff geistesgegenwärtig erst nach ihrem Arm und dann nach ihrem Hut. «Das war doch nicht böse gemeint», verteidigte sich Bill ohne eine Spur von Reue. «Haben Sie sich weh getan, Peggy?»

«Diese verflixten Absätze...»

«Tz, tz, tz», schnalzte Meyer mitfühlend. «Ein solches Martyrium sollte honoriert werden. Darf ich Sie zu einem Drink einladen, meine Damen? Oder zu einem schönen, saftigen Steak? Oder zu beidem?»

«Mit Vergnügen», sagte Peggy, bevor Karen den Mund aufmachen konnte. «Aber zuerst will ich meine Latschen anziehen, ich hab sie im Wagen.»

Unvermittelt blieb Meyer stehen und rief: «Wer ist denn das dort?»

«Wo? Wer?» Peggy stolperte erneut und klammerte sich an seinen Arm, aber er stieß sie unsanft zurück und spurtete davon. Sie verlor das Gleichgewicht und hätte beinahe Karen umgestoßen; als die beiden Frauen aufblickten, war Meyer um die Ecke verschwunden.

Fluchend über die Damenmode im allgemeinen und die Damenschuhmode im besonderen, humpelte Peggy zu ihrem Wagen. Sie war dabei, in bequemere Schuhe zu schlüpfen, als Meyer aus dem Gebüsch auftauchte, keuchend und mit zerzaustem Haar.

«Sie ist mir entwischt. Vermutlich hatte sie da hinten irgendwo geparkt, ich hab gehört, wie ein Auto wegfuhr.»

«Wer, sie?» fragte Peggy.

Meyer knöpfte sein Jackett auf und lockerte die Krawatte. «Sie hatten doch keinen Besuch erwartet? Sie ist so schnell auf und davon –»

«Ich hab niemanden gesehen», brummte Karen.

«Ich sah sie nur flüchtig, wie sie die Treppe runterlief. Und Sie, Peggy?»

Peggy schüttelte den Kopf. «Wie sah sie denn aus?»

Meyer zupfte sich ein paar Jasminblüten aus dem Haar. «Fast so groß wie ich, mit einer Statur wie ein Schwergewichtsboxer. Hört sich das nicht wie jemand an, den wir alle kennen?»

«Dorothea Angelo!» rief Karen. «Nein, das ist doch nicht möglich!»

«Ich fürchte doch», sagte Meyer mit finsterer Miene.

9

«Da ist doch nur Küchengerät», sagte er
mit einem verächtlichen Lächeln für
etwas so Nebensächliches wie Küchengerät.
Susan Glaspell, A Jury of Her Peers, 1918

«‹Im Schein der Lampe traten seine scharfgeschnittenen Züge hervor, die wenig Anmut zeigten, jedoch einen unbeugsamen Willen verrieten. Einige Silbersträhnen schimmerten in den nach hinten gekämmten Locken, welche eine hohe Stirn freigaben. Die Adlernase, die schmalen, oft hochmütig verzogenen Lippen, die stark hervortretenden Backenknochen: all das erschien Ismene wie eine öde, von schwarzen Gewitterwolken verdüsterte Landschaft. Allein wenn er lächelte, schien die Sonne durch diese Wolken zu brechen und alles, was zuvor im Schatten lag, in ein helles, freundliches Licht zu tauchen; die trostlose Wildnis erwachte mit einem Male zu fröhlichem Leben.›»

Peggy sah hoch und fragte: «Erinnert dich das nicht auch an einen Bekannten?»

«Nein», brummte Karen.

«Und das hier? ‹Ebenso unvermittelt konnte sich sein Antlitz wieder verdüstern, konnten die klaren tiefblauen Augen sich unmutig verdunkeln, ja sogar Zornesblitze versprühen; geschah dies aber, so verwandelten sich die goldenen Locken, welche die

Stirn umrahmten, gleichsam in einen lodernden Flammenkranz.›»

Karen drehte ihren Stuhl herum und warf Peggy, die sich in eine Sofaecke gekuschelt hatte, einen argwöhnischen Blick zu.

«Wovon redest du eigentlich? Du wolltest doch nach konkreten Hinweisen suchen! Ich gebe zu, daß Ismenes Stil gelegentlich seltsame Blüten treibt, aber solche Beschreibungen sind nun mal typisch für das Genre – der Byronsche negative Held, dunkel und verschlossen, und sein blondgelockter Gegenspieler –»

«Gewiß, aber darauf hab ich nicht angespielt.»

«Ich weiß schon, worauf du anspielst, aber ich kann beim besten Willen in Bill Meyer keinen Byronschen Helden sehen.»

«Negativer Held, hast du gesagt. Das ist ja auch so eine Frage: Steht Meyer auf unserer Seite oder nicht?»

«Ach was, Peggy, du wirst doch nicht so naiv sein und auf seine Beteuerungen hereinfallen! Er hat heute nachmittag eine sehr gekonnte Show abgezogen, das muß ich zugeben. Wenn er will, kann er ausgesprochen charmant sein, das sagte ich dir bereits.»

«Er hat wirklich ein nettes Lächeln. Wie ein Sonnenstrahl, der durch die Wolken bricht...»

Karen schnaubte verächtlich. Peggy kicherte, wurde aber auf einmal wieder ernst. «Ich behaupte ja nicht, daß du Bill Meyer falsch beurteilst, und ich nehme nicht an, daß du dich in deinem Urteil von irgendwelchen Vorurteilen beeinflussen läßt. Meyer hat, bis jetzt jedenfalls, nichts Unrechtes getan; er hat dich bloß ein paarmal auf die Schippe genommen. Im übrigen hat er sich verschiedentlich als sehr kooperativ erwiesen, als geradezu ritterlich, möchte ich sagen. Zum Beispiel, als er ungeachtet seiner hocheleganten Aufmachung quer durchs Gebüsch stürzte, um deine mysteriöse Besucherin zu verfolgen.»

«Ich habe niemanden gesehen, du vielleicht?»

«Ich meine, ich hätte eine Gestalt zwischen den Büschen

verschwinden sehen. Aber ich habe eine lebhafte Phantasie», gab Peggy zu. «Willst du etwa andeuten, er habe die ganze Sache erfunden?»

«Zutrauen würde ich es ihm. Andererseits würde es mich nicht erstaunen, wenn Dorothea tatsächlich hinter mir her wäre. Ich hoffe bloß, daß Joe Cropsey nicht herausfindet, wo ich mich aufhalte. Was meinst du zu Bills freundlichem Angebot, uns beim Ausgraben der Ruine behilflich zu sein?»

«Ha, das ist auch so eine Frage! Will er dir damit tatsächlich helfen, oder tut er es aus einem anderen Grund? Das wird sich vermutlich erst ganz am Schluß herausstellen, wenn er dich entweder vor einem grausamen Schicksal bewahrt oder aber dich ins Verderben stößt. Sollte letzteres zutreffen, dann ist es Cameron, der mit fliegenden Fahnen herbeieilt, um dich zu erretten und –»

«Du hast tatsächlich eine blühende Phantasie, Peggy. Hast du im Text irgend etwas gefunden, das mir vielleicht entgangen ist?»

Peggy schickte sich achselzuckend in den Themenwechsel. «Nein, ich glaube nicht. Die Szenerie paßt genau, das ist offensichtlich: Landschaft, Flora und Fauna, schwarze Sklaven... Die Geschichte spielt zweifellos in den Südstaaten. Und auf Amberley deutet auch vieles hin – mehr noch, die steinerne Fratze im Keller weist mit an Sicherheit grenzender Wahrscheinlichkeit darauf hin.»

«Nur mit an Sicherheit grenzender Wahrscheinlichkeit?»

«Seriöse Wissenschaftler pflegen es so zu formulieren, ich persönlich zweifle nicht daran. Zeit der Handlung: nach der Revolution. Aber wann genau, läßt sich nicht sagen; ich hab vorläufig keine konkreten Hinweise gefunden, auch nicht, was die Kleidung betrifft. Merkwürdig – man sollte meinen, eine Frau würde die Kleider detaillierter beschreiben.»

«Jetzt sag bloß nicht, daß es sich bei Ismene um einen Mann handelt! Komm du mir nicht auch noch mit diesem männlichchauvinistischen Syllogismus: Was Frauen schreiben, hat keinen literarischen Wert, dieses Buch hat literarischen Wert, ergo kann dieses Buch nicht von einer Frau geschrieben worden sein.»

«Hu, friß mich nicht auf! Ich bezweifle doch gar nicht, daß Ismene eine Frau war. Bill Meyer übrigens auch nicht.»

«Bill Meyers Ansichten sind mir schnuppe! Ich will nicht über Bill Meyer reden und auch nicht über Cameron Hayes.»

«Schon gut, schon gut. Aber ist dir nicht aufgefallen, daß Ismenes Personen viel differenzierter ausgestaltet sind als in den üblichen Schauerromanen? Im allgemeinen sind die schwarzhaarigen Bösewichter und die blondgelockten Tugendbolde reine Klischees, wogegen die männlichen Protagonisten Ismenes etwas Ambivalentes haben. Diesem blondgelockten Edmund traue ich nicht über den Weg, der führt was im Schilde.»

«Ich hab den Eindruck, die Geschichte fesselt dich mehr, als du zugeben willst.»

«Klar finde ich sie spannend, trotz Schnörkelstil und seitenlangen Moralpredigten. Brauchst du noch lange, um –»

Das Telefon schrillte. Karen nahm ab und rief überrascht: «Du, Simon? Ist etwas passiert?»

Lachend erwiderte Simon: «Du reagierst ja, als gehörtest du meiner Generation an, Karen, für die das Telefon noch nicht ein alltägliches Kommunikationsmittel war. Wie läuft's denn bei dir?»

«Prima – wir haben das Haus entdeckt, Simon! Darüber besteht kein Zweifel mehr. Ich hab etwa ein Drittel des Manuskripts entziffert, es ist einfach phantastisch...»

Er hörte sich geduldig ihre enthusiastische Schilderung an und meinte dann: «Nun, das scheint ja eine höchst spannende Angelegenheit zu sein. Peggy hilft dir bei den historischen Nachforschungen, sagst du? Ist sie etwa gerade bei dir?»

Karen schwante, daß Simons Anruf nicht ihr, sondern Peggy

galt, und zog sich diskret in die Küche zurück. Obwohl sie die Teetassen klappern ließ, erhaschte sie hie und da eine von Peggys Bemerkungen. «Danke, gut! Ach, tatsächlich? ... Aber sicher, das ist eine gute Idee ... Ich glaube schon. Und du? ... Ja, natürlich ... Also dann, gute Nacht.»

Der Wasserkessel pfiff. Karen nahm ihn vom Feuer und brühte den Tee an. Als sie sich umdrehte, stand Peggy grinsend unter der Tür. «Wie überaus taktvoll! Hast du gedacht, ich würde zärtliche Worte flüstern?»

«Nein ... das Gespräch klang ziemlich geschäftsmäßig.»

Peggy setzte sich an den Tisch und schaufelte Zucker in ihre Tasse. «Simon und ich haben schon ein paarmal miteinander telefoniert», sagte sie. «Hoffentlich läuft alles weiterhin so gut wie bisher.»

«Willst du damit sagen, daß Simon und du ...» Karen biß sich auf die Lippen. «Entschuldige, dein Privatleben geht mich nichts an.»

«Stimmt», sagte Peggy trocken. «Ich erwähnte es auch nur, damit du nicht etwa glaubst, er und ich würden hinter deinem Rücken irgendwelche Pläne schmieden. Und heute abend ging es tatsächlich nur um geschäftliche Dinge. Der Mann, der Simon das Manuskript verkaufte, rief ihn heute an. Es scheint, daß er bei den Vorbereitungen für die Auktion – die übrigens dieses Wochenende stattfindet – in einer Schachtel voll Wäsche noch mehr Dokumente gefunden hat. Er fragte, ob Simon daran interessiert sei.»

«Was sagte er genau? Was sind das für Dokumente? Wieviel verlangt er dafür?»

«Nun schnapp nicht gleich über! Simon, dieser Ausbund an Ehrlichkeit, sagte ihm, bei einer öffentlichen Auktion würden die Papiere mehr einbringen. Er glaubt nicht, daß es sich um etwas Wichtiges handelt. Der Mann erwähnte nur, es handle sich um alte Dokumente, aber das besagt überhaupt nichts.»

«Mit anderen Worten, wir müssen, wenn wir die Dokumente wollen, gegen alle übrigen Interessenten bieten?»

«Ja, aber bevor wir das tun, schauen wir uns die Sachen an. Normalerweise kann man die Ware am Tag vor der Auktion besichtigen, aber besser wär's, wir kriegten die Papiere zu sehen, bevor der Rummel losgeht. Meinst du, Cameron könnte das für uns deichseln?»

«Fragen kann ich ihn jedenfalls.»

«Tu das.» Peggy trank ihren Tee aus. «Jetzt muß ich gehen, ich will morgen früh nochmals ins Bezirksarchiv. Gegen Abend komme ich dann wieder her, ja? Und vergiß nicht, die Tür abzuschließen.»

Karen blieb auf dem Treppenabsatz stehen, bis Peggy im Wagen saß. Das grelle Licht der Scheinwerfer verwandelte die Bäume und Büsche in Mrs. Fowlers Garten in grotesk verzerrte Gestalten. Karen schauderte es bei der Erinnerung an den letzten Satz des Kapitels, an dem sie gearbeitet hatte. *Manchmal* – hatte Ismene geschrieben – *ist es besser, nicht zu wissen, was sich in der Dunkelheit verbirgt.*

Am folgenden Morgen brütete sie über einer fast unleserlichen Passage, als ein energisches Klopfen sie aufschreckte. Automatisch legte sie ein neutrales Blatt Papier auf das Manuskript. Wer mochte das sein? Doch nicht etwa Dorothea Angelo? Sie war gar nicht erpicht darauf, dieser furchterregenden Person allein gegenüberzutreten.

Verflixt, ich werde mich doch von der nicht einschüchtern lassen, dachte Karen und machte entschlossen die Tür auf.

Draußen stand Joan, den roten Schopf vom Wind zerzaust. Sie trug ein knallgrünes T-Shirt mit der Aufschrift «Eine Frau hat einen Mann so nötig wie ein Fisch ein Fahrrad».

«Guten Morgen», rief sie fröhlich.

«Menschenskind, was tust du denn hier?»

«Dieses Gesundheitshotel macht mich noch krank! Ich muß mich irgendwo erholen. Darf ich reinkommen?» Sie schob Karen zur Seite und seufzte: «Ich hab's wirklich nicht mehr ausgehalten. Wenn ich nicht demnächst einen Hamburger zwischen die Zähne kriege, werd ich dir noch die Möbel anknabbern. Das Essen dort ist fettarm, kalorienarm, proteinarm und schlicht scheußlich. Mir wachsen die Sojasprossen schon zu den Ohren raus.»

«Wo ist Sharon?»

«Keine Sorge, die sitzt nach einem Vormittag in einer Fitneßfolterkammer jetzt vermutlich vor einem Täßchen Gemüsebrühe und einem Magermilchjoghurt. Freust du dich über meinen Besuch?»

Karen deutete auf einen Sessel. «Ja ... schon ... aber eigentlich habe ich für Überraschungsbesuche nicht viel übrig. Alle denken, bei mir könnten sie jederzeit hereinschneien, nur weil ich zu Hause arbeite anstatt in irgendeinem Büro.»

«Beim nächsten Mal ruf ich vorher an, Ehrenwort. Es war eben so ein plötzlicher, unwiderstehlicher Impuls, wie Sharon zu sagen pflegt.» Mit einem verschmitzten Grinsen fügte sie hinzu: «Sie hat keine Ahnung, daß ich abgehauen bin. Komm, ich lade dich zum Lunch ein.»

«Lunch?» Karen sah auf die Uhr. «Ich hab nicht gemerkt, daß es schon so spät ist. Aber ich hab noch soviel zu tun – könnten wir nicht einfach hier ein paar belegte Brote –»

«Zu kalorienarm», entschied Joan. «Aber vielleicht kann ich dich damit bestechen.» Sie zog ein schmales Bändchen aus ihrer Handtasche hervor.

«*Spukhäuser in der Tidewater-Region* – nein, vielen Dank, ich bin mit Lesestoff eingedeckt», wehrte Karen ab.

«Da ist aber ein Kapitel drin, das dich bestimmt interessiert. Weißt du noch, was ich dir neulich sagte?»

«Ach, steht etwas über Amberley drin?»

Karen streckte die Hand aus, aber Joan ließ das Buch wieder in der Handtasche verschwinden. «Ich lese es dir vor, aber erst beim Essen. Da ist gleich um die Ecke ein Lokal, wo's Riesenburger gibt mit Chili und Speck und Käse und Zwiebeln und –»

«Also gut», sagte Karen resigniert.

«Dann beeil dich, um drei muß ich wieder zurück. Die Fahrt dauert zwei Stunden, und ich will doch den Apéro nicht verpassen: ein Gläschen Tomatensaft pur.»

«Hast du was dagegen, wenn ich am Sonnabend wieder aufkreuze – zur Auktion?» fragte Joan, Pommes frites mampfend.

«Woher hast du von der Auktion erfahren?»

«Aus einer Anzeige in einem Fachblatt.»

«Du hast mir nie gesagt, daß du ein Auktionsfan bist.»

«Ich rede nicht über alle meine Laster. Diese Versteigerung hier verspricht höchst interessant zu werden. Ich könnte Freitag mittag losfahren, wenn ich aus dem Trimm-dich-Knast entlassen werde, und rechtzeitig zur Besichtigung hier sein.»

«Kommt Sharon auch mit?»

«Sie wird wohl müssen, wenn sie für die Rückreise kein Auto mieten will. Wir sind nämlich mit meinem gefahren», sagte Joan seelenruhig.

«Na, dann wären wir ja alle fröhlich vereint. Peggy ist nämlich auch hier, falls du das noch nicht gewußt hast.»

«Oh, ich hab's mir gedacht. Mach kein so böses Gesicht, davon kriegst du nur Falten. Stört's dich, daß wir an deiner Arbeit so innig Anteil nehmen? Schließlich sind wir doch gute Kolleginnen und möchten alle mithelfen, wo es nur geht.»

«Ich mache kein böses Gesicht, ich überlege nur», erklärte Karen. «Und ich weiß deine Anteilnahme zu schätzen, aber ich weiß wirklich nicht, wie du mir helfen könntest – außer, wenn Dorothea auftauchen sollte. Du bist die einzige, die ihr ins Auge blicken kann, ohne sich auf die Zehenspitzen stellen zu müssen.»

Joan grinste. «Ha, das hat vielleicht Spaß gemacht! Aber ich verfüge noch über andere Talente.» Sie schob ihren Teller von sich, zog das Buch aus der Handtasche und begann salbungsvoll vorzulesen:

«‹Den vornehmen Landgütern in dieser Region mangelt es zwar nicht an unheimlichen Erscheinungen jeglicher Art, doch keines davon darf sich einer so reichen Auswahl rühmen wie jenes düstere alte Haus unweit der traulichen Lichter des lieblichen Städtchens Fredericksburg. Jeder, der sich an einem unwirtlichen Wintertage diesem von mächtigen Bäumen gesäumten Anwesen nähert, wird unverzüglich spüren, daß ein Fluch über diesem Hause schwebt, so dunkel und dräuend wie die Wolken, die sich über seinem Dach zusammenballen.

Niemand weiß, wann das Haus erbaut wurde. Es ist eines der ältesten dieser Region, doch über den Zeitpunkt seiner Errichtung ist uns nichts bekannt. Die Überlieferung aber berichtet von dem Manne, der es erbauen ließ; ein Mann, der sein heimatliches England verließ, nachdem er ein entsetzliches Verbrechen begangen hatte. Fern von den Annehmlichkeiten der Zivilisation, weit draußen in der Wildnis ließ er diese Heimstatt erbauen, und manch unglücklicher Sklave fand dabei den Tod. Und nicht nur Sklaven mußten dort ihr Leben lassen. Denn der Hausherr brachte eine Gefährtin mit sich, ein schönes junges Mädchen, dessen Antlitz die Spuren tiefen Leides trug und über dessen Lippen nie auch nur ein einziges Wort kam.

War sie stumm von Geburt an, oder hatte eine grausame Hand ihr die Zunge herausgerissen? War sie seine Tochter, wie er behauptete, oder seine glück- und hilflose Geliebte? Wie dem auch sei: Sie folgte ihm eines Tages hinaus in die Wälder und ward nicht mehr gesehen… zumindest nicht lebendig. Und doch erschien sie nach ihrem Verschwinden mehr als einem zu Tode erschrockenen Wilderer oder Landstreicher: in weißem, wallendem Gewande, fliehend vor einer dunklen Männergestalt in Umhang und Kapuze. Vergebliches Fliehn! Wer tapfer genug ist, um stehenzubleiben, wird Zeuge eines erschütternden Dramas: Der Unhold holt sein armes Opfer ein und erstickt mit seinem Umhang dessen Entsetzensschreie, bis nur noch ein grausiges Schweigen über dem Ort seiner ruchlosen Tat liegt. Ach! Erst in Todesnot fand das unglückliche Geschöpf die Stimme wieder, die ihm das Leben versagt hatte, doch zu spät! So ist denn die „Schreiende Dame“ wohl eines der tragischsten Gespenster der ganzen Tidewater-Region.›»

Joan hob den Kopf. «Was starrst du mich an wie eine ausgestopfte Eule? Findest du es nicht auch markerschütternd? Ich dachte, diese schauerliche Story würde dich amüsieren.»

«Ja, doch. Sehr komisch, wirklich.»

«Es gibt da auch noch eine Meute von Gespensterhunden», sagte Joan vergnügt, «und einen Schaukelstuhl, der schaukelt, ohne daß jemand draufsitzt, und tappende Schritte auf der Hintertreppe und eiskalte Windstöße in allen möglichen Räumen – die Verfasserin behauptet, sie selbst habe die Schritte gehört und die Kälte gespürt – und Blutspuren, die nicht wegzukriegen sind, und noch mehr gruseliges Zeug.»

Karen nickte benommen.

«Bei den Verfassern solcher Lokalgeschichten handelt es sich meistens um einheimische Möchtegernautoren», meinte Joan. «Das Strickmuster ist immer dasselbe: Lichter, die angehen und verlöschen, seltsame Geräusche in alten Häusern, Möbel, die sich von alleine bewegen, ‹Weiße Damen› und so weiter. Diese Geschichte fällt allerdings etwas aus dem Rahmen. Könnte allerhand bedeuten, was meinst du?»

«Nun ja ...» Karen zögerte. «Mir scheint sie doch ziemlich abstrus. Was schreibt er noch über Amberley?»

«Was heißt da ‹er›? Das hat eine Frau geschrieben. Eine Frau namens ... Violetta Fowler.»

Die «Schreiende Dame» stieß bei Peggy auf großes Interesse. «Was wir neulich auf der Lichtung hörten ... Es hätte doch der Schrei einer Frau sein können, meinst du nicht?»

«Am hellichten Tag? Darauf hast doch gerade du hingewiesen, Peggy – daß das Drum und Dran nicht stimmte.»

«Vielleicht hat sie's eben einmal am Tag versucht, weil doch nachts kaum jemand im Wald rumspaziert.» Karens Miene besagte, daß sie diese Idee gar nicht komisch fand, und Peggy fuhr hastig fort: «Schon gut, aber im Ernst: Das Thema ist in der Literatur von Frauen doch nicht ungewöhnlich: Frauen, die zum Verstummen gebracht werden, die zum Schweigen verdammt sind ... Frauen, denen niemand zuhört.»

«Ja, gewiß. Wie in dem Gedicht von Mary Coleridge über das Bild im Spiegel: ‹Sie hatte keine Stimme, ihre Angst hinauszuschreien.› Es wird auch häufig darauf hingewiesen, daß den Frauen die mächtigste ‹Stimme› versagt ist, jene des geschriebenen Wortes. Sogar die zurückhaltende Jane Austen spricht davon, daß schreibende Frauen von Männern schlechtgemacht werden, weil diese im Schreiben ein männliches Vorrecht sehen. Sie – ach, Scheiße!»

«Was ist denn jetzt los?»

«Mir ist bloß eingefallen, daß ich morgen diesen blöden Vortrag halten muß.»

«Über Jane Austen, wenn ich richtig kombiniere.»

«Mit ihr werde ich wenigstens nicht anecken, was meinst du?»

«Wohl kaum. Wenn du sie nicht als die scharfzüngige Gesellschaftskritikerin darstellst, die sie war. Jedenfalls ist der Anlaß ein guter Vorwand, um Mrs. Fowler über Geistererscheinungen auszufragen. Du nimmst einfach ihr Buch mit und bittest sie um eine Widmung.»

«Glaubst du wirklich, daß an Mrs. Fowlers Geschichten was dran ist?»

«Könnte schon sein. Aber mir geht es weniger um Spuk- als

um Familiengeschichten, alte Skandale und so weiter. Ich wette, sie weiß noch vieles, von dem sie dir nichts gesagt hat.» Peggy setzte ihre Lektüre fort: «‹Solange das Verbrechen Obadiah Cartrights ungesühnt bleibt, so lange, heißt es, werden auch seine Nachkommen von diesem Fluche verfolgt. So hat denn auch im Lauf der Jahrzehnte viel Unheil das Schicksal der Familie Cartright geprägt. Wann endlich wird die ‹Schreiende Dame› gerächt werden? Wann wird die Seele dessen, der sie zu Tode quälte, im ewigen Höllenfeuer ihre gerechte Strafe erleiden?›»

«Hör auf, ich bitte dich», stöhnte Karen. «Violettas Schreibe ist so gräßlich wie ihre Jenseitsphantasien.»

«Dir scheint eines zu entgehen», beharrte Peggy, «nämlich die Bosheit, die sich hinter diesen Anspielungen versteckt. Offenbar hat sie einen Haß auf sämtliche Cartrights.»

«Ja, weil sich Cameron von ihrer Nichte scheiden ließ. Mrs. Fowler stellt es natürlich anders dar: Cameron habe seine Frau so schlecht behandelt, daß ihr nichts anderes übrigblieb, als ihn zu verlassen.»

«Warum hast du mir nie gesagt, daß Cameron verheiratet war?»

«Weil ich es für ganz und gar nebensächlich halte.»

«Klatsch ist nie nebensächlich. Dann ist also dieser pickelige Knabe, der bei Mrs. Fowler zum Tee war, Camerons Schwager?»

«Tatsächlich», sagte Karen überrascht. «Jetzt wird mir auch klar, warum er sich neulich mit Cameron angelegt hat.»

«Davon hast du mir auch nichts gesagt. Wie war das genau?»

«Ich hab nicht alles mitgekriegt, bloß daß Cameron sich weigerte, auf irgend etwas einzugehen. Als ich dazukam, verdrückte sich Bobby schleunigst.»

«Wahrscheinlich wollte er Geld.»

«Jedenfalls sind das Camerons Privatangelegenheiten, und

die haben mit unserer Recherche nichts zu tun», sagte Karen ungeduldig.

«Woher willst du das wissen? Klatsch und Nebensächlichkeiten sind für den menschlichen Alltag viel wichtiger als die großen Ereignisse der Weltgeschichte.»

«‹Etwas so Nebensächliches wie Küchengerät›», murmelte Karen.

«Was hast du gesagt?»

«Etwas aus einer Kurzgeschichte. Ein Mann wird ermordet aufgefunden, im Schlaf erdrosselt. Der Verdacht fällt auf seine Frau. Zwei Nachbarinnen betreten zusammen mit ihren Männern – dem Sheriff und dem Hilfssheriff – das abgelegene Haus, um für die Frau, die inzwischen im Gefängnis sitzt, ein paar Kleider zu holen. Während die Männer nach Tatspuren suchen, sehen sich die Frauen in der Küche um. Und das, was die Männer herablassend ‹etwas so Nebensächliches wie Küchengerät› genannt haben, verrät ihnen, daß der Mann tatsächlich von seiner Frau umgebracht wurde – und aus welchem Grund. Er hatte sie jahrelang mit Kleinigkeiten gequält. Sie mußte auf einem kaputten Herd kochen. Er kaufte ihr nie anständige Kleider, so daß sie sich nicht unter die Leute wagte. Er tötete aus purer Niedertracht den Kanarienvogel, die einzige Freude der armen Frau. Der tote Vogel liefert den entscheidenden Beweis – aber die beiden Nachbarinnen verheimlichen ihn. Im Gegensatz zu den Männern ist ihnen nämlich klar, daß die Frau keinen geplanten Mord, sondern einen entschuldbaren Totschlag beging.»

«Na, siehst du», rief Peggy triumphierend, «genau das habe ich doch gemeint! Die lebenswichtigen Nebensächlichkeiten. Mrs. Fowler kennt bestimmt jedes triste Detail der Cartrightschen Familiengeschichte und enthüllt es dir noch so gerne. Vielleicht könntest du ihr deine heimliche Neigung für –»

«Hätte ich dir nur dieses idiotische Buch nicht gezeigt! Was hast denn du eigentlich heute herausgebracht?»

«Komm, wir setzen uns draußen auf die Treppe, dann kann ich rauchen, während ich Bericht erstatte.»

Die Bäume warfen bereits lange Schatten auf den Rasen. Rund um eine Sonnenuhr wuchsen zartblaue Hyazinthen; einige davon lagen am Boden, geknickt von einer grauweißen getigerten Katze, die sich gerade dieses Plätzchen ausgesucht hatte, um die letzten Sonnenstrahlen zu genießen.

«Schönes Tier», bemerkte Peggy. «Gehört es Mrs. Fowler?»

«Keine Ahnung, wem es gehört. Ihr wohl kaum, du hast doch selbst gesehen, wie spiegelblank bei ihr alles ist.»

«Hm ... hoffentlich ist es keine streunende Katze.»

«Reiß dich zusammen, du hast schon genug Katzen, und ich werde bestimmt keine adoptieren.»

«Gegen Allergien gibt's Medikamente.»

«Ja, aber ich habe nicht im Sinn, welche zu nehmen. Jetzt schieß endlich los!»

Peggys Blick ruhte noch immer auf der Katze, die sich auf die Seite gerollt hatte und alle viere von sich streckte. «Sie trägt ein Halsband», sagte Peggy erleichtert. «Also gut – heute hab ich kein Glück gehabt. Die Grundbuchakten gehen nur bis ins Jahr 1778 zurück; was davor war, wurde nicht registriert.»

«Macht nichts, das Buch ist bestimmt nicht vor 1778 entstanden. Warum sind dir diese Grundbuchakten so wichtig?»

«Weil ich eine gewissenhafte Person bin – aber so wichtig sind sie nun auch wieder nicht. Ich hab dann noch die Geburts- und Sterbeurkunden überprüft. Schau her, ein paar Lücken in der Genealogie konnte ich immerhin ausfüllen.»

Sie drückte die Zigarette aus und begann zu blättern. «Hier, zweite Generation. Viele Kinder sind schon bald nach der Geburt gestorben; von den Töchtern haben nur drei das Erwachsenenalter erreicht, eine ist sogar vierundsiebzig geworden. Muß ganz schön zäh gewesen sein. Sie hat drei Ehemänner überlebt und sage und schreibe sechzehn Kinder geboren.»

«O Gott», murmelte Karen mitfühlend.

«Du sagst es. Aber sie war wohl kaum Ismene. Die Frau möchte ich sehen, die sechzehn Kinder zur Welt bringt und großzieht und dabei noch Zeit zum Schreiben findet! Eine andere, Alexandra, starb im Alter von siebzehn Jahren. Zu jung, was?»

«Mhm ... aber nicht für Clara.»

«Clara? Ach so, Ismenes Schwester. Mir scheint, du bist zu sehr auf den autobiographischen Aspekt fixiert, aber ... Die dritte, Ann, starb mit siebenunddreißig. Die hatte nur zwei Kinder.»

«Also war sie verheiratet?»

«Das war damals so üblich», sagte Peggy trocken. «Erst heiraten, dann Kinder kriegen – und aus.» Sie zündete sich noch eine Zigarette an und betrachtete nachdenklich die Sonnenuhr. Die Katze war verschwunden. «Versteif dich nicht darauf, daß Ismene frei und unabhängig war. Solche Frauen gab es, aber nicht eben viele. Die meisten wurden nur dadurch finanziell unabhängig, daß sie ihren wohlhabenden Gatten überlebten. Vielleicht war Ismene Witwe. Oder glücklich verheiratet mit einem Mann, der für ihre literarischen Ambitionen Verständnis zeigte.»

«Die Chance, so einen zu finden, war wohl auch ziemlich gering», meinte Karen, in den Papieren blätternd. «Deine Notizen betreffen nur eine Generation.»

«Je weiter zurück, desto lückenhafter die Akten», erklärte Peggy. «Und all das durchzuackern ...»

«Wenn ich die Entstehungszeit des Manuskripts nur etwas genauer bestimmen könnte! Aber es ist verdammt schwierig. Ismene schreibt keinen so schwülstigen Stil, wie er für die Schauerromane des achtzehnten Jahrhunderts bezeichnend war. Aber um 1800 war dieses Genre in Amerika praktisch verschwunden und wurde allmählich abgelöst durch den Sittenroman, dessen Handlungselemente jedoch erheblich abweichen von –»

«Hör auf zu dozieren», unterbrach Peggy, «sag mir schlicht und einfach, welche Cartright-Generationen in Frage kommen.»

«Ach...» Karen blätterte seufzend die Seiten um. «Die zweite und die dritte sind am wahrscheinlichsten.»

«Na also», brummte Peggy. «Dann nehme ich mir morgen die dritte Generation vor. Aber mach dir keine allzu großen Hoffnungen. Ich erwarte mir mehr von der Auktion und den Kartons, von denen Cameron sprach. Schön wär's, wenn eine Familienbibel zum Vorschein käme, eine dicke alte Bibel, wo man vorne drin die Geburten und Todesfälle zu verzeichnen pflegte. Außerdem will ich mal ausgiebig mit deiner Wirtin – ei, ei, wer kommt denn da?»

Wie aufs Stichwort trat Mrs. Fowler durch die Hintertür. Sie trug Gartenhandschuhe und einen breitrandigen Strohhut mit einer koketten Schleife. Die Hände auf dem Rücken, trippelte sie den Pfad entlang, schnupperte hier an einer Blüte und inspizierte dort ein Büschel Veilchen. Beim Anblick der geknickten Hyazinthen stieß sie einen Jammerlaut aus, bückte sich, richtete sich wieder auf, stampfte ärgerlich mit dem Fuß und spähte suchend im Garten herum.

«Wehe der Katze, wenn sie sich erwischen läßt», kicherte Peggy. «Da, jetzt schaut sie her. Hallo, Mrs. Fowler!» Sie winkte eifrig.

Mrs. Fowler winkte zurück und kam über den Rasen auf sie zu. An der Hecke blieb sie stehen und sah zu den beiden Frauen hoch. «Haben Sie vielleicht eine Katze gesehen?»

«Ja», bestätigte Peggy, «drüben bei der Sonnenuhr.»

«Wußt ich es doch!» Mrs. Fowlers Kinn bebte vor Zorn. «Immer wieder habe ich die Millers gebeten, dieses Biest nicht in meinen Garten zu lassen. Dauernd gräbt es Löcher in die Beete und... und benützt sie als Katzenkistchen... und läßt tote Mäuse auf meiner Verandatreppe liegen und bringt die lieben kleinen Vöglein um!»

«Katzen lassen sich nun mal nicht abrichten, Mrs. Fowler», sagte Peggy. «Aber um Ihre schönen Blumen ist es wirklich schade. Wir bewunderten eben den prächtigen Garten.»

«Ja, ein Garten macht viel Arbeit», seufzte Mrs. Fowler und musterte ihre blütenreinen Handschuhe. «Aber man wird reichlich dafür belohnt. Man schöpft doch täglich neue Kraft aus diesem Grünen und Blühen, nicht wahr? Aber ich muß jetzt gehen, es schickt sich nicht, so durch die Gegend zu schreien, wie es diese Millers immer tun», krähte sie. «Was ich Ihnen noch sagen wollte, Dr. Holloway – Colonel Bishop ist so freundlich, uns morgen um halb zwölf abzuholen. Die literarische Gesellschaft, Sie wissen doch ...»

Die Aussicht, von Colonel Bishop zu der verhaßten Veranstaltung gefahren zu werden, machte Karen gar keine Freude. «Wollen Sie nicht lieber mit mir fahren? Ich hätte vorher noch gerne etwas mit Ihnen besprochen.»

Nach kurzem Zögern erklärte sich Mrs. Fowler mit dem Vorschlag einverstanden. Offenbar hatte Karens Bemerkung sie neugierig gemacht.

«Mein Magen knurrt auf ganz unschickliche Weise», sagte Peggy, als Mrs. Fowler gegangen war. «Wo wollen wir essen?»

«Egal – irgendwo, wo's ruhig ist. Ich hab nämlich noch etwas Besonderes für dich. Eine Passage aus dem Manuskript. Das Steinhaus war Ismenes Refugium, ein ‹Zimmer für sie allein›. Sehr wahrscheinlich hat sie das Buch dort geschrieben.»

Das steinerne Haus übte eine unwiderstehliche Anziehungskraft auf Ismene aus; Tag und Nacht wollte es ihr nicht aus dem Sinn. Welchen Zweck mochte das merkwürdige Haus erfüllt haben? Und wie kam es nur, daß sie darin ein Haus erblickte? Diese Bezeichnung war unzutreffend, denn sie weckte Vorstellungen von einer Wohnstätte, einem Ort, der Schutz und Geborgenheit bot. Es wollte ihr keine Ruhe lassen, und so brachte sie eines

Abends, als sie in Edmunds Gesellschaft in der Bibliothek saß, das Gespräch auf dieses Gebäude.

Sie befanden sich, bis auf die Dienerschaft, allein im Hause. Clara und Isabella waren tags zuvor zu einem Besuch bei einer befreundeten Familie aufgebrochen, bei welcher sie zwei Wochen zu verbringen gedachten. Ismene hatte es abgelehnt, sie zu begleiten, und die Erleichterung, mit der ihre Ablehnung aufgenommen worden war, machte deutlich, daß man sie nur aus Höflichkeit dazu aufgefordert hatte, doch weckte dies in Ismene kein Bedauern. Längst hatte sich Claras Herz der Schwester gegenüber verschlossen und schien ihr auf immer verloren.

Ismenes Blick ruhte auf den im traulichen Schein der Lampe golden schimmernden Locken Edmunds, welcher, über ein Buch gebeugt, ihr gegenüber saß. Obwohl sie und ihr Vetter einander im Laufe der vergangenen Wochen nähergekommen waren, hätte sie sich nicht erkühnt, ihn in seiner Lektüre zu unterbrechen. Endlich legte er den Band beiseite und wandte sich lächelnd zu ihr. «Ich fühlte deinen Blick auf mir ruhen», sagte er. «Denkst du, wie so oft, über die soeben gelesenen Zeilen nach, oder sollte dich gar etwas bedrücken? Gewiß würdest du nicht zögern, mir deinen Kummer anzuvertrauen.»

Auf solche Weise ermutigt, berichtete ihm Ismene von ihrer Entdeckung und von der seltsamen Faszination, die das Steinhaus auf sie ausübte. Einen Augenblick lang wollte es ihr scheinen, als verfinstere sich ihres Vetters Miene; nachdem sie geendet hatte, ging er jedoch bereitwillig auf ihre Fragen ein. «Ich habe von diesem Steinhaus gehört, doch weiß ich nicht, wozu es gedient haben mag, denn es ist seit vielen Jahren nicht mehr in Gebrauch. Auch dies ist ein düsterer, einsamer Ort, und es erstaunt mich über alle Maßen, daß gerade dieser Ort deine Neugierde erregt. Allein», setzte er hinzu, «auch ich möchte gerne wissen, was es mit diesem Hause auf sich hat. Wir wollen, wenn du es wünschest, es morgen gemeinsam aufsuchen.»

Und so geschah es. Obwohl während längerer Zeit schon eine sommerliche Hitze geherrscht hatte, schien es, als wäre an diesem Tage der liebliche Mai zurückgekehrt. Ein erquickendes Lüftlein kühlte Ismenes heiße Wangen, und das frische Grün des Waldes, die milden Strahlen der Sonne zauberten ein Lächeln auf die Lippen ihres Begleiters.

«Wie herrlich ist doch die Natur!» rief er aus. «Ich bin dir zu Dank verpflichtet, Ismene, weil du mich aus meinem Arbeitszimmer hervorgelockt hast. Gar zu lange habe ich dort über meinen Geschäftsbüchern gebrütet.»

«Ich hatte es bemerkt», versetzte Ismene, und schüchtern, da sie keine unschickliche Wißbegier zeigen mochte, fügte sie hinzu: «Sollten dich, lieber Vetter, etwa geschäftliche Sorgen bedrükken? Ich wollte dir von Herzen gern helfen, wenn es in meiner Macht stünde.»

Er drückte zärtlich ihre Hand, die auf seinem Arme ruhte. «Ich weiß wohl, Ismene, daß ich bei dir jederzeit Rat und Hilfe fände. Doch laß uns nicht von langweiligen Geschäften reden! Ist dies nicht ein himmlisches Fleckchen Erde? Nur dieses Gemäuer kommt mir wie ein häßlicher Klecks auf einem prächtigen Gemälde vor.»

Ismene dagegen vermeinte Sinn und Schönheit in dem Gegensatze zwischen rauhem Gestein und üppigem Grün zu sehen. Ein Rankenwerk von zierlichem Geißblatt überzog die Mauern, alle schroffen Kanten und Ecken verhüllend, wie mit einem Schleier aus kostbarer Spitze.

«Dies ist in der Tat ein sonderbarer Bau», murmelte Edmund mit gerunzelter Stirn, «wir wollen nachsehen, was sich im Inneren befindet.» Mit einer Kraft, die seine schlanke Gestalt nicht hätte vermuten lassen, stemmte er die Schulter gegen die schiefhängende Tür, welche sich nun in kreischenden Angeln drehte. «Sei achtsam», warnte er, «hier hält ein Heer von Spinnen Wache.»

Ismene, über seine Schulter spähend, erblickte einen fensterlosen, gänzlich leeren Raum, dessen Fußboden aus festgestampftem Lehm zu bestehen schien. Bei genauerem Hinsehen gewahrte man unter einer dicken Staubschicht jedoch steinerne Fliesen, so mächtig und festgefügt wie jene eines antiken Tempels.

Als hätte Edmund, wie so oft schon, ihre Gedanken erraten, sprach er: «Wahrhaftig, man glaubt sich in einen heidnischen Tempel versetzt. Das innerste Heiligtum der Tempel Griechenlands und Ägyptens wurde in solcher Weise erbaut: Dunkelheit sollte das Mysterium jener alten Gottheiten verhüllen.»

«Doch dieser Bau kann nicht solchen Zwecken gedient haben», gab Ismene zu bedenken.

«Gewiß nicht», versetzte Edmund, «und dennoch verbirgt er ein Rätsel, welches ich nur zu gerne lösen möchte. Ich will den Raum säubern lassen – wer weiß, was unter Staub und Spinnweben zum Vorschein kommen mag.»

Mit einer Stimme, die ihr als die Stimme einer Fremden erschien, fragte Ismene: «Darf ich danach dieses Haus als das meinige betrachten, als ein Refugium, in welchem ich ungestört lesen, schreiben ... träumen kann?»

Edmund, der sie bei der Hand gefaßt und sanft aus dem Raum gedrängt hatte, versetzte erstaunt: «Meiner Treu, Ismene, ein so abgelegenes, düsteres Haus? Wohl bietet hier die freie Natur einen herrlichen Anblick, doch wagt sich nur selten jemand in diese Wildnis hinaus.»

«Eine Wildnis, die mir wie der Garten Eden erscheint», flüsterte Ismene. «Ich liebe die Einsamkeit.»

«Nun, wenn dein Wunsch nach Einsamkeit so stark ist ...» Er brach ab, stieß einen Schreckensruf aus und zog Ismene hastig zur Seite, den Arm schützend um sie legend; sie vernahm ein Rascheln, ein Zischen und gewahrte schaudernd einen Schatten, der durch die Türöffnung glitt und im Gebüsch verschwand.

«Dein Paradies wird von einer Schlange bewacht, Ismene»,

sagte Edmund mit einem merkwürdigen Lächeln. «Wirst du, wenn sie dir die verbotenen Früchte zeigen sollte, der Versuchung widerstehen können?»

10

> Alles, was mir so von der Tinte der Frauen
> in die Nase steigt, ist weltfremd, altbacken,
> seicht, verschroben, niedlich, krankhaft,
> mißgestaltet, krampfhaft modern,
> frigide, aufgedonnert – oder aber
> neunmalklug und totgeboren.
> *Norman Mailer, Reklame für mich selber, 1959*

Vorträge über Mittag waren für Karen nichts Neues, aber sie war immer schon der Ansicht gewesen, solche Anlässe gehörten verboten. Wurde das Essen vor dem Referat serviert, mochte das für den Zuhörer angenehm sein – für sie als Vortragende war es eine wahre Pein. Entweder bekleckerte sie sich bei ihren Bemühungen, höflich Konversation zu machen, mit Salatsoße, oder ein Fetzchen Spinat geriet ihr zwischen die Zähne, und bevor sie es diskret entfernen konnte, wurde sie ans Rednerpult gebeten. Und wenn sie nur ein bißchen zuviel aß, riskierte sie, daß ihr mitten im Satz das passierte, was irgendein viktorianischer Schriftsteller einmal als «unziemliche Äußerung eines überfüllten Magens» bezeichnet hatte.

Für ein Gespräch mit Mrs. Fowler hatte die Zeit auch nicht gereicht. Die alte Dame war natürlich nicht rechtzeitig bereit gewesen und hatte eine Dreiviertelstunde lang nach Handschuhen, Hut und Handtasche suchen müssen, so daß sie erst kurz vor zwölf Uhr im Restaurant angelangt waren.

Karen hatte Mrs. Fowler zur Rechten, den Colonel in seiner

Eigenschaft als Vizevorsitzender der literarischen Gesellschaft zur Linken. Peggy, die Karen in weiser Voraussicht verschwiegen hatte, daß sie auch kommen würde, saß ihr gegenüber. Sie trug wieder ihre Galauniform: Raschelrock, weiße Handschuhe und Pumps mit Bleistiftabsätzen. Auf den widerspenstigen Hut hatte sie wohlweislich verzichtet. Bill Meyer hatte man zum Glück an einem anderen Tisch plaziert.

Zum Nachtisch gab es Käsesahnetorte mit Kirschen. Mrs. Fowler warf einen Blick auf Karens unberührten Teller und tätschelte ihr beruhigend die Hand. «Werden Sie nur nicht nervös, meine Liebe. Das Publikum ist zwar recht anspruchsvoll, aber Sie werden es sicherlich trotzdem gut machen.»

Vielleicht war dieser liebevolle Zuspruch mitschuldig an dem, was dann geschah, aber vorerst spürte Karen keine Anzeichen einer besonderen Verstimmung. Brav ließ sie Mrs. Fowlers langatmige Einführungsrede über sich ergehen und trat dann unter dem Applaus der Anwesenden ans Rednerpult. Bevor sie zu sprechen begann, warf sie wie gewohnt einen prüfenden Blick in die Runde.

Peggys Augen waren erwartungsvoll auf sie gerichtet. Auf Bill Meyers Gesicht lag ein so hämisches Grinsen, daß ihm Karen am liebsten eine gelangt hätte. Lisa Fairweather war ebenfalls erschienen – merkwürdig, daß ausgerechnet die sich für Jane Austen interessierte. Tanya, die Bibliothekarin …

Die Gesichter von Mrs. Fowler, Colonel Bishop und fast allen übrigen Anwesenden glichen sich wie ein Ei dem anderen – nicht äußerlich, sondern weil sie alle die gleiche Selbstzufriedenheit zur Schau trugen. Wohlgenährt und gutgekleidet, bequem in ihre Stühle zurückgelehnt, saßen diese Leute da in der Erwartung, von berufener Seite bestätigt zu bekommen, daß sie die intellektuelle Elite bildeten. Manche würden noch vor Schluß des Vortrages einnicken, andere überhaupt nicht verstehen, wovon sie sprach.

Es begann mit einem Prickeln in Karens Füßen, quoll in ihr hoch, drohte sie zu ersticken, mußte einfach heraus – ein heiliger Zorn, eiskalt und glutheiß zugleich, ein Zorn, wie sie ihn nie zuvor empfunden hatte und den sie doch als etwas Bekanntes empfand. Sie räusperte sich und nannte, jedes Wort klar artikulierend, das Thema ihres Vortrags: «Die Feder als Penis.»

Sie hatte eine Reaktion kollektiver Empörung erwartet, aber im Saal blieb es totenstill. Die Gesichter, die sie anstarrten, hätten Masken sein können. Peggy saß mit offenem Mund da.

«Im Jahre 1886 schrieb Gerard Manley Hopkins – ein bekannter Dichter, wie Sie sicherlich wissen – in einem Brief an einen seiner Freunde: ‹Das Männliche ist der Ursprung schöpferischen Talents.› Ruskin – der Name ist Ihnen sicherlich ebenfalls ein Begriff – formulierte es etwas direkter. Er beschrieb die ‹alles durchdringende Vorstellungskraft› als ‹Speerspitze des Geistes›.

Diese Auffassung des Männlichen, symbolisiert durch das männliche Glied, als dem einzig wahren Ursprung literarischen und künstlerischen Schaffens hat im 19. Jahrhundert die Literaturkritik und die Rezeption literarischer Werke nachhaltig geprägt.

Die Symbolik ist so vordergründig, so naiv und so verführerisch einfach, daß auch moderne Literaturwissenschaftler sie bedenkenlos übernommen haben. In einer 1976 in der *New York Times* erschienenen Buchrezension konnte man lesen, Schriftstellerinnen fehle nun einmal ‹jene blutvolle schöpferische Potenz, die große Werke zeugt›. Nun ja, wen wundert's. Als ein von Natur aus kastriertes Wesen ist die Frau *per definitionem* unfähig zu originellem Denken oder prägnantem Formulieren. In den achtziger Jahren gebrauchte ein anderer Kritiker eine noch eindeutigere Metapher. Kreativität, behauptete er, erstehe aus ‹einem Akt des phallischen Schreibwerkzeugs, begangen auf jungfräulichem Papier›. Ein Bild, welches Schriftstellerinnen von vornherein ausschließt; ein Bild, welches den Schreibakt als eine Art Vergewaltigung darstellt.»

Zwei Damen schoben geräuschvoll ihre Stühle zurück und standen auf, puterrot vor Wut oder Verlegenheit oder einer Mischung aus beidem. Karen dachte einen Moment lang, die beiden würden auf sie losstürzen, ihre Handtaschen wie Keulen schwingend, aber sie drehten sich wie auf Kommando um und rauschten aus dem Saal.

Karen musterte ihr Publikum mit einem kühlen Blick. Die meisten Gesichter waren ebenso gerötet wie die der beiden Abtrünnigen, aber niemand rührte sich. Offenbar lechzten sie danach, noch mehr «Unanständigkeiten» zu hören. Na schön, dachte Karen, sie sollen sie kriegen.

«Nun werden Sie mich fragen», fuhr sie fort, «was all dies mit Jane Austen zu tun hat. Nach Meinung einiger Literaturpäpste sind es ihre Werke ja nicht wert, in den hehren Kanon wahrer Literatur aufgenommen zu werden, denn ihren Romanen fehlt es – ich zitiere – ‹an männlicher Stoßkraft›.»

Jetzt erwachte Colonel Bishop aus seiner Erstarrung. Sein Mondgesicht schwoll an wie ein roter Ballon; er beugte sich zu Mrs. Fowler und flüsterte ihr etwas ins Ohr. Peggy saß regungslos mit gefalteten Händen da, den Blick unverwandt auf Karen gerichtet. Meyer bewahrte ebenfalls eine steinerne Miene, nur seine Mundwinkel zuckten verräterisch.

Karen hatte ihren Vortrag über Jane Austen schon mehrmals gehalten, mit gewissen Anpassungen, wo dies im Hinblick auf die Zuhörerschaft erforderlich schien. Die einzige Konzession, die sie dieser Zuhörerschaft gegenüber machte, war eine vereinfachende Darstellung. Sie präsentierte Jane Austen aus einer feministischen Perspektive, erwähnte ihre subtilen Seitenhiebe auf die Eitelkeit der Männer, ihre Charakterisierung der zynisch-resignierten Frauen, die aus dem Machtbereich der Väter oder Brüder in den Machtbereich der Ehemänner gelangten, die zeitlebens bevormundet, zeitlebens abhängig blieben. In ihrer Zusammenfassung zitierte sie einen der wenigen Aussprüche, in denen Jane Austen offene Kritik an der männlichen Vorherrschaft übte: «Die Männer haben im Vergleich zu uns stets über einen entscheidenden Vorteil verfügt, wenn sie ihre Geschichte erzählten ... Die Feder war immer in *ihren* Händen.»

Sie brauchte diesen Gedanken nicht weiter auszuführen. Die feisten Backen des Colonels waren inzwischen violett angelaufen. Ekliger alter Lustmolch, dachte sie und sagte abschließend: «Meine Damen und Herren, ich danke Ihnen für Ihre Aufmerksamkeit.»

Ein einziger Zuhörer applaudierte begeistert: Bill Meyer.

«Ich weiß nicht, was über mich gekommen ist», stöhnte Karen wohl schon zum zehnten Mal. Sie lag auf Peggys Hotelbett, den Kopf im Kissen vergraben. Ihre Freundin hatte es für ratsam gehalten, sich nicht in der Öffentlichkeit zu zeigen, bis der Aufruhr vorüber war.

Peggy wischte sich die letzten Lachtränen aus den Augen. «Dieser Mrs. Fowler hast du's aber gegeben! Die legt dir keine violetten Briefchen mehr auf die Fußmatte. Mein Gott, ich hab mich nicht mehr so köstlich amüsiert, seit ... na, ist ja egal. Hör bloß auf mit der Selbstkritik, deine Show war ein Hit, auch wenn du dir damit etliche Feinde und mindestens eine Todfeindin zugelegt hast.»

«Oh, es tut mir keineswegs leid, daß ich denen einen Happen feministische Literaturkritik serviert habe! Die Zitate sprechen ja für sich, absurd und unfair und dumm, wie sie sind. Nein, was mich ärgert, ist nicht, *was* ich gesagt habe, sondern *wie* ich's gesagt habe. Es war nicht nur kontraproduktiv, sondern richtiggehend grob. Die Leute können ja nichts dafür, daß sie sind, wie sie sind. Vermutlich wollten sie nur nett zu mir sein. Ich hätte ihnen meinen Standpunkt darlegen können, ohne sie derart vor den Kopf zu stoßen. Aber wahrscheinlich bin ich auch schon von diesem verdammten akademischen Dünkel angesteckt.»

«Natürlich hättest du rücksichtsvoller sein können, aber dann wär's nicht halb so lustig gewesen.»

Mit einem Seufzer setzte sich Karen auf. «Na ja, vielleicht werde ich so was nie wieder tun. Aber zu Kreuze kriechen werde ich nicht.»

«Willst du dich nicht bei Mrs. Fowler entschuldigen?»

«Auf keinen Fall! Das würde aussehen, als hätte ich es absichtlich getan. Nein, am besten tue ich so, als wäre ich mir keiner Schuld bewußt. Immerhin hab ich den Leuten meine Reverenz erwiesen, indem ich mich verhielt, als wären sie tatsächlich eine literarische Gesellschaft.»

«Ist ja auch nur ein ganz kleiner Sturm in einem ganz kleinen Wasserglas», meinte Peggy, «und in gewisser Hinsicht ein Beweis dafür, wie weit wir Frauen es doch gebracht haben. Vor hundert Jahren hätte man dich in Acht und Bann getan. Vor zweihundert Jahren –»

«– geteert und gefedert und auf einem Karren durch die Stadt gezogen.»

«Eben. So, und jetzt entledige ich mich dieser Rüschenpracht, und dann machen wir einen Besuch. Geschäftlich. Lisa Fairweather will mir nämlich einen Blick in die Familiendokumente gestatten.»

«Lisa? Wann hast du mit ihr gesprochen?»

«Vor deinem Vortrag. Bill hat uns bekannt gemacht und sich dann taktvoll zurückgezogen.» Peggy nahm einen Rock und eine Bluse vom Bügel und ging ins Badezimmer. «Große Entdeckungen erhoffe ich mir zwar nicht, aber anschauen kostet ja nichts. Bin gleich wieder da.»

Lisa wohnte in einem der neuen Betonblöcke am Stadtrand. Schlank und schick in einer gutsitzenden Hose, das Haar im

Nacken mit einer Schleife zusammengebunden, empfing sie ihre Besucherinnen und führte sie ins Wohnzimmer. Dieses sah genauso aus, wie Karen es sich vorgestellt hatte: ein paar Grünpflanzen, ein paar schöne Stiche an den Wänden, gedämpftes Beige und Braun. Das einzig Unkonventionelle war ein Orientteppich, dessen leuchtende Farben mit den Jahren verblaßt waren.

«Der stammt aus Amberley», erklärte Lisa. «Bißchen fadenscheinig, aber ich brauche was aufs Parkett. Teppichböden kosten eine Menge.»

«Dürfte ein Kasak sein», bemerkte Peggy. «Antik ist er jedenfalls.»

«Ich weiß noch nicht, ob ich ihn ebenfalls zur Auktion geben soll. Man sagte mir, daß er ziemlich wertvoll ist, aber er paßt nicht zur Einrichtung. Setzen Sie sich doch. Nehmen Sie eine Tasse Tee – oder lieber ein Glas Wein?»

Peggy entschied sich für Wein, und Karen schloß sich an. Nachdem die üblichen Floskeln über die schöne Wohnung und das schöne Wetter ausgetauscht worden waren, sagte Lisa zu Karen: «Ich fand Ihren Vortrag sehr interessant.»

«Vielen Dank.»

Peggy bediente sich ihrer Holzhammermethode, um das Eis zu brechen. «Die meisten Leute fanden ihn wohl eher schockierend als interessant.»

Lisas höfliches Lächeln machte einem breiten Grinsen Platz. «Das kann man wohl sagen! Colonel Bishop hat beinahe der Schlag getroffen. Ich hörte, wie er Mrs. Fowler riet, Sie unverzüglich aus der Wohnung zu weisen.»

«Das wäre nicht weiter schlimmm», meinte Karen kühl. «Es gibt hier bestimmt auch noch andere Unterkunftsmöglichkeiten.»

«Oh, die schmeißt Sie nicht raus», sagte Lisa verächtlich. «Die redet pausenlos über Anstand und Würde, wie all die anderen

Tattergreise hier auch, aber wenn's um Bares geht, vergißt sie ihre Prinzipien blitzschnell. Sie hat das Geld nötig, so gut wie andere Leute.»

«Auch Cameron?» erkundigte sich Peggy.

«Der ganz besonders. Der will doch genau wie ich möglichst bald aus diesem spießigen Nest verschwinden. Was glauben Sie, weshalb er sich seine Hände schmutzig macht, um das alte Haus aufzumöbeln? Sobald er genug Geld beisammen hat, um seine Mama in ein Pflegeheim zu stecken, will er abhauen.»

«Ach, er hat eine kranke Mutter? Das tut mir aber leid», sagte Peggy.

«Sie ist nicht krank, sie ist nur senil. Pflegeheime, die solche Leute aufnehmen, kosten eine Menge Geld.» Lisa tat das Problem mit einem Achselzucken ab. «Aber ich langweile Sie nur...»

«O nein, im Gegenteil», gestand Peggy freimütig. «Ich hoffe, die Auktion wird ein Erfolg und bringt Ihnen einen Haufen Geld ein.» «Das hoffe ich auch», sagte Lisa ebenso freimütig und deutete auf zwei große Pappkartons. «Da sind die Papiere, die Sie sehen wollen. Cam wollte sie nicht verkaufen, und ich bestand nicht darauf, weil ich dachte, sie würden sowieso nichts einbringen. Schauen Sie sich das Zeug ruhig an. Ich verlaß mich drauf, daß Sie fair mit mir sind.»

Sie beobachtete aufmerksam, wie Peggy und Karen den Inhalt der beiden Kartons prüften. Es war eine staubige Angelegenheit, obwohl man den Eindruck hatte, die Umschläge und Alben seien erst kürzlich inspiziert worden. Peggy brauchte keine halbe Stunde, um ihre Entscheidung zu treffen. Sie richtete sich auf und schüttelte den Kopf.

«Ist nichts Interessantes dabei?» fragte Lisa.

«Leider nicht. Die Sachen stammen allesamt aus der Zeit um die Jahrhundertwende. Aber wenn Ihnen mein Wort nicht genügt –»

«Oh, Ihr Wort genügt mir vollkommen. Ich hab's Ihnen schon angesehen, daß nichts Wertvolles dabei ist. William hat genauso reagiert.»

Peggy legte die staubigen Papierbündel wieder zurück. «Der alte Cartright war doch der reinste Hamster! Er hat sogar Zeitungsausschnitte und Anzeigen aufbewahrt. Es soll ja Leute geben, die so etwas sammeln, wie alte Fotos auch.»

Lisa nickte. «Tut mir leid, daß Sie sich umsonst bemüht haben», sagte sie. «Nehmen Sie noch ein Glas Wein?»

«Nein, vielen Dank, wir haben Sie schon lange genug aufgehalten.»

Karen hielt den Mund; es war klüger, Peggy die Führung zu überlassen. Ihr fehlte Peggys Talent, ihre Gefühle zu verbergen, und im Moment hegte sie Lisa gegenüber keine besonders freundschaftlichen Gefühle.

Lisa begleitete sie hinaus. «Dann sehen wir uns vermutlich an der Auktion?»

Peggy nickte. «Sie sind nicht ganz zufällig auf eine Familienbibel gestoßen?»

Das reinste Duell, dachte Karen. Ausfall, Parade, Finte... Lisa spitzte die Lippen und machte ein nachdenkliches Gesicht. «Nicht, daß ich wüßte. Aber es wäre schon möglich, daß sich unter den Büchern eine Bibel befindet. Die Bücher gelangen am Sonnabend zur Versteigerung.»

Draußen auf der Straße stieß Peggy einen Triumphschrei aus. «Eins zu null für mich! Lisa ist ein ausgekochtes kleines Luder, sie ahnt, hinter was wir her sind, und wird versuchen, uns kräftig zu schröpfen. Und daß sie im Sinn hat, die Beute mit Cameron zu teilen, möchte ich sehr bezweifeln.»

«Du glaubst also, es existiert eine Familienbibel?»

«O ja, aber ich glaube nicht, daß sie sich unter den Büchern befindet, die am Sonnabend versteigert werden. Puh, meine Hände sind ganz schwarz. Ich hätte ja Lisa gefragt, ob ich mir bei ihr die Hände waschen dürfe, aber irgendwie hatte ich den Eindruck, daß sie uns loswerden wollte.»

«Vielleicht erwartet sie Besuch – von einem anderen Interessenten zum Beispiel. Ich bin nach wie vor davon überzeugt, daß sie mit Bill unter einer Decke steckt.»

«Aber sie traut ihm nicht so recht, und deshalb wollte sie unsere Meinung über die Papiere erfahren. Sie hat gar nicht erwartet, daß wir in dem Kram etwas finden. Ich bin sicher, daß sie irgendwo viel interessantere Dinge versteckt hält.»

«Es sah aber nicht so aus, als hätte jemand etwas aus den Kartons entfernt, sie waren randvoll.»

«Aber wie viele Kartons waren ursprünglich vorhanden?»

Karen überlegte einen Augenblick. «Ich weiß, wer uns das sagen könnte.»

«Ich auch – Cameron.»

Mrs. Fowler saß auf der Veranda, einen Stickrahmen in den Händen. Karen konnte der Versuchung nicht widerstehen, ihr durchs offene Wagenfenster zuzuwinken, aber Mrs. Fowler rührte sich nicht und machte ein Gesicht wie die leibhaftige Medusa.

«Madame ist verärgert», kicherte Peggy, «aber sie traut sich wohl nicht, dir persönlich gegenüberzutreten. Vielleicht hat sie dir ein Briefchen hinterlassen... Nein, sie hat offenbar einen Abgesandten geschickt.»

Auf der Treppe saß Cameron, die Nase in ein Buch gesteckt. Als er das Auto hörte, stand er hastig auf.

«Er war es, der mir die Wohnung vermittelte», sagte Karen. «Wenn sie die Absicht hat, mich rauszuschmeißen, soll vermutlich er die schlechte Nachricht überbringen.»

Aber Cameron sah nicht wie ein Unheilsbote drein. Er nickte Karen zu und beeilte sich, Peggy beim Aussteigen zu helfen. «Warten Sie schon lange?» erkundigte sich diese.

«Nein, ich bin eben erst gekommen. Ich wollte Ihnen das hier bringen, es ist der Auktionskatalog. Ein Vorausexemplar, das ich heute bekommen habe.»

«Und Sie kommen damit gleich zu uns? Wie aufmerksam!»

«Ja, das ist wirklich lieb von Ihnen, vielen Dank», sagte Karen, und Peggy forderte Cameron auf, einzutreten, falls er einen Augenblick Zeit habe.

Er erwiderte, er habe Zeit. Aber nur, weil Peggy als Anstandsdame dabei ist, dachte Karen, sonst hat er nie Zeit.

Auf dem Treppenabsatz lag eine längliche weiße Pappschachtel. Karen schoß der verrückte Gedanke durch den Kopf, daß Mrs. Fowler anstatt eines Billetts eine Bombe auf der Fußmatte deponiert hatte, aber ihre realistisch denkende Freundin bemerkte sogleich, worum es sich handelte.

«Da hat dir doch tatsächlich jemand Blumen geschickt», sagte sie und hob den Deckel ab. Ein prächtiger Strauß Tulpen, Narzissen und Farnkraut kam zum Vorschein.

«Von mir sind die nicht», brummte Cameron und zog die Stirn kraus. Karen ahnte, wer der Absender war.

Peggy reichte ihr das Kärtchen, das dem Bukett beigelegt war. «Rate mal, von wem!»

«Von Bill Meyer vermutlich.»

«Genau. ‹In aufrichtiger Bewunderung›, schreibt er dazu.»

«Sieht ganz danach aus, als hätten Sie und Dr. Meyer Frieden geschlossen», meinte Cameron steif.

«Nur einen Waffenstillstand», sagte Karen. «Ich weiß nicht, was er mit den Blumen bezweckt... Ist ja auch egal. Kommen Sie, Cameron, setzen Sie sich doch.»

«Wie wär's mit einem Drink?» erkundigte sich Peggy. «Es ist zwar nur Scotch da; Karen trinkt kaum Alkohol. Jeder Mensch hat seine Fehler. Kommen Sie, Cameron, Sie werden doch eine Dame nicht allein trinken lassen?»

Cameron ließ sich vorsichtig auf einen der wackeligen Sessel nieder, und während Karen sich umzog, vertieften sich Peggy und er in den Katalog. «Silberdollars, Briefmarken, Meißner Figuren ... Mein Gott, gibt es irgend etwas, was Josiah Cartright *nicht* gesammelt hat?»

«Nein, vorausgesetzt, es kostete nicht viel. Andererseits hat er natürlich alte Erbstücke gehütet, und da waren auch wertvolle Sachen dabei. Das Meißner Porzellan stammt von seiner Mutter, das meiste Tafelsilber auch.»

«Immerhin ein paar Körner unter all dem Spreu», brummte Peggy.

«Da ist sehr viel mehr Spreu als Weizen. Darum habe ich ja auch den ganzen Kram Jack Wickett übergeben. Er hat einen guten Ruf und kennt sich besser aus als ich.»

Peggy klappte den Katalog zu. «Ich hätte mir die Sachen gerne angesehen, Cameron. In aller Ruhe, vor der offiziellen Besichtigung.»

«Das läßt sich bestimmt einrichten. Ich werde Jack bitten, sie Ihnen vorher zu zeigen.»

«Auch Bill Meyer?» erkundigte sich Karen.

«Wenn er darum bittet, kann ich es ihm wohl nicht abschlagen. Im übrigen ist es für mich ja nur vorteilhaft, wenn zwei Parteien gegeneinander bieten, nicht wahr?»

Also deshalb hatte er verärgert ausgesehen bei der Bemerkung, daß Karen und Meyer sich versöhnt hätten. «Allerdings», erwiderte sie kalt.

«Ich rufe Jack an und gebe Ihnen dann Bescheid», sagte Cameron und stand auf. «Den Katalog können Sie behalten, ich besorge mir einen anderen. Oh, fast hätte ich es vergessen: Ich habe zwei Jungen ausfindig gemacht, die bereit sind, bei der Ausgrabung der Ruine zu helfen – falls Sie das immer noch im Sinn haben.»

«Klar», sagte Peggy, «aber wir können erst nächste Woche anfangen.»

«Sie brauchen mir nur Bescheid zu sagen, dann schicke ich sie her.»

«Müssen Sie wirklich schon gehen? Wir hatten vor, auswärts zu essen, möchten Sie nicht mitkommen?» schlug Peggy vor.

«Ich fürchte, heute geht es nicht. Vielleicht ein andermal.»

«Sie wollen sich wohl nicht in der Öffentlichkeit zeigen mit einer Person, die heute einen solchen Skandal verursacht hat?»

Wieder bewies Peggys Holzhammermethode ihre Wirkung: Cameron mußte schallend lachen. «Ich will doch hoffen, daß Sie mich nicht für einen solchen Feigling halten!»

«Dann haben Sie die ganze Sache also mitgekriegt», bemerkte Karen.

«Mrs. Fowler hat sich ans Telefon gehängt, kaum daß sie zu Hause war. Ich fand drei Nachrichten auf meinem Anrufbeantworter vor.»

«Und Sie haben sich sogleich auf den Weg gemacht, um die Situation zu entschärfen», stellte Peggy fest. «Sehr ritterlich von Ihnen.»

Cameron zuckte die Achseln und machte ein verlegenes Gesicht. «Ich wollte ohnehin den Katalog herbringen. Mrs. Fowler lag schon auf der Lauer und ... Na ja, sie hat bei mir etwas Luft abgelassen. Aber sie beabsichtigt keineswegs, Sie rauszuschmeißen, falls Sie das befürchtet haben.»

«Befürchtet ist leicht übertrieben», sagte Karen scharf.

«Entschuldigung, so hab ich es nicht gemeint. Natürlich sagte ich Mrs. Fowler, daß Sie leicht eine andere Unterkunft finden könnten. Im übrigen redet sie gern von ihren noblen Grundsätzen, aber wenn's ums Handeln geht ...»

«Ja, ich weiß.»

«Gut, ich geb Ihnen dann wegen der Besichtigung Bescheid.» Cameron machte betont vorsichtig die Tür hinter sich zu.

«Das wäre nun wirklich nicht nötig gewesen», sagte Peggy vorwurfsvoll.

«Wovon redest du?»

«Gerade, als ich ihn so weit hatte, daß er zutraulich wurde, mußtest du ihm eine verbale Ohrfeige verpassen!»

«Ich hab's einfach satt, daß man mich ständig beschützt und bemuttert und bevatert. Schließlich bin ich ein erwachsener Mensch und selbst in der Lage –»

«Blödsinn!» schimpfte Peggy. «Warum schmeißt du nicht gleich auch noch Meyers Blumenstrauß aus dem Fenster? Mir ist es egal, ob du was gegen die Männer im allgemeinen und diese beiden im besonderen hast, aber vom praktischen Standpunkt aus ist dein Verhalten, gelinde gesagt, kontraproduktiv. Was hat es für einen Zweck, gegen die anderen – egal, ob männlichen oder weiblichen Geschlechts – so ruppig zu sein, wo sie dir doch nützlich sein könnten?»

«Ich hab nichts gegen die Männer im allgemeinen! Simon zum Beispiel –»

«– ist alt genug, um dein Großvater zu sein, und folglich ungefährlich. Wovor hast du eigentlich Angst?»

«Die klassische Antwort darauf würde lauten: Gebranntes Kind scheut das Feuer», meinte Karen sarkastisch. «Das jedenfalls ist Sharons Ansicht – daß ich nach einer verkrachten Ehe Angst vor einer neuen ‹Beziehung› habe.»

«Womit sie vermutlich gar nicht so unrecht hat.»

«Nein, so einfach ist das nicht», seufzte Karen. «Mein Exmann war ehrlich davon überzeugt – und ist es heute noch –, ich hätte es geschätzt, wie ein süßes kleines Dummchen behandelt zu werden. Damit hat er mir nicht weh getan, er hat mich schlicht und ergreifend verrückt gemacht! Ich werde mich hüten, Hals über Kopf ins nächste Desaster zu rennen. Ich kann ganz gut ohne Mann leben. Aber du hast recht, es ist dumm von mir, Cameron vor den Kopf zu stoßen, und noch dümmer, mich wegen Bill aufzuregen. Tut mir leid, ich scheine heute einen schlechten Tag zu haben.»

«Na ja, es war tatsächlich etwas aufregend», meinte Peggy versöhnlich. «Komm, trink was, und dann gehen wir essen.»

Vor ihrem Weggang erhielt Karen Gelegenheit, ihre guten Vorsätze in die Tat umzusetzen: Bill Meyer rief an.

«Vielen Dank für die wunderschönen Blumen», flötete sie und schnitt eine Grimasse in Peggys Richtung. «Ich habe mich sehr darüber gefreut.»

«Ich wollte mich nur mal erkundigen, ob Sie sie bekommen haben. Und Ihnen nochmals sagen, wie sehr ich Sie bewundere. Ich hätte nie den Mut aufgebracht, meine eigenen Ansichten auf diese Weise gerade vor diesem Publikum kundzutun.»

«O doch, Bill, Sie wissen ganz genau, daß Sie für uns alle ein Vorbild sind.»

Peggy schüttelte stirnrunzelnd den Kopf, aber Meyer schien die ironische Bemerkung nicht krummzunehmen. «Sie haben wohl keine Lust, heute abend mit mir auszugehen?»

«Tut mir leid, wir haben schon etwas vor. Vielleicht ein andermal.» Sie legte auf und fragte herausfordernd: «Na, wie war ich?»

«Nicht übel. Offenbar wollte er dich ausführen?»

«Mhm. Sag jetzt nicht, ich hätte annehmen sollen. Vielleicht schaff ich's irgendwann, aber bestimmt nicht heute abend.»

Während sie sich fertig machten, klingelte das Telefon nochmals.

«Lisa?» sagte Karen überrascht. «Nein, Sie stören nicht ... Wirklich? Ja, natürlich – wann? Gut, also bis dann.»

«Offenbar hat sie soeben etwas entdeckt, was wir uns ansehen sollen», rief Peggy.

«Genau. Sie schlägt vor, daß wir gegen halb zehn nochmals bei ihr hereinschauen.»

«Ich wette, es ist wieder falscher Alarm. Ihre Trümpfe hat sie bestimmt noch im Ärmel.»

Wiederum hatte Peggy richtig vermutet. Lisas Angebot bestand aus einigen Büchern, die sie eines nach dem anderen herausrückte.

«Die sind alt», erklärte sie. «Sie wollten doch alte Sachen.»

Peggy blätterte einen Band durch und reichte ihn dann Karen.

«Stammt aus dem Jahr 1783», sagte Lisa erwartungsvoll. «Es ist das älteste, aber die anderen sind fast so alt.»

Wie sich herausstellte, waren die anderen Bücher fast ebenso alt und mindestens ebenso obskur – Sammlungen von Aufsätzen und Predigten. Das interessanteste Stück hatte Lisa bis zuletzt aufgespart.

Nachher behauptete Peggy, Lisa habe das absichtlich getan, nachdem sie die enttäuschten Mienen ihrer Besucherinnen bemerkt habe. Außerdem rügte sie Karen, weil diese auf das letzte Buch mit einem Freudenschrei reagiert hatte.

«Kannst du denn nicht ein Pokergesicht bewahren? Du bist für jeden Antiquitätenhändler ein offenes Buch!»

«Ich kann nichts dafür», protestierte Karen. «Ismene *muß* dieses Buch gekannt haben, es war *der* Bestseller unter den frühen Schauerromanen! Vielleicht war es sogar ihr persönliches Exemplar!»

Lisas Bücher – sämtliche Bücher – lagen auf dem Rücksitz von Karens Wagen. Trotz der späten Stunde war es immer noch warm, und Karen schaltete die Klimaanlage ein. «Ich bin froh, daß du die Bücher gekauft hast. Vielleicht gehörten sie nicht Ismene, aber sie könnten zu ihren Lebzeiten in der Bibliothek von Amberley gewesen sein.»

Karen setzte Peggy beim Hotel ab und fuhr dann nach Hause. Die Kleinstadt schien schon im Schlaf zu liegen; man sah kaum noch Licht in den Fenstern. Auch bei Mrs. Fowler war alles dunkel.

Der Dunst hatte sich zu Nebel verdichtet; die Sterne waren verschwunden. Karen ließ die Scheinwerfer brennen, während sie ihre Aktenmappe aus dem Kofferraum nahm. Als sie sie ausschaltete, stand sie in pechschwarzer Dunkelheit. Sie tastete nach dem Treppengeländer und tappte die Stufen hinauf, wobei sie über Mrs. Fowlers Energiesparmaßnahmen fluchte. In Zukunft würde sie die Wohnzimmerlampe brennen lassen, beschloß sie, oder sich eine Taschenlampe besorgen.

Es schien eine Ewigkeit zu dauern, bis sie Schlüssel und Schlüsselloch gefunden hatte. Als sie endlich in der Wohnung war und den Lichtschalter betätigte, geschah rein gar nichts. Keine der Lampen funktionierte. Offenbar hatte es einen Kurzschluß gegeben.

Fluchend gab Karen der Tür einen Tritt. Dann atmete sie ein paarmal tief durch und überlegte. Es hatte keinen Zweck, in der Dunkelheit nach einem Sicherungskasten zu suchen; womöglich befand er sich unten in der Garage. Warum hatte sie sich nicht rechtzeitig eine Taschenlampe besorgt? Sie hatte nicht einmal Feuer für die Kerzen auf dem Bücherregal. Vielleicht konnte sie sie am Gasherd anzünden.

Ach, zum Teufel mit der Kerze, dachte sie, ich leg mich besser gleich schlafen. Bei Kerzenlicht zu arbeiten war ohnehin unmöglich. Lieber unter die Decke kriechen und schlafen, bis es wieder hell wurde...

Unter der Schlafzimmertür wurde sie plötzlich von einem so gewaltigen Niesen geschüttelt, daß sie sich am Türrahmen festhalten mußte. Ein vertrautes Symptom: Irgendwo in der Nähe mußte eine Katze sein, vermutlich im Schlafzimmer. Aber wie war sie hier hereingekommen? Karen hatte, bevor sie die Wohnung verließ, alle Fenster und Türen geschlossen. Katzen konnten keine Fenster und Türen aufbrechen. Wenn sich also eine Katze in der Wohnung befand, mußte jemand sie eingelassen haben, versehentlich oder absichtlich. Jemand, der sich vielleicht ebenfalls noch in der Wohnung befand.

In Karens Nase begann es wieder zu kitzeln. Sie drehte sich

um und tastete sich geräuschlos ins Wohnzimmer zurück. Auf keinen Fall durfte der Eindringling jetzt merken, daß sie sich aus der Wohnung schleichen wollte. Ein Rascheln hinter ihr ließ sie zusammenfahren. Es gab hier nur wenige Möglichkeiten, sich zu verstecken; er mußte im Schlafzimmer sein.

Karen dachte keinen Augenblick daran, daß sie selbst in Gefahr sein könnte; sie wußte genau, worauf er es abgesehen hatte. Er hatte die Wohnung schon einmal durchsucht und das Manuskript nicht gefunden; also hatte er ganz richtig gefolgert, daß sie es stets auf sich trug. Einzubrechen, wenn sie zu Hause war, ob wach oder schlafend, wäre zu riskant gewesen. Also war er in ihrer Abwesenheit in die Wohnung eingedrungen. Und ohne die Katze und Karens Katzenhaarallergie hätte alles nach Plan geklappt.

Der Niesreiz wurde unerträglich; sie hatte das Gefühl, daß ihr der Schädel zerspringen müßte. Sie hielt sich die Nase zu und umklammerte die Aktenmappe. Noch zwei Schritte, dann war sie draußen...

Der Nieser dröhnte wie ein Donnerschlag durch den dunklen Raum. Als das Summen in ihren Ohren aufgehört hatte, konnte sie Schritte hören. Er hatte gemerkt, daß sie hinaus wollte und daß es sinnlos war, sich noch länger zu verstecken.

Ein dünner Lichtstrahl durchbohrte die Dunkelheit, glitt suchend vom Tisch zur Tür, heftete sich auf Karens rechte Hand, die Hand, die den Griff der Aktenmappe umfaßte.

Mit der linken tastete Karen nach der Klinke, drückte sie hinunter... Ein heftiger Stoß traf sie in den Rücken, und sie schlug so hart auf dem Fußboden auf, daß ihr die Luft wegblieb. Eine schwarze, unförmige Gestalt beugte sich über sie; betäubender Moschusduft stieg ihr in die Nase und löste einen neuerlichen Niesanfall aus. Verzweifelt hielt Karen die Mappe fest, die sie auch im Fallen nicht losgelassen hatte und die der Eindringling ihr jetzt zu entreißen versuchte. Keuchend wälzte sie sich auf die andere Seite – und merkte zu ihrem Erstaunen, daß sie noch Luft genug hatte, um zu schreien.

Im nächsten Augenblick wurde ihr klar, daß der Schrei nicht aus ihrer Kehle kam. Es war ein markerschütternder langer Schrei, langgezogen, gellend, unmenschlich. Sie hörte ein Rascheln, einen halblauten Fluch. Die Tür wurde aufgerissen und fiel wieder ins Schloß.

Karen blieb eine Weile regungslos liegen und horchte auf das Geräusch der Schritte, die sich über die Treppe und den Kiesweg entfernten. Dann war alles still. Ohne die Mappe loszulassen stand sie mühsam auf, tastete nach einer Kerze und stolperte in die Küche. Es gelang ihr, den Docht an der Gasflamme anzuzünden. Mit der brennenden Kerze in der Hand wagte sie sich ins Wohnzimmer zurück.

Die grauweiß getigerte Katze saß neben der Tür. Sie fixierte Karen mit einem unergründlichen Blick und ließ ein vorwurfsvolles Miauen hören. Karen starrte zurück. Ihre Augen tränten, und sie konnte nicht aufhören zu niesen.

11

Und keine Klage linderte die stumme Qual,
Sie hatte keine Stimme, ihre Angst hinauszuschreien.
Mary E. Coleridge,
The Other Side of the Mirror, 1908

«Warum hast du mich nicht angerufen?» fragte Peggy mit einer Stimme, die ihre Erregung verriet.

«Das habe ich ja getan.» Den Kopf in die Hände gestützt, starrte Karen in ihre Kaffeetasse. Sie war immer noch im Bademantel. Obwohl sie sich mit Antihistaminen vollgestopft hatte, war sie gestern nicht eingeschlafen und fühlte sich immer noch benommen. «Aber deine Nummer war ständig besetzt.»

«Ich hatte ein langes Telefonat mit Simon. Herrgott, du hättest doch die Hotelzentrale anrufen und sagen können, es sei ein Notfall!»

«Ja, aber da war's schon keiner mehr, die Polizei war mittlerweile gekommen und –»

«So, die Polizei hast du angerufen und mich nicht?» rief Peggy empört, faßte aber gleich darauf entschuldigend nach Karens Hand. «Verflixt, jetzt schrei ich dich schon wieder an ... aber das tu ich nur, weil ich dich mag.»

«Ich weiß», sagte Karen lächelnd.

«Was hast du der Polizei gesagt?»

«Das Manuskript hab ich nicht erwähnt.»

«Hm... meinst du, daß das schlau von dir war?»

«Warum hätte ich das Manuskript erwähnen sollen? Inzwischen wissen sowieso schon viel zu viele, daß es wertvoll ist; soll ich's vielleicht hinausposaunen? Die Leute, die ich verdächtige, konnte ich der Polizei nicht angeben, ich habe ja nicht den kleinsten Beweis. Ich glaube, die Person hat Handschuhe getragen.»

«Jeder Spitzbub, der Krimis liest oder am Fernsehen sieht, würde Handschuhe tragen. Irgendein Kleidungsstück oder Zündholzbriefchen oder sonst was hat er nicht zurückgelassen?»

Karen schüttelte gähnend den Kopf. «Heute früh rief mich ein Inspektor an und sagte, der Fall würde weiterverfolgt, aber da es keine Spuren gebe...» Sie gähnte wieder und nuschelte: «Mrs. Fowler hat ihnen gesagt, sie habe nichts gesehen und nichts gehört. Und noch besonders betont, daß ihr so etwas noch nie vorgekommen sei, bevor ich ankam.»

«Reizend», brummte Peggy. «Na ja, es hätte schlimmer herauskommen können. Das Manuskript hast du jedenfalls gerettet.»

«Die Katze hat's gerettet», sagte Karen mit einem halbherzigen Lachen. «Wahrscheinlich ist sie ihr auf den Schwanz getreten. Aber ich hätt's nicht für möglich gehalten, daß eine Katze so laut schreien kann. Eine Alarmsirene ist nichts dagegen.»

«Sie?» fragte Peggy.

«Sie stank nach Parfüm. Nach was für einem, weiß ich nicht, ich benutze solches Zeug nicht.»

«Heutzutage gibt's auch Herrenparfüms.»

«Aber doch nicht so... so schwüle. Moschus, Ambra, was weiß ich – so etwas von der Sorte, die sich ‹Südseetraum› oder ‹Dschungelzauber› nennt.»

«Mrs. Fowler nebelt sich mit einem widerlich süßen Veilchenduft ein», meinte Peggy.

«Lisa duftet auch wie ein Blumenladen. Aber es roch ganz anders. Sie lag auf der Lauer, und das erste, wonach sie griff, war die Aktenmappe.»

«Nehmen wir an, du hast recht. Was war mit dem Licht?»

«Der Hauptschalter stand auf AUS. Der Sicherungskasten, ein uraltes Ding mit Schraubsicherungen, befindet sich in der Garage.»

«Ist sie durchs Fenster bei der Treppe eingestiegen?»

«Offenbar. Der Rahmen des Fliegengitters war wieder dran, aber nicht verriegelt. Sie hat vermutlich das Fenster offengelassen und nicht bemerkt, daß die Katze reinkam und sich unter meinen Pullovern verkroch.» Karen rieb sich die juckende Nase. «Die muß ich jetzt alle chemisch reinigen lassen, bevor ich sie wieder anziehen kann.»

Peggy öffnete die Wohnungstür und trat auf den Treppenabsatz hinaus. Als sie wieder hereinkam, sagte Karen schnüffelnd: «Es war idiotisch von mir anzunehmen, nur weil ich selbst zu klein dafür bin, könnte von der Treppe aus niemand das Fenster erreichen. Aber trotzdem, sie muß einen Haken oder sonst was zum Draufstehen in die Wand geschlagen haben, sonst hätte sie's nicht geschafft.»

«Meinst du? Da ist aber jetzt kein Haken mehr, nur ein kleines Loch. Das könnte auch von was anderem herrühren.»

«Wie hätte sie es sonst geschafft? Sie hat sich das alles sehr schlau ausgedacht. Nachdem sie die Wohnungstür von innen geöffnet hatte, ging sie wieder hinaus und ließ den Haken verschwinden. Vielleicht ist die Katze gerade in diesem Moment hineingeschlüpft.»

«Vielleicht war es nicht nur das Katzengeschrei, das sie in die Flucht gejagt hat. Kratzspuren im Gesicht oder an den Händen wären ein verräterisches Zeichen, falls –»

«– falls es jemand war, den ich kenne. Es könnte Dorothea Angelo gewesen sein, sie ist groß und kräftig und schreckt vor nichts zurück. Und parfümieren tut sie sich auch. Andererseits könnte es sonst jemand gewesen sein, der groß und kräftig ist und vor nichts zurückschreckt – und der sich parfümiert hat, um Verwirrung zu stiften.»

Peggy stutzte. «Bill Meyer?»

«Warum nicht? Es war stockdunkel, und ich hätte jemanden nur an der Stimme erkennen können – falls er was gesagt hätte. Oder eben am Geruch. Aber da gibt's noch andere Details. Einen Haken einschlagen zum Draufsteigen – das ist doch typisch Mann, findest du nicht? Eine Frau würde wohl kaum –»

«Du bist sexistisch», sagte Peggy vorwurfsvoll.

«Stimmt. Und du bist voreingenommen, du willst einfach nichts über Bill kommen lassen.»

«Stimmt», gab Peggy zu. «Aber wir werden ihn unter die Lupe nehmen. Vielleicht hat er irgendwo Krallenspuren. Verflixt noch mal, wir werden überhaupt alle unter die Lupe nehmen!»

Peggy verabschiedete sich kurz darauf, um ihre Nachforschungen im Bezirksarchiv fortzusetzen. «Ich brauche dich wohl nicht daran zu erinnern, daß du sämtliche Fenster und Türen geschlossen läßt, und wenn's wie in einer Sauna wird hier drin», mahnte sie.

«Verlaß dich drauf», seufzte Karen und tupfte sich den Schweiß von der Stirn. «Draußen ist es ja auch nicht viel kühler.»

«Sieht nach Regen aus», meinte Peggy. «Mir wär's recht, ein anständiges Blitz- und Donnerwetter würde die Atmosphäre reinigen.»

Nach der zweiten Tasse Kaffee und einer kalten Dusche machte sich Karen an die Arbeit, aber es wollte damit nicht so recht vorangehen. Die schwüle Hitze machte sie schläfrig, und sie hatte Sodbrennen vom vielen Kaffee, als Peggy gegen Abend mit zwei Einkaufstüten ankam.

«Bei dieser Hitze hab ich keine Lust zum Kochen oder zum

Ausgehen», verkündete sie und packte Käse, Wurst, Brötchen und Tomaten aus.

«Mit anderen Worten: du willst vermeiden, daß ich die Wohnung verlasse und spätabends allein hierher zurückmuß. Hast du etwa auch noch Zahnbürste und Pyjama mitgebracht?»

Peggy pflanzte sich vor ihr auf wie ein streitlustiges Kind. «Es hat wohl keinen Sinn, wenn ich vorschlage, die Nacht hier zu verbringen, was?»

«Das ist schrecklich nett von dir, Peggy, und ich bin sicher, daß du es mit Bill und Dorothea gleichzeitig aufnehmen könntest, aber es ist wirklich nicht nötig. Wer immer es war, sie oder er wird's nicht noch einmal versuchen.»

Peggy verstaute Wurst und Käse im Kühlschrank und nahm die Eiswürfelschale heraus. «Aber Bill und Dorothea sind nicht die einzigen, die in Frage kommen. Die Geschichte mit dem Manuskript hat sich inzwischen herumgesprochen. Joe Cropsey weiß davon, und er hat noch nie dichthalten können. Lisa und Cameron oder sonst jemand könnte versuchen, es zu klauen, um es ein zweites Mal zu verkaufen. Egal, das alles bringt uns auch nicht weiter.»

Sie gingen ins Wohnzimmer, jede mit einem Glas in der Hand. «Ich hoffe, du hast heute mehr geschafft als ich», sagte Peggy. «Bei mir lief überhaupt nichts, ich fand keine einzige Geburts- oder Sterbeurkunde für irgendwelche Cartrights der dritten Generation. Wer auch immer diese Genealogie zusammengestellt hat, muß über andere Quellen verfügt haben.»

«Es gibt amtliche Stellen, die sich mit Ahnenforschung befassen ...»

«Ja, aber nicht in Fredericksburg. Vor meiner Abreise möchte ich alle hiesigen Quellen überprüfen. Eine davon haben wir übrigens bisher noch gar nicht in Betracht gezogen: Grabsteine. Weißt du zufällig, ob es hier irgendwo eine Cartrightsche Familiengruft gibt?»

«Bisher hat noch niemand dieses Thema angeschnitten», erwiderte Karen trocken.

«Na los, dann schneid an! Mit etwas Glück finden wir vielleicht etwas im Kirchenregister. Wie geht es übrigens deiner lieben Ismene?»

«Nicht besonders. Sie und Clara haben sich gestritten. Clara hat ihr vorgeworfen, ihre – Claras – Aussichten auf eine vorteilhafte Heirat zu ruinieren, weil sie – Ismene – sich bei sämtlichen Nachbarn unbeliebt gemacht hat mit ihren flammenden Propagandareden über die Rechte von Sklaven, Frauen und anderen Untermenschen. Ismene wird sauer und gibt zurück, Clara müsse bestimmt nicht befürchten, keinen Mann zu erwischen; schließlich habe sie alles, was das männliche Herz begehrt: Mitgift, Schönheit und keine Spur von Grips. Hinterher tut es ihr leid, und sie will sich bei Clara entschuldigen, aber die ist beleidigt und rächt sich dadurch, daß sie wie wild zu flirten anfängt, sowohl mit Edmund als auch mit dem Onkel Doktor. Welch letzterer inzwischen ein Stammgast in Ferncliffe ist. Edmund hat irgendwelche Sorgen, über die er nicht reden will, und ist häufig außer Haus. Ismene verbringt immer mehr Zeit in ihrem Steinhaus, verfaßt trübsinnige Verse und – was noch? Ach ja, sie begegnet zum zweiten Mal der geheimnisvollen schwarzen Gestalt, und als sie ihr folgt, landet sie im Dachstock vor einer versperrten Tür, hinter der jemand erbärmlich schluchzt.»

«Hoffentlich kommst du nie auf die Idee, einen Roman zu schreiben», brummte Peggy. «So was von einer banalen, langweiligen Story ist mir noch nie vorgekommen. Nein, erzähl nicht weiter, ich lese lieber Ismenes Version, die weiß wenigstens, wie man eine gruselige Atmosphäre hinkriegt.»

«Mir geht sie zur Zeit ein bißchen auf den Wecker», gestand Karen. «Nichts als Atmosphäre und keine Fakten. Als ob sie's absichtlich täte, um mich zu ärgern. Warum läßt sie mich nicht ein?»

Es blieb eine Weile still im Zimmer; nur fernes Donnerrollen war zu hören. «Was willst du damit sagen?» fragte Peggy schließlich. «Einlassen – wo hinein?»

Das Gewitter kam näher; es begann zu dunkeln. Ein stürmischer Wind war aufgekommen.

«Na, in ihre Gedanken, was sonst?» sagte Karen. «Die bleiben mir einfach verschlossen. Wieviel von dem, was sie schrieb, ist ihr Ich, ihre Identität, die Frau, die tatsächlich existierte? Sie hat ihre Mitmenschen ausgesperrt, genauso wie die Gesellschaft, in der sie lebte, sie eingesperrt hat. Ein steinernes Haus kann eine Zuflucht sein, aber auch ein Gefängnis.»

«Oder ein Grab», murmelte Peggy.

Der Sturm brach los, als sie beim Abendessen saßen – ein richtiges Blitz- und Donnerwetter, wie Peggy es sich gewünscht hatte. Nach einem ominösen Flackern gab das elektrische Licht den Geist auf. Peggy brachte triumphierend zwei Taschenlampen zum Vorschein, die sie in weiser Voraussicht erstanden hatte. Es waren zwei große Stablampen, und Karen verdächtigte ihre Freundin, sie im Hinblick darauf gekauft zu haben, eventuelle weitere Einbrecher damit über den Schädel zu hauen. Aber natürlich ließ sich kein Einbrecher blicken, und als das Gewitter sich verzogen hatte und das Licht wieder funktionierte, fand Peggy keinen Vorwand mehr, um noch länger zu bleiben. Sie wollten am nächsten Tag früh aus den Federn; Cameron hatte Bescheid gegeben, daß sie das Auktionsgut ab neun Uhr besichtigen könnten.

Karen begleitete ihre Freundin hinunter. Hier und dort blitzten Sterne zwischen den Wolken, die Luft war frisch und roch angenehm nach Erde.

Aber Karen verbrachte eine unruhige Nacht. Ein wenig mulmig war es ihr doch zumute. Hin und wieder raschelte es verdächtig in den regennassen Zweigen draußen, und eben als sie einnickte, schreckte ein wildes Fauchen und Heulen sie auf. Es dauerte eine Weile, dann ergriff offenbar eine der Katzen die Flucht. Karen hoffte, daß ihre getigerte Retterin den Sieg davongetragen hatte. Peggy hatte das brave Tier mit einem Leckerbissen belohnen wollen, aber Karen war dagegen gewesen; sie konnte einfach keine Katze in der Nähe haben. Aber sie nahm sich vor, im Nachbarhaus eine Dose Katzenfutter abzugeben als Dank für die Rettung in der Not.

Die Wetterbesserung war nur von kurzer Dauer. Am folgenden Morgen nieselte es, und alles wirkte grau und trübselig. Einen um so fröhlicheren Anblick bot Peggy, die Karen zur Besichtigung abholte: knallroter Regenschirm, knallroter Regenmantel, knallroter Regenhut...

«Du siehst aus wie das blühende Leben», brummte Karen verschlafen.

«Simon mag knallige Farben», erklärte Peggy unumwunden. «Beeil dich, wir fahren mit meinem Auto.»

Karen schlüpfte in ihren alten Regenmantel, in dem sie sich wie eine graue Maus neben einem Paradiesvogel vorkam. «Weißt du, wo es ist?» erkundigte sie sich, während sie die kostbare Aktenmappe in Peggys Kofferraum verstaute.

«Cameron hat mir den Weg beschrieben. Und jetzt hör gut zu: Das Wichtigste ist, daß du eine unergründliche, blasierte Miene zur Schau stellst. So...» Sie kniff den Mund zusammen und rümpfte hochmütig die Nase. «Und diese Miene behältst du bei, egal, was passiert. Laß dir ja nicht einfallen, vor lauter Freude oder Überraschung loszuquietschen, auch nicht, wenn dir ein Tagebuch mit dem Titel ‹Jane Jones alias Ismene› in die Finger kommt. Wir müssen alles überprüfen, weil wir ja nicht genau wissen, was wir suchen. Ein Stoß alter Zeitschriften kann andere Papiere enthalten. Wenn du irgend etwas findest, das von Interesse sein könnte, notierst du dir den Standort, kapiert?»

«Mhm», brummte Karen. «Klingt viel komplizierter, als ich es mir vorgestellt hatte.»

«Mein liebes Kind, das Steigern ist eine Kunst, die nicht nur eine angeborene Begabung, sondern auch jahrelange Übung erfordert.» Peggy spähte angestrengt durch die regennasse Windschutzscheibe. «Ich glaube, hier müssen wir abbiegen, lies mal, was auf dem Straßenschild steht.»

Karen gehorchte, und Peggy bog mit einem zufriedenen Schnauben rechts ab. «Jetzt geradeaus bis zur alten Schmiede, hat er gesagt. Paß auf, ob du ein Schild siehst. Ja, Herzchen, mit ländlichen Auktionen kenne ich mich aus. Früher ging ich jedes Wochenende an eine, aber irgendwann mal war im Haus kein Platz mehr. Deshalb hab ich mich in letzter Zeit zurückgehalten, aber Joan und ich –»

«O Gott, Joan!» schrie Karen auf. «Die habe ich ganz vergessen, sie wollte heute herkommen. Wir sollten uns zu einem gemeinsamen Abendessen treffen, schlug sie vor.»

«Wir werden sehen», sagte Peggy kurz. «Oh, da ist das Schild!»

Das Gebäude, in dem die Auktion stattfinden sollte, war eine ziemlich verlotterte und verwinkelte Lagerhalle inmitten von Wiesen und Äckern. Rechts davon hatte man eine Art Festzelt aufgestellt, links befand sich eine kiesbedeckte Parkfläche. Als Reserveparkplatz diente eine frisch gemähte, vom Regen bereits aufgeweichte Wiese auf der anderen Straßenseite.

Mit Kennermiene musterte Peggy die geparkten Fahrzeuge. «Schau dir die Zulassungsschilder an! New York, Pennsylvania, Florida... Lauter Händler, ich hatte es befürchtet. Vermutlich gab es Anzeigen in sämtlichen Fachzeitschriften. So, und jetzt setz mal dein blasiertes Gesicht auf.»

Karen folgte Peggy in das Gebäude und erschrak beinahe, als sie das Durcheinander erblickte. Überall Möbel, Kisten, Körbe, Schachteln; auf langen Tischen Stapel von Bettwäsche, Decken,

Geschirr; unter den Tischen noch mehr Körbe und Schachteln. Rechts vom Eingang befand sich ein Podium mit einem Pult und einem hohen Drehstuhl, das Podium des Auktionators, wie Karen vermutete. Zu beiden Seiten Vitrinen, welche die kostbaren Gegenstände enthielten, vor allem Silber und Kristall. Am anderen Ende des Raumes hatte man eine Bar eingerichtet, wo eine stämmige Frau in weißer Schürze einigen Männern, die plaudernd und lachend am Tresen lehnten, Kaffee und Gebäck servierte.

«Stammkundschaft», erklärte Peggy, auf die Männer deutend. «Die sind nicht zum ersten Mal hier. Wir holen uns einen Kaffee, und dann wollen wir einen ersten Rundgang machen.»

Sie hatte Schirm und Regenmantel im Auto gelassen und wirkte jetzt sehr professionell in Jeanshose, Jeanshemd und Lederstiefeln. Karen war froh, daß sie alte Kleider und bequeme Schuhe angezogen hatte; der Zementboden war bereits naß und schmutzig. Mit einem Kartonbecher in der Hand, trottete sie gehorsam hinter Peggy her. Aber schon nach kurzer Zeit schwirrte ihr der Kopf von dem heillosen Durcheinander. Gut, daß sie auf Peggys Rat hin Block und Bleistift mitgenommen hatte. Die meisten der gefürchteten Händler machten sich auch schon eifrig Notizen.

Während sie durch die Hallen gingen, sagte Peggy: «Wenn's dir nichts ausmacht, überlasse ich dir die Kisten und Kartons unter den Tischen; meine Kniegelenke tun höllisch weh bei Regenwetter. Du kannst die Sachen ruhig rausnehmen, aber gib acht, daß du jeden Gegenstand wieder dorthin tust, wo du ihn hergenommen hast.»

Karen fühlte sich plötzlich nervös. «Aber wenn ich nun etwas übersehe? Ich weiß ja gar nicht, wonach ich eigentlich Ausschau halten soll.»

«Ich auch nicht.» Peggy lachte. «Viel Spaß bei der Schatzsuche.»

Mit einer Grimasse kauerte sich Karen auf den schmutzigen Betonboden und zog die ersten Kisten hervor. Unter den Tischen befanden sich – sie hatte sie gewissenhaft gezählt – insgesamt siebenunddreißig. Als sie sie alle durchsucht hatte und eben einen Stapel Schachteln in Angriff nehmen wollte, spürte sie eine Hand auf der Schulter.

«Mittagspause», verkündete Peggy. «Es ist schon halb zwölf. Komm mit, dort drüben ist eine Art Damentoilette. Wir machen uns ein bißchen frisch und essen dann etwas. Das Essen ist immer gut bei diesen Veranstaltungen – Suppe, belegte Brote und allerlei Selbstgebackenes.»

Vor der Bar stand man bereits Schlange, und es dauerte eine Weile, bis sie ihren Lunch und zwei der Stühle ergattert hatten, die längs der Wand aufgereiht waren. Peggy biß genießerisch in ein riesiges Schinkenbrot. Karen sah sich um, während sie ihre Suppe schlürfte. «Mensch, die vielen Leute! Aber ich sehe kein einziges bekanntes Gesicht.»

«Keine Sorge, Bill wird ganz bestimmt auftauchen. Und du wirst dann ausgesprochen nett und höflich zu ihm sein.»

«Puh... Meinst du, daß Dorothea es wagen wird, sich hier blicken zu lassen?»

«Wenn sie's tut, dann wirst du auch zu ihr nett und höflich sein», sagte Peggy nachdrücklich. «Bist du fertig mit deiner Suppe? Na, dann komm, ich will dir etwas zeigen. Aber denk daran – keine unbedachten Gefühlsäußerungen!»

Sie führte Karen hinter das Podium. An der Wand hingen mehrere Gemälde, die meisten davon in verschnörkeltem Goldrahmen. «Ich hätte Lust, auf das eine oder andere zu bieten», sagte Peggy laut und vernehmlich. «Ist die Dame mit dem Spitzenhäubchen nicht einfach himmlisch?»

«Himmlisch scheint mir leicht übertrieben», erwiderte Karen zögernd. «Ich jedenfalls möchte diese stechenden Schielaugen nicht an meiner Wohnzimmerwand hängen haben. Der Maler scheint von menschlicher Anatomie nicht gerade viel – auweh!» Peggy hatte ihr den Ellbogen in die Seite gerammt.

«Die Anatomie des Schoßhündchens mag auch etwas merkwürdig anmuten», fuhr Peggy fort, «aber süß ist es trotzdem. Schau nur, die treuherzigen Glotzaugen! Das ist naive Malerei, du Banausin, dafür zahlen Sammler heutzutage Höchstpreise. Zu hohe für mich vermutlich, aber versuchen werd ich's trotzdem.»

Sie zog Karen weiter zu einer Stelle, wo ein Stapel Rahmen an der Wand lehnte, und tuschelte aufgeregt: «Merkst du denn gar nicht, was ich im Sinne habe? Hast du nie an Familienporträts gedacht?»

«Nein», gestand Karen zerknirscht. «Mensch, das wäre etwas! Ein Porträt von Ismene als Frontispiz für das Buch oder auf dem Umschlag... Aber diese Oma mit dem stechenden Blick kann doch wohl nicht –»

«O Herr, schenk mir Langmut!» stöhnte Peggy. «Wir werden eben alles kaufen, was aus der fraglichen Zeit stammt. Jetzt paß mal auf: Wenn ich nur einen Muckser von dir höre, bring ich dich um!»

Der Rahmen, den Peggy aus dem Stapel zog, war billige Massenware und in ebenso schlechtem Zustand wie das Bild selbst. Zwei hellere Streifen liefen senkrecht und waagrecht darüber, und es war derart verschmutzt, daß Karen nicht erkennen konnte, was es darstellen sollte.

«Was ist das?» fragte sie verblüfft.

«Kommst du nicht drauf? Schau genauer hin.»

Karen kniff ein Auge zusammen, und jetzt wollte ihr scheinen, als zeichneten sich allmählich zwei Gestalten von dem dunklen Hintergrund ab. Zwei menschliche Gestalten... vielleicht ein Mann und eine Frau? Wenn die Streifen nicht gewesen wären... Plötzlich wurde ihr klar, was die Streifen bedeuteten. Das Bild war kein billiger Farbdruck, sondern ein Ölgemälde. Die Leinwand war achtlos geknickt worden, und an den Knickstellen war die Farbe abgeblättert.

«Ich hab's mir schon im Licht angeschaut», flüsterte Peggy, «aber ich will keine Aufmerksamkeit erregen. Glaub mir, das ist kein Ehepaar, das sind zwei Frauen. Mehr kann ich vorläufig nicht sagen, aber wenn man das Bild reinigt und restauriert... Sollen wir versuchen, es zu kaufen?»

«Mein Gott, natürlich! Das ist ja unglaublich!»

Peggy stellte das Bild wieder zurück. «Mach dir keine großen Hoffnungen, möglicherweise sind es zwei ganz andere Frauen. Aber ich meine, einen Versuch wäre es wert, und wenn du es fertigbringst, deinen Mund zu halten und nicht im falschen Moment wie ein Christbaum zu strahlen, bekommen wir es vielleicht billig.»

«Ich laß mir nichts anmerken, Ehrenwort...»

«Halt die Klappe», sagte Peggy liebenswürdig. «Los, an die Arbeit! Die Bücher müssen wir uns ja auch noch ansehen.»

Sie verbrachten die nächste halbe Stunde damit, unter dem Zerberusblick der Aufsicht den Inhalt der Vitrinen zu inspizieren – nur so für den Fall, wie Peggy meinte. Hoffnungsvoll drehte Karen jedes Medaillon dreimal um, wurde aber enttäuscht. Der Jett- und Granatschmuck war zum Teil sehr schön gearbeitet und, laut Peggy, auch wertvoll, aber die ältesten Stücke stammten aus der Mitte des 19. Jahrhunderts.

«Der Schmuck lag bestimmt auch in einer Kiste auf dem Dachboden», brummte Peggy. Sie hatte sich eine Uhrmacherlupe ins Auge geklemmt und musterte die diversen Stücke wie ein alter Profi. «Bei manchen fehlen einzelne Steine, und andere sind ganz zerkratzt.»

Karen wurde ungeduldig. «Mach vorwärts, es kommen immer mehr Leute!»

«Zwei Minuten.» Peggy ließ ein Jetthalsband durch die Finger gleiten. «Geh schon mal vor, ich komme gleich nach.»

Karen stürzte sich auf die Bücher, die sie bereits den ganzen Vormittag gierig beäugt hatte. Sie hatte schon seit langem nicht mehr so richtig schmökern können und fühlte sich geradezu ausgehungert.

Manche Mitglieder der Familie Cartright waren offenbar keine Hamster, dafür aber Leseratten gewesen. Doch nur wenige Bücher waren so alt wie jene, die sich Lisa vorweg geschnappt hatte. Die meisten stammten aus dem späten 19. Jahrhundert – ein buntes Durcheinander von Romanen und Essaybänden, Gedichten und Bühnenstücken, Biographien und Reiseberichten.

Karen war bei der Durchsicht eines Stapels von Haushalt- und Kochbüchern, als jemand sie antippte. «Na, wie läuft's?» fragte Joan und ging neben ihr in die Knie.

«Tag», sagte Karen zerstreut.

«Du bist wohl schon seit heute früh hier? Dann hast du sicher eine Pause nötig. Komm, ich spendiere dir einen Kaffee.»

Karen legte den Stapel in die Kiste zurück. «Also gut», seufzte sie und riß sich widerstrebend von den Büchern los.

«Deine Begeisterung über unser Wiedersehen rührt mich zutiefst. Wo ist Peggy?»

«Ich weiß nicht, irgendwo dort drüben. Wo ist Sharon?»

«Die mag keine Auktionen. Sie brachte mich her und fuhr gleich wieder zum Hotel zurück. Ich dachte mir, ich könnte dann mit dir und Peggy in die Stadt zurückfahren.»

«Mist!» entfuhr es Karen.

«Na, wenn dir das dermaßen zuwider ist, dann muß ich mir eben eine andere Mitfahrgelegenheit suchen», brummte Joan, aber als sie Karens bedeutsamen Blick sah, mußte sie lachen. «Oh, den dort hast du gemeint!»

Bill Meyer lächelte ihnen freundlich zu und hob grüßend die Hand. Karen winkte zurück und stiefelte in die entgegengesetzte Richtung davon. «Ich kann den Kerl zwar immer noch nicht riechen», erklärte sie, «aber Peggy hat mir ausdrücklich befohlen, nett zu ihm zu sein.»

«Wenn du ihn nicht willst, dann mach doch wenigstens mich mit ihm bekannt.»

«Soweit kommt's noch», knurrte Karen. «Entschuldige, ich muß auf die Toilette.»

Joan erwartete sie mit zwei Bechern Kaffee und zwei Tortenstücken, und erst jetzt spürte Karen, daß ihr Magen knurrte.

«Einer der Gründe, weshalb ich so gerne an Auktionen gehe, ist das Essen», verkündete Joan mit vollem Mund. «Ich glaube, ich hol mir noch ein Stück Apfeltorte, ich brauch etwas Nahrhaftes. Weißt du, was die uns heute zum Lunch serviert haben?»

«Ich will's gar nicht wissen!»

«Dann eben nicht. Kann ich dir irgendwie helfen? Sag mir, was du suchst, und ich stürze mich ins Gewühl.»

«Alte Dokumente und Bücher», sagte Karen. «Aber du brauchst dir keine Mühe zu geben, wir haben schon fast alles durchgesehen.»

«Die Scheune auch?»

«Welche Scheune?»

«Na, die Scheune dort hinten! Wo die Ware ist, die erst am Sonntag versteigert werden soll.»

Karen starrte sie entsetzt an. Eine ganze Scheune, vollgestopft bis unter die Dachsparren!

«Vermutlich ist Peggy schon dort, ich geh mal nachsehen», sagte Joan. «Du hast noch zwei Stunden Zeit», fügte sie mit einem aufmunternden Blick hinzu.

Es ging gegen vier, als Karen mit den Bücherkisten fertig war. Mittlerweile hatte es zu regnen aufgehört, aber das ganze Areal war eine einzige Schlammgrube. Mißmutig steuerte Karen zwischen zahlreichen Pfützen hindurch auf die Scheune zu. Sie war groß, riesig sogar, und drinnen sah es womöglich noch schlimmer aus als in der Lagerhalle. Eine kompakte Menschenmasse wälzte sich zwischen Möbelstücken und vollbepackten Regalen durch. Karen sah sich mutlos um und mußte an die sprichwörtliche Nadel im Heuhaufen denken. Als sie Joans roten Schopf entdeckte, kämpfte sie sich bis zu ihr vor und sah, daß auch Peggy dort stand.

«Ist wirklich um fünf schon Schluß?» fragte Karen verzweifelt. «Wir können unmöglich bis fünf Uhr fertig sein!»

«Nur keine Panik, ich hab mir Notizen gemacht.» Peggy zeigte ihr den vollgekritzelten Katalog und kratzte sich mit einem schmutzigen Finger die Nase. «Der Betrieb hier ist wirklich chaotisch, wir gehen meine Notizen dann heute abend in aller Ruhe durch.»

«Du bist sicher todmüde», sagte Karen schuldbewußt. «Ruh dich einen Augenblick aus, während ich weitersuche, ja?»

«Gute Idee. Da, nimm die Liste und verlier sie um Himmels willen nicht. Einige Sachen habe ich nicht ausfindig machen können, all die, welche angekreuzt sind.» Sie schlängelte sich mit Joan durch die Menge, und Karen kniete sich seufzend vor einer Bücherkiste nieder.

Sie hatte längst noch nicht alles durchgesehen, als Joan wieder auftauchte. «Fünf vorbei! Peggy möchte nach Hause und ich auch.»

«Ich bin aber noch nicht fertig mit dem Zeug hier...»

«Wenn du nicht von alleine gehst, schmeißen sie dich raus. Für die Veranstalter war's auch ein anstrengender Tag, und der morgige wird noch schlimmer.»

Beim Verlassen der Scheune sah sie Peggy beim Eingang zur Lagerhalle stehen und angeregt mit einigen Männern diskutieren. Einer von ihnen war Bill Meyer. Karen erwiderte seinen Gruß mit einem Nicken und musterte ihn diskret, während die anderen sich verabschiedeten. Auf seinem Gesicht waren keine Kratzspuren zu sehen. Die Hände hatte er in die Jackentaschen gesteckt.

Joan räusperte sich vielsagend, und Karen machte sie mit Meyer bekannt, der jetzt die Hände aus den Taschen zog. Keine Kratzspuren. Er bemerkte Karens argwöhnischen Blick und sagte in besorgtem Ton: «Sie sehen todmüde aus, Karen.»

«Taktvoll wie immer, lieber Bill», gab sie spitz zurück.

«In der Defensive wie immer, liebe Karen», meinte er grinsend. «Es ist doch keine Schande, müde zu sein, ich bin's auch. Ich hab's mir nicht so anstrengend vorgestellt.»

«Wollen Sie mit uns fahren, Bill?» erkundigte sich Peggy.

«Danke, nein, ich bin mit dem eigenen Wagen hergekommen.»

Auf dem Weg zum Parkplatz ergab es sich – ob zufällig oder nicht, hätte Karen nicht sagen können –, daß sie und Meyer einige Meter hinter Joan und Peggy zurückblieben. «Wollen wir einen Handel abschließen?» fragte er leise.

«Was für einen Handel?» fragte Karen mißtrauisch zurück. Sie mußten am Straßenrand warten; es herrschte reger Verkehr.

«Oh, alles ganz reell, glauben Sie mir. Es gibt da ein paar Dinge, die mich interessieren, aber ich will nicht gegen Sie bieten. Wenn Sie mir sagen, was Sie interessiert, verzichte ich darauf.»

Karen verschluckte die Bemerkung, die ihr auf der Zunge lag, und sagte zuckersüß: «Das ist reizend von Ihnen, aber momentan schwirrt mir der Kopf dermaßen, daß ich es wirklich nicht sagen könnte.»

Bill grinste. «Ich kann es Ihnen nicht verargen, daß Sie unlautere Absichten vermuten, aber ich versichere Ihnen –»

«Ich werde es mir überlegen.» Peggy und Joan befanden sich bereits auf der anderen Straßenseite. «Entschuldigen Sie, ich muß mich beeilen …»

«Besprechen Sie die Sache mit Peggy», drängte Meyer. «Wir sehen uns doch morgen früh wieder hier? Dann können Sie mir Bescheid geben.»

«In Ordnung. Wiedersehen, Bill, ich muß jetzt wirklich gehen.» Karen wartete, bis ein Lastwagen vorbeigefahren war, und begann die Straße zu überqueren.

Sie nahm alles in einem einzigen kurzen Augenblick wahr: den Aufschrei, das metallische Kreischen, den Aufprall. Sie wurde durch die Luft geschleudert und lag plötzlich im nassen Gras, zusammengekrümmt und benommen. Dann spürte sie, wie eine Hand behutsam ihren Kopf und ihre Arme abtastete.

«Tut's dir irgendwo weh?» fragte Peggy mit zitternder Stimme.

«Nein.» Karen drehte sich langsam um und setzte sich auf. «Mir fehlt nichts, wirklich. Es ist nur der Schock. Es ging alles so schnell ...»

Peggy stieß einen erleichterten Seufzer aus und half ihr auf die Beine. «Ich glaube, das Auto hat dich nur gestreift. Aber viel hätte nicht gefehlt. Wenn er dich nicht rechtzeitig zur Seite gestoßen hätte ...»

Ein paar Leute beugten sich über eine Gestalt, die in einiger Entfernung mit dem Gesicht zur Erde reglos dalag. Karen erkannte den Mann nur an seinem weißen Hemd, das mit Schlamm und Blut bespritzt war, und an seinem schwarzen, halb von Grasbüscheln verdeckten Haar.

12

Schriftstellerinnen sollten sich besonders
darin hervortun, bereitwillig die Grenzen anzuerkennen,
die ihre Geschlechtszugehörigkeit ihnen setzt.
Sir Egerton Brydges, 1928

«Es war aber kein junger Schnösel», beharrte Joan. «Am Steuer saß eine Frau, sag ich!»

«Woher willst du das wissen?» fragte Peggy. «Du hast auch nicht mehr gesehen als ich. Ich hab mich erst umgedreht, als ich Bill schreien hörte, und da kamen schon beide durch die Luft gesegelt. Einen schrecklichen Augenblick lang dachte ich... Entschuldigt mich, ich brauch noch was zu trinken.»

Peggy war es gewesen, die, als der Unfall passierte, von allen den kühlsten Kopf bewahrt hatte. Nachdem feststand, daß Karen bis auf einige Beulen und Schrammen unverletzt war, half sie ihr zum Auto und brachte sie nach Hause. Joan kümmerte sich inzwischen um das zweite Opfer. Sie und Sharon waren später nachgekommen, und Sharon bemühte sich nun schon seit einer halben Stunde, der Stimme der Vernunft Gehör zu verschaffen.

«Die Hauptsache ist doch, daß niemand ernstlich verletzt wurde», sagte sie mit professioneller Gelassenheit. «Allerdings bin ich nach wie vor der Meinung, daß du, Joan, mit Dr. Meyer gleich zu einem Arzt hättest fahren sollen.»

«Er wollte aber nicht! Und soweit ich es beurteilen konnte, fehlte ihm weiter nichts. Nur ein bißchen abgeschürfte Haut und möglicherweise ein verstauchtes Handgelenk.» Joan ließ sich seufzend in einen Sessel fallen, aber in ihren Augen funkelte es verräterisch. «Nichts ist so schlimm, als daß es nicht auch sein Gutes hätte, wie es so schön heißt. Mir hat die Sache jedenfalls Gelegenheit verschafft, ihn ins Hotel zurückzubringen. Er fragte, ob ich einige Tage hierbleibe, und mein Herz begann schon höher zu schlagen – da sagt dieser reizende Mistkerl doch, wie sehr es ihn erleichtere zu wissen, daß jemand wie ich sich um Karen kümmern würde.»

«Um mich braucht sich keiner zu kümmern», sagte diese automatisch.

«Nun, es war ein Schock für uns alle», meinte Sharon. «Aber wir sind uns bestimmt alle darin einig, daß wir so nicht weiter kommen. Niemand hat sich die Autonummer notiert –»

«Nein, wir waren schließlich allesamt anderweitig beschäftigt», sagte Peggy ironisch.

«– folglich dürfte es für die Polizei schwierig sein herauszufinden, wer am Steuer des Autos saß», fuhr Sharon unbeirrt fort. «Ich darf doch wohl annehmen, daß keine von euch glaubt, es handle sich um etwas anderes als Fahren in angetrunkenem Zustand. Es gibt leider viele, besonders jüngere Autofahrer, die sich in alkoholisiertem Zustand ans Steuer setzen und ihre Reaktionsfähigkeit überschätzen. Die Straße macht dort eine scharfe Kurve, sie war naß und rutschig –»

«Ich behaupte, es war eine Frau», brummte Joan.

«Es gibt auch Frauen, die sich in alkoholisiertem Zustand ans Steuer setzen und ihre Reaktionsfähigkeit überschätzen –»

«– und die Straße macht dort eine scharfe Kurve und so weiter und so fort», sagte Peggy. «Wir haben mitgekriegt, was du meinst, Sharon. Im übrigen würde ich nur zu gerne glauben, daß deine Interpretation die richtige ist.»

«Na, dann wäre das ja erledigt.» Sharon, perfekt frisiert und tadellos gekleidet, musterte ihre Freundinnen mit kritischem Blick. «Wollt ihr euch nicht umziehen, bevor wir zum Essen ausgehen?»

«Ich hab keine Lust, mich umzuziehen», verkündete Joan. «Und überhaupt, irgendeine Kneipe tut es auch.»

«Und ich schlage vor, daß wir nirgendwo hingehen, sondern hier etwas essen», meinte Peggy. «Wir sollten noch den Auktionskatalog durchsehen, und morgen müssen wir früh raus.»

Peggy setzte sich durch, wie üblich, wenn sie bestimmte Absichten hegte. Joan bot sich an, etwas Eßbares zu besorgen; Sharon wollte sie unbedingt begleiten, da sie sonst nur kalorienreiches, vitaminarmes Zeug bekämen.

Nachdem die beiden gegangen waren, blieb es eine Weile still. Dann sagte Peggy nachdenklich: «Die Idee, daß eine Frau am Steuer saß, muß Joan von Bill haben. Sie kann den Fahrer oder die Fahrerin unmöglich gesehen haben.»

«Und er?»

«Er ist der einzige, der ihn oder sie hätte sehen können. Er sagte, das Auto sei mit überhöhter Geschwindigkeit um die Kurve gekommen. Wenn er dich nicht rechtzeitig zur Seite gestoßen hätte...»

Karen rieb sich die schmerzende Schulter. «Dann muß ich ihm jetzt auch noch dankbar sein, weil er mir das Leben gerettet hat?»

«Joan, diese unverbesserliche Romantikerin, würde vermutlich sagen, er habe dir ‹unter Einsatz seines eigenen Lebens das Leben gerettet›. Womit sie vielleicht gar nicht so unrecht hat. Ich behaupte ja nicht, daß es kein Unfall war –»

«Natürlich war es ein Unfall, was sonst?» sagte Karen irritiert. «Ich weiß schon, woran du denkst! Dorothea Angelo ist bestimmt keine sehr liebenswerte Zeitgenossin, aber daß sie mich kaltblütig über den Haufen fahren würde, ist doch... Was hätte sie überhaupt davon?»

«Hm ...» Peggy kratzte sich nachdenklich das Kinn. «Nun ja, auch ich sehe kein einleuchtendes Motiv. Aber es würde mich trotzdem interessieren, ob sie sich zur Zeit in dieser Gegend aufhält.» Sie stand auf und ging ans Telefon.

Nachdem sie ein kurzes Gespräch geführt hatte, wandte sie sich zu Karen um. «Was sagst du dazu? Dorothea Angelo hält sich tatsächlich hier auf, im Hotel. Heute mittag sei sie angekommen.»

Der erste, den sie am nächsten Morgen in aller Herrgottsfrühe in der Auktionshalle antrafen, war Simon. Er wirkte in dieser Umgebung wie ein mitteleuropäischer Schloßherr, der geruht, auf einem Dorffest zu erscheinen. Der Mann, mit dem er plauderte, war der Besitzer des Auktionshauses; Karen hatte ihn bereits am Vortag gesehen. Als er Karen und Peggy erblickte, hob er grüßend die Hand.

«Was in aller Welt tut er denn hier?» fragte Karen verblüfft.

«Bücher kaufen, was sonst? Irgendwoher muß er seine Bücher ja haben», erwiderte Peggy.

«Aber er hatte doch gar keine Zeit, um sie zu besichtigen!»

«Simon ist seit vielen Jahren in diesem Busineß, Karen. Glaub mir, er weiß schon, was er tut.»

Jetzt kam Simon auf sie zu. «Guten Morgen, meine Damen! Munter und für alles gerüstet, wie ich sehe.»

Er beugte sich über Peggys ausgestreckte Hand, legte Karen den Arm um die Schultern und drückte sie an sich. «Hast du ihn gefragt wegen dem Safe?» fragte Peggy unumwunden.

«Ja, wir dürfen ihn benützen.»

«Gut, dann hole ich jetzt die Aktenmappe mit dem Manuskript. Spendier du Karen inzwischen einen Kaffee, sie schläft ja noch im Stehen.»

Peggy verschwand, und Simon lotste Karen zur Bar. Obwohl die Auktion erst in einer Stunde beginnen sollte, waren bereits viele Leute da.

«Ich hatte keine Ahnung, daß du kommst», sagte Karen aufgebracht. «Habt ihr beide, du und Peggy, hinter meinem Rücken noch andere Überraschungen ausgeheckt?»

Simon warf ihr einen nachsichtigen Blick zu. «Trink erst mal Kaffee», erwiderte er und bot ihr einen dampfenden Becher an. «Nach dem, was ich vernommen habe, hast du keinerlei Grund, deinen Verbündeten irgendwelche Vorwürfe zu machen. Jetzt wach erst mal auf – oder ist deine schlechte Laune eine Nachwirkung des Unfalls?» Er deutete auf einen Stuhl, und Karen setzte sich mit einem resignierten Seufzer. «Stört es dich, daß Peggy mich auf dem laufenden hält?»

«Ob's mich stört oder nicht, ich kann ja doch nichts dagegen tun. Entschuldige, Simon, ich freue mich doch, daß du gekommen bist.»

«Aus absolut eigennützigen Motiven, meine Liebe. Es gibt ein paar Stiche hier, die mich interessieren. Andere Dinge dagegen bereiten mir absolut kein Vergnügen. Wenn ich geahnt hätte –»

«– dann hättest du mir nichts von dem Manuskript gesagt? Das ist doch Unsinn, Simon. Ich glaube einfach nicht, daß mir persönlich Gefahr droht, falls du darauf anspielst. Niemand von denen, die sich für das Manuskript interessieren, würde deswegen gewalttätig werden.»

«Das möchte ich ja gerne glauben», sagte Simon. «Aber ich habe kürzlich einen Anruf von Dorothea Angelo bekommen, und sie klang – irgendwie nicht normal.»

«Ach, die klingt immer so! Dorotheas Drohanrufe sind notorisch. Sie macht sich dauernd bei allen unbeliebt. Aber was kann sie mir schon antun, außer mich zu beschimpfen?»

«Sie braucht dich nur anzutippen, und schon liegst du am Boden ... Oh, da kommt Peggy. Sie hatte die Idee mit dem Safe, und ich fand auch, daß es unvorsichtig wäre, das Manuskript im Kofferraum zu lassen bei dem Massenandrang, der heute hier herrscht.»

Nachdem die Aktenmappe im Safe verstaut war, trennten sie sich, um einen letzten Rundgang zu machen.

Peggy deutete auf das Zelt. «Simon hat dort drin drei Plätze für uns reservieren lassen.»

«Was ist mit Joan und Sharon?»

«Die müssen sich selbst um einen Platz kümmern. Joan kennt sich aus, wahrscheinlich hat sie Campingstühle organisiert. Jetzt müssen wir uns einschreiben und unsere Nummern fassen. Und denk daran: Du bietest auf nichts, aber auch gar nichts, ohne mich vorher zu fragen.»

Karen hatte auf einmal Herzklopfen. Während sie in der Schlange auf ihre Nummern warteten, musterte sie die Menschenmenge. Ein paar bekannte Gesichter tauchten auf: Lisa Fairweather mit gezücktem Schreibblock; Mrs. Fowler samt Veilchenhut und Colonel Bishop im Schlepptau; ein vierschrötiger, teigig aussehender Mann, in dem sie einen Moment lang Joe Cropsey zu erkennen glaubte; Bill Meyer – Karen hielt erschrocken die Luft an.

Das «bißchen abgeschürfte Haut», das Joan erwähnt hatte, war die Haut seiner linken Gesichtshälfte. Die Wange sah wie ein rohes Steak aus, Stirn und Schläfe waren mit weißem Heftpflaster verklebt.

Peggy hatte ihn auch gesehen. «Mannomann», sagte sie mitfühlend. «Vor lauter Schlamm hab ich gestern gar nicht bemerkt, daß er soviel abbekommen hat. Meinst du nicht, du solltest dich bei ihm bedanken?»

Karen stimmte halbherzig zu und war froh, daß sie es nicht gleich zu tun brauchte, denn als sie endlich ihre Nummern hatten, war Meyer verschwunden.

Auf dem Weg zu ihren Stühlen begegneten sie Mrs. Fowler. Peggys fröhliches «Guten Morgen, Mrs. Fowler!» erwiderte diese zwar mit einem hochmütigen Nicken, aber durch Karen sah sie glatt hindurch.

Sie nahmen ihre Plätze ein. Peggy machte es sich so bequem wie möglich und hielt Block und Bleistift bereit, während Karen nach Simon Ausschau hielt. Sie konnte ihn nirgends entdecken; alle Stühle waren bereits besetzt, und zahlreiche Nachzügler drängten sich suchend durch das Zelt.

Richtig interessant wurde es erst am späteren Vormittag, nachdem die Lose, die Peggy verächtlich als «Sammlerkrimskrams» bezeichnete, verkauft worden waren. Das meiste ging billig weg, außer einigen alten Zulassungsschildern und einer Kiste mit Büchern. Karen erhielt die gnädige Erlaubnis, auf die Bücher mitzubieten, aber bei zwanzig Dollar gab sie auf. Das Los wurde schließlich für zweihundert Dollar zugeschlagen, und Karen fragte verblüfft: «Was in aller Welt war denn in dieser Kiste?»

«Das wissen die Götter. Und Simon.»

«Du meinst, Simon hat ... Er hat doch gar nicht mitgeboten!»

Simon spazierte die ganze Zeit im Zelt herum, setzte sich manchmal auf einen Augenblick zu ihnen und verschwand dann wieder.

«Offiziell nicht. Eine ganze Meute von Buchantiquaren ist hier, und die bespitzeln sich alle gegenseitig.» Peggy kicherte. «Lauter Rädchen, die ineinandergreifen ... Macht es dir Spaß? Ich finde es faszinierend.»

Sie hatte zwei Schachteln mit uralten Kleidern, das in Öl gemalte Hündchen und das beschädigte Bild mit den zwei Figuren erworben. Karen fuhr zusammen, als die beiden Gehilfen des Auktionators das nächste Gemälde aufs Podium schleppten. «Die schielende Oma! Wirst du –»

«Nein, und du wirst gefälligst auch nicht.»

«Aber –»

«Ruhe», zischte Peggy.

Es prasselte nur so von Angeboten. Als das Bild schließlich zugeschlagen wurde, stieß Peggy einen erleichterten Seufzer aus. «Er hat's», flüsterte sie.

«Aber du hast ja gar nicht ... Heißt das, jemand anders hat –»

«Schsch!» Peggy entspannte sich. «Jetzt kommen die Lampen dran, das wird einige Zeit dauern. Laß uns eine Pause machen.»

Sie zwängten sich zwischen den Sitzreihen hindurch, und Peggy mahnte nochmals: «Ich hab dir doch gesagt, daß du mich machen lassen sollst. Wenn Konkurrenz da ist, organisiert man sich eben einen Strohmann. Simon und ich haben gestern das Nötige veranlaßt.»

«Ach so – wegen Bill?»

«Wegen Bill mache ich mir keine Sorgen. Offenbar ist dir noch nicht aufgefallen, daß *sie* hier ist.»

Dorothea Angelo stand dicht an der hinteren Zeltwand, mit verschränkten Armen, gerunzelter Stirn und zusammengepreßten Lippen. Sie starrte Karen ungeniert an, und als sie bemerkte, daß diese sie gesehen hatte, nickte sie zackig in ihre Richtung.

«Siehst du irgendwelche Kratzer an ihr?» wisperte Karen.

«Schwer zu sagen bei der schlechten Beleuchtung und bei all der Farbe, die sie sich ins Gesicht geschmiert hat. Trägt sie Handschuhe?»

«Ich weiß nicht ... Ja, tatsächlich! Das ist doch verdächtig, findest du nicht?»

«Nicht unbedingt, vielleicht will sie sich bloß die zarten Händchen nicht schmutzig machen. Sie hat auf alles geboten, worauf wir geboten haben», fügte Peggy hinzu und zog Karen mit sich fort.

«Was, sogar auf den doofen Hund?» fragte Karen ungläubig.

«Du sagst es. Hat ihn auch noch um fünfzig Dollar höhergejubelt.» Ein hämisches Lächeln huschte über Peggys Gesicht. «Aber das zahl ich ihr zurück, bevor der Tag vorüber ist! Im übrigen ist es kein schlechtes Zeichen; es beweist, daß sie keine Ahnung hat, wonach sie eigentlich sucht.»

Karen war nicht überrascht, Joan mit einem Stück Kuchen in der Hand an der Bar anzutreffen. «Sharon findet es langweilig», verkündete Joan. «Wahrscheinlich geht sie demnächst. Habt ihr Bill auch gesehen? Armer Junge, sieht er nicht schrecklich aus? Hoffentlich hast du dich bei ihm für sein heldenmütiges Eingreifen bedankt.»

«Hab noch keine Gelegenheit dazu gehabt», sagte Karen verdrossen. «Peggy, meinst du nicht, wir sollten wieder zurück?»

«Nur mit der Ruhe», beschwichtigte Peggy und schaufelte Zucker in ihren Kaffee. «Cameron scheint noch nicht aufgetaucht zu sein, oder hast du ihn gesehen?»

«Ich hab nicht nach ihm Ausschau gehalten.»

«Ich schon», sagte Peggy trocken. «Er will doch bestimmt sehen, wie das Geschäft läuft.»

Cameron erschien erst am späten Nachmittag. Karen entdeckte ihn als erste; seit mehr als einer Stunde waren nur Möbel versteigert worden, und ihr Interesse hatte nachgelassen. Sie stieß Peggy an, die schadenfroh kicherte, weil sie es soeben fertiggebracht hatte, Dorothea zu einem überrissenen Preis einen Stapel uralter Fotomagazine anzuhängen.

«Cameron ist dort drüben.»

«Ah, gut, ich wollte sowieso eine Pause machen», sagte Peggy und raffte ihre Sachen zusammen.

Cameron plauderte mit Simon, neben dessen Eleganz seine abgewetzten Jeans, hochgekrempelten Ärmel und klobigen Stiefel noch schäbiger als sonst wirkten. Immerhin hatte er sich rasiert, und seine Hände waren halbwegs sauber, wenn auch rot und rissig und ganz zerkratzt.

Hat nichts zu besagen, dachte Karen. Camerons Hände waren immer rot und zerkratzt.

«Ich sagte Mr. Hayes eben, daß die Auktion gut läuft», bemerkte Simon. «Er wird damit zufrieden sein dürfen.»

«Das haben Sie nicht zuletzt uns zu verdanken», sagte Peggy und grinste Cameron verschmitzt an. «Ich hab aus der Angelo noch zwanzig Dollar mehr herausgequetscht für ein scheußliches Stilleben.» Das Lächeln verschwand, und sie fügte niedergeschlagen hinzu: «Allerdings hat sie im Gegenzug auch aus mir allerhand rausgequetscht.»

«Oh, das tut mir aber leid», sagte Cameron höflich.

«Sollte es aber nicht. Wo steckten Sie die ganze Zeit? Ihre Kusine ist schon seit heute früh hier und addiert Zahlen auf ihrem Taschenrechner. Interessiert es Sie denn gar nicht zu erfahren, wie reich Sie bald sein werden?»

«Also wirklich, Peggy», sagte Simon vorwurfsvoll, «deine Manieren sind das allerletzte!»

«Schon gut», meinte Cameron lächelnd, «ich bin Peggys äh ... direkte Art gewohnt. Lisa verfügt über mehr Freizeit als ich, Peggy. Sie sehen mir sicherlich an, daß ich geradewegs von der Arbeit komme. Ich glaube, ich habe einen ernsthaften Interessenten für das Haus gefunden. Das tangiert aber Ihre Pläne nicht im geringsten», fügte er hastig hinzu, als er Peggys Blick bemerkte. «Es kann noch einige Wochen dauern, bis der Verkauf perfekt ist, also bleibt Ihnen genügend Zeit für Ihre Nachforschungen in Amberley.»

«Na, das freut mich für Sie», sagte Peggy stirnrunzelnd. «Aber unsere Pläne könnte es trotzdem beeinträchtigen, ich meine, falls der künftige Besitzer dort alles umkrempeln will. Will er das ganze Grundstück erschließen oder –»

«Mein Gott, Peggy, das ist wohl wirklich nicht der richtige Moment, um so etwas aufs Tapet zu bringen!» unterbrach Simon peinlich berührt. «Komm jetzt, sonst verpassen wir noch etwas. Nett, Sie getroffen zu haben, Mr. Hayes.»

Grinsend und keineswegs zerknirscht ließ sich Peggy von ihm weglotsen. Karen wollte ihnen folgen, aber Cameron hielt sie zurück. «Wenn Sie einen Augenblick Zeit hätten ... Ich hätte gerne etwas mit Ihnen besprochen.»

«Gut, aber lassen Sie uns nach draußen gehen, ich möchte ein wenig frische Luft schnappen.»

Unter den Bäumen neben der Scheune hatte man Tische und Stühle aufgestellt, aber alles war besetzt. So lehnte sich Karen an einen Baum und sah Cameron erwartungsvoll an.

«Ich habe von dem ... Unfall gehört», begann er verlegen.

«Wer hat es Ihnen gesagt?»

«Dr. Meyer, aber er ist nicht von selbst darauf zu sprechen gekommen. Als ich ihm heute zufällig begegnete und sein Gesicht sah, fragte ich, wie ihm das passiert sei.» Cameron zögerte, als wüßte er nicht, wie er es formulieren sollte. «Er glaubt offenbar nicht, daß es ein Unfall war.»

«Ach nein?»

«Mehr haben Sie dazu nicht zu sagen?» Die Zornröte stieg ihm ins Gesicht. «Sie hätten umkommen können!»

«Das bezweifle ich sehr.» Karen verschränkte die Arme und setzte eine gleichgültige Miene auf. «Es war irgendein dummer Junge, der den Führerschein noch nicht lange hat und über den Zwischenfall bestimmt mehr erschrocken ist als ich.»

«Dr. Meyer ist anderer Ansicht. Er hat mich auf eine Dame namens Dorothy Angelo aufmerksam gemacht und –»

«Dorothea.» Karen lachte, und er errötete noch mehr. Sie begriff nicht, warum er so wütend war, fand es aber amüsant, den wohlerzogenen Mr. Hayes seine Beherrschung verlieren zu sehen. «Sie spinnt zwar ein bißchen, aber so etwas Idiotisches würde sie nie tun. Bill hat zuviel Phantasie. Und einen ausgeprägten Beschützerinstinkt.»

«Verstehe.» Er schwieg einen Augenblick und sagte dann ebenso kühl wie sie: «Wenn das so ist, habe ich dazu nichts mehr zu sagen. Außer dem, was ich auch Dr. Meyer sagte: Mrs. Angelo hat keinen Kontakt mit mir aufgenommen. Ich habe sie heute zum ersten Mal gesehen.»

«Ich weiß Ihre Aufrichtigkeit zu schätzen», sagte Karen steif. «Jetzt muß ich wieder zurück, Peggy kauft die unmöglichsten Dinge, wenn ich nicht auf sie aufpasse.»

Cameron folgte ihr wortlos.

Als sie um die Ecke bogen, fand sich Karen plötzlich wieder Auge in Auge mit ihrer Hauswirtin; es wäre zu einem Zusammenstoß gekommen, wenn Mrs. Fowler nicht mit einem Aufschrei und einem Ausdruck abgrundtiefen Abscheus zurückgewichen wäre. Ihre abrupte Bewegung löste eine Kettenreaktion aus: Sie prallte rückwärts gegen Colonel Bishops dicken Bauch; der Colonel, beladen wie ein Packesel, stolperte und ließ einen Stapel Geschirr fallen. Mrs. Fowler wankte heftig hin und her, bis Cameron sie am Arm erwischte und festhielt.

«Verzeihung», sagte er. «Es war mein Fehler, Mrs. Fowler.»

Karen bückte sich, um Tassen und Teller aufzuheben. «Gut, daß die Erde noch so feucht ist», bemerkte sie. «Ich glaube, es ist nichts kaputtgegangen.» Da der Colonel keine Hand frei hatte, reichte sie die Sachen Mrs. Fowler und bemühte sich, versöhnlich zu lächeln.

«Wie können Sie es wagen!» schnaubte Mrs. Fowler empört. «Cameron, das hast du absichtlich gemacht, ganz bestimmt! Bring diese Person weg von hier und sorg dafür, daß sie mir nie mehr unter die Augen kommt! Mit so einer will ich nichts zu tun haben!»

«Aber, aber –» wollte Cameron beschwichtigen.

«Vor allen Leuten bloßgestellt hat sie mich! Absichtlich und kaltblütig hat sie mich öffentlich gedemütigt! Und du, du hast ganz genau gewußt, daß sie so eine ist, als du sie mir ins Haus brachtest.» Sie goß die Schalen ihres Zorns über Karens Haupt aus und gebrauchte dazu Ausdrücke, die diese nur aus viktorianischen Romanen kannte. «Schamloses Flittchen!» und «dreiste Metze» waren noch die mildesten.

Cameron war wieder feuerrot angelaufen, und um seinen Mund zuckte es verräterisch, aber Karen wußte nicht, ob aus Wut, Scham oder unterdrückter Heiterkeit.

Schließlich versiegte Mrs. Fowlers Atem oder Wortschatz.

Cameron sagte ruhig, aber nicht ohne Schärfe: «Sie sollten solche Dinge wirklich nicht sagen, Mrs. Fowler. Colonel, bringen Sie sie nach Hause, sie macht sich ja nur lächerlich.»

Der Colonel schwoll an wie eine violette Kröte. «Junger Mann, wenn ich jünger wäre und Sie ein Gentleman, dann... dann...»

Bis dahin hatte Karen das Spektakel ziemlich amüsant gefunden, aber jetzt wurde es ihr zu bunt. Der Colonel sah aus, als würde ihn gleich der Schlag treffen, Cameron, als würde er gleich auf ihn losgehen, und beide kamen ihr vor wie zwei Rivalen aus einem Kitschroman, die mit gezücktem Degen die Ehre ihrer Damen verteidigten.

«Ich glaube, es reicht jetzt», sagte sie. «Am Dienstag ziehe ich aus, Mrs. Fowler. Ich darf Sie daran erinnern, daß ich bis dann meine Miete bezahlt habe.»

Ihre Bemerkung hatte eine verblüffende Wirkung: Die Erwähnung von Geld ließ Mrs. Fowlers Empörung schlagartig schwinden. «Das wird nicht nötig sein. Im Gegensatz zu anderen Leuten halte ich mich an ein gegebenes Wort. Sie dürfen nur nicht erwarten, daß ich weiterhin gesellschaftlich mit Ihnen verkehre. Nein, Colonel, schweigen Sie, solche Leute kann man nun einmal nicht zur Räson bringen.»

Mit diesen Worten drehte sich Mrs. Fowler um und rauschte davon; der Colonel trottete knurrend hinter ihr her.

«Es tut mir leid –» begann Cameron.

Karen wirbelte herum. Ein paar Neugierige sahen immer noch zu ihnen her, deshalb sagte sie sehr leise und mit einem aufgesetzten Lächeln: «Herrgott noch mal, wann hören Sie endlich auf, sich für das zu entschuldigen, was andere Leute tun? Wenn irgend jemand schuld daran ist, daß diese arme Irre Gift und Galle spuckt, bin ich es und nicht Sie!»

Er musterte sie wortlos. Warum ließ er sich nie gehen? Eine solche Selbstbeherrschung war doch nicht normal – geradezu krankhaft, hätte Sharon gesagt. Aber warum, dachte Karen, kümmert mich das überhaupt?

«Mich wundert, daß sie schon um diese Tageszeit blau ist», sagte plötzlich Peggy hinter ihr. «Na, vielleicht hat sie immer einen Flachmann dabei.»

Karen fuhr herum. «Was sagst du da?» Simon, der neben Peggy stand, lächelte ironisch.

«Nun ja, es stimmt, daß sie trinkt», sagte Cameron resigniert. «Sie glaubt, niemand wisse es, aber... Wie sind Sie darauf gekommen, Peggy?»

«Ich kenne die Symptome.»

«Ich werde mich nach einer anderen Wohnung für Sie umsehen, Karen», sagte Cameron.

«Sehr liebenswürdig, aber das ist wirklich nicht nötig.»

«Warum nicht? Das ist doch mein Job.»

«Sind Sie Immobilienmakler?» Seltsam, daß sie sich noch nie überlegt hatte, was er eigentlich von Beruf war. Seine Augen wichen ihrem forschenden Blick aus, und er sagte mit einem spöttischen Unterton: «Immobilienmakler, Versicherungsagent, Handelsvertreter, was Sie wollen. Ich mache alles, wenn's nur etwas einbringt.»

Karen wußte nicht, ob der Spott ihr oder ihm selbst galt; sie hatte nicht zudringlich sein wollen, aber er mußte es als Zudringlichkeit empfunden haben. Wenn ich mich jetzt entschuldige, mache ich alles nur noch schlimmer, dachte sie zerknirscht.

«Ich habe nicht die Absicht umzuziehen», sagte sie. «Es lohnt sich nicht mehr, ich bleibe nur noch wenige Tage.»

«Wenn Ihnen das lieber ist...» meinte Cameron. «Andernfalls lassen Sie es mich wissen.» Er nickte kurz und wollte gehen. Peggy, die dem Gespräch neugierig gefolgt war, hielt ihn zurück.

«Eine Frage noch, Cameron. Wo liegen Ihre Angehörigen begraben?»

«Wie bitte?» Doch sein finsteres Gesicht hellte sich auf, wie immer, wenn er es mit Peggy zu tun hatte. «Ach so, ich verstehe, Peggy, der alte Friedhof ist die reinste Wildnis, schlimmer als Amberley. Es ist doch der alte Friedhof, den Sie meinen? Auf dem wurde schon seit fünzig Jahren niemand mehr begraben. Da kommt man kaum durch, Sie könnten sich Hals und Beine brechen.»

Peggy grinste ihn an und sagte kein Wort. Cameron grinste auch, seufzte und zog seine Taschenagenda hervor. «Na schön, ich zeichne Ihnen einen Plan. Wenn Sie's gern gruselig haben – bitte sehr.»

Jetzt kam auch noch Joan anmarschiert, die in einer Hand ein belegtes Brot hielt und an der anderen Bill Meyer hinter sich herzog. «Da ist er», verkündete sie. «Ich hab ihm gesagt, du wolltest dich bei ihm bedanken.»

«Das ist nicht der Grund, warum ich mich von Joan herschleppen ließ», beeilte sich Meyer zu präzisieren. «Ich dachte nur, Sie sollten wissen, daß ich vorhin Dorothea in Richtung Parkplatz gehen sah. Ihre Jacke hat sie auf dem Stuhl gelassen, und sonst hatte sie auch nichts dabei, deshalb frage ich mich –»

«Aha!» rief Peggy. «Simon, sie hat uns beobachtet, als wir die Sachen zu meinem Auto trugen. Beeil dich, vielleicht erwischen wir sie in flagranti!»

«Unsinn», widersprach Simon, «was kann sie schon tun? Dein Auto ist abgeschlossen, und es gibt keinen Grund –»

«Ich dachte bloß, es sei besser, Sie wüßten Bescheid», sagte Meyer unschuldig.

Peggy eilte davon, und Simon folgte ihr seufzend.

Karen fühlte sich in Meyers Gesellschaft unbehaglich – nicht ärgerlich oder mißtrauisch wie sonst, sondern einfach irgendwie unbehaglich. Auch er wirkte verlegen, während Joan sie beide mit dem befriedigten Blick einer erfolgreichen Heiratsvermittlerin betrachtete.

Karen räusperte sich. «Bisher fand ich keine Gelegenheit dazu,

Bill, aber ... Ich bin Ihnen sehr zu Dank verpflichtet. Ich hoffe, Sie fühlen sich besser, als Sie aussehen.»

«Bringen Sie mich doch nicht zum Lachen», bat Meyer, die Hand an seiner blutverkrusteten Wange.

Karen errötete und ärgerte sich darüber. «Ach, das war wieder mal so eine ungeschickte Bemerkung von mir ... Wenn Sie nicht schnell reagiert hätten, wäre mir wohl Schlimmeres passiert. Ich bin Ihnen sehr dankbar, Bill, wirklich.»

«Im Augenblick will ich mich mit Dankbarkeit begnügen», sagte Meyer und fügte leise hinzu: «In der Hoffnung auf etwas Besseres.»

Jetzt räusperte sich auch Cameron. «Glauben Sie, daß Peggy und Mr. Haller Hilfe brauchen?»

«Ach, guten Tag, Hayes, ich hatte Sie gar nicht bemerkt», sagte Meyer leichthin. «Nein, ich glaube kaum, daß Ihre Hilfe benötigt wird.»

«Jetzt ist er beleidigt», brummte Karen, als Cameron sich wortlos zum Gehen wandte. «Entschuldigen Sie mich, ich muß sehen, was die dort drüben machen.»

«Was hab ich denn Falsches gesagt?»

«Nichts, nichts, vergessen Sie es.» Karen begann plötzlich zu laufen.

Dorotheas dröhnender Bariton und Peggys schriller Diskant ließen Böses ahnen. Beiden standen neben dem Kofferraum von Peggys Wagen. Peggy hielt ein Brecheisen in der Hand.

«Oh, da sind Sie ja, Meyer!» brüllte Dorothea. «Schaffen Sie mir diesen rabiaten Gartenzwerg vom Hals, bevor ich mich vergesse! Ich hab einen Kerl dabei ertappt, wie er den Kofferraum aufbrechen wollte, und das ist jetzt der Dank!»

«*Sie* wollten den Kofferraum aufbrechen!» schrie Peggy und hob drohend das Brecheisen. «Und dann haben Sie mich gesehen und dieses Ding da schnell unters Auto geschmissen!»

Simon stand einige Schritte entfernt, die Hände in die Taschen vergraben, und sagte mit einem hilflosen Achselzucken: «Ich hab mir alle Mühe gegeben, Karen, aber mir ist es nicht gelungen, die beiden zur Vernunft zu bringen.»

«Ist dieser übergeschnappte Däumling eine Bekannte von Ihnen, Holloway?» donnerte Dorothea. «Na, das hätte ich mir denken können!»

«Geben Sie das Ding her, Peggy», sagte Meyer. «Dorothea läuft wegen jeder Kleinigkeit gleich zum Anwalt.»

Widerstrebend ließ Peggy ihre Waffe los. «Wenn hier jemand zum Anwalt läuft, dann bin ich es! Schauen Sie sich das Türschloß an!»

«Probieren Sie's doch», höhnte Dorothea. «Ihr Wort steht gegen meines!»

Sie marschierte davon; die anderen sahen ihr kopfschüttelnd nach.

«Die hat sie wirklich nicht mehr alle», meinte Peggy. «Danke für Ihre Intervention, Bill. Ich glaubte, sie würde auf mich losgehen.»

«Sie ist bisher noch nie handgreiflich geworden», sagte Meyer, «jedenfalls soviel mir bekannt ist.»

«Es war auf jeden Fall eine höchst unangebrachte Zurschaustellung», tadelte Simon. «Und dein Benehmen, Peggy, ich muß schon sagen –»

«Sie hat mich einen rabiaten Gartenzwerg genannt!»

«Aber erst, nachdem du ihr mit dem Brecheisen vor der Nase herumgefuchtelt hast.» Simon lachte und nahm sie am Arm. «Komm jetzt, du wirst dich schon an ihr zu rächen wissen.»

Karen und Meyer folgten ihnen.

«Wenn ich gewußt hätte, daß bei Peggy so schnell das Feuer im Dach ist, hätte ich nichts von Dorothea gesagt», erklärte er reumütig. «Es tut mir wirklich leid.»

«Fangen Sie bloß nicht auch noch an, sich zu entschuldigen, Bill, das paßt nicht zu Ihnen.»

Sie stolperte plötzlich; Meyer packte sie am Arm und drehte sie zu sich herum. «Was muß ich eigentlich tun, damit Sie ein wenig zugänglicher werden? Habe ich denn noch nicht zur Genüge bewiesen, daß Sie mir vertrauen können?»

«Habe ich mich nicht bei Ihnen bedankt?»

«Ach, deswegen... Dafür erwarte ich doch keinen Dank. Das war ein reiner Reflex, jeder andere hätte dasselbe getan. Aber ein kleines bißchen Verständnis hätte ich schon von Ihnen erwartet für die Zurückhaltung, die ich mir seit zwei Wochen auferlege. Gerade jetzt muß ich mich wieder gewaltig zusammenreißen, um Sie nicht zu küssen, Karen...»

Seine Finger gruben sich so schmerzhaft in ihre Schulter, daß Karen aufschrie. Er murmelte eine Entschuldigung und drückte sie an sich. In mehr als einer Hinsicht aus dem Gleichgewicht gebracht, versuchte sie so unbeteiligt wie möglich zu klingen, als sie sagte: «Das wäre wohl kaum das Richtige, Bill.»

«Ich weiß.» Er ließ sie los, trat einen Schritt zurück und steckte die Hände in die Taschen. «Aber ich kann warten.»

Karen suchte vergeblich nach einer passenden Antwort. Bestimmt würde ihr gegen zwei Uhr morgens eine einfallen... Sie wandte sich ab und ging weiter.

«Was zum Teufel ist mit Ihnen los, Bill?» sagte sie schließlich.

«Nichts. Ich bin bloß dabei, mich zu verlieben.» Seine Stimme klang so bedrückt, daß sie sich verblüfft zu ihm umdrehte und dabei wieder ins Stolpern geriet. Diesmal machte er keinen Versuch, sie festzuhalten. «Und ich mache mir Sorgen um Sie. Warum wollen Sie nicht zulassen, daß ich Ihnen bei der Arbeit helfe, Karen? Von anderen lassen Sie sich doch auch helfen, warum nicht von mir?»

«Anderen vertraue ich eben, weil – weil sie keine Konkurrenten sind.»

«Wenn Sie mich mitarbeiten ließen, wäre ich auch kein Konkurrent», meinte Bill. «Und bei allem Respekt für Ihre Bekannten wage ich es doch zu bezweifeln, daß die Ihnen beistehen könnten, wenn's wirklich brenzlig wird. Simon ist ein alter Mann, und Peggy –»

«Sagen Sie jetzt bloß nicht, Peggy sei alt! Oder klein!»

«Nein, Peggy ist eine Klasse für sich ... Sagen wir, sie ist nicht mehr die Jüngste, und sie ist nicht sehr groß. Moment, nun rennen Sie doch nicht gleich davon! Da ist noch etwas. Sie haben doch dieses Porträt gesehen.»

Ein unangenehmes Gefühl beschlich Karen. «Es gab da verschiedene Porträts», sagte sie mißtrauisch.

«Sie wissen genau, welches Porträt ich meine. Ich weiß, daß Peggy es sich sehr genau angesehen hat; ich habe sie dabei beobachtet.»

«Ach, deshalb haben Sie mich gestern den ganzen Tag nicht beachtet! Sie waren hinter Peggy her.»

«Natürlich», gab Bill freimütig zu. «Sie ist schließlich die Historikerin. Im übrigen hatte ich das Bild schon vorher bemerkt, aber mitgeboten habe ich nicht.»

«Woher soll ich wissen, ob Sie mir die Wahrheit sagen?»

«Aber, Karen, Sie wissen ganz genau, daß niemand sonst sich für das Bild interessierte. Sie haben es verdammt billig bekommen. Denn bekommen haben Sie es doch, stimmt's? Beziehungsweise jemand, der von Ihnen beauftragt war – ein kluger Schachzug.»

«Peggy ist eben eine kluge Frau.»

«Nur keine übermäßig großgewachsene.»

Karen konnte nicht anders, sie mußte einfach lachen. Er war dabei, sie einzuwickeln – nicht mit seiner Liebeserklärung, die sie ihm ohnehin nicht abnahm, aber mit seinem Humor und seinem Scharfsinn. Was immer auch seine Gründe waren, er schien es ehrlich zu meinen. Und vielleicht war er – der arrogante Professor Meyer! – tatsächlich ein bißchen in sie verliebt.

«Na schön», lenkte sie ein. «Ich will die Sache mit Peggy besprechen. Aber erst nach der Auktion.»

«Sie sind ein anständiger Kerl, Karen. Also dann, bis später.»

Am Abend des zweiten Auktionstages war Karen fix und fertig. Der Auktionator hatte ein schnelleres Tempo angeschlagen, und schließlich hatte sie überhaupt nicht mehr gewußt, wem was für wieviel zugeschlagen wurde. Auf mysteriöse Weise war sie in den Besitz einer Schachtel voll Häkeldeckchen und einer Lampe aus einer alten Whiskyflasche gelangt, und als Peggy sie mit dem Ellbogen anstieß, sah sie sich verwirrt um.

«Komm, wir gehen», kommandierte Peggy; ihr Gesicht war grau vor Staub und Müdigkeit.

«Gott sei Dank», stöhnte Karen. «Wo ist Simon?»

«Der ist schon vor einer Stunde gegangen.»

Auch Sharon war längst verschwunden, aber Joan konnte sich nicht losreißen. «Jetzt ist der Moment, wo's erst richtig spannend wird», murmelte sie, den Blick wie hypnotisiert auf das Podium gerichtet. «Laßt mich in Ruhe, ihr lenkt mich nur ab.»

Simon erwartete sie in der Hotelbar.

«Gute Geschäfte gemacht?» erkundigte sich Peggy.

«Nicht schlecht», erwiderte Simon.

Sein zurückhaltender Kommentar ließ Karen aufhorchen. «Hab ich was übersehen? Ich hab doch wirklich jedes einzelne Buch angeschaut!»

«Nein, du hast nichts übersehen, wir haben nur nicht dieselben Dinge gesucht. Was darf ich bestellen, meine Damen? Champagner?»

«Oho, so gute Geschäfte hast du also gemacht? Gratuliere», sagte Peggy freudig. «Aber ich nehme doch lieber einen Scotch.»

«Kommt noch jemand von den anderen?» fragte Simon.

«Ich weiß nicht, wohin Sharon verschwunden ist, und Joan kriegt man nicht aus dem Zelt, bevor das letzte Los weg ist», erklärte Peggy. Sie sah Karen von der Seite her an und fügte hinzu: «Bill Meyer habe ich eingeladen, aber er sagte, er komme nur auf Karens ausdrücklichen Wunsch.»

«Wie rührend», meinte Simon sichtlich amüsiert.

«Er könnte doch bei der Friedhofsexpedition mitmachen», schlug Peggy vor. «Erstens wird er sich den Ort bestimmt auch ohne uns ansehen, und zweitens könnten wir ganz gut etwas zusätzliche Muskelkraft gebrauchen.»

«Na schön, von mir aus», sagte Karen. «Wann soll die Exkursion stattfinden?»

«Morgen. Kommst du auch mit, Simon?»

«Ich wollte eigentlich nach Baltimore zurück...»

«Und dir eine so gute Gelegenheit entgehen lassen, im Gestrüpp rumzukriechen, Kreuchendes und Fleuchendes aufzuschrecken und dir deine gepflegten Hände zu zerkratzen?»

«Das klingt ja ausgesprochen interessant – ich will es mir noch überlegen.» Simons Blick wanderte zur Tür. «Da kommt Geoffrey. Ich nehme an, er bringt deine Sachen?»

Peggy nickte und leerte ihr Glas. «Ich muß noch mit ihm abrechnen. Wer will mitkommen und sich die Bescherung ansehen?»

Nachdem Geoffrey mit Peggys Scheck abgezogen war, inspizierten sie ihre Beute.

«Menschenskind», rief Karen, «ich wußte gar nicht, daß du einen solchen Haufen Zeug zusammengekauft hast!»

«Ich auch nicht», gestand Peggy. «Manchmal kommt es eben über mich.»

«Wozu soll denn dieser scheußliche alte Überseekoffer gut sein?» Karen murkste eine Weile an dem widerspenstigen Deckel herum. Als er endlich aufsprang, erfüllte stechender Kampfergeruch das Zimmer. «Da sind ja nur alte Lumpen drin!»

«Mitnichten, das sind antike Kleider. Es gibt Sammler, die

ganz wild auf so was sind; der Preis war ziemlich happig.» Peggy zog etwas Schwarzes, Glitzerndes hervor, einen mit Jettperlen bestickten Umhang, warf ihn sich um die Schultern und posierte – naserümpfend wegen des Kampfergeruchs – vor dem Spiegel.

«Sehr kleidsam», meinte Simon lächelnd.

«Vielleicht trage ich das Ding tatsächlich mal bei irgendeiner Gelegenheit.» Peggy betrachtete wohlgefällig ihr Spiegelbild. «Wenn es erst mal ausgelüftet ist. Puh, das stinkt! Aber ohne dieses stinkende Zeug wäre das Manuskript nicht so gut erhalten geblieben.»

«Willst du behaupten, daß das *der* Koffer ist?» rief Karen aufgeregt und begann darin herumzuwühlen. «Warum hast du mir nichts gesagt? Warum bin ich nicht selbst –»

«Weil du andere Sorgen hattest», sagte Peggy. «Hör auf zu wühlen, es sind keine Papiere mehr drin. Ich hab diesen Koffer nur aus sentimentalen Gründen gekauft.»

Karen stopfte die Sachen in den Koffer zurück und klappte den Deckel zu. «Und wo sind die Bilder?» Sie stieß einen Entsetzensschrei aus, als Peggy ein Ölbild unter einem Stapel Silbergeschirr hervorzog. «Paß doch auf, du zerkratzt es ja!»

«Herzchen, ein Kratzer mehr oder weniger macht auch nichts mehr aus. Schau mal, Simon, was hältst du davon?» Sie legte das Bild aufs Bett und schaltete beide Lampen ein.

Skeptisch betrachtete Simon das stark beschädigte Kunstwerk. «Es könnten zwei Frauen sein. Oder eine Frau und ein Mann mit Allongeperücke. Oder zwei Männer mit Allongeperücken. Oder zwei Hunde mit Hängeohren. Hoffentlich hast du nicht zuviel bezahlt für dieses Meisterwerk.»

«Verdirb mir doch nicht die Freude», murrte Peggy. «Es muß natürlich restauriert werden.»

«Wenn du willst, nehme ich es mit nach Baltimore. Gemälde sind nicht meine Spezialität, aber ich kenne jemanden, der vom Fach ist. Was das hier angeht ...» Er legte das Porträt der alten

Dame mit dem stechenden Blick aufs Bett und nickte anerkennend. «Es hat einen gewissen Charme. Technisch unbeholfen, doch den Charakter hat der Maler gut erfaßt.»

«Aber Ismene ist das nicht», erklärte Karen kategorisch.

Simon blickte sie fragend an. «Wie willst du das wissen?»

«Nun ja, sie ist... Es ist einfach... Also, zum einen schon wegen des Kleides. Es ist viktorianisch – spätviktorianisch. Und dieses Bild ist in viel besserem Zustand als das andere. Das andere muß viel älter sein.»

«Nicht unbedingt», sagte Simon. «Und was die Zeit angeht... Nehmen wir an, dieses hier entstand in den siebziger oder achtziger Jahren des letzten Jahrhunderts. Die Dame auf dem Bild ist schon ziemlich alt, sie könnte um 1800 herum geboren worden sein. Und du meinst doch, das Manuskript könnte auch erst um 1840 herum –»

«Nein, früher, da bin ich mir jetzt ziemlich sicher», murmelte Karen und starrte die gestrenge Dame an.

Peggy setzte sich rittlings auf einen Stuhl. «Na komm, Karen, rück endlich heraus damit. Wie hat Ismene deiner Meinung nach ausgesehen?»

Karen schwieg. Sie mußte lange mit sich ringen, bevor sie widerstrebend zugab: «Du hast recht, verdammt noch mal. Das Bild, das ich mir von ihr gemacht habe, ist von irrationalen, durch und durch romantischen Vorstellungen geprägt. Ich habe sie mir immer jung vorgestellt, zerbrechlich, empfindsam...»

«Mit anderen Worten: eine romantische Heroine», sagte Peggy unbarmherzig. «Aber auch Heroinen werden irgendwann einmal alt, Karen. Es sei denn, sie sterben jung. Altwerden ist bedeutend weniger romantisch, aber glaub mir, es ist immer noch das kleinere Übel.»

13

Fast alle diese Bücher handeln von Frauen, die es anscheinend einfach nicht schaffen, das Haus zu verlassen.
E. C. De La Motte, Perils of the Night, 1990

Erschrocken fuhr Ismene auf und zog den Bettvorhang zurück. Schlaftrunken und verwirrt verharrte sie so, den Blick auf die Tür gerichtet. Da, wieder dieses Geräusch – ein leises Knarren und Scharren, als wollte sich ein Tier mit seinen Krallen Zugang verschaffen. Sie hatte, bevor sie sich zur Ruhe begab, die Lampe gelöscht; im schwachen Licht des verglimmenden Kaminfeuers sah sie nichts Ungewöhnliches, doch als das Geräusch wieder an ihr Ohr drang, begriff sie, daß dessen Ursache der langsam sich drehende Türknauf war.

Am ganzen Leibe zitternd, zwang sich Ismene, den trügerischen Schutz des großen Himmelbettes zu verlassen; doch wohin hätte sie fliehen können? Die Tür war nicht verriegelt, nur das Fenster hätte einen Ausweg geboten, wäre Ismenes Zimmer nicht eines von jenen im oberen Stockwerk des Hauses gewesen. Ach, hätte sie doch ein Licht brennen lassen! Nun war es zu spät, nach der Kerze zu suchen ... Schon öffnete sich die Tür ... Ismene stürzte zum Kamin, ergriff mit bebenden Händen den Blasebalg und versuchte, die sterbende Glut wieder anzufachen. Ein schwaches Flämmchen warf sein flackerndes Licht auf die dunkle Gestalt, die sich näherte, auf die weißen Arme, dürr und knotig wie Wurzeln, die sich ihr entgegenstreckten. Aus der schwarzen, formlosen Gestalt schnellte plötzlich ein langer Hals vor, ein ausgemergeltes Antlitz wurde sichtbar, in dessen blindem Auge sich der rote Schein spiegelte wie im Auge einer wilden Bestie. Mit einem erstickten Schrei wich Ismene zurück.

Das gräßliche Antlitz wandte sich ihr zu, und eine heisere Stimme flüsterte: «Ist sie es? Ist sie es?» Dürre, bleiche Finger tasteten nach ihr. «Wo ist sie? Sie muß gewarnt werden ... Es darf nicht geschehen ... Ist sie es?»

Vermutlich waren das Porträt der alten Dame und Peggys ominöse Worte daran schuld, daß dieses unheimliche Gesicht Karen bis in ihre Träume hinein verfolgt hatte. Es war ihr immer noch gegenwärtig, als sie aufstand und in die Küche ging, um Kaffeewasser aufzusetzen.

Sie verspürte absolut keine Lust, an Peggys Friedhofsexpedition teilzunehmen; viel lieber hätte sie am Manuskript weitergearbeitet, denn nun konnte sie es kaum erwarten, die Fortsetzung zu erfahren. Sie hatte jetzt rund zwei Drittel des Textes entziffert, und falls Ismene sich an die Konventionen des Schauerromans hielt, war der Schluß der Geschichte leicht zu erraten, aber Karen war überzeugt, daß Ismene eine originellere Lösung gefunden hatte.

Auf der Fahrt zum Hotel, wo sie Peggy und die anderen treffen sollte, war sie dermaßen in allerlei Spekulationen vertieft (wer war nun der Held und wer der Bösewicht: der silberblonde Edmund oder der dunkelhaarige Doktor?), daß ihr das dumpfe Klopfen des Motors nicht auffiel. Erst als sie vor dem Hoteleingang parkte, wurde ihr klar, daß mit ihrem Auto etwas ganz und gar nicht in Ordnung war.

Die anderen warteten bereits: Peggy in ihrem Kampfanzug,

Bill in Jeans und Khakihemd, Simon im eleganten Straßenanzug, aber für einmal ohne Krawatte.

Peggy mußte brüllen, um sich in dem ohrenbetäubenden Lärm verständlich zu machen. «Was ist denn mit deinem Auto los?»

«Ich weiß nicht, es hat unterwegs angefangen!» schrie Karen zurück und stellte den Motor ab.

«Klingt nach Pleuelstange», meinte Bill. «Wollen Sie den Wagen in eine Garage bringen? Ich könnte mitfahren und –»

«Nein», erklärte Peggy kategorisch, «wir können keine Zeit damit verplempern, eine Garage zu suchen. Laß dein Auto hier, Karen, wir haben alle in meinem Platz.»

Als sie sich in Peggys kleinen Wagen gequetscht hatten, fragte Karen besorgt: «Wie lange kann so eine Pleuelstangenreparatur wohl dauern?»

«Denken Sie jetzt lieber nicht an die Pleuelstange», riet Bill, der neben Simon auf dem Rücksitz saß.

«So ein Mist ... Also gut, ich denke an etwas anderes. Wolltest du nicht nach Baltimore zurück, Simon? Mir scheint, du bist für dieses Unternehmen nicht gerade passend angezogen.»

«Ich habe vor, lediglich als Kontrollinstanz zu wirken», erwiderte Simon trocken. «Und vielleicht als Fotograf – falls ihr etwas findet, das das Knipsen lohnt.»

«Was, du hast sogar einen Fotoapparat dabei? Klug von dir, Simon.»

«Es ist meiner», erklärte Peggy. «Werkzeug habe ich auch besorgt – Gartenschere, Baumschere, Spaten, alles.»

Sensen und Pickel wären nützlicher gewesen, war Karens erster Gedanke beim Anblick des Friedhofs. Ohne den rostigen Eisenzaun und die zerfallene Kapelle hätte man ihn für eine seit Jahren nicht mehr gemähte Wiese halten können. Gras und Gebüsch standen so hoch, daß man zwar ein paar verwitterte Marmorköpfe sah, aber keinen einzigen Grabstein.

Sie zwängten sich durch das Gittertor, das schief in den verrosteten Angeln hing. «Eine Schande ist das», brummte Simon. «Sogar die Kapelle haben sie verlottern lassen, diese pietätlosen Leute.»

«Wahrscheinlich hat die Stadt kein Geld für den Unterhalt», meinte Peggy. «Los, verteilt euch und haltet Ausschau nach einem Familiengrab oder sonst einer Stelle, wo die verblichenen Cartrights liegen könnten. Vielleicht ist der Platz mit einem niedrigen Gitter eingezäunt, also paßt auf, daß ihr nicht stolpert und euch womöglich aufspießt.»

Langsam arbeiteten sie sich durch das Gestrüpp. Es war Bill, der als erster etwas entdeckte – eine Art Mausoleum aus dunklem Stein, plump und schmucklos bis auf einen behauenen Sims.

Als das Grabmal und die umliegenden Gräber nach mehr als einer Stunde harter Arbeit einigermaßen freilagen, waren sie alle schweißgebadet, und Simon verordnete eine Pause. Sie gingen zum Wagen zurück und tranken durstig das mitgebrachte, inzwischen lauwarme Mineralwasser.

«Haben wir damit alle Gräber gefunden?» wollte Karen wissen.

«Nein, ich glaube nicht.» Peggy wischte sich mit dem Ärmel den Schweiß von der Stirn. «Ein paar Grabsteine werden im Verlauf der Jahre tief in die Erde eingesunken sein.»

«Ach, deshalb der Spaten», seufzte Bill. «Na, dann wollen wir mal graben.»

«Ich führe Protokoll», verkündete Simon. «Wer eine Inschrift findet, ruft mich, dann brauchen sich nicht alle Notizen zu machen.»

Seine Idee ersparte ihnen eine Menge Zeit. Simon notierte nicht nur die jeweilige Grabinschrift, sondern hielt auf einem Plan auch fest, wo die einzelnen Gräber lagen, so daß man Lücken erkennen und systematisch weitersuchen konnte. Auf diese Weise legte Bill zwei Grabsteine frei. Die Inschrift auf dem einen war unleserlich; der andere trug einen Namen, den Karen von der Genealogie her kannte: Jacob Cartright, geb. 1796, gest. 1798.

Fast alle übrigen Gräber stammten aus einer späteren Epoche. In einem davon ruhte Eliza Cartright, die Weltreisende und Tagebuchschreiberin, verstorben 1912 im Alter von einundachtzig Jahren. Geheiratet hatte sie nie. Die Inschrift pries Elizas Tugenden und gab ihrer Hoffnung auf Unsterblichkeit Ausdruck.

Allmählich wurde es heiß und drückend. Schweiß, Blütenstaub und Erde vermischten sich auf Karens Händen und Vorderarmen zu einer dünnen Kruste. Es juckte scheußlich, aber sie wollte nicht als erste aufgeben und arbeitete stumm und verbissen weiter, bis Simon plötzlich rief: «Wir kriegen Besuch von der Polizei!»

«Auweia», sagte Karen, als sie den Streifenwagen sah. «Ist es am Ende gesetzwidrig, was wir hier tun?»

«Unerlaubtes Betreten eines städtischen Grundstücks vermutlich», erwiderte Bill. «Kommen Sie, wir wollen mit dem Mann reden, so schlimm wird's doch nicht sein.»

Einer der Polizisten war ausgestiegen, wollte aber offenbar seine schöne Uniform nicht schmutzig machen und blieb vor dem Gittertor stehen. «Na, macht die Arbeit Spaß?»

«Wir betreiben hier wichtige historische Forschungen», sagte Peggy.

Der Mann quittierte ihre Erklärung mit einem breiten Grinsen. «Da haben Sie sich aber einen anstrengenden Beruf ausgesucht, Ma'am. Mr. Hayes hat uns gemeldet, daß Sie möglicherweise hierherkommen würden. Er fragte, ob wir mal vorbeifahren und nachsehen könnten, ob alles in Ordnung ist. Keine Probleme?»

«Überhaupt keine», sagte Karen erleichtert. «Das ist aber nett von Ihnen, daß Sie –»

«Moment mal, von was für Problemen reden Sie?» unterbrach Bill.

«Ach, das Übliche – Gammler, Besoffene, Vandalen, Jugendliche auf der Suche nach einem ruhigen Plätzchen zum Knutschen oder Kiffen.» Anerkennend musterte der Polizist Bills sportliche Statur und fügte hinzu: «Manchmal können solche Typen lästig werden, vor allem wenn sie blau oder high sind. Mr. Hayes hatte nur die beiden Damen erwähnt. Aber wenn Sie dabei sind, kann ja wohl nichts passieren.»

«Trotzdem, vielen Dank», meinte Bill und reckte sich, so daß seine breiten Schultern noch breiter erschienen. Karen unterdrückte ein Kichern, und er zwinkerte ihr zu.

«Wir haben in letzter Zeit ein paar Meldungen bekommen wegen einer Meute streunender Hunde», sagte der Polizist beiläufig. «Haben zwei Kälber gerissen, aber Menschen würden sie wohl nicht anfallen.»

«Woher will er das wissen?» fragte Karen, nachdem der Streifenwagen davongefahren war.

Simon, der zeit seines Lebens in der Großstadt gewohnt hatte, machte ein verdrießliches Gesicht. «Und da schwärmen die Leute vom friedlichen Leben auf dem Lande! Vandalen, Drogensüchtige, wildernde Hunde ... Na, ich glaube, wir können hier ohnehin nicht viel ausrichten. Weißt du jetzt, was du wissen wolltest, Peggy?»

Peggy zuckte die Achseln. «Wenn euch die Lust vergangen ist, hören wir eben auf. Im übrigen hast du recht, Simon. Wer auch immer die Cartright-Genealogie erstellte, hatte seine Informationen nicht von Grabsteinen. Was wir aus diesen Inschriften hier erfahren, ist uns längst bekannt.»

«Soll das heißen, daß die ganze Übung umsonst war?» stöhnte Simon. «Alles für die Katz, die ganze stundenlange Plackerei?»

«Es war nicht für die Katz, man muß alles gewissenhaft überprüfen, das gehört nun mal zu seriöser Forschungsarbeit», sagte

Peggy ungerührt. Sie massierte sich die schmerzenden Schultern und warf einen letzten Blick auf die Wildnis mit der kleinen gerodeten Stelle. Und dann fügte sie wie im Selbstgespräch hinzu: «Aber ich frage mich, ob ich nicht die ganze Zeit eine falsche Spur verfolgt habe.»

Peggy wollte ihre rätselhafte Bemerkung nicht näher erläutern, und Karen beharrte auch nicht darauf. Die Befriedigung einiger menschlicher Grundbedürfnisse wie Trinken, Essen, Sichwaschen und Ausruhen war ihr im Augenblick wichtiger. Sogar Bill hatte es aufgegeben, den starken Mann zu markieren, und brummte nur: «Wenn seriöse Forschungsarbeit so aussieht, kann ich nur Gott danken, daß ich nicht Geschichte studiert habe.»

«Da sind Sie für archäologische Ausgrabungen wohl nicht mehr zu haben?» erkundigte sich Peggy und nahm im Powerslide eine enge Kurve. Bill schnappte nach Luft, schluckte krampfhaft und erwiderte: «Falls Sie das Steinhaus meinen – davon können mich weder reißende Hunde noch wilde Mustangs abhalten.»

Karen erklärte, sie wolle nicht mit ins Restaurant, und ließ sich vor ihrer Wohnung absetzen. «Ich rufe dich dann später an», sagte Peggy. «Und wegen deinem Auto sehen wir morgen weiter, ja?»

Karen war viel zu müde, um sich wegen des Autos Sorgen zu machen – allerdings nicht so müde, daß sie ihre Aktenmappe in Peggys Kofferraum vergessen hätte.

Nachdem sie geduscht und den Kühlschrank geplündert hatte, kehrten ihre Lebensgeister zurück. Keine Vorräte mehr im Haus – das war ärgerlich, um so mehr, als sie nicht motorisiert war. Cameron hätte ihr bestimmt einen zuverlässigen Automechaniker empfehlen können, aber vermutlich arbeitete er in Amberley, wo er telefonisch nicht zu erreichen war. Vielleicht wußte Tanya Rat.

Tanya schien sich über Karens Anruf zu freuen und konnte ihr auch die Adresse einer Reparaturwerkstätte nennen. «Die halten meinen Rosthaufen in Schuß und sind keine Halsabschneider. Und falls Sie irgendwelche Besorgungen machen müssen, bin ich Ihnen gerne behilflich.»

«Vielen Dank, ich werde auf Ihr Angebot zurückkommen.»

«Ich revanchiere mich doch gerne für das Vergnügen, das Sie mir neulich mit Ihrem Vortrag verschafft haben», lachte Tanya. «Die Leute reden seit Tagen von nichts anderem mehr.»

«Ja, leider, ich hab's bereits vernommen.»

«Hat Ihnen Mrs. Fowler eine Standpauke gehalten?»

«Standpauke? Eine dreiste Metze hat sie mich genannt.»

«Tatsächlich? Das ist ja zum Kaputtlachen! Wie läuft's eigentlich mit Ihrem Projekt?»

«Mit dem Text komme ich gut voran, mit gewissen Nachforschungen leider weniger.»

«Vielleicht sollten Sie mal mit meiner Mama reden.»

«Mit Ihrer Mutter? Warum?»

«Sie hat fast ihr ganzes Leben lang für die Cartrights gearbeitet, wie schon meine Großmutter. Sie kennt allerhand Familiengeschichten.»

«Ich würde sie gerne kennenlernen», sagte Karen. «Wohnt sie in Fredericksburg?»

«Ja, seit einiger Zeit pflegt sie die alte Mrs. Hayes, Camerons Mama.»

«Oh, das wußte ich nicht. Wann könnte ich –»

«Ich muß Schluß machen», sagte Tanya hastig. «Da kommt jemand vom Stiftungsrat. Ich ruf Sie später zurück.»

Karen berichtete Peggy von dem Gespräch, als diese gegen Abend erschien. «Die Garage habe ich auch angerufen; morgen früh wird der Wagen abgeschleppt. Möchtest du Tanyas Mutter auch kennenlernen?»

«O ja, die alte Dame kann uns bestimmt einiges erzählen.»

«So alt ist sie wohl noch nicht, Tanya kann kaum über dreißig sein.»

«Wenn sie aus dieser Gegend stammt, hat ihre Familie wahrscheinlich seit Generationen für die Cartrights gearbeitet. Auch schon vor der Abschaffung der Sklaverei.»

«Daran dachte ich auch, aber ich genierte mich, Tanya danach zu fragen. Was hast du übrigens heute nachmittag gemeint mit deiner Bemerkung von der ‹falschen Spur›?»

«Ach, mir ging nur so etwas durch den Kopf – ich weiß eigentlich selbst nicht genau, was. Hör mal, Simon will uns zum Abendessen einladen. Wenn du fertig bist, könnten wir vorher in der Hotelbar etwas trinken.»

«Ich bin gleich soweit», sagte Karen und verstaute das Manuskript und ihre Notizen in der Aktenmappe.

«Bißchen umständlich, dieses Ding überallhin mitzuschleppen», meinte Peggy. «Wir sollten endlich einen sicheren Aufbewahrungsort für das Manuskript finden.»

«Du sagst es ... Aber ich kann es doch nicht jedesmal, wenn ich daran arbeiten will, aus einem Banksafe holen.»

Als sie an Mrs. Fowlers Haus vorbeikamen, bemerkte Peggy: «Madame ist nirgends zu sehen. Sonst pflegt sie sich um diese Tageszeit doch auf der Veranda aufzuhalten.»

«Wahrscheinlich fühlt sie sich nur schon durch meinen Anblick in ihrer Ehre gekränkt.»

«Die nicht! Ich wette, die spioniert Tag und Nacht hinter dir her.»

Sie mußten nicht lange auf Simon warten. «Ich habe in einem Restaurant in Williamsburg einen Tisch reservieren lassen», erklärte er. «Das Essen hier ist ein kulinarischer Affront, und ich möchte mich einmal in aller Ruhe mit euch beiden unterhalten.»

«Über etwas Bestimmtes?» fragte Peggy.

«Über alles mögliche. Schließlich bin auch ich an diesem Projekt beteiligt, und es wäre mir lieb, wenn ich über eure Pläne Bescheid wüßte.»

Er schien es allerdings nicht sehr eilig zu haben, ihre genauen Pläne zu erfahren, sondern studierte gemächlich die Speise- und die Weinkarte. Karen wurde immer zappeliger.

«Nun denn», sagte Simon, nachdem er endlich die Bestellung aufgegeben hatte, «dann erzähl mal, Peggy.» Er hörte sich ihren wortreichen Bericht mit unbeweglicher Miene an und unterbrach sie nur hin und wieder mit einer Frage. Seine letzte Frage schien Peggys Enthusiasmus etwas zu dämpfen.

«Was erhofft ihr euch denn eigentlich von dem Steinhaus?»

«Nun, die Tatsache, daß Ismene dort –» begann Karen.

«Diese Tatsache besagt gar nichts», sagte Simon kühl. «Und jetzt laßt mich den Stand der Dinge einmal aus meiner Sicht zusammenfassen.»

«Da bin ich aber gespannt», murrte Peggy und zündete sich – zwischen zwei Gängen – eine Zigarette an. Ihre rücksichtslose Geste rief bei Simon nur ein nachsichtiges Lächeln hervor. So weit ist die Sache zwischen den beiden also schon gediehen, dachte Karen.

«Was ich euch zu sagen habe, soll keine Kritik sein an dem, was ihr bisher unternommen habt», erklärte Simon. «Das war wohl alles notwendig, und Spaß hat es euch offensichtlich auch gemacht. Aber wenn ich mir das anhöre, kommt mir jener Reiter in den Sinn, der aufs Pferd sprang und nach allen Richtungen davongaloppierte. Bei unserem Vorhaben geht es um zwei Dinge: zum einen um Transkription und Analyse des Textes, zum anderen um die Identifikation der Autorin. Ja, Karen, du arbeitest an dem Text, ich weiß! Aber du hast dich viel zu sehr von anderen Dingen ablenken lassen. Du solltest hübsch brav in deiner Wohnung in Wilmington sitzen – in Sicherheit.»

«In Sicherheit», echote Peggy verdutzt.

«In Sicherheit», wiederholte Simon mit Nachdruck. «Jemand ist bei ihr eingedrungen und hat sie bedroht. Gibt euch das nicht zu denken? Vielleicht wollte der Eindringling Karen nichts antun, aber es hätte ihr trotzdem etwas passieren können. Jedenfalls hätte das Manuskript entwendet werden können.»

«Aber ich –» protestierte Karen.

«Laß mich bitte ausreden. Der historische Aspekt fällt in Peggys Bereich und ist von sekundärer Bedeutung. Wie wollt ihr überhaupt die Identität der Autorin feststellen? Was hofft ihr aus diesem beschädigten Ölbild zu erfahren, was erwartet ihr in diesem Steinhaus zu finden? Mag sein, daß es sich um das Haus handelt, das Ismene erwähnt – aber sie lebt seit anderthalb Jahrhunderten nicht mehr darin.

Mir ist wirklich schleierhaft, warum ihr euch nicht auf das Manuskript konzentriert. Es hat bisher die konkretesten Anhaltspunkte erbracht, nämlich den Hinweis auf Amberley und den Hinweis darauf, daß Ismene vermutlich der Familie Cartright angehörte. Aber nichts deutet auf eine bestimmte Person hin, und der Schlüssel zu diesem Problem ist meines Erachtens – wenn überhaupt – nur im Manuskript zu finden. Wer nimmt einen Nachtisch?»

«Mir ist der Appetit vergangen», murmelte Peggy.

Sie entschieden sich für Kaffee und Brandy. «So, und jetzt bist du an der Reihe, Karen», sagte Simon.

«Wie die Geschichte endet, weiß ich noch nicht. Ich mußte mich aber schrecklich zusammennehmen, um nicht den Schluß zuerst zu lesen ... Aber ich befürchte, daß wir den Schluß nie erfahren werden, weil nicht nur die ersten, sondern auch die letzten Seiten des Manuskripts fehlen. Die paar Seiten, die ich heute nachmittag noch geschafft habe, handeln von der mysteriösen halbblinden Alten, die Ismene einen solchen Schrecken einjagte. Edmund und ein Diener stürzen herbei, und die Frau läßt sich widerstandslos hinausführen. Edmund hilft Ismene liebevoll ins Bett zurück, hält ihre eiskalten Hände und gesteht ihr, daß das seine arme, wahnsinnige Stiefmutter war, also die zweite Frau seines Vaters. Die hat aus irgendeinem Grund den

Verstand verloren und bleibt normalerweise in einer Dachkammer eingesperrt, unter strenger Bewachung, damit sie sich nichts antun kann.

Sie sei absolut harmlos, erklärt Edmund, aber da ihr Anblick so gräßlich sei, nehme es ihn nicht wunder, daß Ismene zu Tode erschrak. Man lasse es ihr an nichts fehlen, aber von Zeit zu Zeit werde sie von einer merkwürdigen Unruhe gepackt, und wenn es ihr gelinge, der Wärterin zu entwischen, wandere sie im Haus herum, von Gott weiß was für seltsamen Schreckensvisionen geplagt. Ismene solle aber ganz beruhigt sein, er, Edmund, werde sie beschützen bis an ihr oder sein Lebensende.»

Karen hielt einen Augenblick inne, und Peggy fragte gespannt: «Sehr schön. Und dann?»

«Dann geht er, und sie schläft ein. Weiter bin ich noch nicht gekommen.»

«Sie liegt zitternd und bebend im Bett, er hält ihre Hände – und dann verschwindet er einfach?» rief Peggy ungläubig.

«So schnell wie heute ging das vor anderthalb Jahrhunderten nicht», sagte Karen. «Obwohl – die Szene hat ganz entschieden etwas Erotisches. Du müßtest den Text lesen, um zu verstehen, was ich meine.»

«Lassen wir das», unterbrach Simon. «Was mich interessiert – und was auch euch interessieren sollte –, ist, bis zu welchem Grad man diesen Roman als autobiographisch bezeichnen könnte.» Er begann mit den Fingern aufzuzählen: «Erstens: Der Ort der Handlung scheint real zu sein, nämlich ein spezifisches Haus in einer spezifischen Gegend. Zweitens: Die Heldin des Romans hat literarische Ambitionen, genau wie die Autorin. Beide scheinen sich nach einem ‹Zimmer für sich allein› gesehnt zu haben.»

Simon überlegte und sah dann stirnrunzelnd von Karen zu Peggy und von Peggy zu Karen. «Und das wär's dann auch schon. Das schauerliche Zubehör, die Andeutungen auf das ‹schreckliche Geheimnis› sind offenbar reine Fiktion. Und die übrigen Personen auch. Ismenes kindische, hilflose Schwester, ihr engelhafter, blondgelockter Vetter, ein düsterer, schwarzhaariger Verehrer, die wahnsinnige Alte – merkt ihr denn nicht, daß das die klischeehaften Figuren sind, wie sie in jedem Schauerroman vorkommen? Wie könnt ihr bloß annehmen, daß es sich um Personen handelt, die tatsächlich gelebt haben? Sollten eure Nachforschungen tatsächlich zu einem Resultat führen, so wird sich womöglich herausstellen, daß Ismene eine würdige viktorianische Matrone mit einem Dutzend Kindern und einer blühenden Phantasie war!»

Bedrücktes Schweigen machte sich breit. Karen wußte, daß Simon recht hatte und daß auch sie all das hätte wissen müssen. Daß sie es im Grunde schon die ganze Zeit gewußt hatte und sie es nur nicht wahrhaben wollte.

«Na schön», seufzte Peggy. «Was schlägst du also vor?»

«Daß wir zahlen und gehen, es ist schon spät», sagte Simon und winkte dem Kellner.

Er ließ sich erst wieder vernehmen, als sie im Wagen saßen. «Ich verstehe einfach nicht, daß zwei so intelligente Frauen wie ihr so einfache Tatsachen übersehen, Tatsachen, die euch noch viel eher ins Auge springen müßten als mir. Oder wißt ihr womöglich irgend etwas, wovon ihr mir nichts sagen wollt?»

«Sei kein Idiot», knurrte Peggy.

«Gut, dann habe ich einen ganz einfachen Vorschlag: Befreit euch erst mal von euren fixen Ideen. Und dann beginnt nochmals von vorne, nämlich beim Text selbst. Konzentriert euch auf das, was euch erlaubt, den Zeitpunkt des Entstehens genauer zu bestimmen. Wenn es keine Hinweise auf konkrete Ereignisse gibt, müßt ihr euch eben mit einer minuziösen Textanalyse begnügen. Nur will mir scheinen, ihr versteift euch auch in dieser Beziehung auf eine ganz bestimmte Epoche.»

«Das kann nur Karen beurteilen», gab Peggy zu bedenken.

Karen sagte nichts.

Simon schien auch keine Antwort zu erwarten. In fast bittendem Ton fuhr er fort: «Ich muß morgen abreisen, am Mittwoch habe ich einen wichtigen Termin in Baltimore. Fahr doch mit mir zurück, Karen! Oder bist du immer noch nicht davon überzeugt, daß es rein gar nichts bringt, wenn du noch länger in Fredericksburg bleibst?»

«Er hat recht», meinte Peggy, «auch wenn es mir schwerfällt, das zuzugeben. Ich meine damit nicht, daß es für dich gefährlich wäre –»

«Nein, natürlich nicht», versicherte Simon, «das wollte ich auch gar nicht andeuten.»

«Und das soll ich dir abnehmen?» Karen klopfte ihm freundschaftlich auf die Schulter. «Ich bin gerührt, daß du dir soviel Sorgen um mich machst, Simon. Und ich werde mir deine Argumente zu Herzen nehmen. Du hast natürlich recht, ich sollte mich wirklich auf das Manuskript konzentrieren. Das meiste von dem, was ich hier erledigen wollte, ist inzwischen ohnehin erledigt, und sobald mein Auto repariert ist, fahre ich nach Hause, Ehrenwort. Bist du jetzt zufrieden?»

Peggy und Simon bestanden darauf, Karen bis in die Wohnung zu begleiten.

«Alles in Ordnung, das seht ihr doch», sagte sie und knipste das Licht im Schlafzimmer an. «Du brauchst nicht unters Bett zu schauen, Simon.»

Er bückte sich, um es trotzdem zu tun. Während er Badezimmer und Küche überprüfte, flüsterte Karen Peggy zu: «Du erzählst ihm doch nichts von ... von –»

«Natürlich nicht! Ich mag Simon, auch wenn er mich manchmal wie eine Idiotin behandelt, und ich will keinesfalls, daß er mich auch noch für eine abergläubische Idiotin hält.»

Simon hatte seine Inspektion beendet. «Niemand da», verkündete er.

«Vielen Dank», sagte Karen artig.

«Gern geschehen. Vergiß nicht, die Tür abzuschließen. Kommst du, Peggy?»

Mit einem Augenzwinkern verabschiedete sich Peggy von ihrer Freundin. Karen verriegelte die Tür, putzte sich die Zähne und ging dann gleich ins Bett.

Die dunkle Gestalt geisterte durch das Labyrinth ihrer Träume. Sie kam näher und näher, aber da Karen nun wußte, wer diese Gestalt war, empfand sie eher Mitleid als Furcht. Doch als das schreckliche Gesicht vor ihr auftauchte und das blinde Auge im Kerzenschein bernsteingelb aufleuchtete, als die dürren Hände sich in ihre Röcke krallten, fuhr sie schaudernd vor der Berührung und dem heiseren Gestammel zurück.

«Ist sie es? Ist sie es? Sie muß gewarnt werden, sonst ist es zu spät...»

Karen merkte, daß sie selbst diesen Schrei ausgestoßen hatte. Sie rang nach Luft, drehte sich auf den Rücken, versuchte, tief durchzuatmen. Aber sie bekam immer noch keine Luft. Ein fahles Licht drang durchs Fenster – ein eigenartiges Licht, milchweiß und dicht wie Nebel. Ihr nächster Atemzug löste einen heftigen Hustenanfall aus.

Instinktiv sprang sie aus dem Bett und stürzte ans offene Fenster. Ein paar keuchende Atemzüge verschafften ihr Erleichterung, die seltsame Betäubung ließ nach. Aber was war nur mit dem Mond los? Das milchige Licht war nicht weiß, sondern rötlich und flackernd.

Plötzlich war Karen hellwach. Mit zitternden Knien lief sie zur Tür, die ins Wohnzimmer führte. Die Klinke fühlte sich glutheiß an, und sie zog blitzschnell ihre Hand zurück. Nicht öffnen, fuhr es ihr durch den Kopf. Das Wohnzimmer mußte in Flammen stehen. Sie eilte ans Fenster zurück. Der morsche Rahmen mit dem Maschendraht ließ sich leicht herausschlagen. Sie schöpfte noch einmal tief Luft, hielt den Atem an und hastete zum Bett zurück. Als sie die Aktenmappe gefunden und aus dem Fenster geworfen hatte, züngelten die Flammen schon durch die Schlafzimmertür. Sie kletterte über das Sims und ließ sich ohne einen Blick nach unten fallen. Das dichte Geäst eines Busches zerkratzte ihr Beine und Arme, aber es dämpfte den Fall. Sie rollte sich herum und sah die Mappe im Gras liegen. Ein Feuerball erhellte die Nacht.

Sie kam auf die Beine, packte die Mappe und rannte weiter in den Garten hinein. Dann blieb sie stehen und starrte ungläubig auf das Schlafzimmerfenster, aus dem die Flammen loderten. Das ganze Haus brannte lichterloh, zu retten gab es da nichts mehr...

Was war mit Mrs. Fowler? Fluchend kletterte Karen über die Hecke und rannte auf das Haus zu, das so nahe stand, daß der Funkenflug es ebenfalls in Brand setzen konnte. Sie mußte Mrs. Fowler aufwecken. Alle Fenster waren dunkel, und Karen begann laut schreiend gegen die Hintertür zu hämmern. Keine Antwort, kein Lebenszeichen von Mrs. Fowler.

Mit zusammengebissenen Zähnen, einen Arm vor die Augen gelegt, ließ Karen die Mappe gegen die Glasscheibe sausen. Splitter fielen heraus; sie schlug noch einmal zu und tastete dann durch das Loch nach dem Riegel. Eine Sicherheitskette war eingehakt, aber den Schlüssel hatte Mrs. Fowler zum Glück stecken lassen. Endlich sprang die Tür auf; Karen stürzte durch die Küche in den Flur. Noch immer rührte sich niemand. Sie fand den Telefonapparat an der Wand und tippte mit zitternden Fingern die Nummer des Feuernotrufs ein; dann rannte sie die Treppe hoch.

Mrs. Fowler lag schnarchend im Bett. Karen atmete auf, sie war darauf gefaßt gewesen, die alte Dame vom Schlag gerührt vorzufinden. Sie beugte sich über sie und rüttelte sie am Arm.

Aber Mrs. Fowler regte sich nicht. Ein schaler, brechreizerregender Whiskygestank stieg Karen in die Nase.

14

> Die westliche Kultur... war ein prächtiger Herrensitz, den gebildete Männer von ihren gebildeten Vorfahren geerbt hatten, während sich ihre weiblichen Verwandten, so wie die Frauen in den Romanen Jane Austens, mit den bescheidenen Nebengebäuden am Rande des Anwesens begnügen mußten.
> *Sandra M. Gilbert, 1985*

Als Peggy eintraf, war das Garagenhaus nur noch ein schwarzer, rauchender Schutthaufen. Die Szenerie wirkte auf groteske Weise geradezu festlich: Allerlei Leute, nur notdürftig bekleidet und mit Kaffeebechern in der Hand, standen plaudernd herum wie Theaterbesucher in der Pause; Scheinwerfer bohrten sich kreuz und quer durch die Dunkelheit und verwandelten die Wasserstrahlen aus den Schläuchen der Feuerwehr in vielfarbige glitzernde Fontänen. Peggys nackte Füße steckten in Pantoffeln, und ihr langes Nachthemd und der hastig darübergeworfene Regenmantel flatterten um ihre Beine, als sie auf Karen zueilte.

«Mein Gott, es ist dir doch nichts passiert?»

«Nein, das sagte ich dir doch schon am Telefon.»

«Ich habe den Rettungswagen gesehen und –»

«Der ist wegen Mrs. Fowler da», sagte Karen. «Aber nur als Vorsichtsmaßnahme, ihr ist auch nichts passiert.»

Karen beschwor Peggy, Simon auf keinen Fall etwas zu sagen. «Du hast ihn doch hoffentlich nicht geweckt?» fragte sie ängstlich.

«Nein, aber früher oder später –»

«Lieber später als früher, er soll sich nicht unnötig aufregen.»

«Unnötig!» entrüstete sich Peggy. «Wie kannst du diese Sache nur so auf die leichte Schulter nehmen?»

«Ich weiß nicht, vielleicht hab ich es noch nicht ganz realisiert», meinte Karen achselzuckend. «Egal, in dieser Bruchbude mußte ja einmal ein Brand ausbrechen. Ich glaube nicht, daß das etwas mit mir zu tun hat.»

«Himmel, Herrgott!» Peggy rang die Hände. «Laß uns bloß von hier verschwinden, mir wird beim Anblick dieses Schutthaufens ganz übel!»

«Ich denke, der Feuerwehrkommandant will noch mit mir reden.»

Der Feuerwehrkommandant erschien wie aufs Stichwort. Er nahm seinen Helm ab und wischte sich den Schweiß von der Stirn. «Alles unter Kontrolle», verkündete er. «Sieht leider danach aus, als wäre alles hin, Miss. Haben Sie eine Ahnung, wie es passiert ist?»

«Ich glaube, daß das Feuer in der Garage ausgebrochen ist», sagte Karen. «Als ich erwachte, stand das Wohnzimmer in Flammen, aber unter dem Schlafzimmer brannte es ebenfalls –»

«Sie haben auch ein bißchen Ruhe nötig, Miss. Wo werden Sie denn jetzt wohnen?»

Karen gab ihm Peggys Hoteladresse und folgte Peggy zum Wagen.

Am folgenden Morgen wurde Karen von einem Klopfen an der Tür geweckt. Sie brauchte einige Sekunden, um sich zurechtzufinden, dann kam ihr die Erinnerung an die vergangene Nacht zurück, und sie setzte sich mit einem Ruck auf. Es duftete nach frischem Kaffee. Peggy brachte ihr eine dampfende Tasse und setzte sich an den Bettrand.

«Ich hätte dich gerne länger schlafen lassen, aber wir haben noch einiges zu tun. Dein Auto ist abgeschleppt worden. Simon ist abgereist. Ich habe ihm kein Wort von dem gesagt, was gestern passiert ist.» Peggy verzog das Gesicht. «Und wenn er es erfährt, ist womöglich wegen dir die große Liebe im Eimer... Jedenfalls soll ich dir ausrichten, daß er dich wenn nötig mit Gewalt von hier wegschleppt, wenn du bis Freitag nicht zu Hause bist. Tanya hat angerufen, Lisa auch. Und Cameron. Und Bill.»

«Moment, ich bin noch nicht ganz wach», gähnte Karen. «Red nicht so schnell. Wann haben sie angerufen? Ich habe das Telefon nicht gehört.»

«Ich sagte der Zentrale, sie dürften keine Gespräche durchstellen. Die letzten zwei Stunden saß ich unten in der Halle und nahm die Anrufe dort entgegen. Gefrühstückt habe ich mit Simon. Iß jetzt deines, und dann zieh dir was an. Du brauchst neue Kleider und alles mögliche, neue Kreditkarten, ein neues Scheckheft, Schlüssel –»

«Hör auf», stöhnte Karen und vergrub das Gesicht in den Händen. «Ich mag gar nicht dran denken!»

Aber dann raffte sie sich auf, entschlossen, alles so rasch wie möglich hinter sich zu bringen. Der ganze Vormittag ging fürs Einkaufen drauf, obwohl sie sich auf das Allernötigste beschränkte.

«Und jetzt?» fragte sie, nachdem sie alles in Peggys Kofferraum verstaut hatten und sich mit Kaffee und belegten Broten stärkten.

«Ich habe eine Liste gemacht», erklärte Peggy. «Zur Abwechslung werden wir jetzt mal systematisch vorgehen.»

Karen griff nach dem Zettel. «Erstens: Familienbibel», las sie. «Glaubst du immer noch, daß eine Familienbibel existiert?»

«Das will ich abklären. Als Lisa heute früh anrief, sagte ich ihr, falls sie noch irgend etwas auf Lager habe, müsse sie es jetzt herausrücken, weil wir demnächst abreisen und wohl kaum ein zweites Mal herkommen würden.»

«Gut. Zweitens: Mrs. Madison. Wer ist Mrs. Madison?»

«Tanyas Mutter. Ich sagte ja, daß Tanya heute morgen angerufen hat. Sie wollte wissen, ob sie irgend etwas für dich tun kann.»

«Tanya ist wirklich ein nettes Mädchen. Drittens: Fotos.»

«Ja, Fotos von Amberley, die wollte ich ohnehin machen. Neue Filme hab ich bereits gekauft.»

«Willst du heute nachmittag rausfahren?»

«Nein, erst morgen. Ich sagte Cameron, er solle diese Jungen benachrichtigen, die uns beim Ausgraben helfen wollen.»

«Viertens: Steinhaus überprüfen», las Karen weiter. «Das ist der wichtigste Punkt. Wenn wir den nicht klären können, werde ich bis an mein seliges Ende daran herumrätseln.»

«Was für ein schönes altes Haus», meinte Karen anerkennend, als Peggy vor einem großen viktorianischen Backsteinhaus parkte. «Schade, daß die Madisons es derart verlottern lassen. Sie haben wohl nicht das Geld für eine stilgerechte Renovierung.»

«Es ist Camerons Haus», sagte Peggy.

«Was?» Karen starrte sie verblüfft an.

«Hat Tanya dir nicht gesagt, daß ihre Mutter Mrs. Hayes tagsüber betreut? Laut Lisa ist die alte Dame behindert – oder, um es in ihren Worten auszudrücken, senil.»

Die Pflastersteine auf dem Vorplatz waren geborsten, der Rasen war seit langem nicht mehr gemäht worden, und die Holzstufen, die zur Veranda hinaufführten, schienen morsch. Mrs. Madison, eine zierliche, noch jung wirkende Frau, öffnete ihnen die Tür. «Ich freue mich sehr über Ihren Besuch», sagte sie herzlich. «Wenn man nichts zu tun hat außer Lesen oder Fernsehen, wird es manchmal etwas langweilig hier.»

Das einfache, aber blitzblanke Wohnzimmer ließ darauf schließen, daß sie doch etwas mehr tat als nur lesen und fernsehen. Auf dem Tisch stand ein silbernes Teeservice bereit. «Wir wollen Ihnen aber wirklich keine Umstände machen», sagte Peggy, als sie die angebotene Tasse entgegennahm.

«Oh, das ist nicht der Rede wert, ich freue mich doch so, daß ich mich mal mit jemandem unterhalten kann.»

«Mrs. Hayes kann demnach nicht ...» Peggy verstummte verlegen.

Mrs. Madisons Blick streifte kurz die geschlossene Tür zum Nebenzimmer. «Sie schläft viel. Um diese Zeit ist sie gewöhnlich ruhig, da können wir gemütlich plaudern. Tanya erzählte mir von Ihrem Projekt. Klingt sehr interessant! Ich weiß nicht, ob ich Ihnen Auskunft geben kann, aber fragen Sie nur.»

«Sie haben als Kind in Amberley gelebt, nicht wahr?» begann Peggy.

«Ja. Mama und Daddy haben für den alten Mr. Cartright gearbeitet, so vierzig Jahre muß das jetzt hersein. Da war er noch nicht so komisch und so knausrig.» Sie lehnte sich zurück, die Hände im Schoß gefaltet. «Wir wohnten im großen Haus, in den Räumen neben der Küche. Die Gesindehäuser waren schon damals baufällig, aber im großen Haus gab es Platz genug, weil Mr. Josiah ja ganz allein dort lebte. Wir Kinder hatten es schön in Amberley, bloß einsam war es, keine Nachbarn und nichts. Dafür Hühner und Hunde und Katzen und Wiesen und Wälder ...»

«Erinnern Sie sich an eine Lichtung im Wald, mit einer Art Ruine?»

«Ja, aber wir haben uns nicht oft dorthin gewagt.»

«Warum nicht?»

«Es gab so Geschichten ...» Mrs. Madison machte eine wegwerfende Bewegung. «Aber die werden Sie wohl kaum interessieren. Gruselgeschichten, wie sie Kinder erzählen, um einander Angst einzujagen.»

«Genau solche Geschichten interessieren mich», sagte Peggy eifrig.

«Also gut.» Ein Lächeln huschte über Mrs. Madisons Gesicht als sie von ihrer Kindheit zu erzählen begann. «Sie wissen ja, wi das ist mit Kindern. Mein Bruder Thomas hat uns Kleinere immer aufgezogen. Er hat uns die Geschichten von dem Sklavenhaus erzählt. Die Ruine auf der Lichtung sei ein Sklavenhaus gewesen, sagte er. Der alte Satan – nicht Mr. Josiah, sondern der Mann, der vor langer Zeit das Haus bauen ließ – habe dort Sklaven eingesperrt, die aufsässig waren oder davonlaufen wollten. Er sperrte sie ein, im Dunkeln, ohne Essen und Trinken, und dann ließ er sie nie mehr raus.»

«Aber das ist ja entsetzlich!» rief Karen aus.

«Nun ja, das ist alles schon so lange her», tröstete Mrs. Madison. «Für uns Kinder waren das einfach Gruselgeschichten. Aber wir gingen trotzdem nicht oft hin. Der Ort war irgendwie unheimlich – vielleicht, weil Thomas so spannend erzählen konnte. Er sagte, er habe die Schreie der eingesperrten Sklaven gehört. Das war natürlich geschwindelt, denn durch diese dicken Mauern wäre kein Ton nach draußen gedrungen, selbst wenn dort jemand eingesperrt gewesen wäre. Aber wie gesagt, das war nur so eine erfundene Geschichte.»

Peggy vermied es geflissentlich, Karen anzublicken. «Waren denn die Mauern damals noch intakt?»

«Ich glaube schon. Aber alles war total überwuchert, und so genau haben wir uns das Haus nicht angeschaut.»

«Und sie selbst haben nie etwas gehört ... oder gespürt ... im großen Haus oder in der Umgebung?»

Mrs. Madison runzelte nachdenklich die Stirn. «Schwer zu sagen, was Wirklichkeit war und was bloße Einbildung. Ich war damals noch so klein ... Ins Hauptgebäude kamen wir nicht oft, man erlaubte es uns nicht. Thomas berichtete uns auch von einer greulichen Statue im Keller, aber die habe ich nie gesehen. Mama erlaubte uns Kindern nicht, den Keller zu betreten, weil es so dunkel und schmutzig dort war. Aber Thomas ging trotzdem runter. Er war ein neugieriger Junge und hat sich vor nichts gefürchtet.»

«Sympathischer Kerl, dieser Thomas», meinte Peggy lächelnd. «Lebt er auch in Fredericksburg?»

«Er ist in Vietnam gefallen.»

«Oh, wie schrecklich. Es tut mir leid –»

«Schon gut.» Mrs. Madison stand auf. «Entschuldigen Sie mich einen Augenblick, mir scheint, ich hab etwas gehört.»

Karen hatte nichts gehört, aber als Mrs. Madison die Tür öffnete, drang ein schwaches Wimmern aus dem Nebenzimmer – und ein schwacher, aber unverkennbarer unangenehmer Geruch.

Mrs. Madison machte die Tür schnell hinter sich zu, aber Karen hatte es bereits gesehen – das große, altmodische Bett und den ausgemergelten Körper darin, das wachsbleiche Gesicht mit den blicklosen Augen und dem offenen, sabbernden Mund. Auch Peggy hatte die alte Frau gesehen. Erschrocken flüsterte sie: «Mein Gott, für einmal scheint Lisa nicht übertrieben zu haben.»

Sie hatten die Schritte draußen im Flur nicht gehört und fuhren zusammen, als auf einmal die Tür aufgerissen wurde.

Karen wollte etwas sagen, aber die Worte blieben ihr im Hals stecken. Sie hatte schon immer einmal erleben wollen, daß Cameron Hayes die Nerven verlor. Jetzt schien dieser Moment gekommen.

«Was zum Teufel tun Sie hier?» Seine Stimme klang gedämpft, aber sie bebte vor Wut.

«Hören Sie, Cameron ...» versuchte Peggy zu erklären.

Er warf ihr einen finsteren Blick zu, seine Kiefermuskeln zuckten. «Und Sie auch! Gerade von Ihnen hätte ich eine solche Unverschämtheit nicht erwartet. Einfach hier einzudringen, die Privatsphäre einer hilflosen Kranken zu stören ...»

Die Schlafzimmertür ging auf, und Mrs. Madison sagte ruhig: «Oh, Sie sind das, Cameron, ich dachte doch, ich hätte Ihre Stimme gehört. Sie sind heute aber früh dran.»

Schwer atmend starrte er sie an, bemüht, sich wieder zu fassen. «Ich – ich muß einige Anrufe erledigen», brachte er schließlich heraus. «Sie können nach Hause gehen, Jenny, ich brauche Sie heute nicht mehr.»

«Ich muß auf Tanya warten, sie wollte mich abholen.»

«Wir bringen Sie gerne nach Hause, Mrs. Madison», sagte Peggy hastig.

Cameron übernahm es, Tanya zu benachrichtigen und ließ nicht zu, daß Mrs. Madison den Tisch abräumte; offenbar wollte er sie alle drei möglichst rasch loswerden.

«Also gut», sagte Mrs. Madison. «Ich hab ihr die Einlage gewechselt und sie umgebettet. Sie haben ganze zwei Stunden Ruhe und können alle Ihre Anrufe erledigen.»

Peggy räusperte sich. «Wegen morgen – geht das trotzdem in Ordnung, Cameron?»

«Nun ... ja, natürlich. Vielen Dank, Jenny.»

Er blieb unter der Haustür stehen, bis sie auf der Straße waren. Erst als sie im Auto saßen, getraute sich Karen, etwas zu sagen. «Ich hoffe bloß, daß wir nicht ... Er wird Ihnen doch keine Schwierigkeiten machen, weil Sie uns ins Haus gelassen haben, Mrs. Madison?»

«O nein», erwiderte Mrs. Madison. «Er kann es nur nicht ausstehen, daß fremde Leute sie in diesem Zustand sehen. Aber er wird sich schon wieder abregen. Armer Junge, er hat es wirklich nicht leicht. Ich bin ja nur tagsüber dort; die übrige Zeit muß er sich um sie kümmern. Und wissen Sie, wenn's um die eigene Mutter geht, ist so etwas viel schwerer zu ertragen.»

Sie brachten Mrs. Madison nach Hause und kehrten dann ins Hotel zurück, wo man ihnen einen ganzen Stapel Telefonnotizen aushändigte.

«Ein Anruf von Cameron», sagte Peggy, als sie oben im Zimmer waren. «Oh, und Lisa hat sich auch gemeldet. Die werde ich gleich anrufen, vielleicht hat sie etwas für uns ... William Irgendwas – ich kann das Gekritzel nicht lesen. Ist das der Feuerwehrkommandant? Den solltest du zurückrufen, scheint etwas Amtliches zu sein. Bill Meyer ... Bobby Mansfield – das ist doch der Knabe mit den Pickeln, Camerons Schwager. Was will denn der von dir?»

«Wahrscheinlich möchte er herausfinden, ob ich beabsichtige, seine Tante wegen Nichtbeachtung der Sicherheitsvorschriften einzuklagen», brummte Karen, «und eine geballte Ladung seines jugendlichen Charmes auf mich loslassen, damit ich's nicht tue. Der kann mich mal, mit dem will ich nichts zu tun haben.»

«Und Bill?»

«Der kann mich auch mal.»

«Aber daß er morgen bei der Ausgrabung dabei ist, stört dich doch hoffentlich nicht.»

Es war eine Feststellung, keine Frage, also gab Karen darauf keine Antwort. Sie packte ihre neuen Kleider aus und ging sich die Zähne putzen, während ihre Freundin telefonierte.

«Bill trifft uns morgen draußen in Amberley», berichtete Peggy. «Lisa wird gleich herkommen, sie scheint etwas Interessantes für uns zu haben. Wir treffen uns drunten in der Bar. Aber vorher solltest du noch den Feuerwehrmann anrufen.»

Sie setzte sich aufs Bett und wartete, bis Karen mit dem Feuerwehrkommandanten gesprochen hatte. «Was ärgert dich denn so?» fragte sie, als Karen den Hörer auf die Gabel knallte. «Ich habe nur mitgekriegt, daß vom Rauchen die Rede war. Er meint doch wohl nicht –»

«Er nicht, aber Mrs. Fowler. Sie behauptet, ich müsse im Bett geraucht haben, anders könne sie sich den Brand nicht erklären.»

«Was hast du denn erwartet? Angriff ist die beste Verteidigung. Und was meinte sie zu all dem feuergefährlichen Plunder, den sie in der Garage gehortet hat?»

«Bobby habe gestern nachmittag die Garage ausgeräumt, behauptet sie, und Bobby behauptet das auch. Und ich kann nicht das Gegenteil behaupten, denn in der Garage habe ich gestern abend beim Nachhausekommen nicht nachgesehen.»

«Was meint denn die Feuerwehr zur möglichen Brandursache?»

«Ich habe den Eindruck, daß denen irgend etwas nicht ganz koscher vorkommt. Ich meine, wenn's bloß ein Kurzschluß oder so etwas gewesen wäre, hätte man es mir doch gesagt.»

«Vielleicht, vielleicht auch nicht. Beamte sind ja von Natur aus nicht gerade mitteilsam.» Peggy warf einen Blick auf die Uhr. «Laß uns gehen, Lisa ist inzwischen bestimmt schon angekommen.»

Lisa saß an der Bar und hatte ein Glas Bourbon vor sich stehen. Bevor sie mit ihren Neuigkeiten herausrückte, wollte sie alles über den Brand wissen, und zwar mit einer geradezu morbiden Neugier, so daß Peggy ihr schließlich das Wort abschnitt. «Mrs. Fowler hat sich inzwischen von dem Schrecken erholt, nehme ich an?»

«Man hat sie heute nachmittag aus dem Krankenhaus entlassen. Aber Sie können sich vorstellen, daß sie immer noch sehr angegriffen ist. Bobby wird bei ihr wohnen, bis sie ihren Schock überwunden hat.»

«Ihren Schock, daß ich nicht lache!» schnaubte Peggy höhnisch. «Sie dürfte sich ruhig bei Karen entschuldigen und bedanken. Gebrannt hat es wegen Mrs. Fowlers Nachlässigkeit, und wenn das Feuer auf ihr Haus übergegriffen hätte, wäre sie womöglich im Bett verbrannt oder erstickt. Sie war ja voll wie eine Strandhaubitze!»

«Erlauben Sie mal, das ist nun aber wirklich –»

«Das ist die reine Wahrheit», sagte Peggy. «Ich habe dieses ganze Getue und die versteckten Andeutungen und die verhüllten Drohungen satt. Sie können ihr ausrichten, daß wir wissen, was sie vorhat, und daß sie damit bei uns nicht durchkommt.

Wenn sie's trotzdem versucht, wird sie ihr blaues Wunder erleben!»

«Ich werde nicht –»

«Klar werden Sie nicht, und jetzt möchte ich endlich das Thema wechseln. Was haben Sie uns mitgebracht?»

Wortlos legte Lisa ein dickes Buch auf die Theke, eine ledergebundene Bibel mit schönen Messingbeschlägen. Peggy blätterte grimmig die ersten paar Seiten durch und sagte dann kurz und bündig: «Kein Interesse.»

«Was? Sie sagten doch, sie suchten –»

«Diese Ausgabe wurde 1890 gedruckt. Die Eintragungen enthalten nichts Neues; das wissen wir alles schon aus dem Stammbaum.»

Peggy klappte das Buch zu und schob es zu Lisa hinüber.

«Dann wollen Sie die Bibel also nicht?» fragte Lisa enttäuscht.

«Zwanzig Dollar gebe ich Ihnen dafür», sagte Peggy gnädig. «Damit Sie sich nicht umsonst herbemüht haben.»

Als Lisa mit einem Zwanzigdollarschein abgezogen war, zahlte Peggy die Getränke und klemmte sich den Folianten unter den Arm. «Komm, das war wieder mal ein Flop. Ich hätte es mir eigentlich denken können.»

Karen, halb schockiert, halb belustigt über Peggys schroffen Ton Lisa gegenüber, hatte die ganze Zeit geschwiegen. Erst als sie wieder im Zimmer waren, bemerkte sie: «Du bist ihr ganz schön über den Mund gefahren, und dabei behauptest du doch immer, nur mit Takt und Liebenswürdigkeit könne man etwas aus den Leuten rausholen.»

«Gewisse Leute machen mich aber langsam stinksauer», fauchte Peggy und schleuderte die Bibel wütend aufs Bett.

«Das habe ich gemerkt. Was willst du jetzt mit dem Ding anfangen, wenn es uns ja doch nichts nützt?»

«Ich werde es Cameron zurückgeben. Bestimmt hat Lisa diese Bibel aus seinem Haus verschwinden lassen – und andere Sachen vermutlich auch. Du hast ja die Zustände dort gesehen; Mrs. Madison hätte sich ja nichts zu sagen getraut.»

Karen, die inzwischen in der Bibel herumzublättern angefangen hatte, rief plötzlich überrascht aus: «Sie hat Eliza gehört! Die Handschrift kam mir gleich bekannt vor. Die Eintragungen beginnen mit der Generation von Elizas Eltern. Meinst du, daß noch eine andere Familienbibel vorhanden ist, eine ältere?»

«Wohl kaum, und es spielt jetzt auch keine Rolle mehr. Wer ist Eliza?»

«Ein viktorianischer Blaustrumpf. Ich habe ihre Tagebücher... O Gott, die sind jetzt auch futsch! Wenn Mrs. Fowler das erfährt, geht sie in die Luft. Sie hat mir die Tagebücher aufgedrängt, als wir im Archiv des historischen Vereins nach Unterlagen suchten.»

«Mrs. Fowler soll nur kommen!» Peggy schwenkte drohend ihre Haarbürste. «Die kriegen wir auch noch klein. Komm, wir gehen essen, und danach solltest du dich vielleicht zur Abwechslung wieder mal Ismenes Manuskript widmen.»

«Es war in der Tat ein glücklicher Zufall, daß Sie gerade bei uns zu Gast waren, als das geschah», sagte Ismene dankbar zu Dr. Fitzgerald. «Sie halten sich, so scheint es mir wenigstens, seit einiger Zeit recht oft in dieser Gegend auf. Liegt der Grund dazu wohl darin, daß man in der Nachbarschaft häufig Ihrer ärztlichen Hilfe bedarf?»

Eine dunkle Röte überzog die gefurchte Stirn des Arztes, und er entgegnete: «Meine ärztliche Hilfe war in diesem Haus nicht vonnöten; Ihre schwesterliche Fürsorge hätte vollauf genügt, denn Miss Clara hat nur eine leichte Ohnmacht erlitten, wie es bei jungen Damen von schwächlicher Konstitution häufig vorkommt. Allein was bedeutete ihr wirres Gestammel von Schreckgesichtern und Spukgestalten? Kommt es oft vor, daß Ihre Schwester von solchen Fieberphantasien geplagt wird?»

Es war die Besorgnis, die sie Claras wegen hegte, welche Ismene bewog, ihm das Geheimnis zu verraten. «Was Clara erblickte, war keine Spukgestalt, sondern ein menschliches Wesen – Isabellas bedauernswerte Mutter, deren Geist zerrüttet ist. Edmund gestattet dieser Frau in seiner Herzensgüte, trotz ihres schlimmen Zustandes in seinem Hause zu wohnen. Clara jedoch wußte nichts von ihr, und so hat die unvermutete Begegnung mit ihr sie aufs höchste erregt, denn das arme Geschöpf bietet einen über alle Maßen erschreckenden Anblick. Auch ich erschrak zutiefst, als ich die Gestalt zum ersten Male erblickte.»

«Meiner Treu», rief der Arzt erstaunt aus, «auch ich wußte nichts von der Existenz dieser Frau. Ist sie denn nicht gefährlich? Und sollte sie nicht stets streng bewacht werden?»

«Sie führt nichts Böses im Schilde», entgegnete Ismene mit fester Stimme. «Auch ist sie alt und gebrechlich, so daß sie für niemanden eine Gefahr darstellt, es sei denn für sich selbst. Ich fand sie, als mich die Schreie Claras herbeieilen ließen, am ganzen Leibe zitternd und nicht weniger außer sich als Clara. Ich mußte die Wärterin rufen, damit sie die Unglückliche auf ihr Zimmer trage, und ich befürchte, sie könnte sich ernstlich verletzt haben, denn sie vermochte kein Glied zu bewegen. Es würde meine Besorgnis zerstreuen, wenn Sie, lieber Doktor, nach ihr sehen wollten.»

Er stimmte zu. Doch das Lächeln, das flüchtig seine düstere Miene erhellte, verschwand sogleich wieder, als er ihr zu bedenken gab, ob dem Hausherrn ein solcher Besuch auch angenehm wäre, da dieser doch die Frau seit Jahren vor der Welt verborgen halte …

«Ich bin überzeugt», versicherte Ismene, «daß er dies nur aus Mitleid tut – und wohl auch, um die Gefühle jener zu schonen, welche sie in glücklicheren Tagen gekannt haben.» Und da er immer noch zögerte, fuhr sie fort: «Ich würde gewiß seine Erlaubnis erbitten, doch er und Isabella werden heute erst spät-

abends nach Hause zurückkehren; auch weiß ich, daß Sie in Eile sind ...»

Hierauf ließ sich der Arzt ohne einen weiteren Einwand von Ismene zu der Dachkammer führen, welche Edmund seiner Stiefmutter als Wohnung bestimmt hatte. Die Tür war fest verschlossen; auf Ismenes Klopfen ertönte ein lautes Rasseln und Rütteln von Ketten und Riegeln, welches die Vorstellung eines düsteren Kerkers heraufbeschwor. Endlich gewährte die mürrische Wärterin ihnen Einlaß, und nun erkannte Ismene, daß Edmund die Wahrheit gesagt hatte, als er ihr versicherte, man lasse es der Unglücklichen an nichts fehlen. Die Fenster der Kammer waren zwar vergittert, und ein schweres Eisengitter befand sich auch vor dem offenen Kamin, in dem jetzt, im Sommer, kein Feuer brannte, doch wirkte der Raum reinlich und hell, und das Bett an der Wand war mit weichen Kissen und Decken versehen.

Mit einer Handbewegung bedeutete Ismene ihrem Begleiter zu warten. «Lassen Sie mich zuerst zu ihr sprechen», bat sie, «denn der Anblick eines Unbekannten könnte sie erschrekken.»

Die alte Frau lag im Bette, schlief jedoch nicht, wie die Wärterin behauptet und Ismene zuerst auch geglaubt hatte, und als die sanfte Stimme der Besucherin an ihr Ohr drang, schlug sie sogleich die Augen auf. Ismene meinte ein flüchtiges Erkennen in dem sehenden Auge aufleuchten zu sehen, doch dann verzerrte sich der eingefallene Mund zu einer häßlichen Grimasse, und eine Flut unverständlicher Worte kam über die fahlen Lippen.

Mit einem betroffenen Ausruf trat der Arzt näher, und Ismene beeilte sich, ihm zu versichern, daß kein Grund zur Besorgnis vorliege: «Es ist dies nur ihr Wahn; es sind immer dieselben seltsamen Warnungen, die sie zu äußern pflegt und in denen ich keinen Sinn zu erkennen vermag. Wer weiß, welche Schreckgespenster ihr armer, verwirrter Geist zu sehen vermeint?» Sie ergriff die knochige Hand, beugte sich über die Liegende und flüsterte: «Fürchten Sie nichts, ein Arzt ist gekommen, ein guter Freund der Familie, der auch Ihnen wohlgesinnt ist. Erlauben Sie ihm wohl, Sie zu untersuchen?»

Sie hatte weder eine Antwort erwartet noch zu hoffen gewagt, sich verständlich zu machen, allein jetzt verstummte das arme Geschöpf und ließ, reglos daliegend, den Arzt gewähren, dessen Hände behutsam über den fast kahlen Schädel und die ausgezehrten Glieder tasteten.

«Ich finde keine Verletzung», murmelte er, und Ismene sah, daß er in der Ausübung seiner edlen Kunst alle Bedenken vergessen hatte. «Sie scheint auch keine Schmerzen zu empfinden … Doch was ist es, was sie uns sagen möchte?» Denn die Frau hatte wieder zu sprechen oder vielmehr zu lallen angefangen, aber auch Ismene verstand die heiser hervorgestoßenen Laute nicht.

«Es ist nur ein unverständliches Gestammel», sagte sie bedrückt. «Ihr kranker Geist –»

Er unterbrach sie in jenem ironischen Ton, der ihr an ihm bereits wohlbekannt war: «Auch wenn ihr Geist gesund wäre, vermöchte sie nicht deutlicher zu sprechen! Die arme Frau hat keinen Zahn mehr im Mund, wie sollte sie klar artikulieren können? Sprechen Sie langsamer, Madam, ich höre Ihnen zu. Was wollen Sie mir sagen?»

Weder Furcht noch Abscheu, sondern nur Mitleid und Aufmerksamkeit waren aus seinen Zügen zu lesen, als er sein Ohr den welken Lippen näherte; und als die knochige Hand nach der seinen tastete, ergriff er sie ohne Zaudern. Auf eigenartige Weise von diesem Anblick berührt, beobachtete Ismene, mit welchem Zartgefühl Dr. Fitzgerald sich der hilflosen Kranken gegenüber verhielt, und es ging ihr durch den Sinn, wie ungenau doch die Physiognomie eines Menschen dessen wahren Charakter abbildet. Wer hätte vermutet, daß in der Brust dieses sonst so finsteren Mannes ein so mitfühlendes Herz schlug?

Da öffnete sich auf einmal die Tür, und Edmund trat in die Kammer. Wie ein heftiger, eiskalter Windstoß wirkte sein plötzliches Erscheinen, und die Kranke stieß einen lauten Schrei aus. Ismene wollte ihm erklären, was hier vorging, aber Edmund unterbrach sie sogleich; er sprach gedämpft, aber seine Stimme bebte vor Zorn.

«Wie konnten Sie es wagen, hierherzukommen?» Diese Worte waren nicht an Ismene, sondern an den Arzt gerichtet, dessen Miene sich wieder verdüstert hatte. Er löste behutsam die dürren Finger, die krampfhaft seine Hand umklammert hielten, erhob sich und sagte kalt: «Ich bitte um Entschuldigung.»

In schneidendem Ton entgegnete Edmund: «Ich kann eine solche Handlungsweise nicht entschuldigen. Verlassen Sie dieses Haus und wagen Sie es nicht, es je wieder zu betreten!»

«Du bist ungerecht, Edmund», widersprach Ismene heftig. «Wenn jemand deinen Zorn verdient, so wäre gewiß ich es! Denn ich habe Dr. Fitzgerald gebeten – ja sogar darauf bestanden –, daß er nach der Kranken sehe. Du weißt ja noch nicht, was sich während deiner Abwesenheit ereignet hat.»

In knappen Worten berichtete sie ihm, was geschehen war, und alsbald war die Zornesröte aus Edmunds Antlitz gewichen. «Genug, ich verstehe», sprach er, und zum Arzt gewandt: «Nun, Sir, Sie meinten es zweifellos gut, doch sobald Sie sich vergewissert haben, daß Ihre Anwesenheit hier nicht mehr erforderlich ist ...»

«Gewiß», lautete die barsche Antwort. Mit einem letzten Blick auf die alte Frau, die nun wieder mit geschlossenen Augen reglos dalag, verließ Dr. Fitzgerald die Kammer. Ismene schickte sich an, ihm zu folgen, doch Edmund hielt sie zurück und bat: «Warte doch! Du bist mir böse, weil ich so unbedacht zu ihm sprach, aber zwischen uns beiden soll keine Mißstimmung herrschen.»

«Ich bin dir nicht böse», versetzte Ismene, «wohl aber bin ich

darüber überrascht ... erstaunt ... betrübt. Nie hätte ich vermutet, daß du dich so unfreundlich zeigen, daß du so unüberlegt handeln könntest, ohne auch nur meine Erklärung anzuhören!»

«Ach Ismene ...» Edmund zog sie an der Hand aus der Kammer und schloß die Tür hinter sich. Niemand befand sich in dem langen, düsteren Korridor. Die Widerstrebende in seine Arme schließend, flüsterte er: «Mein Zorn galt ja nicht dir ... Könnte ich denn etwas anderes empfinden als Bewunderung für die Fürsorglichkeit, die dich tun ließ, was du tatest? Doch als ich dich in Gesellschaft jenes Mannes dort am Bette stehen sah, wurde ich von Eifersucht überwältigt.»

Ismene, ihren Ohren nicht trauend, rief erschrocken aus: «Wie denn? Du beleidigst mich, Edmund, wenn du glaubst, daß ich –»

«Meine geliebte Ismene!» Er umschlang sie fester und preßte sie an seine Brust. «Weißt du denn immer noch nicht, was ich für dich empfinde? Ist deine mädchenhafte Bescheidenheit so groß, daß du noch immer nicht bemerkt hast, wie sehr ich dich liebe? Dieselbe Bescheidenheit und Arglosigkeit läßt dich nicht erkennen, was jener Mann von dir will; ich aber weiß es genau, und deshalb kann ich nicht zulassen, daß er noch länger in meinem Hause verkehrt. Die Gefühle, die er für dich hegt, sind es nicht wert, erwidert zu werden. Ich dagegen strebe nur danach, dich, meine Ismene, glücklich zu machen. Ich kann – ich will nicht ohne dich leben!»

15

Ständig versucht sie, durch das Muster zu klettern.
Aber da kann keiner durch – es zwängt so ein …
Charlotte P. Gilman, Die gelbe Tapete, 1892

«Oho, daher also weht der Wind», sagte Peggy, als sie am folgenden Morgen beim Frühstück saßen. Sie gab Karen die Seiten wieder zurück und bestellte frischen Kaffee. «Ich dachte mir schon, daß Edmund demnächst mit seiner Liebeserklärung herausrücken würde. Trotzdem, ich setze auf den Doktor.»

«Warum?» Karen stellte die Schale mit dem Rest der Frühstücksflocken beiseite. Peggy hatte darauf bestanden, daß sie etwas Anständiges im Magen haben müsse im Hinblick auf die anstrengende Arbeit, die vor ihnen lag, aber Karen konnte Frühstücksflocken nicht ausstehen.

«Weil Edmund hinter ihrem Geld her ist. Und», fügte Peggy hinzu, bevor Karen widersprechen konnte, «weil auch Clara ein Auge auf ihn geworfen hat. Ismene ist viel zu edel, um ihr Glück auf Kosten ihrer Schwester zu machen. Außerdem muß auch noch das ‹schreckliche Geheimnis› gelüftet werden. Die alte Frau kennt es, und ich habe den Eindruck, daß sie nicht so verrückt ist, wie sie scheint.»

«Du ziehst voreilige Schlüsse.»

«Nein, ich kombiniere nur», sagte Peggy. «Das ist ja der Hauptspaß bei solchen Geschichten – daß man beim Lesen versucht, dem Autor auf die Schliche zu kommen. Ismene hat sich einen Plot ausgedacht, und wenn sie nicht schummelt, indem sie im letzten Moment mit einer neuen Figur oder einem neuen entscheidenden Anhaltspunkt aufwartet, müßte die intelligente Leserin voraussagen können, was als nächstes geschieht. Wie viele Seiten bleiben dir noch?»

«Dreißig oder vierzig ... Aber irgendwie habe ich ein mulmiges Gefühl, daß *Häuser von Stein* sich als etwas Ähnliches wie *Das Geheimnis um Edwin Drood* herausstellt. Du weißt schon, der Kriminalroman von Charles Dickens, den er nie fertiggeschrieben hat.»

«Warum nicht?»

«Weil er vorher gestorben ist.»

«Das ist allerdings ein triftiger Grund», mußte Peggy zugeben.

«Dickens hat mehrere Kapitel fertiggestellt und eine Reihe von Personen beschrieben, die alle als Tatverdächtige in Frage kommen. Und wer das Opfer ist, weiß man auch. Aber leider hat man nie erfahren, ob dieser Edwin Drood nun ermordet oder entführt wurde oder ob er von sich aus spurlos verschwand, und noch weniger weiß man, wer das Verbrechen beging – falls tatsächlich ein Verbrechen begangen wurde. Es wurde und wird immer noch darüber spekuliert, wie Dickens seinen Roman enden lassen wollte.»

«Und bei Ismenes Roman wäre es auch so, meinst du? So viele Seiten fehlen doch gar nicht. Na komm, gib schon zu, daß du den Schluß bereits gelesen hast!»

«Nur ein kleines bißchen davon», gestand Karen. «Die letzte Seite endete mitten in einem Satz – es scheint um irgendeinen Rosengarten zu gehen. Aber es ist ja kein Kriminalroman, bei dem man des Rätsels Lösung erst auf den allerletzten Seiten erfährt, und deshalb hoffe ich nach wie vor, daß Ismene die Katze schon vorher aus dem Sack läßt und daß die fehlenden Seiten nur die üblichen moralischen Betrachtungen enthielten.»

«Willst du heute lieber hierbleiben und am Manuskript weiterarbeiten? Fotografieren und die Leute bei der Arbeit beaufsichtigen kann ich auch alleine.»

«Nein, das Manuskript kann warten, ich muß den Text ohnehin noch ein paarmal überarbeiten. Und nach Amberley können wir möglicherweise nicht mehr lange.»

«Besonders nach dem, was gestern passiert ist. Allerdings war ich nicht darauf gefaßt, daß Cameron auf unseren Besuch so wütend reagieren würde.»

«Aber ich hätte es ahnen können», sagte Karen bedrückt. «Er hat mich nie zu sich nach Hause eingeladen. Eine Anschrift wollte er mir auch nicht geben, nur die Telefonnummer. Und er hat von allem Anfang an immer wieder betont, daß unsere Beziehung eine rein geschäftliche ist.»

«Hm ... Bist du sicher, daß du nicht hie und da eine Kleinigkeit übersehen hast? Faß das nicht als Kritik auf, mich geht's ja nichts an, wie du zu Cameron stehst. Aber ich habe den Eindruck, daß er einfach schrecklich dünnhäutig ist – die kleinste Andeutung einer Ablehnung, und schon zieht er sich in sein Schneckenhaus zurück.»

«Ich habe mich wirklich immer bemüht, nett zu ihm zu sein», verteidigte sich Karen. «Aber er hat nie auch nur im geringsten –» Sie brach verlegen ab und fügte dann hinzu: «Jedenfalls hat er jetzt nichts mehr zu verkaufen. Folglich betrachtet er uns nicht mehr als Kundschaft, sondern nur noch als zwei lästige Weiber, die ihm die Zeit stehlen. Glaub mir, der ist froh, wenn er uns möglichst bald los ist.»

Cameron schien sich in der Tat nicht übermäßig zu freuen, sie an diesem Vormittag in Amberley zu sehen. Der Mann, der soeben mit ihm aus dem Haus trat, mußte der Kaufinteressent sein, von dem er gesprochen hatte.

Cameron, sehr geschäftsmäßig im grauen Anzug und mit einem Aktenkoffer in der Hand, begrüßte sie mit einem beiläufigen Nicken und sagte kühl: «Ich habe Sie nicht so frühzeitig erwartet. Die Leute, die Ihnen helfen sollen, kommen erst in einer Stunde.»

«Macht nichts», sagte Peggy, als hätte sie seinen vorwurfsvollen Ton nicht bemerkt. «Wir möchten noch ein paar Aufnahmen machen, bevor wir mit der Arbeit beginnen. Tun Sie einfach so, als ob wir Luft wären.»

Sie fotografierten systematisch einen Raum nach dem anderen und befanden sich in der Bibliothek, als Cameron zurückkam.

«Ich bringe jetzt Mr. Halston in die Stadt», sagte er. «Die Mannschaft muß jeden Moment anrücken. Kommen Sie ohne mich zurecht?»

«Kein Problem», sagte Karen.

Die beiden Frauen saßen auf den Stufen vor der Haustür, als Bill Meyer eintraf. Karen, die ganz vergessen hatte, daß auch er mit von der Partie war, stellte zu ihrer Überraschung fest, daß sie sich über sein Kommen freute – oder doch zumindest nicht ärgerte. Seine abgeschürfte Gesichtshälfte sah immer noch ziemlich schlimm aus.

«Nicht einmal ein angesengtes Löckchen», war sein erster Kommentar. Der neckische Ton wollte nicht recht zu seiner besorgten Miene passen.

«Ich sagte Ihnen ja, daß ihr nichts passiert ist», bemerkte Peggy.

Er setzte sich neben Karen und sagte leise: «Ich habe auf dem Weg hierher das Garagenhaus gesehen – oder vielmehr das, was davon übriggeblieben ist. Mir ist schleierhaft, wie Sie ... aber vermutlich wollen Sie lieber nicht darüber sprechen.»

«Nein, lieber nicht. Es war nett von Ihnen, daß Sie sich gestern nach mir erkundigt haben.»

«Ach was, nett! Ich mache mir wirklich große Sorgen um Sie, Karen, und ich möchte Sie inständig bitten, sich heute nicht von einem herabfallenden Felsblock erschlagen oder von einer Giftschlange beißen zu lassen, ja?»

«Keine Angst, die grobe Arbeit überlassen wir euch Männern», erklärte Peggy fröhlich.

Die «Männer», die jetzt aus einem klapprigen alten Lieferwagen kletterten, sahen eher wie Schulknaben aus. Sie stellten sich als Scotty, Jimmy und Joe vor und hätten Brüder sein können, so ähnlich waren sie sich. Karen hatte Mühe, sie auseinanderzuhalten.

Offenbar hielten sie Bill für den Boß, aber Peggy machte ihnen unverzüglich klar, wer hier den Oberbefehl hatte, und so schulterten sie das mitgebrachte Arbeitsgerät und stapften folgsam hinter ihr her. Karen und Bill bildeten die Nachhut. Es war noch recht früh, und die Sonnenstrahlen fielen schräg durch die dichtbelaubten Bäume. Bill und die Jungen machten sich an die Arbeit.

Als Peggy verkündete, es sei Essenszeit, lagen erst zwei der vier Mauerstücke frei, aber der Grundriß war jetzt klar zu erkennen: ein Quadrat mit einer Seitenlänge von etwa drei Metern. Wie hoch das Bauwerk gewesen war, konnte man nur schätzen, denn keine der Mauern war intakt geblieben. Es gab auch keine Spuren irgendwelcher Fensteröffnungen, aber an einer Seite mußte sich wohl ein schmaler Eingang befunden haben; man sah noch Rostspuren dort, wo vermutlich die Angeln einer längst verrotteten Tür befestigt gewesen waren. Das Innere des Mauergevierts war ein einziger Stein- und Schutthaufen, aus dem Stauden, Sträucher und sogar zwei Bäumchen wuchsen.

Cameron war immer noch nicht aufgetaucht, als Peggy, Karen und Bill von einem hastigen Lunch zurückkehrten und vor dem Haus auf die Jungen warteten, die versprochen hatten, nicht länger als eine Stunde Mittagspause zu machen.

«Vielleicht feiert er den Vertragsabschluß», meinte Peggy. «Wenn's nicht geklappt hätte, wäre er vermutlich längst hier. Die lieben Kleinen scheinen sich auch verspätet zu haben.»

«Nein, da kommen sie gerade. Soll ich die Kühlbox mitnehmen?» fragte Bill. Die Kühlbox mit den Getränken war seine Idee gewesen – eine ausgezeichnete Idee, wie sich im Laufe des Vormittags herausstellte. Am Himmel ballten sich dicke Wolken zusammen, und es wurde drückend heiß. «Hoffentlich kommt nicht ausgerechnet jetzt ein Gewitter», seufzte Peggy. «Erbarm dich, lieber Gott, schenk mir nur noch einen Tag...»

Bill wischte sich den Schweiß von der Stirn und lachte. «Das klingt wie ein Spiritual, Peggy, aber in nur zwei Tagen werden wir es nie schaffen, dieses Ding hier auszugraben.»

«Es soll ja auch keine professionelle Ausgrabung sein. Ich möchte mir nur eine ungefähre Idee davon machen, wie es hier ausgesehen haben könnte.» Sie mußte die Stimme erheben, um gegen das Kreischen der Motorsäge anzukommen. «Falls wir etwas finden, was eine richtige Ausgrabung lohnt... na ja, dann werden wir weitersehen!»

Eines der Bäumchen kippte um, und sie brüllte: «Verdammt noch mal, Jungs, ich hab euch doch gesagt, daß ihr aufpassen sollt! Ihr bringt noch die ganze Mauer zum Einsturz!»

«Nee, Ma'am, sicher nicht», schrie Joe. «Wir haben es sc abgesägt, daß es nach hinten fallen mußte. Hinten raus ist keine Mauer, da ist 'ne Felswand am Stück.»

«Er hat recht», bestätigte Bill. «Da ist keine Erde, sonderr Kalkstein – sieht aus wie ein Findling, ziemlich groß. Wer imme das hier gebaut hat, brauchte den Fels nur ein bißchen glattzu schleifen, und damit hatte er schon eine Wand.»

Karen folgte Peggy, um über den Rand des freigelegten Mauerstücks zu spähen. Zu sehen war nichts als Erde, Gestrüpp, Steine und zwei Baumstümpfe. Der Kalkfels hatte eine rauhe Oberfläche, aber er mußte wohl tatsächlich als Rückwand gedient haben. Knapp über der Erde meinte sie eine dunklere Stelle auszumachen, die wie eine Öffnung aussah – eine Felsspalte vielleicht.

Unwillkürlich trat sie einen Schritt zurück. «Sieht das nicht aus wie der Eingang zu einer Höhle oder zu einem unterirdischen Gang?» fragte sie.

«In Ismenes Buch ist von so etwas nicht die Rede», meinte Peggy.

Karen bemerkte, daß Bill die Ohren spitzte, aber für einmal störte es sie nicht, daß er mithörte. «Vielleicht ist der Gang jetzt zugeschüttet. Aber früher einmal...»

Peggy sah sie argwöhnisch an. «Na schön, das können wir herausfinden. Hört mal her, Jungs, ich möchte diesen ganzen Innenraum leergeräumt haben, aber heute werden wir damit ohnehin nicht fertig, also konzentriert euch auf die Seite dort drüben und seht nach, ob da so was wie eine Felsspalte ist.»

Die anfängliche Arbeitslust der Jungen war mittlerweile verflogen – kein Wunder nach über sechs Stunden Plackerei in der brütenden Hitze. Sie hatten, entgegen Peggys wohlmeinendem Rat, ihre Hemden ausgezogen, und der Schweiß rann ihnen in Bächen über die nackten Rücken. Mit immer langsameren Bewegungen wälzten sie Steine zur Seite und schaufelten Erde und Schutt fort, bis nach einer Weile der obere Rand einer schmalen Öffnung sichtbar wurde.

«Könnte 'ne Art Tunnel sein», krächzte Joe. «Oder sonst 'ne Art Loch. Kann's nicht sagen, is' bis obenhin voll Dreck. Wolln Se, daß wir noch weitergraben?»

«Nein, wir machen jetzt Schluß», erklärte Peggy. «Es ist schon nach fünf, und ihr seht ziemlich geschafft aus. Ihr habt wirklich tüchtig gearbeitet. Hoffentlich seid ihr morgen früh nicht so kaputt, daß ihr kneift.»

Wie auf Kommando strafften alle drei die Schultern, und Jimmy sagte großartig: «Nee, Ma'am, wir doch nich', wir sind kein bißchen müde! Jetzt feiern wir erst mal tüchtig, bevor wir uns in die Koje hauen, und pünktlich morgen früh sind wir wieder an Deck.»

Wie um zu beweisen, daß sie ganze Männer waren, eilten sie übermütig voraus, während die beiden Frauen und Bill erschöpft den steilen Pfad hinaufstolperten.

«Auch ich werde pünktlich morgen früh wieder an Deck sein, aber ich hau mich heute abend gleich in die Koje und verzichte aufs Feiern. Dann wünsche ich also angenehme Ruhe», verabschiedete sich Bill.

Als sie mit ihrem Wagen die Straße erreichten, war Bills Auto nirgends mehr in Sicht. Peggy trat das Gaspedal durch und sagte mit einem Blick auf ihre Freundin: «Heute machen wir uns mal einen ruhigen Abend. Du siehst total erschöpft aus.»

«Weniger wegen der Anstrengung als wegen dieser schwülen Hitze – und meiner Nervosität.»

«Ich war auch dauernd darauf gefaßt, daß was passieren würde», gestand Peggy, «aber dann ist ja nichts passiert. Oder doch? Mir schien, irgend etwas hat dich beunruhigt – irgend etwas bei dieser Höhle, aber ich wollte nicht vor den anderen fragen. Steht im Manuskript etwas von einem unterirdischen Gang?»

«Nein.» Karen fröstelte auf einmal. «Das hatte nichts mit dem Manuskript zu tun. Mir sind nur plötzlich die Sklaven in den Sinn gekommen, von denen Mrs. Madison erzählt hat. Lebendig begraben, dazu verdammt, langsam und qualvoll zugrunde zu gehen, mutterseelenallein in diesem finsteren Kerker ...»

«Hör auf damit», wehrte Peggy ab. «Morgen graben wir dieses verdammte Ding aus, und dann wirst du sehen, daß es sich nur um so 'ne Art Loch handelt, wie Joe sagt – oder war es Jimmy? Ich kann die drei einfach nicht auseinanderhalten.»

«Ich auch nicht», sagte Karen, froh über den Themenwechsel.

«Hast du noch den Mumm, irgendwohin essen zu gehen? Mir hängt das Hotelmenü allmählich zum Hals raus.»

«Ich will nur schnell duschen und meine andere Hose anziehen, dann bin ich so gut wie neu. Oder willst du zuerst ins Bad?»

«Nein, ich brauche erst mal was zu trinken. Und außerdem möchte ich wissen, was dieses ominöse Blinken auf dem Anrufbeantworter bedeutet.»

Peggy war immer noch am Telefon, als Karen aus dem Badezimmer kam.

«Gut, dann treffen wir uns in einer halben Stunde dort», sagte sie schließlich und legte auf. Karen warf einen erstaunten Blick auf das leere Whiskyglas und dann auf das ungewöhnlich ernste Gesicht ihrer Freundin.

«Das war Tanya», sagte Peggy. «Ich habe sie zum Abendessen eingeladen. Es ist dir doch recht?»

«Natürlich. Ist irgendwas passiert?»

«Sie sagte, sie habe ein paar interessante Neuigkeiten für uns.» Peggy verschwand im Badezimmer. «Klatsch», rief sie durch die Tür, «der Stoff, aus dem Romane sind!»

«Ausgerechnet der ‹Hungrige Wolf›», murrte Karen.

«Warum denn nicht? Es war Tanyas Idee.»

«Das ist doch das Stammlokal der Fredericksburger High-Society. Womöglich begegnen wir hier einigen von unseren lieben Bekannten.»

«Falls du Mrs. Fowler meinst – die käme mir gerade recht, mit der hab ich ein Wörtchen zu reden!»

Doch außer Tanya befanden sich keine Bekannten in dem

Lokal. «Vielen Dank für die Einladung», sagte sie, «aber es wäre nicht nötig gewesen. Ich hätte Ihnen die Geschichte auch am Telefon erzählen können.»

«Wir stehen doch in Ihrer Schuld», meinte Peggy. «Hoffentlich hat Ihre Mutter wegen uns keine Schwierigkeiten mit Cameron bekommen. Sie hat Ihnen doch berichtet, was geschehen ist?»

«Ach, deswegen müssen Sie sich keine Sorgen machen. Cameron hat sich nachher bei ihr entschuldigt.»

«Bei uns hat er sich nicht entschuldigt», bemerkte Karen.

«O doch ... gewissermaßen», sagte Tanya lächelnd. Sie wartete mit der Erklärung dieser rätselhaften Bemerkung, bis der Kellner wieder gegangen war, und fuhr dann fort: «Ich habe wegen Cameron bei Ihnen angerufen. Wissen Sie, er führt die hiesige Agentur einer Versicherungsgesellschaft. Und bei dieser Gesellschaft ist Mrs. Fowlers Haus versichert.»

«Ach soo ...» sagte Peggy gedehnt.

«Sie hat den Schaden natürlich gleich gemeldet, aber Cameron wollte nicht zahlen. Jetzt sollen Experten nach irgendwelchen Hinweisen auf Brandstiftung suchen. Es gehen Gerüchte um, wonach Bobby das Garagenhaus angezündet hat, damit seine Tante die Versicherungssumme kassieren kann. Er hat nämlich Schulden, und sie muß ihm dauernd unter die Arme greifen. Aber daß er deswegen einen Menschen in Lebensgefahr bringt, traue ich ihm denn doch nicht zu.»

«Vielleicht dachte er, ich sei nicht zu Hause», sagte Karen. «Mein Wagen stand ja nicht in der Garage, und in der Wohnung war nicht mehr lange Licht, weil ich gleich zu Bett ging.»

«Das klingt plausibel», meinte Tanya. «Bobby hätte Sie bestimmt nicht vorsätzlich in Gefahr gebracht – um ein solches Risiko einzugehen, ist er viel zu feige. Aber der Hellste ist er eben auch nicht, und deshalb kam ihm wohl nicht in den Sinn, sich zu vergewissern, ob tatsächlich niemand in der Wohnung war.

Wie auch immer, die Gerüchte sind ihm zu Ohren gekommen, und er hat Cameron die Schuld dafür gegeben – auch dafür, daß die Versicherung nicht zahlen will. Aber ich habe von zuverlässiger Seite gehört, daß es deshalb zu der Schlägerei kam, weil Bobby irgend etwas Gemeines über Sie sagte.»

«Eine Schlägerei?» fragte Karen erschrocken.

«Moment mal, Sie lassen ja alle interessanten Details aus», unterbrach Peggy. «Wann hat es eine Schlägerei gegeben und wo? Wer hat was zu wem gesagt, und wer ist zuerst auf wen losgegangen?»

Durch Peggys Neugier in Fahrt gebracht, beschrieb nun Tanya den Zwischenfall in allen Einzelheiten. Um zwölf Uhr mittags sei es passiert, und zwar in aller Öffentlichkeit, mitten auf der Main Street vor Camerons Büro. Bobby habe in Begleitung zweier Saufkumpane auf der Lauer gelegen und habe Cameron, nachdem dieser seinen Besucher zum Wagen begleitet hatte, abgefangen. Zuerst habe er nur verlangt, Cameron solle keine Geschichten machen und das Geld rausrücken. Cameron habe sich bemüht, ihn zur Vernunft zu bringen, doch dann habe er plötzlich zugeschlagen.

«Weil Bobby anfing, über Sie herzuziehen», berichtete Tanya weiter. «Er behauptete, *Sie* hätten Cameron dazu gebracht, die Zahlung zu verweigern, weil Sie Mrs. Fowler eins auswischen wollten. Und er habe Sie und Cameron draußen in Amberley überrascht bei – äh ... in einer unzweideutigen ...»

«Schon gut, wir haben verstanden.» Peggy mußte sich – zu Karens Erstaunen, die die Geschichte gar nicht komisch fand – das Lachen verbeißen. «Und daraufhin schlug Cameron zu?»

«Genau. Bobby ging zu Boden, und Cameron wollte zu seinem Auto, aber da fielen sie zu dritt über ihn her. Ein paar Leute eilten Cameron zu Hilfe, und als jemand die Polizei erwähnte, machten sich Bobby und seine sauberen Freunde schleunigst auf und davon.»

«Haben sie Cameron schlimm zugerichtet?» wollte Peggy wissen.

«Na, es geht so ... Mama erzählte mir, er sei gegen zwei Uhr nach Hause gekommen und habe sie weggeschickt. Er sei von der Leiter gefallen, aber es sei weiter nicht schlimm, sagte er. Seither hat er sich nicht mehr blicken lassen.»

«Dieser Kindskopf – als ob sich so eine Geschichte nicht in Windeseile herumsprechen würde», sagte Peggy kopfschüttelnd.

«Nun ja ... er ist eben ziemlich zugeknöpft. Ich wollte es Ihnen eigentlich gar nicht sagen», fügte Tanya fast schuldbewußt hinzu. «Aber dann dachte ich, Sie müßten wissen, was für Lügengeschichten dieser Mistkerl von Bobby und seine Tante über Sie erzählen. Mrs. Fowler hat Ihnen das mit dem Vortrag nie verziehen. Sie wird Ihnen schaden, wo sie nur kann.»

Erst auf dem Nachhauseweg brachte Karen den Punkt zur Sprache, der sie schon die ganze Zeit beunruhigt hatte. «Und wenn es nun tatsächlich nicht Bobby war, der den Brand gelegt hat?»

«Ich glaube auch nicht, daß er es war», erwiderte Peggy.

«Ob wir der Polizei etwas sagen sollten von ... von dem Manuskript?»

«Von Dorothea Angelo, meinst du wohl.»

«Nun ja ... Aber es scheint dermaßen abwegig ... Ich kann mir einfach nicht vorstellen, daß sie so etwas tun würde.»

«Ich finde, wir sollten lieber nichts davon sagen, im Moment jedenfalls. Das Motiv scheint mir zu weit hergeholt. Warten wir lieber ab, was die Experten meinen. Vielleicht war es gar nicht Brandstiftung.»

Peggy ging bald zu Bett, aber Karen wollte noch eine Weile am Manuskript weiterarbeiten. Erst lange nach Mitternacht raffte sie ihre Papiere zusammen und massierte sich die verkrampften Schultermuskeln. Obwohl sie todmüde war, fühlte sie sich zum

Schlafen viel zu aufgeregt. Auf Zehenspitzen schlich sie ans Bett ihrer Freundin. «Peggy», flüsterte sie, «Peggy, schläfst du?»

«Jetzt nicht mehr», brummte Peggy unwirsch. «Was ist los?»

«Das schreckliche Geheimnis – ich weiß jetzt, was es ist!»

«Und deswegen weckst du mich mitten in der Nacht? Offengestanden, meine Liebe, im Augenblick kann mir dein schreckliches Geheimnis gestohlen bleiben.»

Sie drehte sich auf die andere Seite und zog die Decke über den Kopf.

16

> … und ich dachte daran, wie unerfreulich es ist, ausgeschlossen zu sein; und ich dachte daran, wieviel schlimmer es vielleicht ist, eingeschlossen zu sein …
> *Virginia Woolf, Ein Zimmer für sich allein, 1929*

«Tut mir leid, daß ich gestern nacht kein Interesse für schreckliche Geheimnisse aufbringen konnte», sagte Peggy. «Da, der Kaffee ist ganz frisch.»

Karen setzte sich gähnend auf. «Tut mir leid, daß ich dich weckte. Hast du inzwischen meine Abschrift gelesen?»

«Nur ein Stückchen …»

«Dann lies doch auch den Rest, während ich mich dusche und anziehe.»

Als Karen aus dem Badezimmer kam, wartete Peggy schon ungeduldig darauf, die neuesten Erkenntnisse mit ihr zu diskutieren. «Hattest du die Wahrheit vermutet?» fragte sie.

«Nein – und sag jetzt bloß nicht, du hättest sie vermutet.»

«Doch, hab ich, ob du's glaubst oder nicht! Sieh mal, es ist eigentlich ganz logisch. Die alte Frau mußte das Geheimnis kennen, und das Geheimnis mußte etwas mit dem Streit zwischen den beiden Brüdern zu tun haben. Dieser Streit lag weit zurück, Ismene war damals noch ein Kind. Woher hätte die Alte etwas wissen können, wo sie doch erst viel später Edmunds Vater heiratete? Der sprach nicht einmal mit seinem Sohn darüber, geschweige denn mit seiner Frau... Also konnte sie es nur wissen, wenn sie selbst in die Sache verwickelt war, und die naheliegendste Erklärung dafür ist, daß sie die erste Frau von Edmunds Vater war – und damit Edmunds leibliche Mutter.»

«Und auch Ismenes Mutter! Sag nicht, du hättest das auch vermutet.»

«Nein, das war ein richtiger Theatercoup. Die Geschichte ist reichlich verzwickt; mal sehen, ob ich alles richtig mitgekriegt habe. Ismene und Clara sind in Wirklichkeit beide älter als Edmund. Sie waren noch ganz klein, als ihr Vater dahinterkam, daß ihn seine Frau betrog, und zwar mit seinem eigenen Bruder. Das ungetreue Eheweib – vermutlich bereits von ihrem Liebhaber schwanger – und der schurkische Bruder flohen vor Papas gerechtem Zorn. Dieser zog in eine andere Gegend, wo niemand etwas von dem Skandal wußte, und erzählte allen Leuten und später auch seinen Töchtern, seine Frau beziehungsweise ihre Mutter sei gestorben.

Inzwischen lassen sich der schurkische Bruder und seine Geliebte in Virginia nieder, geben sich als Ehepaar aus und kriegen noch zwei Kinder, Halbgeschwister von Ismene und Clara. Die Frau wird von Schuldgefühlen gequält, verliert den Verstand und landet in der Dachkammer. Aber ganz verrückt ist sie nicht, und so kommt sie darauf, wer die beiden Mädchen sind und daß Edmund Blutschande begehen würde, wenn er Ismene heiraten würde.»

«Aber weiß Edmund das?»

«Der Arzt behauptet es jedenfalls.»

«Der ist voreingenommen», gab Karen zu bedenken. «Und du auch, du hast von Anfang an etwas gegen Edmund gehabt. Die Art und Weise, wie der Arzt die Wahrheit herausfindet, ist der Beweis dafür, daß Edmund keine Ahnung hatte.» Sie nahm ein paar Blätter vom Schreibtisch und begann vorzulesen.

Erst nach langer Zeit erwachte Ismene aus tiefer Ohnmacht, denn das Entsetzen über diese Mitteilung hatte sie ihrer Sinne beraubt. Eine starke Hand stützte ihr Haupt, eine andere hielt ihr einen Becher an die Lippen. Sie nahm ein Schlücklein des stärkenden Trankes zu sich, doch dann stieß sie den Becher von sich und stand auf, noch immer am ganzen Leibe zitternd. «Nein, dies kann nicht wahr sein!» rief sie aus. «Vernunft, Gefühl und Anstand verbieten es mir, solchen Behauptungen Glauben zu schenken!»

«Sie sind wieder zu sich gekommen», sprach die ruhige Stimme Dr. Fitzgeralds. «Ich habe Ihren Mut und Ihre Kraft nicht unterschätzt; allein Sie können und sollen kein Urteil fällen, bevor Sie nicht alles vernommen haben. Hören Sie mich an, ich will Ihnen berichten, wie ich das Geheimnis entdeckte.

Schon beim ersten Mal, als ich Clara und Isabella nebeneinander erblickte, fiel mir ihre ungewöhnliche Ähnlichkeit auf – und desgleichen die Ähnlichkeit zwischen den beiden Mädchen und Edmund, wiewohl mir diese weniger stark ausgeprägt schien. Das geschulte Auge des Arztes erkennt charakteristische Merkmale, die dem Laien entgehen mögen, doch maß ich ihnen keine Bedeutung bei bis zu jenem Tage, da ich mit der unseligen Sünderin sprach, welche für ihr Vergehen so grausam bestraft wurde. Wohl glaubte ich zuerst, sie rede irre, doch als sie dann von ihren ‹Töchtern› sprach und davon, daß die Sünde der Eltern über die Kinder kommt, erwachte in mir ein entsetzlicher Verdacht, der gebieterisch nach Aufklärung verlangte. Ich schrieb an den Anwalt Ihres verstorbenen Vaters in C., wo dieser zuletzt gelebt hatte. Er nannte mir die Stadt im Norden des Landes, welche dieser damals mit seinen beiden Töchterchen verlassen hatte; weitere Korrespondenzen setzten mich davon in Kenntnis, daß über Tod und Bestattung Ihrer Mutter keine Registerakten bestünden, daß man sich dagegen in manchen Häusern noch des alten Skandals entsinne. Wenn Sie mir nun entgegenhalten, al dies stelle keinen Beweis dar, so verstehe ich dieses wohl; mir jedoch genügt es, um den Weg, den Sie einzuschlagen gedenken, in einem mehr als zweifelhaften Lichte zu sehen und Ihnen nachdrücklich zu empfehlen, sich Gewißheit zu verschaffen, ehe Sie ein bindendes Versprechen abgeben.»

«Na, siehst du jetzt?» sagte Karen. «Edmund war noch nicht einmal auf der Welt, als all das geschah – falls es tatsächlich geschah. Wie hätte er von der Sache wissen können?»

«Was meinst du mit ‹falls es tatsächlich geschah›? Willst du andeuten, der Arzt habe die ganze Geschichte nur erfunden?»

«Er hat verdammt gute Gründe, Edmund bei Ismene schlechtzumachen. Sie ist eine reiche Erbin, und er möchte sie selber heiraten.»

«Stimmt.» Peggy zündete sich eine Zigarette an. «Ein ziemliches Dilemma für das arme Mädchen, was? Einer ihrer Verehrer ist ein Schurke und Lügner, der andere lilienrein, und sie hat keine Ahnung, welcher nun welcher ist.»

«Und keine Möglichkeit, es selbst herauszukriegen», ergänzte Karen. «Eine Frau in ihrer Lage hatte damals überhaupt keine Rechte. Wenn Edmund der Schurke ist, ist sie ihm ganz und gar ausgeliefert, denn sie kann ohne seine Erlaubnis rein gar nichts unternehmen; sie kann nicht mal einen Brief abschicken. Und wenn sie sich vom Doktor entführen läßt, und es stellt sich heraus, daß er der Schurke ist, kommt sie womöglich vom Regen in die Traufe.»

«Ich glaube aber nicht, daß der Doktor der Schurke ist.»

«Seine Aussage steht gegen Edmunds Aussage. Ich habe nämlich noch ein bißchen weiter gelesen», gestand Karen, «nur war ich zu müde, um es abzuschreiben. Aber ich wollte unbedingt wissen, was sie tun würde.»

«Stellt sie Edmund zur Rede?» fragte Peggy eifrig. «Das würde doch ganz zu ihr passen, nicht?»

«Ja, aber sie fängt es ziemlich ungeschickt an. In ihrer Erregung läuft sie weg, zum Steinhaus auf der Lichtung, ihrer einzigen Zuflucht. Edmund überrascht sie dort und will wissen, was los ist, und da platzt sie mit der ganzen Geschichte heraus. Er streitet natürlich alles ab. Fängt an zu toben und droht, den Arzt auspeitschen zu lassen, die Hunde auf ihn zu hetzen und was weiß ich, wenn er sich noch einmal in Ferncliffe blicken lasse. Nachdem er sich wieder beruhigt hat, verspricht er Ismene, er werde alles unternehmen, um ihr zu beweisen, daß die ganze Geschichte erlogen ist.»

«Und wie will er das anstellen?»

«Zum einen will er die Heiratsurkunde seiner Eltern beschaffen, und zum anderen – also, da bleibt er ein bißchen vage. Aber die Heiratsurkunde würde schon genügen. Weiter bin ich noch nicht gekommen. Die arme Ismene weiß überhaupt nicht mehr, was sie glauben soll, aber sie glaubt weder von dem einen noch von dem anderen, daß er einer solchen Niedertracht fähig sein könnte.»

«Wenn du nicht nach Amberley mitkommst, könntest du dann heute mit dem Manuskript fertig werden?»

«Vielleicht. Ich will aber mitkommen, unsere Tage hier sind gezählt.»

«Mein Gott, sag so etwas nicht», bat Peggy. «Es klingt so... so...»

«So nach Schauerroman? Ich meinte doch nur, daß in Amberley womöglich bald die Bulldozer am Werk sind. Wie auch immer... ich habe dieses Nest gründlich satt. Ich möchte so schnell wie möglich von hier fort.»

Unterwegs nach Amberley fragte Karen unvermittelt: «Ist dir bei der Lektüre eigentlich nichts aufgefallen?»

«Was meinst du damit?»

«Ich behauptete doch die ganze Zeit, das Buch sei zumindest

teilweise autobiographisch. Aber das schreckliche Geheimnis, die wiedergefundene Mutter, die Kerkermetaphern, das Motiv der Blutschande – all das klingt nach reiner Fiktion. Und auch die beiden Frauengestalten sind typisch für Schauerromane: die tugendhafte Heldin und ihre hinterhältige Rivalin. Und trotzdem habe ich das Gefühl, die beiden rivalisierenden Schwestern könnten tatsächlich existiert haben. Die Tatsache, daß Ismene – die wirkliche Ismene – eher intellektuell veranlagt war, bedeutet ja nicht, daß sie sich nicht für Männer interessierte. Zumindest hat sie sich für *einen* Mann interessiert. Das Buch könnte ein recht gelungener und recht boshafter Versuch sein, sich an der Schwester zu rächen.»

«Weil die ihr den Liebhaber weggeschnappt hat?»

«Ja, warum nicht? Und wenn das zutrifft –»

« – dann müßten wir nicht nach zwei Cartright-Schwestern suchen, sondern nach einer Mrs. Cartright und deren unverheirateter Schwester, und die müßte folglich einen anderen Namen tragen», kombinierte Peggy messerscharf.

«Glaubst du, daß du die ausfindig machen kannst?» fragte Karen.

«Ich kann's zumindest versuchen. Die Mädchennamen der Cartrightschen Ehefrauen stehen in der Genealogie, und nur zwei oder drei von ihnen fallen in den fraglichen Zeitraum. Wenn ich etwas über deren Familien herausbekomme ...»

«Ach, da ist noch so vieles, was wir herausbekommen sollten», seufzte Karen. «Warum hat sie das Pseudonym Ismene gewählt? Wo sind die fehlenden Manuskriptseiten hingekommen? Weshalb wurde es beschädigt? Es sieht angesengt aus. Wo lag es während all dieser Jahre, und was ist damit passiert, bevor es in einem Überseekoffer auf dem Dachboden landete?»

Peggy zog die Brauen hoch. «Meinst du, daß sich das Manuskript vorher in Ismenes Steinhaus befand?»

«Ich weiß nicht ... aber irgend etwas ist in diesem Steinhaus.»

Die Sonne brach durch die Wolken, als sie in Amberley anlangten. Das Tor war offen gewesen, und die drei Jungen erwarteten sie bereits, aber weder Cameron noch Bill Meyer ließen sich blicken.

«Den brauchen wir auch nicht, Ma'am», sagte einer der Jungen mit einem verächtlichen Grinsen. «Der macht heute bestimmt blau, gestern war er total geschafft.»

Sie arbeiteten seit geraumer Zeit, als Bill doch noch auftauchte. «Die haben vergessen, mich zu wecken», entschuldigte er sich. «Na, alle frisch und munter?»

«Und wie», sagte Peggy. «Da, nehmen Sie die Schaufel, Bill.»

«Heute abend soll es wieder regnen.»

«Ich weiß.» Peggy griff nach einem Spaten. «Deshalb möchte ich möglichst schon heute mit dem hier fertig werden.»

Karen musterte gespannt die schmale Öffnung, die mittlerweile zum Vorschein gekommen war.

«Wie lange bleiben Sie noch hier?» erkundigte sich Bill.

«Wenn es heute abend regnet –»

«Ich meine nicht hier draußen, ich meine in Fredericksburg. Inzwischen haben Sie doch bestimmt erfahren, was Sie unbedingt wissen wollten.»

Karen sah ihn erstaunt an. «Was soll diese Frage, Bill?»

«Ich kann nicht mehr lange bleiben, ich fliege nächste Woche nach England und habe vorher noch einiges zu erledigen. Es wäre mir lieber, wenn ich Sie in Wilmington in Sicherheit wüßte.»

Noch vor kurzem hätte sie sich über eine solche Bemerkung geärgert; jetzt konstatierte sie überrascht, daß es sie nicht mehr störte. «Machen Sie sich keine Sorgen. Wenn mein Auto fertig ist, reise ich voraussichtlich schon morgen ab.»

«Ach, so bald schon? Da bin ich aber froh. Allerdings hatte ich gehofft... Nun ja, ich werde nur drei Wochen fort sein. Darf ich Sie dann nach meiner Rückkehr anrufen?»

«Aber ja, warum nicht?»

«Gut. Wie wär's mit einem Abschiedsdiner heute abend?»

«Mal sehen, wie uns heute abend zumute ist.»

Gegen Mittag lag etwa die Hälfte des Mauergevierts frei. Joe erklärte, die Öffnung im Fels müsse der Einstieg zu einem unterirdischen Gang sein.

«Das sieht doch eher nach einem natürlichen Felsspalt aus», widersprach Peggy und zückte die Kamera. «Die Wand ist rauh und das Ganze so eng, daß man auf dem Bauch robben müßte ...» Sie warf Karen einen unbehaglichen Blick zu und wiederholte: «Ich kann mir nicht vorstellen, daß ein Mensch das gegraben hat.»

«Dann brauch ich's nicht auszuschaufeln?» fragte Joe hoffnungsvoll.

«Doch», sagte Karen. «Ich muß mich vergewissern –»

«Aber erst nach dem Lunch», erklärte Peggy kategorisch. «Bleibt nicht zu lange weg, Jungs, da oben braut sich was zusammen.»

Im Laufe des Nachmittags verdichteten sich die Wolken, aber das Gewitter ließ auf sich warten. Alle fühlten sich erschöpft, und Joe begann zu rebellieren.

«Da is' doch nix», keuchte er und fuhr sich mit dem Handrücken über die erdverkrustete Stirn. «Wird bloß immer enger dort drin, ich kann mich kaum noch rühren. Muß ich wirklich –»

«Nein», entschied Peggy. «Ich will nicht riskieren, daß mir einer von euch dort unten in Ohnmacht fällt. Kommt, Jungs, wir wollen etwas trinken.»

Während sie sich durstig über die letzten Coladosen hermachten, hörten sie jemand den Pfad herunterkommen. Am Rande der Lichtung tauchte eine Gestalt auf, die kurz innehielt und dann zögernd und steifbeinig näher kam. Es war Cameron, und er wirkte ziemlich angeschlagen.

«Tut mir leid», sagte er – wie Karen erwartet hatte. «Ich wollte eigentlich schon heute morgen hier sein, aber dann ist etwas dazwischengekommen. Wie läuft's?»

Peggy musterte schweigend sein blaues Auge und seine verschrammten Wangen. «Gut», meinte sie schließlich. «Kommen Sie, schauen Sie sich die Sache mal an.»

Das Resultat ihrer Bemühungen mochte recht bescheiden aussehen für jemanden, der nicht selbst stundenlang geschuftet hatte. Karen folgte Peggy und Cameron zu einer Stelle, wo verschiedene Gegenstände auf der Erde lagen, die beim Graben zum Vorschein gekommen waren.

«Rostige Nägel», erklärte Peggy. «Das da sind Holzteile – aber nicht von Ästen. Zugesägte Stücke.»

«Vielleicht von einem Tisch?» Cameron bückte sich ungeschickt und hob einen länglichen Gegenstand auf, der in seinen Händen zu bröckeln anfing. Er legte ihn rasch wieder zurück.

«Oder von einem Stuhl oder Bett, schwer zu sagen, das Zeug ist ganz morsch.»

«Aber ...» Cameron drehte sich zu Karen. «Aber das würde bedeuten, daß jemand hier gewohnt hat, nicht? Möbel ... War es das, was Sie zu finden hofften?»

«Ja, unter anderem ...» Aus der Nähe sah Camerons Auge fürchterlich aus, ganz verquollen und mit dunkelblauen Rändern darum herum. Sie schluckte leer und fügte hinzu: «Aber wie alt diese Reste sind, läßt sich wohl kaum feststellen.»

«In einem Laboratorium vielleicht schon», meinte Cameron «Sie wollen diese Sachen aber doch nicht hier liegenlassen, oder? Wenn es zu regnen anfängt ...»

Peggy nickte. «Wir müssen das Zeug mitnehmen. Hätten Sie vielleicht Plastiktüten oder sonst etwas, um es wegzutragen, Cameron?»

«Ja, natürlich, ich hole welche.»

«Ich kann sie holen, wenn Sie mir sagen, wo ich sie finde», meldete sich nun Bill, der bis dahin geschwiegen hatte.

«Hinten in meinem Lieferwagen», antwortete Cameron mürrisch.

«Gut, ich bin gleich zurück», sagte Bill und machte sich auf den Weg, offensichtlich froh über die Verschnaufpause. Auch die drei Jungen hatten es nicht eilig, wieder an die Arbeit zurückzugehen, und blieben bei der Kühlbox stehen, während Peggy sich am Fuß der Mauer niederkauerte und mit einer Maurerkelle in einer Ritze herumzustochern begann.

«Es ist wohl an der Zeit, daß ich mich bei Ihnen entschuldige», sagte Cameron leise zu Karen.

«Aber wofür denn?»

Er verzog die aufgeplatzten Lippen zu einem schiefen Lächeln. «Für alles mögliche... Dafür, daß ich neulich so grob zu Ihnen war... Und dann dieser Brand... und Mrs. Fowler mit ihren Anschuldigungen und Lisa mit ihren fragwürdigen Geschäften und mein Schwager mit seinen Gemeinheiten –»

«Mein Gott, da können Sie doch nichts dafür!»

«Doch, mehr oder weniger bin ich schuld, daß Sie soviel Ärger hatten. Diese Wohnung war eine regelrechte Brandfalle, und ich habe mich von der alten... der alten Dame überreden lassen, sie für eine höhere Summe zu versichern, als sie wert war. Ich habe mich von Bobby provozieren lassen – und wie ich mich Ihnen gegenüber benommen habe neulich, als Sie sich in meinem Haus befanden –»

«Cameron, ich bitte Sie.» Karen legte ihm begütigend die Hand auf den Arm. Er zuckte unter der Berührung zusammen. «Hören Sie auf damit, das ist doch alles nicht so wichtig! Ich bin Ihnen nicht böse, daß Sie mich angeschrien haben, als Sie uns in Ihrem Wohnzimmer überraschten. Ich wußte ja nicht... ich weiß nicht, wie Sie seit all den Jahren mit der Situation zurechtkommen, ich könnt's bestimmt nicht.»

«Es ist wirklich nicht einfach. Sie war früher so... Ich ertrage es nur, wenn ich mir vorstelle, daß diese Frau jemand ganz anderes ist als meine schöne, intelligente, fröhliche Mutter... Früher, da hat sie mich manchmal noch erkannt. Aber jetzt schon lange nicht mehr.»

Karen fragte sich, wie oft er mit irgendeinem Menschen über seine kranke Mutter sprach. «Aber wenn Sie Amberley verkaufen können – ist es Ihnen dann möglich, sie in einem guten Pflegeheim unterzubringen?»

«Ich glaube schon.» Er lehnte sich gegen die Mauer. «Das einzige Heim hier in der Nähe, das in Frage kommt, nimmt solche Patienten nur gegen eine horrende Vorauszahlung auf. Aber mit meinem Anteil aus dem Hausverkauf schaffe ich es schon. Wenn sie –» Plötzlich brach er ab und stieß Karen zur Seite. «Vorsicht, Peggy, die Mauer!»

Er rannte los und konnte Peggy gerade noch rechtzeitig von der Stelle wegreißen, wo ein Teil der Mauer ins Rutschen geraten war. Ein mächtiger Block löste sich und fiel polternd auf die Erde. Halb liegend, halb sitzend rieb sich Peggy mit schmerzverzerrtem Gesicht das Fußgelenk.

«Mein Gott, bist du verletzt?» rief Karen erschrocken und beugte sich über ihre Freundin.

«Bleiben Sie von der Mauer weg», warnte Cameron. Er faßte Peggy unter den Schultern und hob sie hoch, was beiden einen Schmerzenslaut entlockte.

«Angeknackste Rippe, was?» ächzte Peggy.

«Das lassen Sie mal meine Sorge sein», stöhnte Cameron und schleppte sie aus dem ummauerten Raum ins Freie.

Die Jungen waren herbeigeeilt und umringten sie aufgereg schnatternd; Bill, der eben mit einem Armvoll Plastiktüten zwischen den Bäumen auftauchte, ließ alles fallen und rannte auf si zu. «Was ist passiert?»

«Einer der Blöcke hat sich gelöst.» Karen betastete vorsichti Peggys Knöchel. «Meinst du, er ist gebrochen?»

«Ich glaube nicht», stieß Peggy zwischen zusammengebisse

nen Zähnen hervor. «Wenn er gebrochen wäre, würde es nicht so höllisch weh tun. Verdammt, es war unvorsichtig von mir, dort herumzustochern! Laß mich aufstehen, ich hab was entdeckt dort unter den –»

«Kommt nicht in Frage, du mußt zum Arzt», erklärte Karen. «Könnten Sie sie in die Stadt bringen, Bill? Ich fahre dann mit Peggys Wagen zurück.»

«Heißt das, wir können Feierabend machen, Ma'am?» erkundigte sich Joe hoffnungsvoll.

Obwohl Peggy sich anfänglich sträubte, mußte sie schließlich einsehen, daß zumindest für sie Feierabend war. «Sieh zu, daß sämtliche Nägel und Holzstücke eingesammelt werden, bevor ihr Schluß macht!» rief sie Karen zu, als Joe und Scotty sie davonschleppten. «Und schau dort nach, wo ich zuletzt gegraben habe, aber sei vorsichtig! Ich glaube – auuu ...»

«Sie werden nirgends nachschauen», sagte Bill. «Kommen Sie mit, Karen, Sie können nicht allein hierbleiben.»

«Ich bin nicht allein.» Sie deutete auf Cameron, der mit hängenden Armen und ausdruckslosem Gesicht dastand.

«Aber –»

«Kümmern Sie sich jetzt um Peggy, Bill, um alles andere kümmern wir uns schon.»

«Na gut ... dann bis später. Aber lassen Sie's nicht zu spät werden», setzte er mit einem finsteren Seitenblick auf Cameron hinzu.

Karen wartete, bis Bill im Wald verschwunden war, und begann dann die verstreuten Plastiktüten einzusammeln. Cameron kletterte über den heruntergefallenen Felsbrocken und inspizierte die Stelle die Peggys Aufmerksamkeit erregt hatte. «Reichen Sie mir doch bitte mal die Maurerkelle herüber.»

«Vorsicht, die Steine könnten wieder ins Rutschen geraten», sagte Karen besorgt.

«Hm ...» Cameron stocherte eine Weile herum und meinte

dann achselzuckend: «Ich kann nichts mehr sehen, es ist zu dunkel. Sollen wir die Stelle abdecken und morgen weitermachen?»

«Morgen bin ich vielleicht nicht mehr da.»

Er drehte sich um und sah sie überrascht an. «Sie reisen schon ab?»

«Sehr wahrscheinlich – falls mein Wagen fertig wird, heißt das.»

«Auch wenn er nicht fertig wird, wäre es besser, Sie würden abreisen», sagte Cameron langsam. «Und überhaupt – Sie sollten jetzt lieber gehen, zurück ins Hotel, meine ich.»

«Erst will ich wissen, was in dieser Höhle ist.»

«Also gut, wenn Sie unbedingt wollen, klettere ich in dieses schmutzige Loch hinab und sehe nach, ob da irgend etwas ist, und ich... ich tu alles, was Sie wollen, damit Sie endlich Ihre Ruhe haben... Wenn Sie mir überhaupt zutrauen, daß ich es schaffe.»

Er wirkte erschöpft und niedergeschlagen, und Karen fühlte auf einmal Mitleid für diesen Mann – und große Zärtlichkeit.

«Ich weiß auch nicht, wie wir es schaffen», flüsterte sie. «Aber wir könnten es doch versuchen...» Wie von selbst glitten ihre Hände an ihm hoch, legten sich auf seine Schultern, umfaßten seinen Nacken. Cameron beugte sich langsam zu ihr hinab, aber sie mußte sich trotzdem auf die Zehenspitzen stellen, um ihn zu küssen. Seine Arme schlangen sich um sie, zögernd und behutsam zuerst, dann immer heftiger, und plötzlich stöhnte er auf.

«War das – Leidenschaft oder nur wegen deiner angeknacksten Rippe?» flüsterte Karen atemlos.

«Ist doch egal...» Seine Lippen glitten über ihre geschlossenen Lider.

«Ich wollte dir nicht weh tun.»

«Das müßte eigentlich ich sagen», murmelte Cameron, und sie mußten beide gleichzeitig lachen.

Plötzlich wurden droben im Wald Stimmen laut, ein wüstes Geschrei und Gelächter.

«Mein Gott, was ist das?» rief Karen und fuhr erschrocken zurück. Cameron hob den Kopf und brummte etwas Unverständliches. Einen Augenblick lang standen sie verwirrt da und lauschten; dann hörten sie jemand brüllen: «He, Mann, wo steckst du? Wir wissen, daß du dich irgendwo verkrümelt hast, zeig dich doch, du Feigling!»

«Das ist Bobby», sagte Cameron. «Er ist schon den ganzen Tag hinter mir her, aber ich dachte ... Rasch, weg von hier!»

«Wo willst du hin? Er ist nicht allein!»

«Nein, der nicht ...» Cameron war blaß geworden, auf seiner Stirn perlten Schweißtropfen. Das fahle Licht des aufziehenden Gewitters warf seltsam verzerrte Schatten auf das Gemäuer. «Ich – ich will mit ihm reden. Er weiß nicht, daß du hier bist.»

«Die haben doch Peggys Auto gesehen!»

«O Gott, daran hab ich nicht gedacht.» Er überlegte fieberhaft. Die Stimmen hörten sich an wie das Geheul einer Hundemeute. «Versteck dich in der Höhle, schnell! Zieh ein paar Zweige über den Einstieg. Ich sag ihm, daß du mit den anderen weggegangen bist und –»

«Der wird dich gar nicht erst zu Wort kommen lassen! Gegen vier oder fünf dieser Typen hast du keine Chancen, Cameron ...» Ihre Finger krallten sich in seinen Arm. «Cameron, ich werde mich nicht verkriechen und mitanhören, wie sie dich zusammenschlagen!»

Ein flüchtiges Lächeln huschte über sein Gesicht. «Also gut – nimm deine Sachen mit, sie könnten dich verraten. Beeil dich!»

Karen griff hastig nach ihrer Handtasche und der Jacke, die Peggy vergessen hatte, und schlüpfte mit den Füßen voran durch die Öffnung.

«Hoho, wir kommen!» johlte Bobby.

Karen zog den Kopf zwischen die Schultern und schob sich

tiefer in den Tunnel hinein. Cameron zögerte; das enge, finstere Loch jagte ihm offenbar mehr Angst ein als Bobby und seine Saufkumpane. Dann hörte sie Erdklümpchen herabrieseln; Cameron zwängte sich durch, blieb aber unmittelbar vor dem Einstieg liegen. Seine keuchenden Atemzüge verrieten, daß er gegen die aufsteigende Panik ankämpfen mußte.

«Komm doch, sonst sehen sie dich», flüsterte sie.

«Ich schaff's nicht... kriech du weiter hinein.»

Sie robbte einen halben Meter rückwärts. Es war stockdunkel, aber die Erde fühlte sich trocken an, und trotz der Enge spürte Karen keine Beklemmung. Die Höhle, die finstere Gruft, schoß es ihr durch den Kopf. Aber auch der schützende Schoß der Erde... Lieber Gott, laß es endlich regnen, betete sie. Ein kräftiger Guß würde den Eifer der Verfolger schnell abkühlen lassen.

Das Gebrüll schwoll an und brach plötzlich ab. «Scheiße», knurrte eine Stimme. «Da ist gar niemand.»

«Wo kann er denn sein?» fragte eine andere Stimme. «Ich hab euch doch gesagt, ihr sollt nicht so einen Krach machen! Er hat uns gehört und ist abgehauen, der Schlappschwanz.»

«Wohin sollte er abhauen?» Das war Bobby. «Hier gibt's nur den Weg, auf dem wir gekommen sind.»

Karen hörte es rascheln und knacken, als sich Schritte der Ruine näherten. Dann zeichnete sich eine Silhouette vor dem hellen Fleck der Öffnung ab, und Karen hörte, wie Bobby leise durch die Zähne pfiff. Er hatte Cameron entdeckt.

Mit zitternden Händen versuchte sie, einen Stein zu lockern, der ihr als Waffe dienen konnte, aber der weiche Kalkfels bröckelte unter ihren Fingernägeln. Fieberhaft durchsuchte sie die Taschen von Peggys Jacke in der Hoffnung, ein Taschenmesser zu finden, eine Nagelfeile, irgend etwas... Papiertaschentücher, Zigaretten, Feuerzeug. Sie brachte es irgendwie fertig, sich in dem engen Raum herumzudrehen, und knipste das Feuerzeug an; von draußen würde das Flämmchen nicht zu sehen sein.

Das Feuerzeug in der ausgestreckten Hand, kroch Karen tiefer in den Tunnel hinein. Der Tunnel verengte sich immer mehr und endete eine Armlänge vor ihr. In diesem Moment kam vom Einstieg her ein Knacken und Splittern von Geäst, und Bobby stieß einen triumphierenden Schrei aus. Cameron war hinausgeklettert. Idiot, fuhr es Karen durch den Kopf. Wäre er drinnen geblieben, hätten nicht alle zugleich auf ihn losgehen können.

Die Flamme des Feuerzeugs versengte ihr die Finger. Verzweifelt suchte Karen den Tunnel ab und verfluchte Joe und seine tadellose Arbeit: Er hatte jeden losen Stein weggeschaufelt und alle Werkzeuge wieder hinausgeschafft.

Und dann sah sie es – ein bräunliches, schaftförmiges, an einem Ende leicht abgerundetes Etwas, zu brüchig, um als Waffe zu dienen. Trotzdem umklammerten ihre Finger den Gegenstand, und bevor das Flämmchen verlöschte, bemerkte sie, daß dort, halb vergraben im feinen Staub, noch anderes lag.

Aber sie hatte jetzt keine Zeit, sich über die Bedeutung ihres Fundes Gedanken zu machen; sie konnte an nichts anderes denken als an den Lärm dort draußen und an das, was die Kerle Cameron antun würden.

Die Männer hielten verblüfft inne, als sie plötzlich vor ihnen stand. «Schau, schau, wen haben wir denn da?» krähte Bobby. «Scheint dein Glückstag zu sein, Schätzchen! Jungs, ihr übernehmt meinen lieben Schwager, während ich mich persönlich um diese reizende junge Dame kümmere.»

Cameron hob den Kopf. Zwei von ihnen hielten ihn an den Armen fest, sonst wäre er umgefallen. Sein Blick wirkte glasig, und aus seinem Mund tropfte Blut. «Sei kein verdammter Narr, Bobby», stieß er hervor. «Wenn du ihr auch nur ein Härchen krümmst, hast du einen Prozeß am Hals. Steckst du noch nicht tief genug in der Patsche?»

Einer der Männer ließ Cameron los und sagte nervös: «Ich will keinen Ärger, Bob, es wäre besser, wenn –»

«Ihre beiden Aussagen gegen unsere, pah!» sagte Bobby verächtlich. Er hatte beide Daumen in die Gürtelschlaufen seiner Jeans gehakt und starrte Karen mit einem lauernden Ausdruck an. Sie begriff, worauf er wartete: Sie sollte zu fliehen versuchen, damit er sie einfangen konnte.

Da kannst du lange warten, dachte sie. Ohne mit der Wimper zu zucken, starrte sie zurück und sagte mit schneidender Stimme: «Meiner Aussage würde man vor Gericht mehr Glauben schenken als Ihrer, Bobby, und der Ihrer sauberen Freunde. Sagen Sie ihnen, sie sollen Cameron loslassen, und dann hauen Sie schleunigst ab, sonst werde ich Sie hinter Schloß und Riegel bringen.»

«So, wirst du, Süße...» Bobby trat einen Schritt näher.

«Die anderen kommen jeden Moment zurück. Professor Meyer –»

«Ach, der tapfere Held, der dich vorm Überfahrenwerden bewahrt hat!» höhnte Bobby. «Was glaubst du denn, Püppchen, wer sich das ausgedacht hat? Der Knicker wollte mir nur fünfzig Dollar dafür geben, also hab ich mir einen Spaß draus gemacht, ein bißchen später aufs Bremspedal zu treten, als *er* es erwartet hatte. Der wird sich hüten, mir irgendwas vorzuwerfen, der ist garantiert nicht scharf drauf, daß die Bullen etwas von dieser Sache erfahren!»

Plötzlich zerriß ein Sonnenstrahl die schwarzen Wolken und tauchte die Lichtung in einen unwirklichen, rotschimmernden Schein. Ein dumpfes Grollen ertönte und verhallte in der Ferne.

«Mir reicht's jetzt», sagte einer der Männer in die drückende Stille hinein. «Zum Teufel mit den beiden, laß uns abhauen!»

«Nicht so hastig», zischte Bobby und machte zwei Schritte auf Karen zu. Sie wußte nicht, was sie bewog, ruhig stehenzubleiben. Tapferkeit war es nicht – aber vielleicht eine Vorahnung.

Cameron glaubte, wie er später zugeben sollte, sie sei vor Angst wie gelähmt, und riß sich mit einer heftigen Bewegung los;

aber einer der Männer stellte ihm ein Bein, und er schlug der Länge nach hin.

Und dann geschah, was Karen erwartet hatte. Ein hoher, jammernder Laut hallte durch den Wald, kam näher und näher, steigerte sich zu einem wilden Kreischen, brach wie eine Flutwelle über die Lichtung herein, brauste wie ein Sturmwind durch Bäume und Büsche – und erstarb.

Karen hatte sich zu Boden fallen lassen, beide Hände über den Ohren, denn dieser Schrei war unerträglich, sogar für jemanden, der ihn schon einmal vernommen hatte.

Sie rollte sich herum und setzte sich auf. Die Männer waren verschwunden. Cameron erhob sich mühsam auf die Knie; er mußte nach Atem ringen, bevor er endlich herausbrachte: «Allmächtiger Gott – was war das?»

Karen kroch auf allen vieren zu ihm hinüber und umschlang ihn mit beiden Armen. Zitternd, ohne ein Wort hielten sie einander einige Augenblicke lang umklammert.

«Was war das?» flüsterte Cameron abermals.

«Vielleicht unser Schutzengel.»

«Mein Gott, ich hatte mir Engelsstimmen anders vorgestellt... Komm, weg von hier!»

Er erhob sich schwankend und zog sie auf die Füße.

«Einen Moment noch.» Sie machte sich von ihm los, ging zum Tunneleingang und hob etwas von der Erde auf.

«Um Gottes willen, Karen, was suchst du denn noch dort?»

«Ich komme gleich...» Behutsam wickelte sie den brüchigen Knochen in Peggys Jacke. Während sie sich in der Dunkelheit den Pfad hinauftasteten, begann es zu regnen.

«Du hast also doch recht gehabt», sagte Peggy. «Ismenes Roman ist tatsächlich eine Art Gegenstück zum *Geheimnis um Edwin Drood.* Wie es ausging, werden wir nie erfahren.»

Karen raffte die letzten Manuskriptseiten zusammen. Sie saßen beim Frühstück; Peggy zog einen Hocker heran, um ihren einbandagierten Fuß hochzulagern, lehnte sich im Sessel zurück und zündete sich eine Zigarette an. Der Regen prasselte an die Fensterscheiben.

«Aber wir können uns den Schluß einigermaßen zusammenreimen, meinst du nicht?» sagte Karen. «Also: Jemand folgt ihr, als sie sich mitten in der Nacht mit ihrem Bündel unterm Arm durch den Park davonstiehlt. Ismene weiß das nicht, aber der Leser weiß es. Dr. Fitzgerald wartet drunten am Tor auf sie, also muß es Edmund sein, der ihr folgt. Es kommt zu einer Szene zwischen den beiden Männern. Einer von ihnen gesteht seine Schuld, und Ismene stürzt sich in die Arme des anderen.»

«Ja, aber in wessen Arme nun? Du hast keine Ahnung, wie viele Seiten fehlen, und diese Konfrontation könnte der Handlung eine ganz neue Wendung geben. Und wenn der Arzt der Gute ist, müßte Ismene ins Haus zurück, um ihre arme verrückte Mutter zu befreien und Clara davon abzuhalten, noch weiter mit Edmund zu liebäugeln.» Peggy angelte nach ihrer Kaffeetasse. «Ich gebe zu, was Ismenes Gefühle Clara gegenüber angeht, hast du richtig getippt. Die Szene, in der sie ihr Vorhaltungen macht, schildert die kleine Schwester als rachsüchtige Furie.»

«Na, darüber werden alle möglichen Leute noch endlose Spekulationen anstellen», meinte Karen. «Aber es gibt auch noch eine andere Möglichkeit. Vielleicht hat Ismene ihr Buch nie zu Ende geschrieben.»

Peggy vermied es geflissentlich, die mit Watte gepolsterte Schachtel mit ihrem makabren Inhalt anzusehen, die neben dem Kaffeekrug und der Zuckerdose einigermaßen deplaziert wirkte. «Der Knochen könnte von einem weiblichen Skelett stammen», sagte sie. «Allerdings waren Männer damals noch nicht so groß wie heutzutage, und nur aufgrund dieses einen Knochens –»

«Ich bin sicher, daß er von ihr stammt», beharrte Karen «Bevor das Feuerzeug ausging, hab ich noch andere Gebeine gesehen. Vielleicht ist ein Teil des Skeletts vermodert oder von einem Tier weggeschleppt worden, aber anhand dessen, was noch da ist, läßt sich bestimmt beweisen, daß meine Vermutung richtig ist.»

Peggy bewegte vorsichtig ihren Fuß. «Mich wundert ja, daß du trotz Sturm und Regen nicht schon wieder draußen bei der Ruine bist.»

«Was ich suchte, habe ich gefunden, und diese Gebeine sind nur noch ... Überreste. Wie auch immer, das ist jetzt nichts mehr für Amateurarchäologen. In Williamsburg gibt's Leute, die besser wissen, wie man bei so etwas vorgeht.» Karen stand auf und dehnte ihren Rücken. «Meinst du nicht, wir sollten mit dem Packen beginnen? Mir ist schleierhaft, wie wir all den Kram, den du zusammengekauft hast, in deinen Wagen kriegen sollen.»

«Ach was – autsch, mein Fuß! –, du übertreibst. Wir gehen alles nochmals durch, vielleicht hat etwas davon im Überseekoffer Platz.»

Seufzend schleppte Karen allerlei Schachteln und Bündel herbei und stapelte sie neben Peggys Sessel auf. «Was willst du bloß mit dem alten Unterrock?» Sie hielt ein reichgefälteltes Ding aus feinem weißen Batist in die Höhe.

Erst nach einer hitzigen Diskussion war Peggy bereit, auf den Unterrock und ein Bündel anderer Wäsche zu verzichten; alles übrige, behauptete sie, habe im Koffer Platz. Mit einiger Mühe brachte Karen den Deckel zu. «Immerhin ein Karton weniger ... Was sind das für Papiere?»

«Zeig mal her.» Peggy begann den Stoß durchzublättern. «Die Zeitungsausschnitte brauche ich eigentlich nicht, die stammen alle aus der Jahrhundertwende – was ist das hier?»

«Sieht nach einem Tagebuch aus», sagte Peggy und schlug einen schmalen Band auf. «‹Soeben habe ich den neuen Roman von Thomas Hardy fertiggelesen. Er scheint mir weniger gut gelungen zu sein als seine früheren Werke ...›»

«Das muß eines von Elizas Tagebüchern sein, es sieht genau gleich aus wie die übrigen. Komisch, daß dieser Band nicht auch im Archiv des historischen Vereins gelandet ist.»

«Scheint ein ziemlicher Snob gewesen zu sein, diese Eliza. Paß auf: ‹Es gibt nur wenige Menschen, vor allem Frauen, in deren Gesellschaft ich mich nicht langweile. Ihre geistigen Fähigkeiten ...›» Schmunzelnd blätterte Peggy einige Seiten um.

«Na, wenn es dich dermaßen fasziniert, dann behalt es», seufzte Karen. «Es nimmt ja nicht viel Platz weg. Mach vorwärts, da ist noch ein Karton, den wir durchsehen müssen ... He, Peggy, was hast du?»

Peggy starrte mit offenem Mund und weit aufgerissenen Augen die aufgeschlagene Seite an.

«Peggy! Was ist es?»

«Die Antwort», sagte Peggy atemlos. «Die Antwort auf alle Fragen. Mein Gott, wie konnte ich nur so vernagelt sein? Ich hätte wissen müssen, daß es Eliza war.»

«Eliza soll Ismene gewesen sein? Das ist doch absurd!»

«Deshalb also hat sie gerade diesen Band ihrer Tagebücher versteckt», murmelte Peggy. «Sie hat darin die Wahrheit niedergeschrieben, und niemand außer ihr sollte die Wahrheit je erfahren.»

«Was redest du da?» Karen beugte sich über Peggys Schulter. «Du spinnst, Eliza kann einfach nicht die Autorin der *Häuser von Stein* gewesen sein!»

«Hör zu.» Peggy räusperte sich und begann zu lesen. «‹Erst als das Manuskript Feuer fing, wurde mir klar, daß ich mein Vorhaben nicht ausführen durfte. Ich zog das Bündel mit dem Schürhaken heraus und löschte die Flammen. Nur wenige Seiten waren verbrannt – die wichtigsten, denn sie enthielten die gräßlichen Anschuldigungen, die mich bewogen hatten, das Werk zu vernichten. Natürlich ist es nur ein Roman, eine reine Erfindung, aber jeder Leser hätte die Personen erkannt, die als Vorlage für die Romanfiguren gedient hatten, und jeder Leser hätte, wie es die Leute immer tun, das Schlimmste angenommen. Der boshafte Klatsch, die perfiden Gerüchte hätten den Ruf meiner Familie ruiniert, schlimmer noch, das Andenken meiner geliebten Mutter wäre in den Schmutz gezogen worden. Niemand darf diesen Roman je zu Gesicht bekommen. Aber vernichten kann ich ihn auch nicht. Ach, wäre ich doch nie auf das Geheimfach hinter der Täfelung in jenem Zimmer gestoßen, welches das ihre gewesen sein muß! Hätte ich dieses Manuskript doch nie gelesen und auch ihre Gedichte nicht! Hätte mich doch mein Ahnenstolz nicht dazu gebracht, Nachforschungen über meine Vorfahren anzustellen und dabei auf etwas zu stoßen, das diesen grauenhaften Verdacht in mir weckt!

Meine Mutter hat nie über sie gesprochen. Niemand weiß, wo sie begraben liegt. Die Meldung über ihren Tod fand ich in einem der alten Journale, in denen ich Einzelheiten für meine Genealogie zu finden hoffte. Darin stand, sie müsse von der Klippe gefallen sein oder sich hinabgestürzt haben. Die Rede ist von einem Zeugen, der vergeblich versuchte, sie zurückzuhalten, doch ihre Leiche wurde nie gefunden. Der Fluß führte zu jener Zeit Hochwasser; die Fluten mußten sie weit fortgespült haben.

Ich bin überzeugt, daß dies die Wahrheit ist. Der Roman ist reine Erfindung. Dennoch will ich das Manuskript verbergen, zusammen mit diesen meinen Aufzeichnungen. Mag der Zufall entscheiden, was damit geschieht – ich kann und will eine solche Entscheidung nicht fällen.›»

Eine ganze Weile war nur das Rauschen des Regens vor dem Fenster zu hören. Dann sagte Peggy erleichtert: «Jetzt dürfte es kein großes Problem mehr sein, Ismene zu identifizieren. Sie war Elizas Tante, die Schwester ihrer Mutter. Gib mir mal die Genealogie aus meinem Aktenkoffer, bitte.» Peggy brauchte nicht lange zu suchen. «Und Elizas Mutter war Helena Cabot, die Frau von Frederick Cartright.»

«Aber Helenas Geschwister stehen nicht drin.»

«Nein, das wußtest du ja. Nun sei mal nicht enttäuscht, jetzt kennen wir immerhin Ismenes Familiennamen. Das ist doch schon etwas!»

«Cabot ist ein sehr verbreiteter Name», seufzte Karen.

«In Neuengland schon, im Süden nicht.»

«Stimmt», sagte Karen erleichtert. «Laut Manuskript stammte Ismenes Vater aus ‹einer Stadt im Norden›.»

«Helena – wie die Schöne von Troja. Ob das etwas bedeutet?»

«Ich weiß nicht – aber schau dir die Geburtsdaten an, Peggy. Helena war zwei Jahre älter als ihr Mann. Edmund wurde geboren, *nachdem* die Mutter von Ismene und Clara ihren Mann verließ, also mußte er jünger sein als –»

«– als die beiden Schwestern», ergänzte Peggy. «Also – was alles an diesem Roman ist nun autobiographisch?»

«Das werden wir nie erfahren, wir kennen ja den Schluß nicht!»

«Nein – aber erraten können wir ihn.» Peggys Augen begannen zu funkeln. «Hör zu: Wenn die Gebeine in dem Tunnel tatsächlich von Ismene stammen –»

«Falls sich herausstellt, daß es sich um das Skelett einer weißen Frau von weniger als dreißig Jahren handelt, wäre es das Wahrscheinlichste. Man hat ihre Leiche ja nie gefunden.» Karen starrte ihre verkrampften Finger an. «Wir müssen abwarten, was die Experten dazu sagen. Ich verstehe nichts von Anthropologie, und vielleicht ist das nur eine verrückte Vermutung, aber –»

«Aber im Grunde genommen bist du dir sicher, nicht wahr?»

«Ja», murmelte Karen, «ganz sicher.»

Peggy nickte. «Gut, gehen wir vorerst einmal davon aus Nehmen wir ferner an, daß der Roman ein Happy-End hat wi die meisten dieses Genres. Sogar wenn die Roman-Ismene ei tragisches Ende fand, wäre es ein höchst merkwürdiger Zufall wenn die Autorin auf die gleiche Art zu Tode gekommen ist wi ihre Heldin. Allerdings – Eliza kannte den Schluß der Geschichte und war darüber so entsetzt, daß sie das Manuskript vernichten wollte, weil es ‹das Andenken ihrer geliebten Mutter in den Schmutz zog›. Mal angenommen, der Schluß schildert einen Mordversuch, den Clara an ihrer Schwester begeht. Dann wäre der Roman immerhin in bezug auf ihr Motiv, wenn auch nicht in bezug auf Ismenes Tod, eine Replik dessen, was tatsächlich geschah.»

«Ihr Motiv?» fragte Karen verwirrt.

«Du kommst nicht darum herum – wenn die Gebeine, die du gefunden hast, tatsächlich Ismenes sterbliche Überreste sind, dann wurde sie ermordet. Wenn sie nur aus Neugier oder aus welchem Grund auch immer in den Tunnel gekrochen und eines natürlichen Todes gestorben wäre, hätte man nach ihr gesucht und ihre Leiche auch gefunden. Sie wollte entkommen – das ist die einzige logische Erklärung dafür. Irgend jemand hat sie absichtlich in dem Steinhaus eingeschlossen –»

«– und dann als Erklärung für ihr Verschwinden behauptet, sie habe sich von der Klippe in den Fluß gestürzt.» Karen fröstelte. «Es paßt alles zusammen, nicht wahr?»

«Meinst du, daß es Clara selbst war?»

«Sie hätte es leicht tun können. Ismene pflegte die Tür zu ihrem Steinhaus abzuschließen, weil sie dort ihre Bücher und privaten Dokumente aufbewahrte. Aber sie hätte wohl kaum sich selbst eingeschlossen, wozu auch? Vielleicht hatte sie die Gewohnheit, den Schlüssel stecken zu lassen – aber außen an der Tür. Jemand schleicht ihr heimlich nach, dreht den Schlüssel um und spaziert einfach davon. Es gibt keinen Streit, kein Geschrei, kein Blut – nichts. Niemand kam je auf diese Lichtung, nicht mal die Dienstboten. Niemand hätte durch diese dicken Mauern ihre Schreie gehört ...» Sie brach ab und biß sich auf die Lippen.

Peggy bemühte sich, ihrer Stimme einen sachlichen Ton zu verleihen. «Aber Edmund – das heißt Frederick – wußte von dem Steinhaus. Angenommen, er glaubte Helenas – Claras – Märchen von Ismenes Sturz in den Fluß, hätte er dann nicht Ismenes Bücher und Papiere aus dem Steinhaus geholt? Er wußte, wieviel sie ihr bedeutet hatten. Und er hat Ismene gern gehabt.»

«Redest du von Edmund oder von Frederick? Wir landen immer bei derselben Frage: Was an diesem Roman ist autobiographisch?»

«Hm ...» sagte Peggy kopfschüttelnd. «Mir kommen die Personen dauernd durcheinander. Aber ich meine nach wie vor, daß Frederick in die Sache verwickelt war. Daß vielleicht sogar er der Mörder war.»

«Aber Eliza spricht von ihrer Mutter, nicht von ihrem Vater. Vielleicht tat einer von beiden die schmutzige Arbeit, und der andere war sein Komplize. Vielleicht war eine Menge Geld im Spiel. Wenn Ismene aus enttäuschter Liebe vorhatte, einen anderen zu heiraten, wäre ihr Erbteil an ihren Mann gefallen; wenn sie aber unverheiratet starb, hätte ihre Schwester alles geerbt. Und damit hätte Frederick ein überzeugendes Motiv gehabt. Aber die Wahrheit darüber werden wir wohl nie herausfinden.»

«Wenn ich daran denke, daß Elizas Tagebuch die ganze Zeit über hier in diesem Karton lag, während wir uns die Köpfe zerbrachen», seufzte Peggy. «Die Gedichte hat Eliza vermutlich als eine Art Sühnehandlung veröffentlicht. Den Namen ihrer Tante wollte sie nicht nennen, deshalb wählte sie als Pseudonym den Namen der Romanheldin. Übrigens – warum, glaubst du, hat sie sich Ismene genannt?»

Karen stand auf und trat ans Fenster. Der Regen hatte nachgelassen. Tropfen rannen wie Tränen die Scheibe hinunter. *«Denn nicht im Grabe liegt Triumph, noch Sieg im Tode ...* Sie hatte nichts übrig für Märtyrertum à la Antigone. Sie wäre nie freiwillig in den Tod gegangen. Man mußte sie umbringen. Und sie hat bis zuletzt gekämpft, hat geschrien, hat versucht, aus dem Ker

ker herauszukommen, und ist in diesem unterirdischen Gang gestorben, den andere zu graben begonnen hatten – Menschen, die wie sie von einem unbändigen Lebenswillen beseelt waren.»

Peggy räusperte sich. «‹Für ein hehres Ideal zu sterben, ist eine jener törichten Vorstellungen, die Männer so sehr hätscheln. Weiterzuleben und sich nicht zum Schweigen bringen zu lassen – das schien mir schon immer viel vernünftiger.›»

Karen drehte sich zu ihrer Freundin um und fragte lächelnd: «Stammt dieses weise Wort von dir?»

«Nein, ich habe es irgendwo gelesen. Gut, nicht? Sich nicht zum Schweigen bringen lassen ...»

«Ismene hätte dir zugestimmt. Vielleicht deshalb dieser mysteriöse Schrei, ob wir ihn nun wirklich gehört haben oder ihn uns in der Erregung nur eingebildet haben. Und dieses Buch ist ihr Triumph über Tod und Schweigen. Und deshalb scheint es mir unwichtig, was mit den Gebeinen geschieht; auch ihr wäre das gleichgültig gewesen.»

«Aber herausholen willst du sie trotzdem?»

«Ich nicht ... Cameron hat versprochen, sich darum zu kümmern.»

«Willst du ihn heiraten?»

Karen starrte ihre Freundin mit offenem Mund an. «Großer Gott, nein! Ich kenne den Mann doch kaum – wie kommst du nur auf diese Idee?»

«Ich hab doch gesehen, wie er dich gestern abend angesehen hat. Und wie du ihn angesehen hast.»

«Na schön, ich mag ihn», gab Karen widerstrebend zu, «und außerdem tut er mir leid. Er hat es sehr schwer gehabt und ... na schön, ich gebe zu, daß er mir auch als Mann gefällt. Aber eine dauerhafte Beziehung erfordert denn doch etwas mehr als das. Möglich, daß mit der Zeit ... Und du, willst du Simon heiraten?»

«Möglich», erwiderte Peggy achselzuckend. «Der Gute hat ja

so altmodische Ansichten, daß mir wohl nichts anderes übrigbleibt. Und was willst du wegen Bill Meyer unternehmen?»

«Ha, für den wird mir schon was einfallen!»

«Etwas mit siedendem Öl vermutlich?»

«O nein», sagte Karen sanft, «siedendes Öl ist für so einen noch viel zu milde!»

«Der Einbrecher – das war wohl auch er, meinst du nicht?»

«Ja, das habe ich von Anfang an vermutet, weil er sich so offensichtlich bemühte, den Verdacht auf Dorothea zu lenken. Als ob die mit ihrer Figur sich durch das kleine Fenster hätte quetschen können! Das mit dem Parfüm war keine Hexerei. Wahrscheinlich hat Bill Dorothea gerade in dieser Absicht nach Fredericksburg gelockt. Aber als dann das Garagenhaus brannte, muß er gewaltig erschrocken sein; vermutlich kam er sich allmählich vor wie Frankenstein persönlich. Und deshalb wurde er dann plötzlich auch so fürsorglich und hilfsbereit.»

«Dorothea hat das Haus nicht angezündet», erklärte Peggy im Brustton der Überzeugung.

«Bist du so sicher? Und Bobby war's wohl auch nicht?»

«Ich werde nun, meine Damen und Herren Geschworenen», verkündete Peggy und griff zum Telefonhörer, «die schuldige Person zwingen, ein umfassendes Geständnis abzulegen.»

Nachdem sie wieder aufgelegt hatte, grinste sie Karen triumphierend an. «Ich war sicher, daß es nur ein bißchen Druck brauchte, um ein Geständnis aus ihr rauszuholen. Frauen wir Mrs. Fowler haben keinen Mumm. Wenn man denen mit Augenzeugen droht ...»

«Schlicht und einfach gelogen hast du!» rief Karen. «Es gab keine Zeugen, es konnte gar keine geben!»

«Nein, aber das weiß sie nicht. Sie war ja stockbesoffen. Aber um dem boshaften Weib Gerechtigkeit widerfahren zu lassen – sie war der Meinung, die Wohnung sei leer. Dein Wagen stand nicht in der Garage, und als wir dich nach Hause brachten, lag sie bereits mit ihrer Whiskyflasche im Bett.» Peggy lehnte sich befriedigt im Sessel zurück. «Die wird Cameron künftig ganz bestimmt in Ruhe lassen. Der arme Junge, er hat auch ohne Mrs. Fowler Probleme genug. Bist du sicher, daß du –»

«Absolut sicher», erklärte Karen kategorisch.

Epilog

Die Kletterrose am Geländer der Veranda trug nur noch wenige Blüten, deren leuchtendes Scharlachrot sich vom satten Grün der Blätter abhob. Peggy brach mitten im Satz ab, sprang auf und rüttelte an den Zweigen. «Verdammte Japankäfer!» jammerte sie.

Karen blieb träge in ihrem Sessel sitzen. «Reg dich doch wegen der paar Käfer nicht auf, der morgige Tag wird noch aufregend genug», beschwichtigte sie. «Wie sieht es denn nach der neuesten Zählung mit der Gästeliste aus?»

«Ich habe längst die Orientierung verloren», seufzte Peggy. «Simon hat einen riesigen Bekanntenkreis und setzt dauernd neue Namen auf die Liste, ohne mir etwas davon zu sagen. Und wenn ich mich beklage, bekomme ich nur zu hören, wir hätten ohnehin Champagner für ein ganzes Regiment bestellt.»

«Hoffentlich hält sich das schöne Wetter! Nicht, daß am Ende eure Hochzeit ins Wasser fällt... Werdet ihr übrigens künftig hier in deinem Haus wohnen?»

«Darüber haben wir uns auch noch nicht geeinigt», sagte

Peggy unbekümmert. «Ich denke, am Schluß wird es so herauskommen, daß wir mal hier und mal dort wohnen. Oder ich dort und er hier. Wenn man so lange allein gelebt hat, braucht man öfter mal eine Rückzugsmöglichkeit.»

Die Tür zum Wohnzimmer ging auf; Simon kam heraus und setzte sich neben Peggy. Sie küßten sich nicht und faßten sich nicht an den Händen, aber als Karen den Blick bemerkte, den die beiden austauschten, bekam sie einen Kloß im Hals.

«Wo ist Cameron?» fragte sie.

«In der Küche, er holt was zu trinken», sagte Simon. «Der Mann hat geradezu beängstigend gute Manieren, Karen. Kannst du nichts dagegen unternehmen?»

«Ich versuch's ja schon die ganze Zeit.»

Peggy warf einen Blick über die Schulter und flüsterte: «Wie steht's denn mit euch beiden? Seid ihr –»

«Hör auf mit deiner ewigen Fragerei, Peggy. Damit eilt es uns beiden nicht. Schließlich sind wir alle beide gebrannte Kinder...»

«O Gott, welche Abgeklärtheit», sagte Peggy. «Ich wollte ja nur wissen, ob ihr glücklich seid.»

«Ich jedenfalls bin es, und ich glaube, daß auch Cameron –»

Sie brach ab, denn eben erschien Cameron mit einem Tablett, das er vorsichtig auf den Tisch stellte. «Soll ich die Flasche öffnen?» fragte er beflissen.

«Nein, laß mich das machen», sagte Simon ungeduldig. «Hör auf, den Hausmann zu spielen, und setz dich endlich zu Karen!» Cameron gehorchte. Sie ergriff seine Hand und fuhr zärtlich über die Schwielen und halbverheilten Schürfwunden.

«Champagner?» fragte sie, als der Korken ins Gebüsch flog. «Ist es nicht noch etwas zu früh zum Feiern?»

«Diese Flasche hier öffne ich aus einem ganz besonderen Anlaß», erklärte Simon und reichte jedem einen gefüllten Kelch. «Auf Ismene», sagte er feierlich. «Möge sie in Frieden ruhen.»

Cameron hatte den lange erwarteten Expertenbericht mitgebracht. Peggy brach als erste das tiefe Schweigen. «Was soll nun mit den... mit ihr geschehen?»

«Ich sorge dafür, daß die Gebeine auf dem alten Friedhof beigesetzt werden», sagte Cameron. «Und obwohl sich die Experten nicht hundertprozentig sicher sind – einen Gedenkstein soll sie auch bekommen.»

«O ja», stimmte Peggy zu. «Darf ich eine Inschrift vorschlagen? Aber nicht ‹Ruhe in Frieden›, das paßt nicht zu ihr.»

«An was für eine Inschrift dachtest du denn?» fragte Simon nicht ohne Skepsis.

Die beiden Freundinnen tauschten einen vielsagenden Blick und erwiderten wie aus einem Mund: «Sich nicht zum Schweigen bringen lassen!»

«Ismene hat sich tatsächlich nicht zum Schweigen bringen lassen», sagte Cameron. «Wirst du ihre persönliche Geschichte in deinen Kommentar aufnehmen, Karen?» Die Idee schien ihm einiges Unbehagen zu bereiten.

«Ja – auch wenn du der Meinung bist, man müsse die Toten ruhen lassen. Aber ich bin es der Wahrheit schuldig, alles zu sagen, was ich weiß.»

«Moment, so einfach ist das nun auch wieder nicht», gab Simon zu bedenken. «Du bist doch weit davon entfernt, die ganze Wahrheit zu kennen. Man kann sich zwar, juristisch gesehen, im Falle von Verstorbenen keiner Ehrverletzung schuldig machen. Aber vom moralischen Standpunkt aus scheint es mir doch fragwürdig, Anschuldigungen gegen jemanden zu erheben, der sich nicht mehr verteidigen kann.»

«Oder *die* sich nicht mehr verteidigen kann», sagte Karen. «Trotzdem muß ich darlegen, was ich für die Wahrheit halte. Es gibt viele Parallelen zwischen dem Roman und der Realität. Ismene hieß Cassandra – ebenfalls ein Name aus der griechischen Mythologie. Ihr Vater stammte aus Boston, zog dann aber nach

Charleston in Südkarolina, wo er auch starb. Wir wissen, daß er Witwer war und zwei Töchter hinterließ. Ein Testament wurde nie gefunden, vielleicht gab es gar keines. Das ist alles, was wir von den beiden Schwestern wissen – bis zum Jahre 1820, als Helena sich mit Frederick Cartright vermählte.»

«All das hat aber nichts zu tun mit Ismenes – oder Cassandras – Tod», wandte Simon ein. «Daß sie ermordet wurde, ist eine reine Vermutung; du weißt nicht, ob die Schwestern tatsächlich vermögend waren, und du hast überhaupt keinen Grund, anzunehmen, daß Mrs. Cabot *nicht* in Boston oder Charleston eines natürlichen Todes gestorben ist!»

«Ich bin kein Staatsanwalt, sondern nur eine bescheidene Wissenschaftlerin», verteidigte sich Karen. «Meine Argumentation braucht nicht vor einem Gericht standzuhalten.»

Das, was nach ihrem Gefühl ihre These am wirksamsten untermauerte, konnte sie nicht erwähnen, ohne ihren Ruf als seriöse Wissenschaftlerin aufs Spiel zu setzen – nämlich, was sie auf dem Dachboden des unheimlichen alten Hauses wahrgenommen hatte: die Verzweiflung eines Geschöpfes, das ohne Vergebung, ohne Versöhnung gestorben war ...

Ein kalter Schauder überlief sie, und Cameron legte tröstend den Arm um sie. Er wußte, woran sie dachte, denn auch er hatte die eisige Kälte auf dem Dachboden gespürt und sich deshalb nicht mehr hinaufgewagt; sie waren einander nähergekommen, als er ihr endlich seine Ängste anvertraut hatte.

«Hack nicht auf Karen herum, Simon, und laß sie ihre Arbeit tun, wie sie es für richtig hält», mahnte Peggy. «Sag mir lieber, wen du in den letzten vierundzwanzig Stunden noch zu unserer Hochzeit eingeladen hast.»

«Nur einen, aber der kann nicht kommen», berichtete Simon. «Er ist seit drei Tagen aus England zurück, aber er –»

«Doch nicht Meyer!» rief Peggy entsetzt. «Simon, wie konntest du nur!»

«Ich sage doch, daß er nicht kommen kann – aber warum hätte ich ihn nicht einladen sollen?»

«Nach allem, was er sich geleistet hat? Nachdem er Bobby bestochen hat, damit er Karen über den Haufen fährt, nur damit er sie im letzten Moment retten kann; nachdem er in ihre Wohnung eingedrungen ist, um das Manuskript zu stehlen –»

«Dafür hast du absolut keinen Beweis», widersprach Simon. «Mir gegenüber klang Professor Meyer jedenfalls sehr offen und ehrlich. Er wünschte uns viel Glück und bedauerte aufrichtig, daß –» Er unterbrach sich und machte ein entsetztes Gesicht.

«Na, ein ausführlicheres Geständnis werden wir von Bill Meyer wohl nie bekommen», meinte Peggy.

«Gütiger Himmel», murmelte Simon. «Ich dachte keinen Augenblick daran ... Ich dachte, das sei nur eine diskrete Anspielung auf sein ... gebrochenes Herz. Jedenfalls versuchte er, den Eindruck zu erwecken ...»

«Kann sein, daß Bill sich tatsächlich einzubilden begann, er sei in mich verliebt», sagte Karen trocken. «Wenn dem so wäre, dann – ha, dann wäre meine Rache ganz besonders süß!» Sie strahlte geradezu, als sie schilderte, wie ihre Unterredung mit Dorothea Angelo verlaufen war.

Dorothea war zwar mißtrauisch, aber doch zu neugierig gewesen, um das von Karen vorgeschlagene Treffen abzulehnen, und sie war sogleich zur Sache gekommen. «Meine Mitarbeit bei der Herausgabe des Manuskripts ist wohl nach wie vor nicht erwünscht?»

«Nein. Möchten Sie ein Glas Wein? Sie sind mein Gast.»

«Was beabsichtigen Sie eigentlich mit dieser Einladung, Holloway?»

«Ich beabsichtige, einen gewissen Herrn nicht ungeschoren davonkommen zu lassen», sagte Karen mit Nachdruck.

Es war ein reines Vergnügen und jeden Cent des teuren Essens wert gewesen, Dorotheas Miene zu beobachten, während Karen ihr Bills Ränkespiel in allen Einzelheiten schilderte und schließlich ihr Glas hob. «Wollen wir auf das Verderben dieses Herrn anstoßen?»

«Mit dem größten Vergnügen, verdammt noch mal», sagte Dorothea grimmig. Dann goß sie sich noch ein Glas ein und fügte hinzu: «Im Grunde sind Sie ein anständiger Kerl, Holloway. Ich danke Ihnen.»

«Wofür?»

«Dafür, daß Sie mir Glauben schenkten, als ich bestritt, hinter alldem zu stecken. Und dafür, daß Sie mir berichtet haben, auf welch perfide Art mich dieser miese Meyer hereinlegen wollte. Aber der wird noch sein blaues Wunder erleben, verlassen Sie sich drauf!»

«Und darauf kann sich auch Bill Meyer verlassen», schloß Karen triumphierend. «Wenn Dorothea mit dieser Story auspackt, möchte ich jedenfalls nicht in seiner Haut stecken.»

«Ein brillanter Schachzug», erklärte Peggy respektvoll. «Dafür solltest du eine Verdienstmedaille bekommen.»

«Alles von dir gelernt ... Strafe, wem Strafe gebührt. Aber im Ernst – Bill wollte mich nicht umbringen, niemand wollte mich umbringen, das hab ich euch doch immer gesagt. Es werden zwar dauernd Leute aus allen möglichen und unmöglichen Gründen umgebracht, aber kein Wissenschaftler, der seine fünf Sinne beisammenhat, würde nur aus Karrieresucht ein derartiges Risiko eingehen.

Trotzdem, diese ganze Geschichte wurde durch ein Bündel Papier ausgelöst ... Deswegen sind mir Bill und Dorothea wie Bluthunde hinterhergejagt, deswegen bin ich in einer Kleinstadt in Virginia gelandet und habe, ohne es zu wollen, Animositäten zum Ausbruch gebracht, die seit Jahren schwelten und noch jahrelang weitergeschwelt hätten. Mrs. Fowler wurde zur Brandstifterin, weil ich es mit ihr verdorben hatte und weil sie glaubte, ich sei Raucherin und sie könnte mir die Sache in die

Schuhe schieben. Und Camerons Weigerung, die Versicherungssumme zu zahlen, brachte Bobbys Haß auf den Siedepunkt... Die ganze verzwickte Geschichte hat sich so konsequent und unerbittlich wie eine griechische Tragödie abgespielt – wenn auch, Gott sei's gedankt, mit einem weniger schrecklichen Ende.»

Simon wischte sich die Lachtränen aus den Augen. Er ging ins Haus und kam kurz darauf mit einem in braunes Papier gewickelten und sorgfältig verschnürten Paket zurück. «Eigentlich wollten wir es dir erst morgen überreichen, aber mir scheint, jetzt ist der richtige Moment dafür.»

«Ihr wollt mir doch nicht etwa Elizas Porträt schenken?» fragte Karen verdutzt. «Nicht, daß ich ein solches Geschenk nicht zu schätzen wüßte, aber –»

«Du kannst Elizas stechenden Blick nicht ausstehen, ich weiß», sagte Peggy. «Nein, die liebe Eliza behalte ich selber, sie wird sich in meinem Wohnzimmer ausgezeichnet machen. Los, pack schon aus.»

Karens Finger bebten vor Spannung, als sie die Schnur löste. Der Form nach mußte ein Bild in dem Paket sein, und wenn es nicht Eliza war, dann konnte es nur...

Das Gemälde war sorgfältig restauriert worden. Kein Stäubchen, kein Fleckchen verunzierte die beiden Gesichter, die sie aus dem schmalen Rahmen aus poliertem Nußbaum eindringlich ansahen. Beide Köpfe waren mit einer hellblauen Schleife geschmückt. Die Ähnlichkeit war frappant: die gleichen braunen Augen, der gleiche seelenvolle Blick... Es waren die beiden niedlichsten King-Charles-Spaniels, die Karen je gesehen hatte.